鲜卑国母

献明皇后 （上）

宋其蕤 著

内蒙古人民出版社

图书在版编目（CIP）数据

鲜卑国母：献明皇后：全2册／宋其蕤著. −呼和
浩特：内蒙古人民出版社，2016.5
ISBN 978−7−204−14007−7

Ⅰ.①鲜… Ⅱ.①宋… Ⅲ.①传记小说−中国−当代
Ⅳ.①I247.5

中国版本图书馆 CIP 数据核字（2016）第 105929 号

鲜卑国母 ：献明皇后

作　　者	宋其蕤	
责任编辑	王　静	
封面设计	刘那日苏	
责任校对	李向东	
责任监印	王丽燕	
出版发行	内蒙古人民出版社	
地　　址	呼和浩特市新城区中山东路 8 号波士名人国际 B 座 5 楼	
网　　址	http://www.impph.com	
印　　刷	内蒙古爱信达教育印务有限责任公司	
开　　本	710mm×1000mm　1/16	
印　　张	37.5	
字　　数	620 千	
版　　次	2018 年 4 月第 1 版	
印　　次	2018 年 4 月第 1 次印刷	
印　　数	1—2500 册	
书　　号	ISBN 978−7−204−14007−7	
定　　价	58.00 元（全 2 册）	

如发现印装质量问题，请与我社联系。联系电话：(0471)3946120

目　录

鲜卑国母：献明皇后

鲜卑国母：献明皇后

鲜卑国母：献明皇后

主要人物

　　贺马兰——贺氏,拓跋珪的母亲,什翼犍的太子寔的妻子,后嫁给什翼犍。于皇始元年(396年)崩,时年42岁,谥号献明皇后。

　　什翼犍——代国国主。什翼犍于338年即位代国国主,年号建国元年,建国三十九年(东晋孝武帝太元元年376年)八月,前秦苻坚攻灭前凉,什翼犍被俘获到长安,死于长安。后追谥为昭成帝。

　　拓跋寔——什翼犍太子,拓跋珪出生当年死。

　　拓跋珪——贺马兰之长子,什翼犍的孙子。出生于建国三十四年(371年)七月七日。后复兴代国,建立大魏,是大魏开国皇帝。谥道武皇帝,庙号太祖。

　　刘缨——拓跋珪原配夫人,生太宗拓跋嗣,太宗即位,追谥为宣穆皇后。

　　贺兰——小贺氏,贺氏马兰的妹妹,拓跋珪的小夫人。

　　寔君——什翼犍庶长子,作乱。

　　窟咄——什翼犍三子。

　　慕容氏——什翼犍可敦(妃嫔)之一。

　　燕凤——代国大臣,曾出使前秦。

　　许谦、张衮——代国大臣,拓跋珪的左右司马,谋臣。

　　贺讷——贺氏的哥哥,贺兰部首领。

　　染干——贺氏的弟弟,戕害拓跋珪。

　　拓跋仪、拓跋烈——马兰的儿子,拓跋珪的同母异父弟弟,为贺氏与什翼犍所生。

　　拓跋觚——马兰的幼子,为贺氏与慕容垂所生,后出使大燕不归。

　　木兰——代国的一个鲜卑女子,马兰的使女,后代父从军,嫁与贺讷。

穆崇、尉古真、梁六眷、和辰、拓跋虔、拓跋遵等——代国和魏国的将士大臣。

慕容垂——大燕皇帝。原名慕容霸。

段氏——慕容垂的妻子,大燕皇后。

慕容宝——燕国太子,慕容垂之子。

慕容普麟、慕容贺麟——慕容垂之子。

慕容永——西燕国主。

苻坚——前秦国国主。

刘库仁——铁弗匈奴人,刘卫辰同宗,为什翼犍的外甥。

刘卫辰——铁弗匈奴人,代国的敌人。

刘显——刘库仁之子。

第一章　私定终身

1.贺兰部有女初长成　姑娘会恶人来抢婚

代国建国三十三年,东晋太和四年,公元 370 年。

初夏,阴山山脉狼山段山下的一片肥美草原上,小凉风吹拂着,茂盛的绿草微微起伏,像居延海湖水的波浪。绿色的草原上,盛开着黄色的蒲公英,鲜红的山丹,紫色的苜蓿和一兜兜的马兰。马兰柔韧狭长的叶片,是草原部落用来捆绑毡帐和干草的最好绳索。紫蓝色的马兰花朵,生长在草原上,生活在沙坡上,土崖旁,不管土地肥沃还是贫瘠,是干旱还是湿润,它们都可以蓬勃蓊郁地生长。同沙漠戈壁植物一样,生命力十分顽强。

草原上,清亮的一条小河蜿蜒流淌,像一条蓝色的绸带飘在绿色草原上,蜿蜒出美丽的曲线。河边,骏马悠闲地饮水啃草,身穿鲜艳的袍服和百褶裤的小伙子与姑娘,在草原上追逐嬉戏,欢声笑语琴声歌声荡漾在草原蓝天下。

这是贺兰草原鲜卑部落举行的一年一度的姑娘会,男女相会、野合、私定终身的节日。鲜卑以及草原上其他部族的青年男女都从遥远的地方骑马来到这里,在蓝天草原上举行摔跤、骑马、叼羊、射箭、姑娘追等多种游戏竞技。"姑娘追"这个游戏意思就是,如果小伙子看上一个姑娘,双方互相爱慕,就骑马追逐,携手在蓝天下之后,小伙子把姑娘接回自己的毡帐部落,过几天,男方就带着牛羊财物作为聘礼去姑娘家求婚。

几个鲜卑小伙子聚集在一起,有的站着有的坐着,其中有一个仰面朝天躺在碧绿草丛中的小伙子,随意挥舞着一枝鲜红、艳丽的山丹,望着高远寥廓的蓝天白云,扯起喉咙,放声高唱:

敕勒川，

阴山下，

天似穹庐，

笼盖四野。

天苍苍，野茫茫，

风吹草低见牛羊。

站着的小伙立即响应，唱了起来：

鲜卑姑娘初长成，

褰裳逐马如卷蓬。

阿干①骑马来相会，

绿草深深不见影。

远处，立刻响起清脆婉转的女子歌声，一个站在绿草地上的姑娘唱了起来：

天苍苍，

野茫茫，

月光星光照草原。

阿妹夜来会阿干，

不知阿干在何方？

"听！姑娘发出邀请了！"小伙子兴奋地喊着。躺在草地里的小伙子一个鲤鱼打挺跳了起来，跑向自己的坐骑。小伙子争先恐后翻身上马，向姑娘方向跑去。

姑娘已经打马跑向远方，一边回头发出银铃般的笑声，逗引着追逐而来的小伙子。喊声，笑声，此起彼伏。草原上更加喧闹起来。

在蓝天与绿地相接的地平线上，几匹骏马在奔跑着，踏踏的马蹄声踏碎了静谧的草原。飞腾的骏马越来越近，可以看到马背上骑手鲜艳的鲜卑小袍和百褶裤，看到小伙子的发辫、姑娘的长发在风中飘荡。

骑手们伏身在马背上，各自驾驭着自己的坐骑，催促着骏马飞奔。一匹白色骏马首先冲到清凉的小河边上，骑手勒住马缰，白色骏马打着响亮的喷

————————

①阿干：鲜卑语，哥哥。

嘶,立起前蹄,腾空扑腾了几下,然后又停了下来。

"我先到!"白色骏马上的骑手是一位穿着粉红小袍,鲜红百褶裤的少女,扬着胳膊兴奋地喊。这位少女看起来有十六七岁的年纪,她长得十分漂亮,粉白的脸蛋红扑扑的,一双极大极圆的眼睛,泛着蓝色,扑扇着黑长而弯曲的睫毛,十分灵活动人。一头黝黑的长发披在肩头,头上戴着一顶插着漂亮羽毛的高筒帽子。

这美丽的姑娘叫贺马兰,是贺兰草原上贺兰部部落首领贺野干大人的女儿。

贺马兰擦着额头上涔涔的汗水,勒转马头,看着相继飞奔而到的另外两匹骏马。她的目光柔和迷离,脉脉含情地注视着其中一个年轻的骑手。这是一个英姿勃勃的青年,高大魁梧,浓眉大眼,白色皮肤衬着一头有些发黄的头发,很是英俊,看起来有二十七八岁的年纪。

这青年是燕国国主慕容元真的五子,慕容霸,字道业,是慕容元真最宠爱的儿子,慕容元真经常对自己的几个儿子说:"此儿阔达好奇,终能破人家,或能成人家。"所以,慕容元真给他起名霸,字道业。太子慕容俊,也就是慕容霸的哥哥,看到父亲如此偏爱这小弟,很是愤愤不平:总有一天,我要让你不能成就霸业!慕容俊经常这么思谋。果然,当慕容元真去世,他接替国主以后,因为慕容霸骑马坠落,磕掉一个牙齿,便赐名"缺"来羞辱他。不久因为谶言不吉,去掉右边"央"剩左边"垂"字,以后慕容霸便成了历史上赫赫有名的慕容垂,字道明。此是后话。此时的慕容垂还是叫慕容霸。

慕容霸从燕国都城龙城前来贺兰部看望他的外甥女辽西公主。燕国与代国关系密切,在代国建国初年,慕容元真把自己的妹妹和女儿前后送入代国,与代国国主什翼犍结亲,慕容元真自己也娶了代国公主。慕容霸的姐姐慕容氏公主与代国国主什翼犍生了辽西公主,辽西公主长大以后嫁给代国东部大人贺野干为妻。如今听说辽西公主刚刚在贺兰部生了个女儿,慕容霸受父母亲委托,前来贺兰部探望祝贺。辽西公主看到舅舅从燕国而来,十分高兴。因为她的母亲慕容氏已经病逝,而父亲什翼犍又忙于国事,根本不记得她这个女儿,舅舅的到来叫她分外高兴。

来到贺兰部,慕容霸认识了野干的子女,他特别喜欢野干的大儿子贺讷和他的大女儿马兰。马兰是一个漂亮的匈奴血统的姑娘,比慕容霸小十几

鲜卑国母:献明皇后

岁。对漂亮的马兰,慕容霸艳羡不已。慕容霸知道,贺兰部与慕容鲜卑部一样,原本正宗匈奴,在匈奴南归以后,贺兰部归附了鲜卑部,从贺兰山下迁徙到狼山。但是,贺兰部基本上还保持着匈奴血统,男人高大魁梧健壮,肩宽腿长,黑发多须,鼻子高挺,凹陷的大眼睛呈现黑蓝眼珠。女人更是漂亮,颀长苗条,十分白皙,高鼻深目,大眼睛蓝眼珠。野干的儿女都是典型的匈奴人长相,十分好看。

慕容霸喜欢马兰,来到贺兰部这些日子,他经常寻找各种借口来接近马兰。

马兰看出慕容霸喜欢她,叫她又高兴又羞涩。马兰不讨厌慕容霸。东部鲜卑血统的慕容霸高大、健壮、魁梧,方脸阔口,浓眉大眼,虽然须髯不及匈奴男人浓密,白皙的脸上更多了些文静,反而叫马兰更为之心动。

慕容霸打马赶了上来。"我第二!"他摘下头上的紫色帽子扔向太空,高兴地大声喊。

和慕容霸几乎同时到达的另一个骑手喊了起来:"不对,我比你先到!我第二!是不是,马兰?"

这是一个年纪和慕容霸相仿的年轻人,他比慕容霸瘦削许多。与慕容霸一样,他也拥有白皮肤,高个头,深眼睛,高鼻梁,与慕容霸不同的是,满脸黑色络腮大须髯,黑色头发披散在肩头,与慕容霸相比,他显得较成熟粗犷。还有的就是他的眼睛。慕容霸蓝色的眼睛洋溢着快乐,而这年轻人的眼睛却闪烁着阴鸷,看起来十分粗野。

他叫刘卫辰,铁弗匈奴人,现在为铁弗匈奴部落首领,自称大单于。铁弗匈奴,是指父亲为匈奴母亲为鲜卑的部落。前些年,刘卫辰一直依附于代国什翼犍,为了笼络住刘卫辰,代王把自己的一个女儿许配给他,但是,他并不甘心依附地位,经常不断地在什翼犍不注意或者顾不过来的时候,出兵代国边境,抄掠代国的牲畜人口。代国建国三十三年冬,什翼犍发动了一次大规模的反击战,把刘卫辰赶出朔方。刘卫辰逃离朔方以后,就率领着铁弗匈奴的这个部落,在西部草原上游荡了几年,一直在朔方外面一带草原上转悠,想寻找一个落脚的地方。朔方被苻坚军队占领,他失去了家园,后来在居延海安下营盘。他这次来贺兰草原,一是来参加这姑娘会,他想在姑娘会上把贺兰部首领的漂亮女儿马兰抢回去作自己的老婆。二是想侦察侦察,看看他能不能重返贺兰草原。

另外几匹快马也纷纷奔驰过来。马兰的哥哥贺讷、弟弟染干、贺庐与妹妹山丹的骏马也先后冲到河边,骑手纷纷勒住马,马在原地转着圈打着响亮的喷嚏,慢慢在原地站了下来。

"姐姐先到!是姐姐先到!"枣红马上十来岁的小姑娘山丹从马镫上站立起来,扬着胳膊欢呼。山丹穿着橘黄小袍,鲜红百褶裤,长相与马兰一模一样。

贺讷和两个弟弟穿着湖蓝色的立领小窄袖鲜卑小袍,鲜艳的黄绸百褶裤,黝黑的头发还照着匈奴习惯披散在肩头,他们看着欢呼的马兰和山丹,很不服气的样子,朝山丹挥舞着拳头,威胁着:"这次不算!再来一次!"

山丹用指头刮着自己的脸颊:"阿干没羞!阿干想赖账!"

年纪与马兰相仿的染干被山丹逗引得怒火中烧,他腾得跳下马,跑到山丹的枣红马前,揪住山丹的腿,要把她拉下马。

山丹尖声喊叫起来:"阿干,阿姐,救救我!"她一边喊一边趁染干不注意,双腿用力一夹马肚,枣红马跑了起来。

贺马兰笑着对正要上马去追山丹的弟弟染干说:"你就让她一次吧。你比她大。"

染干黑着面孔哼了一声,心中还是很气恼。他虽然是马兰的弟弟,却并不与贺讷、马兰同母。马兰与山丹姊妹二人同母同父,母亲是铁弗匈奴,为野干的四阏氏①。染干与贺庐同为敕勒母亲所生。而大哥贺讷的母亲是贺兰部首领大人野干的大阏氏,为拓跋部人。

"那家伙是谁?"慕容霸走到贺讷身边,用下颏点了点刘卫辰。

"他叫刘卫辰,铁弗匈奴的大单于,现在盘踞在居延海一带。"贺讷小声说。

"原来是他,刘卫辰啊!久闻其大名!我看他这次来没安好心!"慕容霸压低声音说。

贺讷点头:"我们知道,也都防着他,看他没带人马,才让他来参加这姑

①阏氏:匈奴部落首领的夫人。

鲜卑国母:献明皇后

娘会的。”

慕容霸擦着额头上的汗水，看着脸色通红的马兰，心里充满了爱慕。他又小声问："贺讷阿干，马兰许配人家了没有？"

贺讷好奇地看着慕容霸："慕容阿干，你打听这干什么？莫非你想向我妹子求婚不成？"

慕容霸脸红了："小弟有这个意思。求大哥成全小弟。"

贺讷摇头："怕是不行。你外甥女辽西公主已经把她介绍给代国国主什翼犍的太子拓跋寔。代国说今年冬天就要我阿爷把她送过去。"

慕容霸一脸失望懊恼，他狠狠地捶打着自己的大腿，大声喊叫着："老天，你怎么这么不可怜见我啊！不过，我要把马兰弄到手！"

贺讷正色："你可别乱来！得罪了代国可没有你我的好果子吃！你们燕国难道不怕代国国主？就算你们不怕，我们贺兰部可是代国臣民，我阿爷是代国东部大人，我们可不敢得罪代王的！"

慕容霸攥着拳头："我们燕国和代国平起平坐，谁怕谁啊？我一定要马兰跟我到燕国去！"

贺讷摇头："你这家伙要自找麻烦！我去告诉你外甥女，让她赶快把你弄回燕国去！别在贺兰部给我们找麻烦！"

贺讷说着，翻身上马，向草原山脚下营盘奔去。

"阿干怎么走了？"马兰走了过来，奇怪地问慕容霸。

慕容霸笑着："他说有事，先回去了。马兰，我们再来比试比试骑马，行不行？你看，就是那个敖包。"慕容霸指着绿色草原上一个插着高大彩色旗幡的土堆，那是草原游牧部落用来祭奠天地的祭坛，也是草原上用来辨别方向的标志。

马兰看了看慕容霸，很得意地笑着："怎么？你不服输啊？好吧，就再比试一次！还要让你输！"说着，她双手抓住马鞍，双脚轻轻点地，轻捷翩然地翻身上马。

慕容霸也正要蜻蜓点水翻身上马，贺染干走过来拉住他："慕容阿干，我们去那边跳舞。"慕容霸只好与贺染干向跳舞的人群走去。

刘卫辰看见马兰上马，也急忙翻身上马，打马追了过去。要是追上马兰，他才不管贺讷先前的警告，他一定要把贺马兰抢回自己的部落。

鲜花盛开的绿草原上，两匹白色骏马马鬃飘拂，前前后后疾驰着向前方的大敖包奔去。刘卫辰抄了个近道，绕到马兰前边，待两匹马并排奔驰的时候，他猛然伸出健壮有力的胳膊，探手过去，一把抓住马兰的腰带。"过来吧！马兰！我抓住你了！"刘卫辰喊着。马兰惊叫着，夹了下马肚，白马跑开了。

刘卫辰控制着自己的坐骑，紧紧追赶，并不放松。看着又赶了上来，刘卫辰敏捷地跳下自己的坐骑，抓住马兰马鞍，一个蜻蜓点水似的动作，飞身跳上马兰的马背，紧紧拥抱着马兰，大声说："我抓住你了！跟我走吧！"他从马兰手里夺过缰绳，让白马向他的驻营地方向奔去。

马兰在马背上挣扎着呼喊着："你要干什么？我不跟你去！"

"我抢了你，你一定得跟我回去！你是我的人了！"刘卫辰得意地大声喊着，他想让狼山大草原都听到他的宣言。他多高兴啊，从此以后，贺兰部最漂亮的姑娘就归他所有了。

刘卫辰不断用马靴踢着白马，催促着它快跑。

马兰在马背上不断挣扎着，踢腾着，想挣开刘卫辰跳下马。她不喜欢刘卫辰，刘卫辰那双藏在高眉骨下的阴鸷的眼睛叫她有些害怕。

刘卫辰健壮有力的胳膊紧紧箍住马兰，不让她挣扎。刘卫辰打着呼哨，他的大宛马四蹄腾空，紧紧跟在他的后面，一步不落。

2.英雄救美赢芳心　草原定情许终身

在草原那边与一些小伙子姑娘一起唱歌跳舞的慕容霸不断用眼睛寻找着马兰，多希望马兰赶快回来，参加到他们当中，那样，他就可以与马兰面对面跳舞，一起唱歌。可是，马兰已经跑向远方。

一个姑娘走过来，与慕容霸对面跳舞，遮挡住马兰的身影。慕容霸只好与姑娘对面跳着。

姑娘转了过去，慕容霸急忙朝马兰的方向望去。马兰呢？怎么看不到她的倩影？

慕容霸张望着。只见马兰已经跑到很远很远的地方，一匹白马的骑手正与她并驾齐驱，似乎还互相厮打。后面又飞上来几匹快马。

不好！慕容霸心中一惊：有人要抢马兰！

慕容霸跑到自己坐骑前，抓住马鞍，蜻蜓点水，翻身上马，用靴子猛踢马肚，白马飞奔起来，向马兰方向奔去。

慕容霸的白马，是一匹草原上奔跑速度最快的汗血宝马，是大宛国进贡给大燕的贡品。风在慕容霸耳边呼啸，汗血宝马像风似的飞奔，眼看着距离越来越近。

慕容霸伏身马背，不断催促着白马。慕容霸已经看清了追赶马兰的人，原来是刘卫辰！死犊子！果然没安好心！他想抢走马兰！刘卫辰已经飞身上了马兰的坐骑，把马兰紧紧箍抱在自己怀抱里，向西跑去。

死犊子！你跑不了的！慕容霸伏身马背，风在他的耳边呼啸，他瞅着前头奔跑的白马紧追不舍。

从草原对面奔来十几匹快马，这是刘卫辰的护卫，他们来接应自己的头领。刘卫辰得意地回头看了看追赶上来的慕容霸，轻蔑地笑了。十几个护卫簇拥着刘卫辰，快马加鞭，跑向草原深处。

慕容霸看着前方小马队，勒住缰绳。他四下看着地形，想着对策。草原一望无垠，没有可以绕道的地方，这样硬追下去，他是追不上的，即便追上，他一个人也难于抵挡十几个人，怕是不能救出马兰。

慕容霸急忙下了马，打了个呼哨，白马听话地卧到草丛里，他自己也蹲下身，掩藏在草丛里。

刘卫辰回头看了看，笑了："没有人追了。我们下来玩玩吧。"

刘卫辰下了马，从马背上抱下马兰，哈哈笑着，亲着马兰的脸颊："你是我的了！"马兰喊叫着，挥舞着双手，拍打着刘卫辰。刘卫辰把马兰放到草丛里，对自己的护卫挥了挥："你们也下马歇歇吧。"

刘卫辰拉着马兰："过来，坐到我身边。"

马兰不大愿意地慢慢走着，用脚在草丛里胡乱踢着。草丛里倏忽飞出几只百灵，惊叫着飞向蓝天，忽然跳出几只田鼠野兔，向草原跑去。

"兔子！"马兰吓了一跳，惊叫着。护卫听见喊声，也看见惊慌逃窜的兔子，都呼喊着，扑了过去，他们在草丛里撵来跑去，跟着兔子窜，却总也逮不住那灵活的野兔。刘卫辰的注意被吸引过去，他饶有兴趣地看着护卫，眼光灌注在草丛里到处寻找野兔。"在那里！在那里！"他指着草丛，弯着腰，小心向草丛走去。

躲在草丛里的慕容霸看见远处的刘卫辰和护卫都下了马，一刻也不耽误，拍了拍白马，白马一翻身站了起来，慕容霸翻身上马，朝刘卫辰追了过去。

马兰从刘卫辰身边慢慢向后退去，心怦怦乱跳着，再退后几步就可以翻身上马了！马兰听到身后白马的喷嚏声。好了，到了！马兰突然转身，翻身上了自己的白马。"快跑！"马兰喊着。白马扬起四蹄，在绿草上飞了起来。

"跑了！"一个护卫喊。

"没跑！还在草丛里！"刘卫辰小声说，小心拨弄着草丛。

"人！人跑了！"护卫着急地喊。

刘卫辰站起身，看见马兰的坐骑已经跑开，愤怒地咆哮着："给我套回来！"一个护卫抄起套马索甩了出去，套马索正好套在白马的脖颈上，几个护卫一起过来帮忙，拼命拉着套马索，把马兰的白马慢慢拉了回来。慕容霸已经接近马兰，却被刘卫辰发现了，刘卫辰跳上马，带着几个护卫，向慕容霸包抄过来。

"不管你的闲事！你回去！"刘卫辰对慕容霸大声喊。

"她不同意，你不能抢走她！"慕容霸也喊着回答。

"谁抢来就是谁的！你别狗捉老鼠多管闲事！"刘卫辰从一个护卫手里夺过一把弯刀，向慕容霸砍了过来。

慕容霸只有一把小腰刀，无法抵抗进攻，只好在马上左右闪避。

慕容霸冲到正在拉套马索的护卫身边，抬起一脚，把护卫踢翻在地，他翻身点地，从地上捡起护卫的弯刀，又翻身上马，一刀砍断套马索。

"快跑！"慕容霸对马兰大声喊。马兰急忙用靴子狠命踢着白马马肚，白马拖着套马索奔腾而去。

刘卫辰带着几个护卫挥舞着弯刀想去追马兰，被在马上挥舞着弯刀的慕容霸阻挡着他们的去路。刘卫辰哇哇大叫着挥舞着弯刀，指挥着护卫向慕容霸扑来！

慕容霸一身好武艺，不一会，刘卫辰就感觉胳膊沉重，他闪避到一旁，让护卫与慕容霸厮杀，自己去追赶马兰。

慕容霸看见护卫咬住不放，担心马兰被刘卫辰追上，就挥舞起弯刀，把一柄弯刀上下左右舞得如同银龙，一会就砍翻几个护卫，其他护卫一时不敢靠上，慕容霸瞅准一个空当，一夹马肚，跳出圈子，打马向马兰追了过去。

看着刘卫辰已经快要追上马兰，慕容霸一时着急，便抡圆了胳膊，把弯刀甩了过去。弯刀正好落在马的屁股上，扎了进去。马疼痛难忍，跳跃起来，把不曾防备的刘卫辰甩了起来，重重地摔到草地上。刘卫辰疼痛地躺在草地上呻吟着，挣扎着怎么也爬不起来。

慕容霸打马赶了过来，看着草地上呻吟的刘卫辰，他哈哈笑着喊："刘卫辰！这下你安心了吧！"

马兰看见慕容霸追了上来，又惊又喜，她从马镫里抽出脚，瞅准时机，腾地飞了过去，落在慕容霸的马背，紧紧抱着慕容霸的腰，带着自己的白马，向贺兰部飞奔而去。

好不容易挣扎着爬了起来的刘卫辰好不懊恼，他望着马兰和慕容霸远去的背影，跺脚捶胸，悔恨不已。"走着瞧！我们没完！"刘卫辰咆哮着。

"多亏了你！"马兰在慕容霸身后感激地说，把自己的脸颊贴在慕容霸宽阔的后背上，紧紧搂住慕容霸，以防被颠簸下来。

"没有什么。不过小事而已。"慕容霸笑着，感受到后背上紧紧贴着自己的马兰的体温，感受到她那柔软的胸部，竟有些激动，心怦怦地跳了起来。

马兰似乎听到慕容霸那怦怦乱跳的心，一时慌乱和害羞起来。她呼哨了一声，自己的坐骑白马冲了过来。马兰蜻蜓点地般跳下慕容霸的马，又蜻蜓点地般轻捷地跳上自己的马背。

慕容霸赞叹地看着马兰，稍微有些遗憾，像刚才那样的时刻多持续一会该多好啊。

马兰回头看了看，刘卫辰和他的护卫没有追过来，安心了。她笑着对慕容霸喊："我们接着刚才的比赛，看谁先跑到那个敖包！"

慕容霸和马兰几乎同时到达敖包。马兰从马镫上站立起来，高声欢呼："我又赢了！"

慕容霸也呼喊着："我也赢了！"一边喊一边索性从马镫里抽出脚，倒立在马背上。两匹白马稳稳地慢慢地高抬步，保持着身体的平衡，让两个主人任意表达他们的欢喜。

鲜卑国母：献明皇后

马兰咯咯笑着，翻身下马，她跑到敖包前，绕着敖包走了三圈，又跪到敖包前，祈求天神的保佑。慕容霸也跳下马，学着马兰的样，绕敖包走了三圈，跪到马兰身边，大声说："天神保佑慕容霸，让慕容霸随心所愿，娶马兰为妻！"

马兰用劲捶了慕容霸一拳头："你真坏！谁要嫁给你啊！"她急忙站起来跑开去，跑到盛开着一片美丽鲜花的草丛里，扑打着花朵上翩飞的各色蝴蝶。

慕容霸向敖包磕了几个头，也追了过来。他看着盛开的红黄蓝紫一片的鲜花，眼睛眨了几下，心里有了主意。他一定要趁今天这难得的时机，向他心爱的马兰求婚，让马兰答应他的求婚，等他回到燕国去，就禀告父母，正式来迎娶马兰。慕容霸在花丛里采摘着马兰、苜蓿、山丹、喇叭花，然后精心地编了一个花环。他把花环藏在身后，蹑手蹑脚来到扑蝴蝶的马兰身后，一下子把花环套到马兰脖子上，又摘了几朵山丹和马兰，给马兰插在她乌黑的鬓角上。马兰羞红了脸。

"马兰，我正式向你求婚，请你跟我回燕国去吧！我要娶你为妻！"慕容霸站到马兰对面，双手垂着，十分恭敬地说，他响亮的声音荡漾在草原上空，传得很远很远，他慕容霸要让草原和敖包都听到他的宣言。

马兰脸色绯红，她不好意思地低着头，绞着她的黑发辫。

"答应我吧，马兰！"慕容霸向前挪了挪，更靠近马兰。马兰有些羞涩，想向后退去，慕容霸一把抓住她的手，温柔地摩挲着，小声哀求着："答应我吧，马兰！我太喜欢你了！你要是不答应我，我就死在你的面前！"说着，从腰间掣出他的腰刀，明晃晃的刀锋在阳光下闪烁出耀眼的光芒，晃着马兰的眼睛。

马兰本能地呼叫起来："你要干什么，阿干？"

慕容霸把刀尖对着自己的胸膛，看着马兰："我要你答应我，要不，我今天就死在你的面前！"

马兰双手握住慕容霸的手腕，哀求着："阿干，你不可乱来！我答应你！"

慕容霸把腰刀扔到草地上，抱住马兰，热烈地亲吻着她："马兰，我的心肝宝贝马兰！你肯答应我，我真的太高兴了！我明天就返回燕国，禀告我父母，秋天就来迎娶你到燕国去！"

慕容霸从自己的腰带上解下一块晶莹碧绿雕刻精细的玉佩，郑重地把它放到马兰的手心里："这是我给你的信物，希望你永远把它保存在你的身边！"

马兰仔细地端详着这温润的玉佩，玉佩上雕刻着一双龙凤。慕容霸指着玉佩上的龙凤："这是我们慕容家的传家宝。阿娘把它偷偷地给了我。我大哥还很不高兴呢。"

马兰从脖子上取下自己的那块护身玉观音，交给慕容霸。慕容霸急忙把它戴到自己的脖子上："我慕容霸在，这玉观音就永远陪伴着我！"

马兰投入慕容霸宽阔温暖的怀抱，两个私定终身的年轻人紧紧地拥抱在一起。两人互相拥抱着，倒在花丛绿草丛中，热烈地亲吻着抚摩着。慕容霸与马兰紧紧拥抱着，像草原上许多男女一样，在蓝天白云绿草原上，在绿草的掩映下，进行着人类最神圣的事情。微风吹来，一阵绿色波浪起伏，可以看到草丛中点点红色黄色紫色衣服的闪动。

马兰突然推开慕容霸，自己坐了起来："我还没有禀告父母呢，不知道他们同意不同意，要是他们不同意，我们该怎么办？"

慕容霸在草地上翻滚着，手舞足蹈，又唱又啸（吹口哨）："没问题，他们一定会答应的！我们慕容和你们贺兰部，原本也算是鲜卑一家人，哪能不答应呢？你放心，我们这就去禀告你父母，请求他们的同意！"

这时，一匹枣红色骏马向他们奔来。马上穿着鲜艳衣袍的小姑娘一边挥舞着一块鲜红的锦缎一边呼喊："马兰，阿爷回来了！阿爷叫你回去呢！"

马兰望了过去："是山丹喊我呢。我们回去吧。"

慕容霸呼啸了一声，两匹正在悠闲啃草的白马撒欢似的跑了过来。马兰和慕容霸翻身上马，迎着山丹向贺兰部驻帐地跑了过去。

3.贺兰部大人拒亲　慕容霸将军抢婚

狼山脚下一片平坦宽阔肥沃的草原上，闪烁一个荡漾着清波的海子（湖泊），海子不大，湖边上生长着茂密的芦苇和水草，栖息着许多水鸟，有各种野鸭、大雁、天鹅、白鹤、灰鹳，也有总是并排游弋在水面上形影不离的鸳鸯。

海子不远处的山弯里，立着几百顶白色毡帐，这几百顶白色毡帐，就像雨后绿草原上盛开的蘑菇。这就是鲜卑部族的一个部落,贺兰部。

贺兰部虽然是匈奴人部落,但是很早就归附了鲜卑,成为鲜卑部落。贺兰部与拓跋鲜卑关系最为密切,他们是拓跋鲜卑的母舅家,早期曾经有女儿嫁给拓跋鲜卑首领力微[①]。

贺兰部的族长大人野干刚刚从代国都城盛乐归来。他一年四季要按时去盛乐朝见代国国主什翼犍,去向他进献贡物,接受他的指示,向他禀报贺兰部部落情况,来实施自己作为代国东部大人的职责。

野干是典型的匈奴人,高大魁梧,一头茂密黝黑的头发,一脸茂密黝黑的须髯,方正脸盘,白皙皮肤,一双很大的眼睛泛着幽幽蓝色。他来到大阏氏的毡帐里议事,几个小阏氏和几个成年的儿女都聚集在这里。

野干向大家分发代国国主什翼犍赏赐他的礼品。"这是给大阏氏的。"野干把一匹提花缎递给大阏氏。

"这是给你的。你阿爷问候你。"野干把一对碧玉手镯和一对鹿角送给二阏氏辽国公主:"这是你阿爷特意送给你,让你补补身子。"

二阏氏辽国公主嘟囔着:"亏他还没有忘记他的女儿,我以为我阿娘死了以后,他就把我全忘了呢。"

野干笑着:"哪能呢?他可惦念着你呢。还让我带话来告诉你,让你过些日子回盛乐看看,住一段时日呢。对,国主还派太子专程来看望你呢。"野干补充说。

"是嘛,我阿干拓跋寔来了?他在哪?怎么不叫他来?"辽四公主兴奋起来。

"我让他在我的大帐里歇息,他好像身体不够壮实,走了这么远的路,十分疲乏。一会你过去看望他。"野干笑着,继续分发礼品。毡帐里一片高兴的喧闹和快活的笑声。

"马兰呢?山丹呢?"野干给在座的阏氏和儿女都分了礼品以后,环视着全毡帐,寻找着他这两个心爱的女儿。这两个女儿是纯种的匈奴血统,叫他更加喜爱不已。这两个女儿像他的母亲一样漂亮。

"她们骑马出去了,一会就回来。"马兰的母亲三阏氏说。

[①]力微:鲜卑拓跋部早期首领,被追封为神元帝。

大阏氏贺讷的母亲笑了："这两丫头疯得狠，帐幕里待不住的！"

敕勒三阏氏，染干和贺庐的母亲，冷笑着："可不是，来了个后生，她就更疯得不知道她是谁了！"

"后生？什么后生？哪来的后生？"野干看着三阏氏，奇怪地问。

二阏氏辽国公主急忙插嘴解释："我的舅舅慕容霸从燕国来看望我，马兰陪着我舅舅出去骑马转转。"

"慕容霸来了？他长大了吧？"野干随口问。

"可不是，长成一个高大魁梧像你一样壮实的大后生了。"辽国公主笑着。

"阿爷，我们回来了！"毡帐帘子一掀，灿烂的阳光射了进来，照亮了毡帐里面的人。马兰和山丹拉手跑了进来。

野干高兴地喊："快来，就等你们姊妹了。这就是慕容霸？"野干看到马兰身后的魁伟后生，问辽西公主。

"是的。他就是我舅舅慕容霸，燕国国主慕容元真的五儿子。"辽西公主拉着慕容霸的手，把他带到野干面前："见过东部大人野干。"

慕容霸把右手按在左胸口，向野干鞠躬行礼："东部大人好。慕容霸拜见东部大人！"

野干看着慕容霸，赞叹着："果然一个好后生！这么魁伟，英俊，将来要成大事的！可惜你不是长子，要不燕国给你，可是大有希望的！来，坐过来！"野干挪了挪身子，让慕容霸坐到自己身边。

"你阿爷慕容国主身体可好？"野干亲热地问慕容霸。

"还好，不过也是经常有病。"慕容霸回答着，眼睛却看着马兰，征询着她的意见。马兰轻轻摇头，示意他先不要说。慕容霸微笑着轻轻点头，他也觉得现在不是他求婚的合适时机。慕容霸只是沉稳地回答着野干的询问，想给野干留下一个好印象，以便在求婚的时候，能够得到野干的允许。

毡帐的帘子又一掀，一缕灿烂的阳光又照亮毡帐。

"大家好！"进来的人手按右胸口，向毡帐里的人问好。

野干急忙站了起来，大声招呼着："太子殿下，你怎么来了？不是让你先歇息一下吗？"他马上转向其他人："快见过太子殿下！"

野干的阏氏和儿女都跪下拜见代国太子拓跋寔。野干把太子拓跋寔让到主位，向太子寔介绍了慕容霸："这是燕国皇帝的六子，慕容霸，他从邺城来看望他的外甥女，你的妹子辽西公主。"

太子拓跋寔高兴地握住慕容霸的手："幸会，幸会！我见过你哥哥的太子慕容暐，还没有见过你呢。你们燕国不是要与东晋打仗吗？"拓跋寔是代王什翼犍的长子，为慕容元真女所生，所以，慕容霸是代国太子拓跋寔的母舅。不过，太子拓跋寔并没有见过这母舅。

慕容霸笑着："这只是筹划的事，群臣反对，没有进行。现在举国休息兵力，我出来转转玩玩，顺便看看外甥女。对了，我那被送进代国侍奉你父王的那个侄女还好吧？"慕容霸想起几年前被他新即位的哥哥送给代国国主什翼犍的女儿慕容氏。代国国主什翼犍十分喜欢慕容部落的姑娘，慕容部姑娘白皙高大丰满，长相十分漂亮。慕容燕国国主慕容元真先后送了他的妹妹和女儿给什翼犍，先后都故去了。慕容霸的哥哥慕容暐即位以后，什翼犍希望继续交好燕国，慕容暐又送了自己的女儿，也就是慕容霸的侄女。这样，燕国慕容家三代三个姑娘先后做了什翼犍的妃嫔。

"好，很好，她很得父亲的喜爱呢。你们慕容家族的姑娘太漂亮动人了。连我都想让父王给我找个慕容姑娘呢。"拓跋寔开玩笑。"不过，慕容男子也很优秀啊，听说慕容将军英勇善战，屡战屡胜，本人十分仰慕。"

慕容霸笑着："哪里，哪里，代国国主与太子近来屡有征讨，破高车，讨刘卫辰，多有收获，获牛马数百万，人口千万，小弟很是钦佩啊。"

马兰听着太子拓跋寔与慕容霸谈论国事，她是一点也不懂。不过，她对太子拓跋寔产生了很大兴趣。她所在的贺兰部是代国部属，这代国太子可是他们贺兰部最大的首领。她好奇地打量着代国太子拓跋寔。拓跋寔与慕容霸年纪相仿，但是长相却比慕容霸差得很远。完全鲜卑打扮的拓跋寔苍白消瘦，个头不高，头顶上留着头发，垂了下来编成辫子，眼睛虽然不小，却灰暗散漫，无精打采，没有一点神采，与高大白皙红润的慕容霸站在一起，显得他萎缩病怏怏的。她朝自己心上人望了过去，刚才拓跋寔与慕容霸的对话，让她对慕容霸又增加了几分敬意。慕容霸打仗勇敢有谋略，怪不得他能够博得自己的好感。

拓跋寔的妹子辽国公主看见哥哥，高兴地大声喊："阿干，来看妹子

不是?"

拓跋寔看见辽国公主喊他,眼睛稍微亮了一下,他走过来问候辽国公主,转达什翼犍对辽国公主的问候。拓跋寔看了看辽国公主身旁高大颀长丰满的马兰,眼睛一下子亮了起来。他苍白瘦削的脸上浮起微笑,这微笑在马兰看来像苦笑一样:

"这就是妹子说的马兰姑娘?"

辽国公主点头:"是啊,这可是我们贺兰部远近出名的美女,名不虚传吧?"

野干也走了过来,笑着问太子拓跋寔:"我这女儿不难看吧?"

拓跋寔连声说:"漂亮之极,漂亮之级。代国王宫里还没有见过这么漂亮的姑娘!"

慕容霸急忙走了过来,拉过太子拓跋寔,把他从马兰面前拉开,拉着他走回主位,一边寒暄着:"我阿爷问代国国主好呢。代国国主身体可好?"

拓跋寔只好回答着慕容霸的问话,回到座位上,在几后坐了下来。野干吩咐使女摆上浆酪肉食招待太子拓跋寔和慕容霸。野干挥手让阏氏离开毡帐,只留下大阏氏和贺讷招待太子拓跋寔。

马兰和山丹与母亲四阏氏一起离开大阏氏的毡帐,和母亲妹妹回到她们自己的毡帐去。慕容霸看见马兰走了,自己也坐不住,急忙向野干告辞,他要先去向马兰的母亲说明自己向马兰求婚的事。

四阏氏的毡帐要比大阏氏的毡帐小得多,里面陈设也没有大阏氏毡帐陈设华丽。阳光从毡帐顶上的套脑①射了进来,把毡帐里照得亮堂堂的。中间的青铜火撑上挂着青铜锅,她们娘仨在这里做饭。

四阏氏像她的女儿一样高大颀长,像她女儿一样白皙,当年也是有名的美人。现在虽然人到中年,依然美丽动人。贺兰部的男人经常为她打架斗殴,如果不是慑于族长野干大人的威力,早就有人来抢婚把她抢走了。野干也害怕她被人抢走,特意在她的毡帐外面设了几个强壮的士兵流动哨来回巡逻。

---

①套脑:毡帐顶上的通风照明圆洞。

四阂氏与女儿说笑着回到自己的毡帐。"来，看阿爷从盛乐带回来送你们的礼物。"四阂氏高兴地摊开野干分给她们的绸缎、水晶杯和两对碧玉手镯。"你们一人一对。"四阂氏对马兰和山丹说。

"你呢？阿娘？这绸缎就给你做件袍子吧，多好看！"马兰抚摩着光滑的缎子，欣赏着它的闪烁着五彩光芒的色彩和花纹，感叹地说："看着花纹多好看。阿娘做袍子一定很好看。"

四阂氏扯出缂丝闪光花缎，在马兰身上比画着，她不断地赞叹着："这缎子真漂亮，我看能给我们娘仁一人做一件袍子。马兰，帮我量量，看够不够。"

马兰和母亲比画着，在缎子上丈量着。山丹只是把玩着那对碧玉手镯，对着套脑上射进来的阳光，欣赏玉镯发出的柔和的光线和里面的花纹。

"有人吗？"外面传来一个男人说话的声音。马兰听出是慕容霸的声音，她的脸红了。

四阂氏走到毡帐门口："谁啊？哟，慕容公子啊，进来坐，进来坐！"慕容霸小心地低头走进毡帐，十分小心不让自己的头碰到门框，以免给主人带来厄运。

山丹笑着喊："慕容阿干，又来看望姐姐了？你们在草原上还没有亲热够啊？"马兰红头涨脑，追着打山丹："死女子，我让你瞎说！"山丹咯咯笑着跑出毡帐。马兰也趁机追了出去，她知道慕容霸要和母亲谈他求婚的事，赶快躲了出去。

慕容霸手按胸口，向四阂氏行礼问好，四阂氏招待慕容霸坐到几的客人位置上，好奇地看着慕容霸，问："听说慕容将军打仗勇敢，有勇有谋，可是看将军却如此儒雅，很有教养。不知慕容将军屈尊来，究竟为何事？"

慕容霸白皙的脸有些发红，他沉默了一会，终于鼓起勇气，说："我来向阂氏求婚，希望阂氏同意把马兰嫁到燕国去。"

四阂氏扑扇着大眼睛，微笑着反问："马兰同意了没有？"

慕容霸朗朗答应："马兰刚才同意了。"

四阂氏打量着慕容霸，寻思着，慕容霸虽然同属鲜卑部，但是慕容部久居辽东，开化较早，慕容部建立燕国有年，燕国一直比较富庶，看这慕容霸年轻英俊，又儒雅风度翩翩，马兰嫁过去会有好日子的。这贺兰部，久居偏远

鲜卑国母：献明皇后

草原，距离中原遥远，女儿在贺兰部能嫁什么好人家呢？

四阏氏沉思良久，抬头看着慕容霸："我同意马兰嫁给你。可是，这儿女婚事总还要跟他阿爷野干大人商量商量，才好最后答复你。"

慕容霸高兴地腾得站立起来，他向四阏氏鞠躬到地："感谢四阏氏见爱。野干大人那里，我这就去禀告，征求他的同意。"

毡帐帘掀起，野干和拓跋寔走了进来。四阏氏急忙躬身把他们让到主位上。野干满脸疑惑地看着慕容霸，目光转向四阏氏。

四阏氏急忙解释说："慕容将军来向我们的马兰求婚，我已经答应了他。他正要去征求你的同意呢。"

"什么？你答应了他的求婚？"野干瞪着如铜铃铛般大小的眼睛，愤怒地咆哮着："谁让你私自同意的？你跟我商量了吗？臭婆娘！你居然敢于自己做主！你想挨鞭子抽打了，是不是？"说着，飞起一脚，踹倒四阏氏。

拓跋寔和慕容霸都拉住野干劝说着。慕容霸伸开双手，阻拦着野干，一边说："大人不要责备四阏氏，是我来求婚的！"

野干用力推开慕容霸，继续对着四阏氏咆哮："你没看见太子拓跋寔来我们部落吗？我已经答应代王，把马兰许给了太子。他这就是来求婚和迎亲的！你居然私自把马兰许给了他！你找死啊？"说着，又要飞脚去踹四阏氏。

慕容霸挺身站在野干面前，野干一脚正好踹到慕容霸的小腹上，慕容霸伸手顺势轻轻拨拉了一下，野干一个趔趄，倒在身旁的拓跋寔身上，差点把拓跋寔砸得倒了下去。慕容霸呵斥着："野干大人，休得这么野蛮！"

野干扶住摇晃着的拓跋寔，惊慌地看着慕容霸，慕容霸的臂力着实叫他大吃一惊，见慕容霸满面怒容怒目而视，他也就收敛了气焰，拉着拓跋寔坐了下去。他转向慕容霸，竭力让自己平静下来，用商量的口气说："慕容将军，小女马兰已经许给拓跋寔太子，还是请慕容将军回去吧。"

慕容霸知道，自己身在贺兰部，是不能与贺兰部大人野干顶撞的，他也采用心平气和口气，还代带着几分戏谑："野干大人的话我听明白了。可是，我想告诉大人，不管是鲜卑还是敕勒匈奴，都有抢婚的习惯，我要是抢走马兰，还请大人放行！"

"不行！"野干啪得一拍面前桌几，站了起来，怒喝着："慕容霸，我警告你，要是敢抢走马兰，我就让代国国主发兵去攻打燕国，亡你燕国！"

太子拓跋寔也大声喝道："慕容霸！你不能抢走马兰！要是你敢抢走马兰，我这就返回代国，发兵讨伐燕国！一定消灭燕国，抢回马兰！"

慕容霸傲慢地斜了他们一眼，一句话不说，大步流星走出毡帐，跨上他的白马，向海子旁疾驰而去。他知道，马兰一定在海子旁边等着他。那是他们多次相会的地方。

慕容霸远远就看到海子旁边的草滩上，坐着一个姑娘，鲜红的袍子如同绿草丛里一朵盛开山丹。那是马兰，慕容霸心里一阵狂喜，疾驰而来，来到马兰面前，他翻身跳下马。马兰坐在草地上，正在把自己满头黑发辫成许多小辫子，看见慕容霸下马，她站了起来，迎着他跑了上去。

"谈得怎么样？阿爷阿娘答应了没有？"马兰扑进慕容霸的怀抱，着急地问。

慕容霸没有回答，只是充满爱抚地抚摩着马兰满头的黑发辫。马兰抬头仔细看了看慕容霸略带蓝色的黑眼睛，慕容霸的大眼睛流露出深深的忧郁与失望。"他们不答应！是不是？是不是啊？"马兰摇晃着慕容霸。慕容霸叹了口气，点点头。

"那我们该怎么办？"马兰失望放开慕容霸，颓然坐到草地上。

慕容霸拉起马兰，捧起马兰的脸，他的眼睛里充满果断坚决："听我说，马兰，我真的爱你，要是你也真的爱我，现在就跟我走！要不，你阿爷就要把你给代国太子拓跋寔了！"

马兰瞪着吃惊的眼睛看着慕容霸："现在就走？到哪里去？"

"跟我回燕国到龙城去，辽东地方富庶，去那里你可以住宫殿，不用再住毡帐！"慕容霸定定地看着马兰，乞求着："快做决定吧，要不就来不及了！"

马兰还是犹豫不决。她从来没有离开过贺兰部，从来没有离开过自己阿娘的毡帐，她不知道外面是什么样子，不知道宫殿是什么样子。燕国欢迎她吗？她能适应没有毡帐的生活吗？虽然慕容霸也有匈奴血统，但是慕容鲜卑离他们贺兰部太遥远了。她有些害怕陌生的燕国。

远处传来马蹄嗒嗒声，一队人马正向海子奔来。慕容霸高声喊着："他

鲜卑国母：献明皇后

们来了!"说着,一把抱起马兰,把她横放在马背上,随即跳上马,打马向东南方向跑疾驰而去。后面的马队吆喝着呼喊着追了过来。

马兰在马背上挣扎着坐了起来,耳边的风声呼呼响。"你跑不了的! 他们会追上来的!"马兰大声喊。

慕容霸并不答话,只是催促着坐骑快跑。白马四蹄腾空,飞翔一般在草原上奔驰。马兰回头张望,贺兰部的追兵越来越近。

"他们追上来了!"马兰惊呼着:"你跑不过他们! 贺兰部的马是草原上跑得最快的汗血宝马,你跑不过的!"马兰在慕容霸怀抱里挣扎:"放我下去! 他们会杀死你的!"说话间,几支飞箭带着清脆的响声飞了过来,又贴着慕容霸的耳边飞了过去。

"他们放箭了! 快放我下去! 你自己跑吧!"马兰继续劝说着慕容霸。慕容霸脸色铁青,紧咬牙关,就是不放开自己的臂膀。又有几支响箭飞了过来,有一支插到白马的臀部,白马趔趄了一下,几乎倒了下去。

马兰突然从慕容霸的怀抱里跳下马背,她扬手打了白马一下,白马忍着疼痛,继续向前飞奔。慕容霸大声呼喊着:"马兰! 马兰!"

"快跑吧! 快跑!"马兰喊:"我会记住你的!"马兰喊着,向追来的贺兰部人迎了上去。慕容霸勒马掉头,想去追马兰,贺兰部射来的飞箭纷纷落在他的前后左右,慕容霸只好打马拼命跑开。

野干率领的贺兰部追兵来到马兰面前,野干勒住马,大声命令马兰:"上来!"马兰最后望了望远去的白马和慕容霸的背影,跳上父亲野干的马背。野干原本还想继续追赶慕容霸,看他已经跑得很远,也就放弃了追赶,挥手对自己的部下喊:"回去吧!"

跑远了的慕容霸勒住白马回头张望,看见贺兰部追兵载着马兰已经转头回去,他深深地叹了口气,沮丧地慢慢向自己燕国龙城方向走去。

4.逃婚不成被追回　以死抗争受惩罚

"进去吧,你这野丫头! 看我怎么收拾你!"野干骂骂咧咧地推搡着马兰。马兰被野干用力推进了大毡帐,马兰踉跄了几下,差点跌倒在大毡帐中。

四阙氏已经等待在大毡帐中。她坐在右手自己的位置上，焦急不安地等待着野干去追马兰回来。上首坐着拓跋寔。

看见马兰踉跄着被推进毡帐，四阙氏急忙站了起来，冲上去搀扶马兰。"他没抽你吧?"四阙氏心疼地问马兰。马兰摇头，大而蓝的眼睛里已经满是泪水，她强忍着没有让眼泪流出来。

"让你久等了!太子。"野干向太子拓跋寔道歉。

太子拓跋寔呆呆地看着马兰。这么漂亮的姑娘他还没有看到过，他已经下定决心要把马兰带回盛乐去作他的阙氏。

野干讨好地对拓跋寔赔着笑脸:"人我给你追回来了。太子殿下，小女能不能给太子殿下侍寝啊?"

拓跋寔眉飞色舞:"我听从父王的安排。野干大人还是早日安排她早日进宫去!"

马兰跺脚喊:"我不!我死也不进盛乐!"

拓跋寔坏笑着走到马兰面前，抬起马兰的下颌，端详着马兰漂亮的蓝眼睛，嬉皮笑脸地说:"这可由不得你!你阿爷要是不把你送进盛乐，你们贺兰部恐怕别想在代国安身!代王和我不会放过你们贺兰部的!难道你忍心让你们贺兰部从此以后在草原上消失?你忍心让你们贺兰部血流成河?你忍心看着你的阿娘和兄弟姊妹流落代国做奴隶?"

马兰惊恐地看着拓跋寔，慢慢向后退着，她知道，拓跋寔说得出做得到，代王不是正在逐步消灭草原上的敕勒丁零匈奴部落吗?那些被征服的部落男人被杀，女人孩子都被迁到盛乐，做了王宫奴隶。马兰浑身颤抖着，紧紧靠到自己母亲的身上。她猛然从母亲腰间拔出短刀，用刀尖逼着自己的咽喉，咬牙切齿地说:"你再逼我，我就死在你面前!"

四阙氏慌里慌张地握住马兰的手腕，哀求着:"马兰，你不要做傻事啊!"野干愣了片刻，立刻跳了过来，一手拧住马兰的手腕，让她手中的短刀跌落在地上。

四阙氏瞪着眼睛，愤怒地看着拓跋寔喊着:"你要是真的想娶她，你就该好好对待她，你这么恐吓她，她越不会喜欢你!她的脾性我知道!"

拓跋寔背着双手，走回自己的座位。他看着野干，傲慢地命令着:"那好。既然她阿娘说话，我就听她的。暂时不用她跟我回去，还让她留在贺兰

鲜卑国母：献明皇后

21

部,秋天你把她送进盛乐。我可不想让她这么横眉竖目凶神恶煞地进王宫。我只要一个低眉顺目笑眉笑样的妃子!"

野干赔着笑脸:"这女子被她阿娘宠坏了!太子殿下放心,我会管教好她的。秋天一定按时把她送进盛乐!"说到这里,野干朝外面大声喝道:"来人!"两个带刀的侍从从外面跑了进来。

野干指着马兰吩咐着:"把她给我关到小帐里去,好好看守着,饿她几天,看她听话不听话!"四阕氏可怜巴巴地看着野干,张嘴要说话,野干大眼睛一瞪,凶恶的眼光叫四阕氏浑身一哆嗦。

"你要给她求情,我连你一起关起来!"野干咆哮着:"你要是敢私自放她出来,小心你的脑袋!"他警告着四阕氏。四阕氏流着眼泪,看着侍从把马兰拖了出去。

拓跋寔笑嘻嘻地看着野干:"这么野性的女子是需要好好管教!可是,你记着,不要把她漂亮的小脸蛋弄坏了!我还要好好看她漂亮的脸蛋呢!"

野干唯唯诺诺答应着。

马兰蜷缩在漆黑的小毡帐里,不知道自己被关了几天。毡帐外又传来说话声,好像是有人来了。马兰站了起来,在黑暗中摸索着,向有点光线的地方走了过去。可能是母亲来看望她,也许是山丹来给她送牛奶、浆酪和肉食。

马兰兴奋地摸到门口,摇晃着毡门,大声呼喊着:"开门,让我出去!"几天的黑暗,让她心里充满恐惧。夜晚,听着草原上狼群的嗥叫,她吓得浑身发抖,用手捂住耳朵,蜷缩成一个小团,好久好久才能入睡。

野干为了教训他这野性的女儿,不许任何亲人来探望她。她的母亲四阕氏悄悄来过几次,可看守的侍从坚决不允许她进去,只能隔着毡帐安慰女儿几句。山丹每日按时给她送来牛奶、浆酪和肉食,倒也没有饿着她,可是黑暗、孤独、恐惧,却叫她胆战心惊。

"放我出去啊!"马兰拼命地大声呼喊着,摇晃着毡帐的门。侍从在外面吆喝着恐吓着:"不要乱喊!不要摇晃!"

马兰只是继续喊叫着:"放我出去!"

"马兰,别喊了,听你的声音都嘶哑了。"门外传来亲切温柔的声音。马兰惊喜地听出来,这是贺讷阿干的声音。

"阿干,放我出去!放我出去!我害怕!"马兰哭喊着。

"给我开开门!"贺讷命令着看守侍从。

侍从犹豫着:"大人命令,不许任何人进去的!"

贺讷抓住侍从的袍服衣襟,愤怒地咆哮着:"叫你开你就开!不开,我宰了你!"侍从哆嗦着急忙打开毡帐的门。

马兰扑通跌倒在毡帐外。贺讷急忙抱住她,让她坐到草地上。

"马兰,你怎么了?"贺讷轻声地呼喊着。马兰睁开眼睛,看到哥哥贺讷,眼泪扑簌簌地流了下来:"阿干,救救我!"

贺讷让侍从取来热牛奶:"趁热喝吧,马兰。"马兰听话地喝了一碗牛奶,感到舒服了许多。

"阿干,放我走吧,求求你,救救我!"马兰看着贺讷说。贺讷虽然与她不是同母兄妹,但是贺讷喜欢她,关心她,她也很敬重这兄长。

贺讷劝说着:"马兰,你不可乱来。慕容霸早就回了燕国龙城,你根本找不到他了。还是去向阿爷赔个不是,认个错,让阿爷放了你,老老实实在部落里等着太子拓跋寔来迎亲。到代国盛乐,可是有你享福的时候啊!"

"不,我不嫁拓跋寔。我要去寻找慕容霸。阿干,我已经是他的人了!"

"什么?马兰!你瞎说什么啊!你不要命了?要是叫拓跋寔知道,还不要我们的命!?不许你瞎说!"贺讷惊慌,捂住马兰的嘴,不让她说。

"真的。阿干,我没有瞎说。这不是鲜卑的习俗吗?我们就是按照鲜卑的习俗做的,我们没有错!"马兰眼含热泪。

贺讷摇头叹息着:"可是,慕容霸已经回到龙城,你到哪里找他呢?还是乖乖听阿爷的话,等着拓跋寔太子来迎亲吧。"

马兰站了起来:"阿干,你就成全小妹一次,让小妹去龙城寻找慕容霸。如果寻不到他,小妹听从阿爷的安排,到盛乐去。"

贺讷看着马兰满脸坚定的神情,知道这妹子已经铁了心,就算再把她关起来,也不会让她断绝自己的念头,反倒不如放她走,让她自己断绝自己的念头好。龙城那么远,她根本无法找到慕容霸。等她自己绝望,再把她带回来,她才会安心进代宫去。

贺讷主意已定。他故意装作为难的样子,搔着头皮:"要是让阿爷知道了，会打断我的腿的！"

马兰摆手："我知道，阿爷不会为难你的。你是阿爷的长子，阿爷要靠你接替他来领导贺兰部呢。阿干，你就成全小妹吧。"

"好吧。我把侍从支走，你自己想办法逃出去！"贺讷说着，站了起来，对侍从说："我还把她关起来。"说着，把马兰又推进黑毡帐，装作闩门的样子在毡帐门上鼓捣了一阵。他转过身对侍从挥手："去把我的马牵来。"贺讷向毡帐后面的草原走去。侍从急忙跑过去，为贺讷牵马。

马兰听到贺讷和侍从一起离开，急忙打开毡帐的门，飞快跑向马厩，拉出自己的坐骑，飞身上马，向她以为的龙城方向飞奔而去。

看见马兰骑马而去，贺讷慢腾腾磨蹭了许多时间，才回到野干的毡帐，向野干报告了马兰逃跑的消息。

野干大怒，咆哮起来："谁叫你放她走？要是真的让她跑了怎么办？要是在草原上出点事怎么办？草原上狼那么多，你不怕狼把她叼走啊？"

贺讷急忙安慰野干："阿爷不要着急。我这就带着染干和几个侍从，跟着她，暗地里保护她。我向你保证，不出三天，我就把马兰带回来，保证她再不想入非非乱跑了。不过，阿爷，等马兰回来，就要送她到盛乐去！"

"好，我同意！你和染干快点去吧。多带几囊浆酪和肉食，别饿坏她！"野干嘟囔着嘱咐儿子。

马兰打马在草原上狂奔了一天，又累又饿，看到没有人追来，她就放松了缰绳，让白马慢慢走。她这才想起来，自己仓皇出逃，没有准备一点吃的喝的。这可怎么办呢？

马兰跳下马，拉着马四下张望。草原上太阳正在落山，一轮金黄的落日又圆又大，正如一片金黄的火烧在云里慢慢向地平线下沉没，半个，小半个，最后的一弯欢快地跳动了一下，没入地平线。明亮的草原，慢慢苍茫起来，朦胧起来，昏暗开始笼罩着草原。草原上看不到放牧的牧人，也看不到羊群马群。微风吹过，绿色草原翻起绿色波浪，飒飒的风声吹过草尖，绿色开始暗淡起来。

马兰看着最后一线火红色沉没，突然慌张起来。她该向哪个方向走呢？听慕容霸说过，龙城好像在贺兰部的东北方向，可是太阳落山以后，哪里是东北方向呢？

马兰惊慌地四下环顾，她决定继续向太阳落下的相反方向走去，也许她能够走出草原，走到她心爱的人的身边。马兰拍了拍白马的脸颊，把自己的脸贴在马的脸颊上，小声说：“走吧，我只有依靠你了。”白马像听懂了她的话一样，仰起脖颈朝天咴咴地叫了起来。马兰跳上马，忍着饥饿干渴，打马向东方跑去。

“听，那里有马嘶。”贺讷在马背上指着苍茫的东方对弟弟染干说。一只大狗跑在他们的前面，给他们带路。贺讷带着染干和两个侍从跟在马兰后面走了差不多整整一天，也已十分疲乏。

染干嘟囔着：“都是你多管闲事自找麻烦。本来关得她好好的，你要没事找事放他走。看，天都要黑了，还得在草原上跟着她跑。真是的！让狼叼了她才好呢！”

贺讷生气地用套马竿捅了染干一下：“不许瞎说！她不是你的姐姐啊？”

染干阴沉着脸，噘着嘴：“我都快饿死了，是不是该歇息一会？”

贺讷看着越来越昏暗的草原，草原上已经什么也看不清楚，他们只能靠前面的狗引导着马走。“不行，我们要跟住她。你看这天都黑下来，万一真的来了狼群该怎么办？”贺讷一夹马肚，坐下的马又加快了速度，跑了起来。染干从马背的背囊里掏出一块羊腿，啃了几口，喝了几口浆酪，急忙抖了抖缰绳，让自己的马快跑起来追上贺讷，后面的侍从也都紧紧跟着两个主人。

蓝色天幕上闪烁着繁星，一弯月牙挂到东方天边，草原上开始有了些亮光。远处，又传来一声马的嘶鸣。

贺讷高兴地说：“听，马兰就在前边，好在她认住东方，一直向东跑，要不，我们真的跟不住她了。”

远处传来一阵狼嚎。马被惊得跳了一下。贺讷喊：“快跑，狼群来了。”果然，远处，闪起一点点幽幽的亮光，这亮光飞快地移动着，越来越近。

马兰的白马听到狼群的嚎叫，看到飞快移动的幽幽亮光，惊恐地跳了起来，马兰终于支撑不住，从马上摔了下来，一头栽倒在草丛里。白马咴咴地叫着，那叫声凄惨悠长，好像是在求救一样。

"糟了！马兰出事了！"贺讷在黑暗中喊，打马奔去。

哟~嗨~！哟~嗨~！他高声呼喊着，吓唬着狼群。染干和侍从也一起高声吆喝起来。那些越来越近的幽幽亮光停了下来，然后掉转方向，向其他方向移动去。

"狼群被吓走了！"染干欢呼着。

前面的大狗一阵狂吠，好像发现了什么。

"它找到马兰了！"贺讷高兴地说，向狗叫的方向跑去。

马兰的白马低头嗅着大狗，喷着鼻息，正亲热地互相打着招呼。贺讷和染干都跳下马，借着月牙的微弱光亮，在草丛里摸索着。白马喷着鼻息，嘴在草丛里拱，向贺讷指示马兰的位置。

贺讷小心地走到白马前，在草丛里摸索到昏迷不醒的马兰。"在这里，在这里。"他喊着染干。染干也走了过来，帮着贺讷抬起马兰。侍从们已经搭起了小帐篷，点起油脂灯，贺讷和染干把马兰抬进小毡帐，染干把马垛上的背囊拿了进来。

贺讷从皮囊里倒了一小碗浆酪，给马兰灌了下去。马兰慢慢睁开眼睛，在昏暗的油脂灯光下看到阿干贺讷和弟弟染干的脸。

"阿干，你们怎么来了？"马兰哭泣起来。

"我们不来，你就喂狼了！"染干嘟囔着。

"来，吃点羊腿吧。"贺讷撕了一块羊腿给马兰。一天没有吃东西的马兰狼吞虎咽地嚼了起来。

"慢点吃，小心噎着！"贺讷关心地嘱咐着。染干又给她倒了一碗浆酪。

"明天是跟我们回去呢？还是继续寻找你的慕容霸？明天我们可不能再跟随着你了！"贺讷笑着问。

马兰哇的一声哭了起来。贺讷知道，这哭声就是宣言，就是马兰宣告自己寻找慕容霸行动的终结！

第二章　代国新妇

1.新妇入宫太子欢喜　美人压座代王惆怅

九月的扭垤川,天高云淡,盛乐①城里,从故城到八里以外的新城,都是一片喜气洋洋,到处张灯结彩,到处锣鼓吹喧天,黄土路上洒清水,张挂着各色旗幡,在风中猎猎飘舞。

盛乐是代国国都,它位于定襄②南边四十多里处的小平原上,拓跋鲜卑的第一代首领力微大人于三十九年从常川(今内蒙古五原)一带迁徙到盛乐,经过五、六代十四个首领共一百五十六年间,到什翼犍时期,一直定居盛乐。代王什翼犍在繁峙即位,于登国三年移居云中盛乐,四年九月,在盛乐故城南八里以外,新筑宫城作自己的王宫。

今天是代国国主什翼犍的太子拓跋寔从贺兰部迎新娘的大喜日子,全盛乐庶民都被命令出来夹道欢迎。

一队骆驼驮着送嫁的物品过来了,骆驼头上装饰着鲜红的绸缎花,颈上挂着一串金光灿灿的铃铛,一边走,一边发出清脆的声响。接着是车队,高大的车轮滚过洒过清水的黄土路,车上坐着送亲的队伍,男女都穿着鲜艳的鲜卑袍服,戴着各色鲜艳的高帽,然后便是新娘乘坐的高车滚了过来,新娘穿着鲜艳的袍子,带着垂挂着宝石珊瑚金银链的高筒鲜卑帽,她垂脚坐在高车上,两个陪嫁使女搀扶着她。

新娘车后面,是护送新娘的送亲马队,由贺讷和染干弟兄率领着几十个

鲜卑国母：献明皇后

---

①盛乐:在今内蒙古自治区和林格尔县附近。
②定襄汉代郡名,在今天的呼和浩特市周遭地区。

剽悍的贺兰部青年男子，骑着清一色的白马，白马也像前面的驼队一样，头上挽着红绸花，颈上系着金光灿灿的铃铛，铃铛随着步伐叮叮当当地响着。

道路两旁的人们都欢呼起来。这么漂亮的新娘还真的不多见。

送亲的队伍穿过故城来到新城宫城。新城宫城黄土筑成的城墙上站满荷枪的代国士兵，在头领的带领下，举起手中的枪戟欢呼着，向新人致敬。城门口通向王宫的路上，站立着百官。

太子拓跋寔与自己的几个弟兄穿着华丽的衣妆，骑在雪白的高头大宛马上，立在城门前，等待新人来到。新人的驼队来到城门前，城墙上的士兵欢呼声与鼓吹一起响起，声震云霄。

太子拓跋寔来到高车前，向送亲的队伍行礼，向高车上的新娘行礼。拓跋寔看着马兰，笑得嘴都合不拢。马兰低下头，不去看拓跋寔。

"阿爷阿娘，多漂亮的新娘啊！"看热闹的人群里响起清脆的女娃说话声。马兰循声望去，见到一个十一二岁的鲜卑女娃正定定地注视着她，向她笑着。马兰报以微笑，向她摆摆手。

"阿爷阿娘，新娘跟我打招呼呢！"那女娃拍着手，跳着脚，高兴地喊。迎亲队伍里许多人都向这边张望。

"木兰，别大声喊叫，你看，大家都看你呢。"小女孩身边的老年女人急忙呵斥着。

马兰看着这个叫木兰的女孩，又向她招招手。

不知为什么，马兰记住了这个叫木兰的女孩。

王宫里举行盛大的宴会，庆祝太子拓跋寔娶亲。太子拓跋寔与盛装的新娘贺马兰端着酒碗，来到高台基前，向高高在上的代王什翼犍和分坐在他两旁的几个可敦①敬酒。

高大肥胖的什翼犍头上戴着装饰着金银宝石的冠帽，脑后垂着一根很长的发辫，捋着自己满脸茂密的胡人式须髯，美滋滋笑眯眯地打量着新妇马兰，心里不住赞叹：太漂亮了！真是太漂亮了！

什翼犍扭头仔细打量着左右的几个可敦，不比不知道，一比他可真的吓

①可敦：古代北方游牧民族对部落首领可汗妻子的称呼。

了一跳，这一比，叫什翼犍好不懊恼，身边这几个可敦竟没有一个能够赶上马兰的！不是肤色太黑，就是太黄，不是眼睛小，就是眼睛没有神采，不是嘴巴太大就是嘴巴太小，要不就是鼻子眼睛嘴搭配的没有马兰好看。

太子拓跋寔和马兰走到什翼犍面前，向什翼犍敬酒。什翼犍站了起来，把自己的懊恼埋藏在心头，笑着接过马兰递来的银碗，仰起脖子灌了下去。

"今后你就是代国太子新妇了。要好好帮助太子料理事务，听到没有？"什翼犍盯着马兰漂亮的蓝黑眼睛，很有些忘形地说。

"是，小女听从代王吩咐！"马兰低头行礼说。马兰接着向什翼犍可敦逐个敬酒，但是她能够感觉到什翼犍那双热辣辣的眼光一直追随着她。

代国国主什翼犍生于平文四年（公元 320 年），是平文帝次子，母亲王氏，他出生不久，父亲桓帝被妻惟氏害死，惟氏想立其子为君，将要谋害平文帝诸子，什翼犍在襁褓，呱呱啼哭，母亲王氏把他藏匿于裤中，祷告说"天苟存汝，则无啼"，他就不哭了。

公元 329 年，烈帝即位，为了向后赵石勒请和，便送幼帝什翼犍入襄国为质。那时他才十岁，此后他在后赵生活了整整九年。

烈帝临终，叮嘱要迎立什翼犍。诸大人以为什翼犍不肯回国，就推平文四子拓跋孤就位，拓跋孤拒绝说："吾兄居长，自应即位，我安可越次而处大业？"拓跋孤自行赴邺城迎接什翼犍。并且请求以自身做人质，来换什翼犍回代。后赵国主石虎敬佩他们兄弟义气，便一起放归。公元 338 年 11 月，什翼犍在返代途中，在繁峙之北即位。

什翼犍看着太子，回想起拓跋氏的历程，不由感慨万分。

拓跋氏先帝献帝拓跋邻从呼伦湖西迁旅途到阴山时，这漫长的道路上，不断沿途收留草原上的游牧部落，和一些没有归属的零散人员。为了管理的方便，拓跋邻采取了"七分国人"，即将自己的队伍分成八个集团，自己亲领一部，其他七部委派自己的七个兄弟分别统领，形成拓跋八国。之后又新成立了两个部落，也由自己的亲属统领。"凡与帝室为十姓，百世不通婚。"这十族是：纥骨氏，后改为胡氏；普氏，后改为周氏；拔拔氏，改为长孙氏；达奚氏，改为奚氏；伊娄氏，改为伊氏；丘敦氏，改为丘氏；俟亥氏，改为亥氏。后立两姓，乙旃氏，改为叔孙氏；车琨氏，改为车氏。七姓连同拓跋邻自己率领的拓跋氏，为八姓，因此组成了"鲜卑八国"。十姓中，有的不是鲜卑，如乙

鲜卑国母：献明皇后

29

斾氏为高车;纥骨氏出自铁勒;贺兰氏、独孤氏、须卜氏、丘林氏等属匈奴;贺拔氏、奇斤氏等属丁零,即高车。然后,拓跋进入三部时代,晋惠帝元康五年(295年)昭帝禄官即位,力微之子,模仿冒顿、檀石槐的做法,分拓跋领地为三部:禄官为大酋,自领一部居东,统治上谷以北,濡源以西;沙漠汗的儿子统中部,居代郡参合陂(凉城东北);以沙漠汗的另一个儿子统西部,居定襄盛乐故城。

穆帝猗卢元年(晋怀帝永嘉二年,公元308年),以盛乐为中心,把原来三部统一。猗卢统一后在位九年,后四年建设内部,受晋封为代王。

公元317年,东晋建立,猗卢被长子六修追寻杀死。拓跋氏内更换四人,拓跋氏渐弱。

直到公元338年,什翼犍即位,立年号为建国。这样,拓跋代国才从混乱中摆脱出来,慢慢走向今日局面。

什翼犍看着眼前的太子和新妇,心下很是快乐。太子已经成婚,今后代国后继有人,他感到欣慰。可是,看着新妇马兰,不知为什么,内心却滋生出一种说不清道不明的忧愁和烦恼。

太子拓跋寔携马兰回到自己的宫室。宫室不过是面朝北的土房三大间,靠北面窗户下一铺大炕,上面叠着箱笼铺盖,炕上铺着红色炕毡,毡子上有很漂亮的栽花图案,窗户上镶着西域抄掠来的透明琉璃,阳光可以照进房里,洒在炕上。炕上摆放着精致的炕几,炕几上放着干果果品盘。原本游牧民族的鲜卑拓跋氏定居盛乐一百多年,已经习惯了定居生活,早就放弃了游牧生活,不再居穹庐,逐水草,不过,饮食却还保留着原来的习惯,食羊肉饮浆酪。

太子拓跋寔为马兰脱去靴子抱着她上了炕,拓跋寔把马兰放到炕上,自己躺到她的身旁,哈哈笑着:"总算把贺兰部美女弄来了!"

马兰厌恶地看了拓跋寔一眼,心底涌上另一个男人的身影,那英俊、高大、魁梧、白皙的慕容霸。

马兰坐了起来。

拓跋寔也坐了起来,开始脱自己的衣服。使女拉上炕前的锦缎帏帐,退到外间。拓跋寔嬉皮笑脸凑到马兰脸前,用指头捏着马兰的脸颊:"你的心上人慕容霸呢？是不是回龙城去了？不要你了？"

马兰生气地甩开拓跋寔的手："你管不着！"

拓跋寔哼了一声："我当然管得着。要是你再想着他，我一定要叫你吃尽苦头！我是代国太子，他算什么东西？居然当着我的面声称要抢婚！想起来我就生气！"

马兰看着拓跋寔狰狞的脸孔，不敢辩解，拉着被子挪到大炕的另一头去。拓跋寔脱掉衣服，露出赤裸的身体，扑到马兰身上。马兰想反抗，可是又不敢，只好任拓跋寔折腾。

拓跋寔剥光了马兰的衣服，把赤裸的马兰完全晾在炕上，他自己跪在马兰面前，前后左右欣赏着马兰白皙的肉体："真漂亮！真漂亮！"拓跋寔像欣赏牲口马匹一样打量着马兰，在马兰身体上这里拧拧，那里揪揪，不时发出高兴的狂笑声。

太子的欲火燃烧起来，他推倒马兰，扑到她的身上，一口咬着马兰丰满的乳房。马兰疼痛得大叫着，拼命反抗，马兰的反抗反倒更激起拓跋寔疯狂的欲望，他狂笑着在马兰身体上到处撕咬掐捏，使自己处于半疯狂之中。马兰叫着，激烈反抗，但是终究不能让疯狂的拓跋寔平静下来。拓跋寔像一只疯骆驼一样在马兰身上发泄他的兽欲。

不管什么女人，都让拓跋寔兴奋，但是只有马兰让他这么疯狂。拓跋寔用各种办法折磨马兰，以满足他那永不满足的兽欲。

拓跋寔折腾得十分疲累，终于呼呼入睡。

马兰抚摩着自己身上的牙痕伤痕，忍受着巨大的痛哭，哭泣着，慢慢入睡。

2.太子折磨新妇泣　代王怜惜可敦妒

什翼犍来到他最年轻、最喜爱的可敦慕容氏宫里过夜。

慕容氏早就打扮起来，盛装等待着什翼犍的到来。她准备了什翼犍喜欢的果品和浆酪，还特意准备了什翼犍喜欢的从西域抄掠来的葡萄酒。

什翼犍坐在炕上，今天是太子拓跋的新婚之夜，刚刚参加了大宴，什翼犍本应该高兴，可是不知为什么，他的心里却很有些失落和惆怅，怎么也高

鲜卑国母：献明皇后

兴不起来,他说不清楚原因,只是感到一种莫名的忧伤在吞噬他的心。

慕容氏像往常一样,打扮的可心动人,挺着丰满高挺的胸部,扭着柔软的纤细的腰肢,在他面前不断走动着忙碌着,为他倒茶递水,向他显示她对他的关心,同时也向他展示她丰满的身体和风骚的举止,以吸引和挑逗他的欲望。这最年轻的可敦,入宫不过几年,年纪不过刚刚二十多岁,正是风情万种。她是燕国国主慕容俊的女儿,也就是慕容霸的侄女,十四岁被送到代国做了什翼犍的一个小可敦。

鲜卑三个主要的部族,宇文、拓跋与慕容,以鲜卑慕容氏最为漂亮,因为皮肤很白,被称为白部。慕容燕国先后送进代宫作什翼犍可敦的三个慕容氏姑娘,都很得他的欢心。现在这个最年轻的慕容姑娘,像她的姑奶奶、姑姑一样漂亮,她白皙、高大、丰满,大眼睛发着蓝黑光芒,比什翼犍其他可敦都漂亮,进宫以后很得什翼犍宠幸。

"你坐下吧,走来走去,把我的头都晃晕了!"什翼犍皱着眉头,看着慕容氏,厌烦地摆手说。

慕容氏讪笑着,急忙坐到炕几后,与什翼犍对面。什翼犍挑拣着果盘里的果品,默默呷着银杯里的葡萄酒。慕容氏见什翼犍有些闷闷不乐,从炕几对面挪了过来,挪到他的身旁,抚摩着他的背部,关切地询问着:"代王哪里不舒服?为什么闷闷不乐啊?"

代王什翼犍拨拉开慕容氏的手,闷声说:"没什么。"他抬眼看了慕容氏一眼,立即掉转了目光,不想多看一眼她那开始发黄的没有光彩的脸。

慕容氏更挪近了一点,紧紧靠在什翼犍的身上,下颏抵在什翼犍的肩头,用自己温暖柔软的嘴唇亲吻着什翼犍肥大的快垂到肩头的耳垂,同时伸手进什翼犍的袍襟里,去抚摩他肥大的女人似的胸脯。"代王,今天是太子大喜的日子,代王应该高兴才是啊!怎么反倒有些烦闷呢?"

慕容氏娇喘吁吁,在什翼犍耳边说着,让说话的气息吹拂着什翼犍的脸颊和耳朵,把他弄得心里痒酥酥的。慕容氏知道,什翼犍最抵挡不住她这一着,不管他有多生气多愤怒多烦闷,只要慕容氏这样娇喘吁吁地抚摩着他,他一定会大为兴奋,立刻就按倒她,进入极乐世界,忘掉一切不愉快。

今天这一着却没有灵验。

什翼犍厌恶地把头摆开,用手拨拉开慕容氏的头,用劲拉出慕容氏抚摩

鲜卑国母:献明皇后

捏作他乳头的手，不高兴地呵斥着："你捏作个甚哩！就不能让我安静一会！这么热，你能不能坐过去些？让我凉快凉快？"

"代王，你这是咋的啦？"慕容氏委屈吃惊地嘟囔了一声，稍微挪开自己的身体，不敢再贴到什翼犍的身上。

什翼犍推开炕几，喊道："来人！伺候本王睡觉！"

使女走了过来，挪开炕几，给什翼犍摆放枕头，铺开被褥，伺候着什翼犍脱衣睡觉。看到什翼犍钻进被窝，慕容氏也急忙脱衣，她掀开什翼犍的被窝，正要钻进去，什翼犍却把她推到一边："去，去！自己睡！"说着，扭过身体，背朝慕容氏，不想看见慕容氏已经变得丑陋的脸孔。什翼犍闭上眼睛，马兰漂亮生动鲜亮的脸孔立刻浮现在他的眼前。什翼犍想象着马兰美丽的身体，慢慢入睡了。

慕容氏却翻过来翻过去无法入睡，她反复猜度着什翼犍反常的原因，却什么也猜不出来。

雄鸡报晓声在代宫上空响起，牛角号在宫里回荡，什翼犍走出自己的正房寝宫，来到宽大的院落中间舞剑。他把一柄银白的剑舞得上下翻飞。马上征战的首领不能让自己衰老下去，他一定要保持自己体力。什翼犍今年五十三岁，从十九岁即位到现在的建国三十四年，他征服了许多部落，建立了强大的代国，但是他并不满足，他还要继续驰骋几年，把周围的燕、赵、秦那些小国慢慢征服，建立一个更强大的疆域更加广袤的代国。什翼犍雄心勃勃，壮心不已。

昨天夜里，什翼犍没有睡好，一种从未有过的惆怅和忧伤莫名地缠绕着他，一个美丽女人的倩影总萦绕在他的脑海和梦里，叫他睡得很不踏实。清晨，鸡叫五更，他就醒了过来，穿好衣服，走出寝宫来到院子里。

对面北房是太子的寝宫，一溜几间大房里住着太子和他的妃子。

什翼犍向太子寝宫看了几眼，太子寝宫还没有动静。他轻轻叹了口气，开始在院落中间舞剑，把一把宝剑上下挥舞得如银龙缠身。不一会，他就浑身大汗，开始感觉疲乏。

什翼犍看着自己下垂的女人般的双乳和越来越肥胖的身体，又叹了口气，"老了。"他在心里哀叹。

鲜卑国母：献明皇后

这时，太子寝宫的门吱扭一声响了。

什翼犍转过身，看到太子寝宫里走出新妇马兰。什翼犍心里一喜，刚才缠绕着他的哀伤倏然消失得无影无踪，他顿时觉得自己年轻、孔武有力、精力充沛、浑身上下散发着无穷的青春活力。

什翼犍装作无意的样子慢慢踱了过来。

刚走出门的马兰转过身，突然看见什翼犍站在自己的不远处，急忙停住脚步，向什翼犍行礼问安。

什翼犍吃惊地看着马兰，马兰嘴唇肿着，脸上青一块紫一块的，眼睛明显哭过，红肿着。

"你这是咋的啦？"什翼犍吃惊地问："出了甚事？是不是太子欺负你了？"

马兰眼睛里含着眼泪，摇了摇头，什么也没有说。她怎么开口向什翼犍说出夫妻间的事情呢？

什翼犍心疼地看着马兰，心里升腾起一股怒气。这逆子，又是老毛病重犯！给他娶过两个妃子，他都把她们折磨得死去活来，没有几年，就先后被折磨死了。

"叫太子来！"什翼犍喊。

什翼犍的侍卫急忙进去传唤拓跋寔。拓跋寔刚刚起床，听侍卫说父亲传唤，急忙趿拉着鞋出来见父亲什翼犍。

"你这畜生，是不是又犯了老毛病？你看你媳妇脸上这伤痕是咋来的？是不是你给咬的？"什翼犍怒喝着。

什翼犍满不在乎地看着父亲什翼犍，笑嘻嘻地说："这有甚了不起啊，是我咬的，我喜欢她，恨不得吃了她！"

"畜生！逆子！"高大魁梧肥胖的什翼犍冲到儿子拓跋寔面前，抬起手，抡圆了一巴掌扇在拓跋寔的脸颊上，拓跋寔的脸颊立刻红肿起来。

拓跋寔吃惊地看着父亲什翼犍，咆哮着："你……你……你打我？"

"我就打你这畜生，你折磨老婆，我就打你！"什翼犍也咆哮起来。父子二人面对面地站立着，互相怒目而视，像两只准备打斗的公骆驼，也像两只准备互啄的公鸡。

"你小心点！"太子拓跋寔指着什翼犍："你等着！总有一天，我要报这一巴掌之仇!"

"你想怎么着?我可是你亲生阿爷!你难道还想杀我不成?我谅你也没有这胆量!就你这样?"什翼犍轻蔑地撇着嘴,瞥着拓跋寔单薄的身体和苍白的面容,不屑地从鼻子眼里哼了一声。

"我们鲜卑可是认母不认父的!杀母要受天神惩罚,杀父可是白杀!天神不敢管的!"拓跋寔眼睛里喷着怒火,恶狠狠地说。

马兰见他们争吵,急忙回到自己的宫里,不敢听下去。这鲜卑王宫里的生活,对她还是十分陌生,宫里每个角落似乎都藏着几双窥视她的眼睛,在侦察着她跟随着她,无时无刻不在着意寻找她的毛病,然后突然从黑暗的角落里扑出来,置她于死地。代王与太子因为她发生争执,叫她十分害怕,她不知道明天自己的命运如何,不过,她知道,只要太子拓跋寔在一天,她就要忍受一天那难以忍受的折磨和痛苦。她心里已经开始憎恶太子拓跋寔,对同情她、为她说话的什翼犍充满了感激。

什翼犍的几个可敦听见什翼犍和太子争吵,纷纷从各自的宫里走出来站在门口看热闹,可都不过来劝解。这一对父子好像冤家对头,争吵已是家常便饭,她们早就见怪不怪。

什翼犍红头涨脑,拓跋寔满脸通红,父子俩怒目相向,谁也不肯低头服输。

慕容氏看见父子俩互不相让,只好袅娜着丰满的腰身走了过来,甩着一方手帕:"哎哟,我当是谁大清早在这里争吵呢!原来又是你们爷俩!你们这是干甚呢?大清早起来就红头涨脑站在这里吵个不休!也不怕人笑话!大王,回屋里去!"说着,就上前去推着什翼犍。

什翼犍甩开慕容氏的拉扯,噔噔地回上房宫里去。

慕容氏在什翼犍背后撇着嘴,故意对着太子,轻轻地哼了一声:"好狗不识人敬!"

太子拓跋寔还是怒目瞪着什翼犍的上房,一脸仇恨。

"哎哟,我说太子啊,你还生的哪门子气啊!新婚大喜的日子,还不去守着你漂亮的小媳妇,站在这里干甚啊?回去吧,回去吧!"说着,走到太子拓跋寔前,推搡着太子拓跋寔,故意用自己细腻的手指轻轻掐捏着拓跋寔赤裸的胳膊,故意把自己丰满的胸脯蹭着拓跋寔的肩头。

拓跋寔转过头,看了看慕容氏。慕容氏刚刚起床,白皙的脸红扑扑的,一双大眼睛又黑又亮,正脉脉含情地注视着自己。

拓跋寔心里又是一动,像过去一样,给了慕容氏一个意味深长的笑。太子拓跋寔一直喜欢这与自己年纪相仿的慕容氏,前几年,慕容氏小的时候,太子拓跋寔把她当作一个小女孩,在什翼犍看不到的时候和地方,偷偷与她说几句话,逗她玩一玩。要是她受了什么委屈躲在角落里偷偷哭泣,他会悄悄地去安慰安慰她,给她一点好吃的好玩的,哄哄她。有这么层关系,慕容氏一直喜欢他,一有机会,也就向他套近乎套热乎,两人总是眉来眼去交换着互相的思慕。可惜什翼犍宫里,仆从使女侍卫看守得很严,二人总没有机会发展更密切的来往关系。

慕容氏小声说:"回去吧,不要再惹老牲口发怒了。他已经开始思谋想废掉你的太子地位,你千万要小心!"

拓跋寔惊恐地看着慕容氏:"真的?"

慕容氏点头:"不过已经被我劝阻了。"

拓跋寔背过身挡住上房的视线,抓着慕容氏的手,轻轻摩挲着:"那要好好谢谢你了!"

慕容氏嫣然笑着:"你说话可算话?"

拓跋寔还想说什么,上房里传来什翼犍愤怒地喊叫:"慕容氏,还不回来?"

慕容氏急忙抽出自己的手,转脸向上房里娇声回答:"代王,我这就回来! 我在劝说太子哩! 我就来!"说着,递给拓跋寔一个含义深长的眼色和嫣然的笑容,扭捏着腰身,向上房走去。

拓跋寔呆呆地看着慕容氏婀娜苗条的背影,半天没有回过神来。

拓跋寔回到自己的寝宫,黑着脸,看着马兰。马兰正对着菱花铜镜梳理着自己的发辫。结婚以后,她要按照鲜卑的要求把满头黑发梳成一根发辫,盘在头上,再戴上冠帽。一个叫木兰的使女来伺候她。

"你敢向代王告状?"拓跋寔咆哮着,抓住马兰的胳膊,想把她提起来。可是,马兰高大、健壮,拓跋寔的那点力量还不能叫马兰挪动一下地方。

还稳稳坐在绳床上的马兰突然嗤嗤的笑了起来,笑声带着明显的嘲弄。

拓跋寔大怒,抡圆了胳膊,劈面扇了马兰一个大嘴巴。马兰的嘴角流出一股鲜血。马兰用手背擦去嘴角的鲜血,还是在笑。这几日遭受的折磨突然变成笑料,让她忍不住只是想大笑。

马兰的笑声越来越响亮。

拓跋寔惊慌失措,他压低声音咆哮着恐吓着:"你闭嘴!闭嘴!不闭嘴,我宰了你!"拓跋寔从自己腰间拔出短刀,威胁着。

马兰站了起来,慢慢转过身,黑蓝的眼睛喷着怒火,却很平静地说:"你宰了我吧,我已经受够了!"说着,马兰慢慢迎着拓跋寔的短刀走了过来。

拓跋寔握着短刀,眼睛里闪过惊慌:"你不要乱来!我真的会宰了你!"他一边说,一边不由自主向后退去。

"你宰了我,贺兰部会替我报仇的!慕容霸会替我报仇的!"马兰故意提到慕容霸,以激怒太子。

"甚慕容霸?他在大燕国里早就被慕容俊改名叫慕容缺了。外面人叫他慕容垂!你以为他会来救你?妄想!"拓跋寔嬉皮笑脸地说,凑到马兰脸前,趁机亲了她一口。

马兰退后一步,啐了他一口唾沫。

拓跋寔抡起胳膊,扇了马兰一个大嘴巴:"我宰了你!"

马兰还是微笑着,挺着胸脯往拓跋寔面前一步一步走去:"你干吗要打啊?你不说要宰了我吗?你宰啊!为啥不宰啊?你像宰羊宰牛一样宰了我啊!"

马兰嘴角流着鲜血,脸上却是灿烂的微笑,挺着丰满的胸脯,昂首站立着。

拓跋寔连连向后退去,惊恐地看着马兰。这女人一定是发疯了!他可不想跟一个疯女人生活。拓跋寔转身离开。

马兰倒在炕上失声痛哭起来。

在上房正在用早膳的什翼犍停下筷子,侧耳聆听着,他似乎听到马兰的痛哭声。是不是拓跋寔这逆子又在折磨马兰?他的心有些抽搐。

"去看看,是不是那逆子又在作乱!"什翼犍把筷子啪的一声拍到桌子

鲜卑国母：献明皇后

上,对伺候他用早膳的慕容氏大喊。

慕容氏愣怔哆嗦了一下,手中端着的热奶泼洒到地上。她连声答应着,放下奶碗,走了出去。

"连个安生饭也不让吃!"慕容氏嘟囔着,不过心里还是挺高兴。什翼犍让她去太子寝宫看看,正是她巴不得做的事。在她的眼里,太子拓跋寔年轻英俊,虽然比不上什翼犍的高大魁梧,可也不算瘦弱。更主要的是,拓跋寔一直关心她,从她九年前十四岁进入代宫起,太子拓跋寔总是尽可能地给她以关心和照顾。而什翼犍对她确实越来越不耐烦,态度越来越恶劣。

慕容氏自己也开始厌恶什翼犍。肥胖起来的什翼犍这两年越来越不中用,她还没有起兴,他那里已经疲软成一团,叫她越来越扫兴越来越气馁烦躁。什翼犍自己也发觉自己的窘况,心里也有些着急和恐惧,反而越加频繁让她侍寝,好像为了急于证实自己壮举如初,动作更加粗暴急速,让她避之不及。

慕容氏开始幻想着与太子拓跋寔在一起的情景。可是,这并不容易。拓跋寔有自己的妻妾,虽然连连死去,但总是前赴后继,不断补充着新人。而且,什翼犍对自己可敦看管很严,宫里的侍卫使女都是什翼犍的耳目,慕容氏不敢拿自己的性命开玩笑。慕容氏只能睁大眼睛窥视着,寻找着合适的机会。

慕容氏来到太子寝宫,四下看看,没有看见太子拓跋寔,未免有些失望。使女木兰上来迎接慕容氏:"可敦来了。"

慕容氏笑着:"你主人呢?"

木兰朝炕上努了努嘴。

慕容氏这才看见炕上的马兰。她笑着走了过去;"哎哟!我说新妇啊,大白天的,你咋还在炕上躺着啊!代王让我过来看看你们这里出了甚事情,又哭又闹的!"

马兰从炕上坐了起来,急忙下地拜见慕容氏。

"我是代王可敦慕容氏。"慕容氏自我介绍说。

马兰请慕容氏坐在炕沿上,不知道跟她说什么好,只是低头沉默不语。慕容氏笑着:"好漂亮的媳妇啊。这太子可真有福气!"

一句话,把马兰的眼泪又引了出来,一串晶莹的泪珠扑簌簌地跌落在地上。慕容氏挪了挪身子，挨近马兰，仔细打量着马兰红肿的脸颊和嘴唇，抱住马兰的肩膀，心里笑着嘴上关心地问："这是咋的啦？看这脸好像是打的！谁打你啊！真是的！可怜见的！这么漂亮的人也舍得这么打？"

马兰抬头看着慕容氏，慕容氏眼睛一转，来了主意，她拉着马兰："走，跟我去见代王！让代王给你出气！"

马兰有心不去，可又架不住慕容氏的拉扯，只好跟着她到上房来见代王什翼犍。

什翼犍吃惊地看着进来的慕容氏和马兰，他没有想到慕容氏会把马兰带进自己的寝宫。慕容氏嗤嗤的笑着，对什翼犍说："代王，太子欺负了媳妇，你可要给她做主啊。瞧！太子把她打的！鼻青脸肿的，真叫人心疼！"慕容氏说着，还抽动了几下鼻子，好像她难过地哭泣起来一样。

什翼犍指了指身旁的马扎："坐下，一起用早膳吧。"什翼犍让使女添加碗筷。

慕容氏笑着说："我来，我来！"说着，自己亲自给马兰盛来热奶，端来烤羊腿，放到马兰面前："吃吧，吃吧。还没有哪个儿媳妇能够和代王一起用膳呢，你是头一个！可见代王对你情谊不薄！"慕容氏说个不停。

"闭上你的臭嘴！少说两句，没人把你当哑巴！"什翼犍突然恼怒起来，瞪着牛一样的大眼睛，朝慕容氏咆哮着。他最不喜欢女人没完没了地在他耳边聒噪。

慕容氏又讨了没趣，噘着嘴，心里骂着："老东西！老牲口！怎么讨好你也不落好！"她恼怒地坐下，自己端起碗吸溜吸溜地喝着热奶，一句话也不说了。不过，她的眼睛可没有闲着，滴溜溜转着，从碗后偷窥着什翼犍的表情。慕容氏断定昨晚什翼犍的反常与见到这个漂亮媳妇有关。也许，她接近太子的机会来了！

什翼犍看着紧张不安的马兰，收敛起自己的暴躁，朝马兰温柔地笑着，把奶碗推到她的面前："喝碗热奶吧。"他看着马兰红肿的嘴唇，心都疼得战栗起来，他避开马兰水汪汪眼睛，嘟囔着："这犊子，等我教训他！"

慕容氏偷眼看着什翼犍，心里难免像翻倒了醋坛子一样酸溜溜的，很不是滋味。果然如她所料，这老畜生什翼犍开始垂涎新妇的美色了。等着瞧，

鲜卑国母：献明皇后

39

我要叫你知道知道我的厉害!

马兰小心胆怯地抬眼偷看了什翼犍一眼,什翼犍脸上流露着对她的温柔慈祥和关心,她感激地对他一笑,急忙又低下头。

马兰这灿烂的感激的一笑,突然感动了什翼犍,他的心里好像被什么激了一下,一时竟慌乱起来,他结结巴巴胡乱指着桌子说:"你吃点,吃点!"

把一切都看在眼里的慕容氏心里冷笑了一声。

3.连横合纵征讨四方　兴霸立业建立王权

什翼犍在他的议事大殿上接见他派往秦国的使臣燕凤。什翼犍坐在高大的龙椅上,听燕凤禀报出使经过。

什翼犍微笑着,注意倾听燕凤的禀报。燕凤是他得力的臣子,是他置百官时拜为右长史的高官,燕凤具有很强的外交能力,代国结交周边国家的外交使臣都是燕凤充任,他每次都不辱使命,圆满归来。

想起招收燕凤,什翼犍就想笑。燕凤是代城人汉人,字子章,好学,博览经史,明习阴阳谶纬,在代城小有名气。什翼犍听到他的大名,很想把他收罗到自己的门下,让他为自己效力,为他拟写文书诏令,起草典章制度什么的。什翼犍派人以礼迎接,但是燕凤却屡屡不应聘。什翼犍无法,只好采用了一个十分极端的办法,他派兵包围了代城,对城里人说:"燕凤不来,我将屠汝城!"代人害怕,自动捉拿燕凤送给什翼犍。燕凤果然名不虚传,谋略过人,什翼犍立刻委以重任,封他作什翼犍代王的右长史,参决国事,后升任左长史,为代国出谋划策,同时,什翼犍还让他教授太子经书。可惜太子并不好学,白白辜负了什翼犍的苦心。

燕凤这次出使秦国,是为了表达代国什翼犍想交好与秦的心意,希望与大秦建立起联盟关系。

大秦,是略阳临渭氐人苻健在关中所建的国度。苻健,字世建,武艺高强,弓马技艺盖世,又极善人事。在石虎赵国为将军时,深得石虎信任,苻健驻防枋头,缮宫室,课民种麦,表现出无意西进的样子,以麻痹石虎与当时据长安的军阀。不久,他便自任征西大将军,率众西行,至盟津,起浮桥渡河。同时派遣弟弟苻雄率步骑五千人自潼关,侄子苻菁率众七千自轵关入河东。

他与苻雄、苻菁执手相约："若事不捷,汝死河北,我死河南,不及黄泉,无相见也。"然后焚烧浮桥,直入长安。公元351年,苻健自号天王,年号皇始,国号大秦,置百官。次年,自称皇帝。

公元355年,苻健死,子苻生立。苻生是苻健第三子,生来少一目,顽劣粗暴,昏酒无赖。他的祖父很厌恶他。七岁时,祖父苻洪戏弄他,问侍者:"吾听说瞎儿一泪,是真的吗?"侍者说:"是的。"苻生大怒,抓起佩刀朝瞎眼刺去,瞎眼立刻血流如注。他冷笑着对祖父说:"此亦一泪也。"祖父苻洪大惊,用鞭子抽打他,他却面不改色,说:"我不怕你鞭打,我连刀矛都不怕,还怕你鞭打吗?"祖父苻洪说:"你要还这么顽劣不思悔改,我将让你做奴。"苻生冷笑着:"不就是像石勒一样吗?"赵亡于石勒,所以苻洪吓得赤脚下地赶上来急忙掩住其口,不许他说这等不吉利的话。苻洪对苻健说:"此儿狂悖,宜早除之,不然,长大必破人家。"苻健将杀之,苻雄劝阻说:"此儿长成自当改正,何至如此呢?"长大以后,苻生力举千钧,雄勇好杀,手格猛兽,行走如奔马,击刺骑射,冠绝一时。苻健死,苻生即位,号年寿光。苻生在位,嗜杀成性,弯弓露刃,以见朝臣,锤钳锯凿,备至左右,在位没有几年,杀后妃公卿仆吏走卒五百多人,左右臣下少有不合,不问青红皂白,扬手即杀。至于截胫刮胎,拉胁锯颈,不下千人。又耽湎嗜酒,昼夜不停,荒淫无度,使宫人裸交于殿前,引群臣观看,或生剥牛羊驴马,或剥人面皮,令其歌舞。当时,朝中大臣,人人自危,度一日如十年。苻生对叔父苻雄的儿子苻法和苻坚兄弟十分不放心,一天,他对左右说:"阿法兄弟,不可信,明当除之。"第二天,苻生的侍婢偷偷告诉苻法、苻坚兄弟。苻法与苻坚率壮士数百人入云龙门,宿卫全都丢弃武器归顺苻坚。苻坚废苻生,不久便杀了这魔头。这年是公元357年。

苻坚,字永固,又文玉,杀了苻生以后,自称天王,号年永兴,公元359年,改年为甘露。苻坚自立到现在,在位已经十三年,在他的统治下,许多原本依附于代国的一些部落小国纷纷转而投向大秦,去求得秦苻坚的保护和荫庇,其中就有一直与代国保持友好亲密关系的慕容燕国。此时的大秦相当强大。

苻坚并不大相信代国的诚意,他不了解代王的为人,也不敢贸然答应代国的要求,与代国结为联盟。

鲜卑国母:献明皇后

不过，苻坚看到代国遣使前来，还是非常高兴，他马上下令在长安接见代国使者燕凤。

这天，苻坚头戴皇帝冠冕，高坐在龙座上，接见代国使臣燕凤。苻坚幼年生活在邺城，接收汉化程度较高。看到燕凤儒雅博学，他十分敬重和喜爱，对燕凤也产生了许多信任。为了向燕凤炫耀他的汉化程度，他故意拿捏着词语，用文绉绉的语言问燕凤："代王何如人？"

燕凤也用文言回答："代王宽厚仁爱，经略高远，为一时之雄主，常怀并吞天下之志。"

苻坚仰面朝天，哈哈大笑，笑得气都喘不上来，狂笑一阵，他才说："好一个雄主，好一个吞并天下之志！区区北人，无钢甲利器，不过乃敌弱则进，敌强则退，谈何吞并！真可谓不知天高地厚！"

燕凤平静地看着苻坚狂笑，微笑着不慌不忙地说："代王乃北人，不假，而北人壮悍，大王未曾有闻？代王上马持三丈长枪，驱驰若飞。代王雄隽，率服北土，控弦百万，号令若一。军无辎重樵炊之苦，轻行速捷，因敌取资。此乃南方军队所以疲敝，而北方之所常胜也。"

苻坚收敛了狂态，改换了恭谨神色，问："彼国人马，实为多少？"

燕凤微笑着："不敢欺骗大王，本国实有控弦之士数十万，马百万匹。"

苻坚摇头："卿言人众可尔，说马太多，是虚辞耳！"

燕凤笑着说："代国云中川自东山至西河二百里，北山至南山百有余里，每岁孟秋，马常大集，略为满川。以此推之，犹当未尽。"

苻坚点头："卿之所言，听之有理。卿此次前来，所为何事？"

燕凤继续施展外交辞令："臣受代王嘱托，前来表达代王对秦王之问候，代王愿意与秦王结好，望大王笑纳代王心意！"

苻坚挥手，笑着说："卿请直言，莫要绕弯！"

燕凤便把出使的目的简要告诉苻坚。

"他答应了没有？"什翼犍听到这里着急地看着燕凤，打断了燕凤的叙述。

"禀告代王，秦王苻坚答应了代王的请求。他答应在代王进攻刘卫辰的时候保持中立，不再给刘卫辰以支持和援助！"

"太好了！"什翼犍一拍大腿站了起来，兴奋得走下高台，来到燕凤面前，握着他的手,连声说:"你辛苦了!"什翼犍高兴地仰面哈哈大笑起来。他一直想报复忘恩负义的刘卫辰,可是求得大秦卵翼的刘卫辰总得到大秦的支持和援助。只要苻坚答应不援助刘卫辰,他什翼犍就可以很快部署征讨刘卫辰的行动。

"不过,苻坚也提出要求,臣自行做主答应了。"燕凤继续说。

"甚要求?他提出甚条件?"什翼犍问。

"苻坚提出,要是他对燕国慕容暐有甚行动,希望代王也作壁上观,不要予以支持和援助!臣自行做主答应了,不知代王以为可否?"燕凤有些紧张,他盯着代王什翼犍的脸,惴惴不安地问。

什翼犍哈哈大笑:"那算甚条件?只要苻坚答应不支持刘卫辰,甚条件都可以先答应他!何况区区不足挂齿的慕容暐!"燕国现在的国主是慕容元真的孙子,慕容俊的儿子慕容暐,他什翼犍与这小犊子没有多少来往。

什翼犍现在一心只想与苻坚结好,以便让他能够肆无忌惮地去攻击刘卫辰这个忘恩负义的小人!

"宣太子以及南部大人寔君等来见!"什翼犍对郎中令许谦说。

什翼犍得意地看着太子拓跋寔和二儿子寔君、三儿子玉婆、四儿子窟咄等,笑着说:"我可以动手对付刘卫辰了!"

寔君笑着:"早就该动手打这恩将仇报的家伙了!"

"我叫你们来,就是想商量着如何部署这一仗。"什翼犍看着自己的几个儿子说。

这是代国建国三十三年九月底,给太子拓跋寔办完婚事不久,什翼犍就开始部署征刘卫辰。

刘卫辰,铁弗匈奴人,左单于的后裔。铁弗匈奴是指南附匈奴部落中父为匈奴母为鲜卑的后代部落,与父为鲜卑母为匈奴的拓跋鲜卑正好相反。铁弗匈奴部此时以刘卫辰为首领,建国二十二年(公元359年)刘卫辰做了部落首领以后,送自己的儿子入代国,朝贡于代王,二十三年,代王的皇后大慕容氏崩,刘卫辰来会葬,同时求婚,代王什翼犍把自己的女儿许给刘卫辰。但是刘卫辰同时偷偷交好于秦苻坚,苻坚封他为左贤王。他多次请求苻坚允许他进入内地,春来秋去,种田地收获庄稼。苻坚同意了刘卫辰的请求。

二十八年(公元 365 年)刘卫辰为了讨好苻坚,攻掠代国边民五十余万口为奴婢献给苻坚。什翼犍几次征讨刘卫辰,都没有什么大收获,刘卫辰在苻坚的卵翼下,并没有受到什翼犍致命的打击。

刘卫辰成了什翼犍的心头刺眼中钉,一想到刘卫辰,他就恨得牙龈痒,恨不得马上抓住刘卫辰,寝皮食肉,以解心头之恨。

有苻坚的许诺,什翼犍就完全放心了。他早就想攻打刘卫辰,可是所顾忌的就是秦苻坚,苻坚这些年力量越来越壮大,吞并的地方越来越多,刘卫辰借助苻坚的支持公然背叛与代国的联盟。现在好了,苻坚的后顾之忧解除,他什翼犍要狠狠出手打击刘卫辰这忘恩负义之徒了。

太子拓跋寔冷漠地看着父亲什翼犍部署,自己抱着臂膀冷眼旁观。什翼犍瞪着他,他装作没有看见,依然故我。

什翼犍一头怒火开始上升,他腾地站了起来,以手指着太子拓跋寔:"你这犊子,我们这里正商讨大事,好像不关你的事似的!你关心不关心代国前途?"

拓跋寔嬉皮笑脸地说:"谁说我不关心?我随代王出征,一切听从代王安排就是了。"

什翼犍看了看二子寔君,寔君比太子拓跋寔小两岁,长得更像什翼犍,活脱一个模子印出的父子俩。寔君高大、魁梧、健壮、面方口阔,额头饱满,眼睛大而亮,长相十分伟壮,打仗英勇无比,所以,什翼犍出征,总是以寔君为总指挥大将军,太子拓跋寔反倒成了副手,可有可无。太子拓跋寔正是因为他明显偏爱寔君而心生嫉恨,在许多事情上与他对着干。

"这次你不要去了!"什翼犍挥手断然说:"你留在盛乐任录尚书事,代我管理国事,保九原公城!"什翼犍说着坐了下去。

太子拓跋寔狠狠地瞪了父王一眼,失望沮丧地低下头。鲜卑以能征善战为荣耀,太子作为接班人当然应该随同父王征战,父王当众剥夺了他出征的机会,对他是最大的侮辱。拓跋寔感受到几个弟弟嘲弄的轻蔑的目光。

寔君轻蔑地笑了,他并不佩服这当太子的哥哥,他觉得,自己要比他更有治国的能力,只是自己的命不好,比拓跋寔晚生了一两年,当不了太子。

十月,什翼犍率领着征讨刘卫辰的队伍出盛乐,北进,来到大河边上,准备渡河去攻击刘卫辰。

寒风凛冽,穿着白羊皮袍戴着皮帽的士兵都排列在河岸边,等待渡河的命令。波涛滚滚的大河在太阳光的照射下,闪烁着耀眼的银光,这是河面上冻结的冰反射出的光芒。

什翼犍骑马站在大河岸上,对身旁的大将军寔君说:"命令几个士兵先到冰面上走走,看冰结实不结实。"

寔君指着河中心:"代王,河中心还没有冻住呢。"

什翼犍用手搭凉篷,避开冰面反射出的强烈阳光,仔细看着河中心。可不是,中心还淌着滚滚水流。

什翼犍皱起眉头,四下瞭望。河边岔子里生长着茂密的芦苇,白色的芦花穗子在寒风中摇曳,很是好看。"下马!"什翼犍挥舞着胳膊命令兵士。兵士们纷纷跳下马,有的迫不及待地跑上冰面,冰面上响起咯咯吱吱、咔咔嚓嚓的破裂声,脚下有的冰面开始断裂凹陷。士兵们惊慌得纷纷跳上地面。

什翼犍下马,指着一片芦苇丛,对寔君说:"在河岸安营扎寨,命令士兵砍伐芦苇,捆织芦苇铺到河中心,夜里就会冻结起来,明早可以过河!"

寔君立刻去下达代王什翼犍的命令。

士兵们有的安放帐篷,有的去砍伐芦苇,紧张地忙碌起来。代国士兵喜欢打仗,打仗以后,才有赏赐,才有财物分配。打仗抄掠来的人口牲畜财物,分配赏赐给他们,成为他们生活的保障和生活来源。

什翼犍在自己的毡帐里,听着毡帐外面呼呼北风,风里裹挟着沙石打在毡帐上。寒风骤起,天气骤然冷了下来,外面已经滴水成冰。什翼犍非常高兴,河中心已经铺了芦苇,经过一夜冰冻,一定冻死了,军队可以顺利过河,出其不意攻击刘卫辰,打刘卫辰一个措手不及。

第二天早晨,什翼犍带着寔君、郎中令许谦等去查看河水冻结的情况。大河中心的芦苇与水冻结在一起,已经封了河面。

"下去看看!"什翼犍命令几个士兵。几个士兵手拉手小心翼翼地踏上河冰,在光滑的冰面上试探着前进。近河岸的冰层已经十分坚固,脚下的冰层没有发出一点破裂的声响。

士兵们慢慢靠近河中心,脚下开始发出冰层破裂凹陷的声音,脚下咔嚓一片,叫人心惊胆战。突然,一个士兵脚下咔嚓一声,他的一条腿应声陷落

到水里,同伴站里原地,一动不敢动,他们害怕随意走动会招致脚下冰层发生更大面积的凹陷和破裂。他们拼命拉着正在往河里沉的同伴,惊慌地喊着:"冰面断裂了。快来救人啊!"

"快!抱芦苇救人!"什翼犍命令。

士兵们抱起芦苇,来到断裂的冰面,向河里投放一捆又一捆芦苇。那个掉进水里的士兵被拉上冰层,羊皮裤已经像铠甲一样结了一层坚硬的冰。

什翼犍看着东方,太阳还没有升起来,天还很冷,一定要趁清晨寒冷渡过大河。怎么渡过这还不够坚硬的河面呢?什翼犍皱着眉头,看着忙碌的士兵。看来还需要在冰面上摆放芦苇捆,芦苇捆放在一起,不就像浮桥一样,即使脚下冰层断裂,也不会把人陷进滚滚大河。

"命令士兵继续砍伐芦苇,把芦苇撒放在冰面上!"什翼犍命令寔君。

士兵很快在冰上铺成一条芦苇路,几个士兵站到铺着芦苇的冰面,果然,有芦苇的支撑,冰面不会陷落下去。

什翼犍命令士兵渡河。

4.宫闱里君臣谋划 炕头上男女私通

贺马兰在宫里暗自垂泪。

什翼犍率领着大军离开盛乐以后,贺马兰的日子更不好过了。没有了什翼犍的管束,太子拓跋寔更是任意作为,夜里高兴起来,可以折磨她整整一夜。一不高兴,他就拳打脚踢,撕咬掐捏,无所不用。兽欲发泄过后,他可以几天不回自己的寝宫,随意在宫外找女人过夜。

慕容氏悄悄溜进太子寝宫。刚才,什翼犍安插在她身边的宫女和太监被她支开,她溜进太子寝宫,想与太子拓跋寔亲热一番。代王什翼犍率领着军队出城,留下太子拓跋寔守城,这可是不常有的事情,是非常难得的机会,她要抓住这个机会与太子拓跋寔亲热亲热,说些心里话,商议一些大事。

慕容氏有她自己的打算。

什翼犍脾气越来越暴躁,这炕上的工夫眼见一天不如一天,真叫她越来越难以忍受。她现在每日思谋着如何赶快摆脱什翼犍。

"马兰啊~"慕容氏娇声娇气地说着,走到贺马兰炕前。

贺马兰见是可敦慕容氏，急忙下炕迎接。慕容氏按住贺马兰："这天气怪冷的。你不要下来，等我上去。"说着，自己甩掉红色的毡靴，爬上热炕，盘腿坐在热乎乎的炕头上，与马兰说闲话。

"太子呢？"慕容氏眼睛滴溜溜转着四下看，寻找太子。

贺马兰摇头，一脸凄然："不知道，我有几天没见他。"

慕容氏心中暗喜，她觉得自己的机会就在眼前。什翼犍出征刘卫辰，要一两个月才能返回盛乐。太子拓跋寔留守，却不迷恋新婚的漂亮的妻子贺马兰，她不是可以趁机去勾搭拓跋寔吗？

"太子几天不回宫？他到哪里去呢？"慕容氏想从马兰那里套出拓跋寔的行踪。

"听说他在前殿里，说是处理国事繁忙。"

慕容氏点头。

太子拓跋寔确实在前殿。盛乐代王宫的前殿是一个更大的院落。中间的大殿坐北朝南，建在高台上，五大间青砖瓦顶的高大翘檐建筑，粗大的栋梁柱虽然涂着丹砂朱红，看起来鲜艳夺目，却不够鲜亮光滑。既没有雕梁画栋，也没有飞檐斗拱，更没有琉璃兽脊，彩画浮雕。不过，对于原本是逐水草而居的鲜卑人来说，这盛乐宫殿已经相当豪华。

走进大殿，大殿里四壁张挂着绚烂夺目的各色锦缎帷幕，中间摆设着宽大的包金的坐榻，这是代王和太后接见大臣时坐的龙椅。大殿的东西各有一个小暖间，火墙、热炕、地龙一起烧起来，三冬腊月也叫人暖融融地冒汗。

拓跋寔歪在东边暖间的热炕上，炕下坐着他的心腹长孙斤。长孙斤出自长孙氏，长孙氏是拓跋八国之一。

长孙斤出自八姓中的拔拔氏。先祖追随拓跋氏，几代为官。他作为太子拓跋寔的内侍郎，追随拓跋寔左右，为拓跋寔出谋划策。

长孙斤向拓跋寔禀报了代王出征的情况。拓跋寔长叹一声。

长孙斤笑着："代王出征，太子留守，正是大有作为之机，为何叹息？"

拓跋寔坐了起来："代王让我留守，不过是嫌弃我而已。你看，这留守的录尚书事，不是还有窟咄、玉婆吗？可见，代王并不真正重用于我。"

长孙斤笑了："太子多虑。录尚书事只太子一人。窟咄、玉婆不过辅助太子处理国事而已。你看他二人，何尝来过问国事？他们也都明白，这录尚书事是太子之事，并不想与太子分权。"

拓跋寔点头："算他们二人懂事！不过，代王这里，我总有些担心。代王越来越倚重寔君，我看，早晚他要废掉我太子的地位！"

长孙斤摇头："太子多虑。太子乃王太后亲定，代王孝顺，一向听从王太后意见，他不会忤逆太后旨意的！"

拓跋寔苦笑："阿奶从小疼我喜欢我，这不假，可是阿奶去世有年，我恐怕代王难免受寔君与他母亲惑乱，未尝不会改变主意！"

长孙斤沉默下来，认真思考太子拓跋寔所说。"太子所虑，可有征兆？"长孙斤抬眼看着太子拓跋寔问。

"听说代王已透露口风，说寔君比我更为能干。再说，这次出征不让我跟随他征战，我看就是很明显的征兆，很可能在征战回来之后，会有新举措。我有一种预感。"太子拓跋寔直直地看着长孙斤："你看，我该如何应付？我不能坐以待毙啊！"说到这里，拓跋寔烦躁起来，他跳下热炕，趿拉着毡靴，背着手在地上走来走去。

长孙斤皱着眉头想了许久，才惴惴不安地试探着说："依我之见，眼下还不可轻举妄动。待代王返回盛乐，方可见机行事！若草率鲁莽，则易酿成大祸！"

太子拓跋寔猛然站住脚："不行！我一定要先发制人！万一被代王先发，我则无任何反击能力！宁可我负代王，不让代王负我！这是燕凤、许谦给我讲三国时曹孟德的一句话，我十分赞赏他这句话：'宁可我负人，不许人负我！我负人则成大事，人负我则意味永远失败！'"拓跋寔挥舞着拳头，口沫飞溅。

"太子准备如何行事？"长孙斤小心翼翼地询问。

"我准备率先动手！"拓跋寔在脖子上做了个动作。

长孙斤沉默着，心里掂量着拓跋寔所说的话，说："太子有把握吗？"

"只要卿肯于帮助，这事十拿九稳！我们在他单独接见我的时候动手，胜算的机会很大！你知道，他召见我，通常没有多少侍卫！我们两人足以对付他！他现在明显地衰老了，卿难道还没发现？"

长孙斤点头："太子所言极是。他已肥胖臃肿，行动远不如昔日灵敏，俩人足以致他于死地!"

"事成之后,我是代王,卿就是左辅,我封你为大司马、大将军、大司空、大司徒。卿看如何?"拓跋寔拍着长孙斤的肩膀,哈哈笑着。

长孙斤也哈哈笑着,起身作揖:"臣谢代王恩赐!"

"太子在吗?"殿上响起一个清脆的女人说话的声音。

长孙斤急忙告辞,退了出去。

慕容氏袅娜着腰肢走了进来。

"你怎么来这里?"太子拓跋寔大惊失色。

慕容氏咯咯地笑着:"看把你惊慌的? 这地方我为甚就不能来? 大殿议事,我不是也参加过吗? 虽然不是大可敦,可是自从大可敦崩了以后,代王也没有封谁是大可敦,我不是经常代大可敦议事吗?"慕容氏说着,坐到炕沿上,脱去狐皮昭君帽和大皮袍,露出橘黄的薄皮小袍,湖蓝色的百褶裤,显出窈窕顾长的身段。

太子拓跋寔看着慕容氏白皙的脸庞和绯红的脸颊,看着她那水汪汪的大而发蓝的眼睛,正一眨不眨地看着他,目光迷梦,闪烁着引诱的光。他的心突然怦怦跳了起来。

慕容氏乜斜着眼睛,看着拓跋寔:"太子把新婚妻子丢在寝宫里,自己跑到这里享福,不怕代王知道了责罚你?"慕容氏一边说,一边靠近拓跋寔,伸出手拉住拓跋寔的手,轻轻抚摩着。

拓跋寔猛然抱住慕容氏,把这妖艳迷人的女人紧紧地拥进自己的怀抱。慕容氏紧紧靠在拓跋寔的胸膛上,仰起脸,用嘴唇去寻找拓跋寔的嘴唇。两个男女的嘴唇紧紧地贴到一起。

拓跋寔抱起慕容氏,把她扔到炕上,迫不及待地脱去自己的袍子,慕容氏也解开自己的小袄,钻进羊皮锦缎被里,褪去内衣,等待着拓跋寔。

赤裸的拓跋寔与慕容氏搂抱在一起,如干柴烈火,作了苟合。

慕容氏激情难以抑制,她一直在等待着这一天,她渴望着和太子拓跋寔成就好事,渴望与什翼犍以外的男人苟合,今天她终于如愿以偿。

拓跋寔大汗淋漓,喘息着翻身躺到慕容氏身旁,浑身瘫软。慕容氏也大汗淋漓,不过她好像兴犹未尽,紧紧抱着太子拓跋寔不想放手。"真痛快!

鲜卑国母:献明皇后

真受应！"慕容氏喘息着在拓跋寔的耳边说。

"真受应？"太子拓跋寔奇怪地问："在代王那儿你没有这么受应过？"

慕容氏抚摩着太子拓跋寔赤裸的胸膛，轻蔑地"嗤"了一声："那老畜生只顾自己痛快，还没等人家兴奋哩他就泄了，软蛋似的，哪能受应？"

拓跋寔哈哈笑了起来，笑得上气不接下气："原来如此！我还以为他战无不胜多厉害呢！原来不过银样镴枪头，不中用的！以后就来我这里受应吧！"

慕容氏用指头戳点着拓跋寔的额头；"你想得美！我不过趁老畜生不在，来受应一下，他一回来，我哪里有机会啊！把我们看管得像囚徒一样！你敢吗？"

太子拓跋寔被慕容氏激得一时性起，他扑腾着脚喊："我有什么不敢！只要你敢来，我就敢要你！"

慕容氏急忙捂住他的嘴："你不要命了？这宫里宫外到处都有他的耳目，小心隔墙有耳，让老畜生知道，你我都别想活！"

拓跋寔坐了起来，披上袍子，双手抱膝，想着心事。慕容氏把头拱在他的大腿上，抚摩着他的大腿，小声说："多希望能够天天和你在一起啊！可惜这日子不多！"

拓跋寔抚摩着慕容氏的头发和脸颊，认真地问："你说过老家伙有换太子的心思，可是真的？"

慕容氏说："可不是真的。他多次问我说，寔君是不是比太子能干听话？我说，寔君能干不假，但是寔君狡诈，不如太子忠厚老实。他叹息说，如果不是王太后喜欢太子，他早就想换寔君做太子了！"

拓跋寔捶着炕："他就是不喜欢我！他就是偏心寔君！我早就看出来！"

慕容氏也坐了起来，披上自己的皮袍，紧紧靠在拓跋寔的身上，小声说："太子可要防备着点，不要让老畜生得逞！你看，寔君随他出征，每日在他身边奔走，很可能撺掇着立他做太子！寔君可不是个省油的灯！诡诈的很呢！"

拓跋寔点头，他亲吻着慕容氏的黑发，安慰着："你放心！我知道该咋个办！你就等着瞧！我将来一定要收你做我的大可敦！"

慕容氏撇了撇嘴，很不以为然的样子。她知道拓跋寔的脾气，他不过嘴上厉害罢了，真正行动起来，他没有什翼犍的果断、勇敢、决然，他优柔寡断，做事前怕狼后怕虎，什翼犍正是看清他这种脾性，才萌生换太子的想法。慕容氏知道，拓跋寔根本不可能像他自己所说的那样行事。

"算了，不说这些了，让我们再受应受应。"慕容氏抱着太子拓跋寔，又把他拉进被窝，重新嬉戏、爱抚起来。

马兰走出自己的寝宫。太子拓跋寔又是几天没有回寝宫，她不知道他在干什么，今天天气很好，湛蓝的天空红日当空，马兰很想让太子带着她出城去骑马驰骋半日。来到盛乐，她已经很久没有骑马出城玩过，拓跋寔总是借口代王命令，禁止她出城去。

马兰带着宫女木兰，走出后宫院门，向前殿大院走来。马兰一边走一边询问着宫女木兰的家庭情况。马兰自己带来的使女，全被太子打发到别的宫去，给她调换了个盛乐女子，来专门伺候马兰。

木兰不过十一二岁，长得大眼睛高鼻梁，白皙红润的皮肤，很好看的样子，一看就是个活泼可爱的小女孩。木兰说，自己父母是盛乐城里的鲜卑军户，几个哥哥跟随什翼犍代王南征北战，都已经战死在沙场。代王什翼犍看见她父母年老，照顾他们，让她进宫来做宫女，给父母挣一些赏赐以糊口。

马兰看着木兰可爱的模样，听着她清脆响亮的说话声音，拍了一下手："哎哟，你看我这记性！我说觉得你面熟的，却这半天一直没有想起来你是谁！我见过你，你就是我来盛乐第一天在街头看到的那个小姑娘，是不是？"

木兰不好意思地笑了："小女第一次看到可敦那么漂亮，不由自主喊了起来。没想到可敦竟记住了我！"

马兰摸摸木兰一头黑发辫，笑了："因为你也长得好看嘛，我就记住你了。没想到，代王把你找来跟我，我很高兴哩。"

木兰高兴得拍着手蹦着："我才高兴呢。能伺候这么漂亮的可敦，真福气呢。"不过，她明亮的大眼睛立刻又阴沉起来，噘起嘴嘟囔着："不过，我怕伺候不了可敦多长时间。我们是代王的军户，代王可汗点兵打仗，我家是一定要出兵的。我阿干都死了，可汗代王再点兵，阿爷年纪那么大，只有我代阿爷去从军了。"

马兰吃惊地看着木兰："你才多大年纪啊？你一个女孩，咋能从军呢？

净瞎说!"

木兰天真地说:"可敦,这是真的。可汗点兵,许多军户都是十几岁的阿干去从军的,比我大不了多少!我肯定能行!"

马兰摇头,怜悯地看着木兰。这么小的孩子都要参与打仗,想起来可真叫人心里不好受。为什么要打仗呢?马兰不大明白。不过,她知道,不管是贺兰部,还是匈奴鲜卑,还是高车、柔然、山胡各部落,在阴山、贺兰山前后草原上很少没有打仗的年份,今天这两个部落联合起来打那个部落,后天那两个部落又联合起来打这个部落,你打来,我打去,争夺草原牲畜人口财物,争夺领主地位,谁都想凌驾于别的部落之上,谁都想当首领,结果,两败俱伤,白白死了许多无辜的人。

马兰牵着木兰的手:"我不会让你从军打仗的!"

木兰摇头:"我不去,我阿爷就一定要去的。不去的话,可汗代王会要我全家的性命!"

俩人说着话,来到前殿院落。前殿院落侍卫见是太子妃来,都急忙单腿跪下问好。侍卫要去禀报太子,马兰摇手:"不必了,我自己进去见他!"侍卫想说什么,马兰已经走进大殿台阶,进了大殿大门。

大殿里面静悄悄的没有侍卫,侍卫已经被拓跋寔赶到外面去。马兰拉着木兰,走向右边暖间,她知道拓跋寔经常睡在暖间里。

突然,暖间里传来一阵嗤嗤的女人的艳笑。马兰急忙停住脚步,对木兰说:"你到外面等我!"懂事的木兰急忙跑出大殿,在大殿外面的高台上等待马兰。

马兰蹑手蹑脚走到东暖间的门口。门虚掩着,马兰轻轻把门推开了一条缝,把眼睛凑到门缝上向里窥探。炕前地上摆放着红黄大小两双毡靴,黄色大皮靴是拓跋寔的,红色毡靴窄小,显然是双女靴。是谁的呢?马兰猜度着,却想不起来。她觉得见过这双精致好看的毡靴,却一时想不起来到底是谁的。

马兰的心怦怦直跳,她有心跳开,可是好奇心驱使着,让她无法离开。

马兰移动着目光,炕上凌乱地扔着男女衣裤冠帽。马兰把门缝轻轻推得更大一些。拓跋寔全身赤裸,呼哧呼哧喘着粗气,趴在一个女人的身上。马兰用力看着拓跋寔身下的女人,那女人的脸被拓跋寔的脸遮挡着,总也看不清楚。

马兰用手捂着自己的胸口，害怕怦怦跳动的心从胸腔里蹦出来。她一定要看清楚拓跋寔身下的女人是谁，以后不让拓跋寔总是用慕容霸来要挟她。

拓跋寔上下起伏着呼哧呼哧喘着粗气，身下女人吃吃艳笑，从拓跋寔身下抬起身子，拓跋寔把头偏了过去，那女人的脸露了出来。

"啊？"马兰惊呼了一声。她看清拓跋寔身下的女人！是她，真不敢想！怎么会是她？他们可是吃了熊心豹子胆了！

"谁？"拓跋寔听到门外的喊声，他急忙抓起袍子披在身上，掩住下体，跳下炕来，趿拉着靴子跑到门口，一把拉开门。马兰还愣怔在门口。

"你来干甚？"拓跋寔看到马兰，愣了愣神，立刻咆哮起来。

"我来……来……"马兰惊慌失措，结结巴巴，说不出完整的话。

拓跋寔把马兰拉进东暖间，炕上的慕容氏已经胡乱穿好衣服坐到炕沿上。马兰打量了她一眼，慕容氏头发蓬松，脸色酡红，眼睛分外明亮……。

"你看见甚了？"拓跋寔瞪着一双凶狠的大眼睛，死死盯着马兰的脸，想从她的脸上看到答案。

马兰突然冷静下来，她微笑着："我看见甚了？我甚也没有看见。我刚走到东暖间门口，被甚东西绊了一下，差点摔倒，吓得我喊了一声，你这不就出来了？现在我看见你和可敦在东暖间里。不是吗？你们刚才在干甚？是不是怕我看见？你们干甚呢？"

马兰笑嘻嘻地追问拓跋寔，然后又掉转目光直直看着慕容氏追问。慕容氏脸一阵红一阵白，尴尬之极，支支吾吾着说不出话来。

拓跋寔有些放心，他坐到炕沿上，赤裸的双腿露了出来。慕容氏给他使了个眼色，拓跋寔急忙站了起来，用腰带扎住皮袍，不敢再坐下去。

马兰冷笑了一下。

"你来干甚？"拓跋寔追问着。

马兰笑着："太子多日没有回寝宫，马兰有些放心不下，想来看望看望太子，另外也想请示太子，马兰想出城骑马看看，不知太子可允许？"

拓跋寔哼了一声："这还用着来找我？想去骑马你就去马槽吩咐他们备马不就是了？真是多此一举，找到这里！"

鲜卑国母：献明皇后

马兰咯咯笑了："那太好了。有了太子殿下许诺，马兰可以随时出城去了！"说着，站立起来，满脸狡黠和高兴的笑容，向太子和慕容氏行礼："那我就告退了！太子和可敦继续你们的谈话说笑吧，我就不打扰了！"说完笑嘻嘻地一路走了。

拓跋寔想追出去警告马兰不要随便出城，可是慕容氏把他喊了回来："算了，让她骑马出城玩一天吧。你说，她到底看见我们的事情没有？"

拓跋寔挠着头皮，犹犹豫豫地摇头："大概没看见吧。"

慕容氏皱着眉头，很不相信的样子："我怎么就不放心？看她一脸狡诈的笑，觉着她看见了甚。"

"她能看见个甚？"拓跋寔不耐烦地说："就算她看见个甚又咋的？她能把我咋的？"

"可是我怕她会告诉你阿爷那老牲口啊！要是叫他知道，他一定会活剥了我的皮！自己老不中用，还把我把作的死死的，生怕我跟其他男人睡觉！老犊子！可霸道呢！兴他找其他女人，就不兴我找相好男人？！"

说着自己坐了起来，用手拢着头发，也斜着眼睛看着拓跋寔："还是计谋计谋如何对待你那小媳妇吧。万一给她看到了，她又跑到老爷子那里告状，我们怕是完蛋了！我看那老牲口看她的眼神很不怀好意呢！"

"我会对付她的！你放心！在我的宫里，我叫她没有一天好日子过！她在贺兰部跟你的叔叔慕容垂有过一腿，我想起来就生气！"拓跋寔气哼哼地脱去皮袍，开始穿衣服。慕容氏也重新穿好衣服，重新梳拢着发辫。

"总要除去他们才放心！"慕容氏看了一眼拓跋寔，咬牙说。

"我知道。不过需要耐心，需要等待机会才行！"拓跋寔沉思着。

5.代王什翼犍关爱新妇　太子拓跋寔刺杀亲爷

什翼犍渡过大河，以迅雷不及掩耳的速度，赶到刘卫辰的住营地。刘卫辰慌不择路，率领着自己的宗室家族儿女向西逃去。什翼犍收其部落而还，俘获牲口数十万头。腊月，凯旋回到盛乐。

在盛乐王宫大殿前的院落里，堆放着从刘卫辰那里俘获的各色绸缎武器粮食，什翼犍坐在大殿前的平台上，亲自主持着为部下分配战利品的班赏。俘获的牲口都圈养在城外，等待着被赏赐。赏赐一如拓跋过去一贯做法，按照官阶和功劳大小，赏赐部属各有差，并不平均分配。这样，上下皆大欢喜，打仗的积极性很高。

后宫可敦，也都被叫到前殿来参与班赏。贺马兰走在什翼犍可敦的后面，来到前殿。马兰身材有些臃肿，走路显得步履沉重。

什翼犍注意打量着走在自己可敦之后的儿媳妇马兰。贺马兰显然比过去憔悴了许多，白皙红润的脸颊失去刚来时候的红润，显得苍白略带黄色，丰满的面颊有些塌陷，更使她显露憔悴。

代王什翼犍心疼地打量着马兰，心里咒骂着拓跋寔。拓跋寔一定又像过去一样，在折磨着马兰。要是不想办法，这马兰又得被拓跋寔折磨死。这一次他可不能袖手旁观，任拓跋寔折磨这漂亮的马兰。

"代王啊！大家都来了，我把马兰也叫来了！"慕容氏扭捏着趋步上前，讨好地说，她一屁股坐到什翼犍身旁，紧挨着他坐下，好随时讨好什翼犍，希望能够得到什翼犍的特别恩典，争取得到多一些好一些的班赏。

什翼犍微笑着，他最得意的就是这班赏群臣。群臣的喜悦，群臣流露出眼巴巴地渴望，都叫他得到最大的满足，特别是可敦们为多得到一些赏赐对他赤裸裸的讨好谄媚，更是让他无比喜悦。

什翼犍开始宣布赏赐。侍郎燕凤主持赏赐。群臣都眼巴巴地看着什翼犍和燕凤，听着燕凤宣布赏赐人口与牲畜的数量。拓跋代国的群臣将士全凭这赏赐来建立自己的部落，从而养活家口。战争俘获来的人口分配给群臣将士，作了他们部落的奴隶，赏赐给他们的牲畜为他们放养，少量的农田供他们种养耕作，他们也从赏赐里获得生活必需品，铁器武器绸帛器具等。没有战争俘获，他们就没有生活来源。所以，不管大臣还是将士，都喜欢打仗，打起仗来奋勇无比。

这时，一个守卫上来，伏在代王什翼犍耳边小声说了几句。

什翼犍扫了一眼下面等待分配的群臣，向燕凤招招手。燕凤急忙走到什翼犍身边。什翼犍小声说："守卫报告，许谦偷窃两匹绸帛，问要不要把他扭送来。我看不必了，我要你把这事隐匿下来。要是许谦知道你我知道此事，他感到羞惭而自杀，为财辱士，万万不可！"

燕凤点头。

太子拓跋寔坐在代王身后，看着代王赏赐。他听着燕凤宣布的寔君的赏赐数量，心里酸溜溜的不舒服。寔君原本就有一个很大的部落，人口牲畜的数量仅次于什翼犍，这一次又获得相当大数量的赏赐，这部落怕是已经超过什翼犍，成为代国拥有最多人口和牲口的部落。拓跋寔作为什翼犍的继承人，并不拥有自己独立的部落。想到这里，拓跋寔悄悄地叹了口气，把仇恨压在心头。

群臣欢天喜地叩谢过代王，欢天喜地领过号牌，去领自己得到的各种赏赐。代宫里一片欢笑声。

最后才分赏后妃。什翼犍的几个后妃笑嘻嘻地抱着分给自己的绸帛器具金银首饰等。慕容氏的谄媚没有白费，她果然得到比他人多的一份赏赐。她笑得嘴都合不拢，扭捏着腰身走到属于她的一堆绸帛前，高声吆喝着让自己的使女和侍从抱回去。

贺马兰静静坐在太子拓跋寔身边，看着欢天喜地的后妃和群臣，仿佛与她无关似的。她突然想起在贺兰部父亲分赏礼品的情景。眼泪涌上她的眼眶。

什翼犍回头看了看太子拓跋寔，在贺马兰的脸上打了个旋，突然说："我要与寔君以及后宫妃嫔到参合陂行宫居住几个月，让马兰陪我们一起去！你还留守盛乐！"说完，什翼犍站了起来，径直回后宫去了。

太子拓跋寔呆呆地看着什翼犍的背影，心里乱糟糟的，不知父亲为什么突然作出这么个决定。

拓跋寔很紧张。代王住在参合陂行宫，等于远离了自己。听说代王在参合陂行宫大兴土木要大修参合陂宫城。代王想干什么？

拓跋寔其实还是很害怕父亲什翼犍，什翼犍敢说敢做，果断不留情面，代国老人都说，什翼犍具有先祖力微那样的毅力魄力。

代国始祖力微用武力起家，拓跋鲜卑一代一代流传说，力微元年，岁在庚子，西部内侵，国民离散，力微依于没鹿回大人窦宾。靠着没鹿回部大人窦宾荫庇，力微才得以保存自己的力量，力微借助窦宾的力量与窦宾一起攻打西部匈奴，全军大败。到力微二十九年，窦宾临终，把自己的两个儿子叫到身边，告诫他们要谨奉始祖力微。窦宾的儿子不从，乃阴谋为逆。力微派人召见他们,传话说自己即将离开没鹿回部,临行前想见他们一面与他们告别。窦宾的儿子欣然来见,被力微设的埋伏捉拿杀之,然后尽并其众,诸部大人,悉皆款服,控弦上马二十余万。

力微三十九年,迁于定襄之盛乐。夏四月,祭天,诸部君长皆来助祭,惟白部大人观望不至,于是征而戮之,远近肃然,莫不震慑。

什翼犍也是靠武力兴国。当年,什翼犍作为使者出使石勒襄国,以人质滞留邺城,虽然年少,却好学,在邺城习得一身马上好工夫,加上身材高大,膂力过人,几个人都不是他的对手。十九岁被弟弟拓跋孤从石勒赵国迎回,在繁峙宣布就国即位,做了代国国主,至今已经三十多年,把代国治理得越来越强大。他拓跋寔凭什么与代王什翼犍抗衡?凭武力,他恐怕不是代王的对手,但是搞阴谋也许是自己的强项,凭借阴谋,也许可以置什翼犍于死地。

拓跋寔焦躁不安地在前殿暖间里走来走去。代王率领着后宫可敦以及寔君、玉婆、窟咄等儿子到参合陂行宫去,甚至把马兰也带了去,这盛乐宫里冷清了许多,几个月来只有他留守这冷清的王宫,在王宫里处理不多的事务。虽然他可以随心所欲让宫女民女侍寝,他可以用各种办法折磨那些宫女民女,可是依然不能让他快乐,他的心里好像有个黑洞,总也填不满,让他总是感到心里空落落的。他不断派人到参合陂去打探消息,现在,他就是在这里等待从参合陂回来的长孙斤,等待着他带来的消息。

拓跋寔大声喊:"来人!"

在外面等待他吆喝的侍郎应声而入。"太子何事呼唤?"侍郎趋步上前问。

"长孙斤回来了没有?"

"回来了,正等着太子接见呢。"侍郎回答。

"好,告诉长孙斤,陪我出城打猎!马上备马!"拓跋寔跺脚喊叫着。

"是!"侍郎急忙出去传唤,让马曹备马。

初春的天气还算不错,料峭的春风不算太大,没有扬起扑面而来的沙尘。阳光还算灿烂,照在脸上身上暖融融的。

太子拓跋寔带领着侍从卫士猎郎和长孙斤出城而去。盛乐城外,南边

鲜卑国母:献明皇后

是起伏的山陵地带,通向平城,北边是阴山下广袤的扭垞川大草原,骑在马上可以看到一条清亮的河蜿蜒在枯黄的草原上,这是流入大河的一条支流,名叫黑河,它流过广袤的扭垞川平原,是滋养扭垞川也滋养着生活在这里的鲜卑民族的一条母亲河。

拓跋寔与长孙斤一抖缰绳,两匹骠悍的大宛马扬蹄向北奔去,他们一气奔到草原上一个十来丈高的土堆下。土堆下有些雕刻的石兽,东倒西歪地躺在土堆前。

拓跋寔和长孙斤下马,把马拴在石兽颈上,他踢着那些石兽,拍打着它们的头,笑着对长孙斤说:"看当年匈奴呼韩邪单于,给他的汉人阏氏昭君起了这么大个坟墓,真是浪费。"

长孙斤笑着:"呼韩邪单于阏氏有功于匈奴,匈奴当然要厚葬阏氏了。这昭君阏氏来到匈奴,匈奴和汉就不再打仗,不是好事吗?"

长孙斤陪着拓跋寔慢慢登上昭君坟墓顶上。顶上长满野草,枯黄的蒿草、茅草、马兰、苜蓿、蒲公英、菖蒲、车前草,都半人多深,窜出一群麻雀,扑棱棱飞上蓝天。一只野兔从草丛里窜了出来,后脚站立起来,竖起的耳朵四下摆动,瞪着惊慌的眼睛警惕地了望着。看到刚刚走上来的人影,它倏忽缩回草丛,钻进洞穴。

拓跋寔和长孙斤站在昭君墓顶,四下看着。南边天空飞来一群乌鸦,遮天蔽日,呱呱声笼罩了草原。乌鸦群过后,昭君墓东南方的黄色草原上,闪烁着一块亮光,好像西域琉璃一样明亮。拓跋寔指着那亮光:"那就是参合陂吧?"

长孙斤点头。拓跋寔眉头紧皱,眼睛望着参合陂的方向:"不知代王这一个多月在那里干什么?听说在大修宫城,不知他打算干什么?"

长孙斤眼睛也望着远方枯黄的草原,草原上不时跑过野兔,有时跑出几只鹿,雄鹿顶着高大峥嵘的鹿角,高傲地率领着它的族群在草原上追逐。一阵小风吹过,草原的枯草被风吹得趴伏到地,风过去,草又直立起来。猎郎已经带领着侍卫在草原上驰骋追逐着鹿群,鹿群张皇得四下逃窜。

"太子,我们去打猎吗?"长孙斤问。

"算了,让他们去吧。我想和你商量大事。"太子拓跋寔坐到枯黄草丛里的一块白色石兽上:"你也坐下来。"拓跋寔拍着身边的另一块残破的石兽。

"我刚才问你,代王打算干甚?是不是想迁移宫城到参合陂去?"拓跋寔看着长孙斤问。

长孙斤沉默了一会,才慢慢说:"代王有这个意思。参合陂传说,代王等宫城建好,就宣布迁都。他喜欢参合陂,说参合陂水草茂盛,比盛乐富庶。"

拓跋寔焦躁地用脚蹁踏着前面的枯草:"他一点消息都不向我透露,看来他想废掉我另立太子了!是不是啊?"

长孙斤支吾着:"可能……吧……也许……吧。"

拓跋寔瞪了长孙斤一眼:"这算甚话?你还打听到甚?不能就听到这么点事吧?"

长孙斤局促不安起来,他慌乱地说:"听是还听说了一些,只是不敢说。"

拓跋寔抓住长孙斤的衣襟:"你说不说?我派你去就是让你打探消息的,你居然敢隐瞒不报?你活腻味了不是?"

长孙斤浑身颤抖,猛然跳了起来,向后退去;"别!别!太子息怒!太子息怒!"这拓跋寔脾气十分暴躁,一点事情惹翻了他,他拔出腰刀就把人砍翻在地。他的一个妃子仅仅因为与他玩耍惹怒了他,被他一刀砍了头,横尸面前。

拓跋寔咆哮着:"你说不说?"说话间手已经按到腰刀鞘上。

长孙斤退到他认为安全的距离,才抖抖索索地说:"我只是听宫女侍卫传说,并不知道是否确实。太子听了以后,千万不要迁怒于我!太子答应,不迁怒于我,我才敢说!"

拓跋寔笑了:"你犊子还跟我讲条件?好!我答应你!你只管说!我不迁怒于你!"

长孙斤急忙跪了下来,双手伸向天空,仰面向蓝天说:"天神听到了吧?太子已经答应,不管我说甚,他都不迁怒于我!我长孙斤请天神为证!"

拓跋寔见长孙斤乞求天神,也急忙跪了下去,他同所有鲜卑人、乌桓、匈奴、高车、柔然人一样,都十分敬畏天神,生怕自己得罪天神,被天神惩罚。

长孙斤见太子拓跋寔也跪拜了天神,忐忑的心才安稳了一些。他拉着太子拓跋寔,让他站了起来,把他按到刚才坐的石兽上:"太子不要着急。我只是听说代王强迫太子新纳的妃子马兰侍寝,在后宫惹起风波。"长孙斤一边说,一边警惕地看着太子的反映,准备随时掉头逃命。虽然有天神为证,可是天神还是制止不了拓跋寔杀他的行动,所以,他长孙斤只有警惕地看着拓跋寔的手,要是他伸向腰间,他就立刻拔腿向下逃跑。他已经瞅准了一条路,可以连跑带滚地下去逃命。

拓跋寔猛得跳了起来,咆哮着:"这是真的?代王让马兰侍寝?"

拓跋寔猛然抽出腰刀,朝面前的枯草乱砍。长孙斤已经退到后面,退到已经可以滚下去的斜坡前,看拓跋寔不过只是砍着枯草发泄愤怒,并没有伤他的意思,也就站立在原地,没有动作。

拓跋寔在草丛里挥舞着腰刀四下砍着,一边高喊:"什翼犍,你这老畜生!老牲口!你是活到头了!"

发泄一阵,拓跋寔觉得有些疲乏,颓然坐到石兽上,双手抱着头,呜咽起来。

长孙斤慢慢蹀了过来,坐到他的旁边,不知道该说什么来安慰拓跋寔。拓跋寔的呜咽渐渐平息下来,他抬起头,擦干眼泪,咬着嘴唇,问长孙斤:"你看到慕容氏可敦了吗?"

长孙斤摇头。

拓跋寔站立起来:"我明天就去参合陂见代王!"

长孙斤劝说:"太子,去见代王不是明智选择。代王命令太子留守盛乐,而太子私自离开盛乐,代王会追究的!望太子三思而后行!"

"我主意已定!"拓跋寔挥手一劈,做了个断然的动作,制止了长孙斤的劝说:"你陪我一起去!"

参合陂的行宫里,什翼犍看着低头不语脸色苍白的马兰,关切地问:"太子寔是不是经常折磨你?看你入代国不过几个月,就憔悴成这般模样。"什翼犍说着,连连摇头,看到马兰现在这般形容,他真的感到心痛,一个如花似玉一般娇艳的漂亮姑娘,在他的宫中很快变成残花败柳,他既伤心也气愤。

马兰的眼泪一滴一滴地滴落在地上。什翼犍的关切温柔,让她不由得委屈起来,这眼泪也就情不自禁地滴落下来。

什翼犍看着马兰俊美的面庞,不禁又有些走神。他走到马兰面前,抬起马兰的下颌,看着马兰美丽深邃发着幽幽亮光的眼睛,这双眼睛里满含着晶莹的泪水,幽怨哀伤,闪着诉说不尽的委屈凄切。什翼犍看着,觉得自己已经被融化了进去,心都要碎了。

什翼犍的声音颤抖着:"你说出来,我给你做主! 我就不信我管教不了这死犊子!"

马兰只是摇头。说什么呢? 夜晚拓跋寔那些折磨如何可以说给什翼犍? 拓跋寔不断与其他女人私会,她如何可以跟什翼犍说? 何况他还与什翼犍的可敦慕容氏私通? 她敢跟什翼犍说?

什翼犍轻轻用手抚摩了马兰的脸颊一下:"不说也罢! 那就在参合陂好好玩! 痛快地玩! 叫你来,就是想让你散散心! 不要再想那些不痛快的事!"

马兰顺从听话地点点头。可是,她的心里还是塞满了其他事情,她怎么能不想其他事? 她已经明显感觉到自己体内的变化。她经常感到恶心,一闻到浆酪牛奶的气味就呕吐,饮一口浆酪会叫她呕吐出苦胆汁液,她心慌气短,她感到身体沉重,而且一向正常的月事也停止了。这一切都在告诉她,她可能怀孕了。谁的孩子呢? 她不敢断定? 也许是慕容垂的? 也许是拓跋寔的。她希望是慕容垂的。如果是慕容垂的孩子,她一定要拼自己全力来养育他,让他长成一个顶天立地的男人,一个像慕容垂和什翼犍一样的男人! 马兰不敢把自己怀孕的消息告诉拓跋寔,她害怕拓跋寔故意折磨她,让这孩子流产。他十分嫉妒她在贺兰部与慕容垂交往,多次追问她,想知道她和慕容垂之间究竟发生过什么事情。马兰咬紧牙关,什么也不说。拓跋寔总是用阴森可怕怀疑的目光盯着马兰,恨不得从她的脸上找到答案。这目光叫马兰想起来就浑身起鸡皮疙瘩。

马兰看着什翼犍,什翼犍开始肥胖的脸颊上浮着真诚的关心,眼光流露出温柔,看来他真心实意在关心自己,马兰又一次被什翼犍感动了,在她的心里,什翼犍就像她的阿爷一样关心她。

"谢谢代王的关心!"马兰在什翼犍面前深深地鞠躬到地。

什翼犍有些慌乱:"不要这样。不要这样。"他伏下身子,双手扶住马兰,想把她搀扶起来。

"你在干甚?"有人从后面拍了慕容氏一下,正趴在门口从门缝里往里偷窥的慕容氏被吓了一大跳,浑身激灵了一下,扭过头,看到身后站着太子拓

鲜卑国母:献明皇后

跋寔和长孙斤。

"你在干甚？"拓跋寔又问。

慕容氏看见太子拓跋寔到来，喜出望外，实话说，她这两天每日都在盼望着太子拓跋寔的到来，一来是她太思念他，二来是她实在不能容忍什翼犍对马兰过分的关心和照顾，太子不来，她相信他们一定会出问题。长孙斤来到参合陂，她特意召见了长孙斤，告诉他一个惊人的消息，说什翼犍叫马兰侍寝。慕容氏断定，拓跋寔听说这事，一定会到参合陂来。不过，现在看到拓跋寔，她却不能和他交谈，现在不是她和太子说话的时候，她急忙摆手摇头挤眼，用手示意，让拓跋寔不要说话，又鬼鬼祟祟地指了指里面，让太子拓跋寔也趴到门缝里向里面窥视。

慕容氏趴在门上鬼鬼祟祟地已经偷听了好长时间，看见什翼犍独自走出他的行宫，慕容氏就偷偷跟在他的身后，看见他走进马兰住处，她便躲在门外偷听着里面的谈话和动静。

太子拓跋寔看了看长孙斤。长孙斤苦笑了一下。拓跋寔明白了，慕容氏一定发现了马兰的什么秘密。他凑到慕容氏上面，从门缝里用一只眼睛向里窥视。

从门缝里，正好看到什翼犍伸出双手去搀扶鞠躬到地的马兰。

慕容氏一脚踹开木门，尖声喊叫着，冲了进去。"好一个老牲口！"风一样裹了进来的慕容氏冲到马兰面前，一把抓住马兰的头发，把她的发辫从头上扯落下来："好一个不要脸的骚货！居然勾引老公公！"慕容氏尖叫着，左右开弓，扇了马兰几个大嘴巴。

"慕容氏，你干甚呢！你！"什翼犍愤怒地呵斥着慕容氏，一把推开慕容氏，什翼犍并没有使用很大的力气，却把慕容氏推得一屁股坐到地上。慕容氏就势倒在地上，大声号啕："好一个老牲口啊！你居然打我！我慕容三代侍候你！你居然为了这个小狐狸精来打我！我不活了！"说着又站起来，扑向什翼犍："你打我算了！打死我你就收了这小狐狸精吧！"她哭着喊着，用头在什翼犍怀里乱撞，双手撕扯着什翼犍的衣服和发辫。

什翼犍被慕容氏撞了个趔趄，后退着，撞倒一个人的身上。什翼犍这才看见太子拓跋寔正横眉怒目站在他的身后。

"你怎么来了？我不是命令你留守盛乐吗？"什翼犍扬起眉毛，厉声说。

"我不来,能看到这么一出好戏吗?"拓跋寔冷冷地说。

慕容氏看见拓跋寔也跟了进来,情知更有好戏在后头,于是又哭喊着向什翼犍冲了过来:"你这不要脸的老牲口!你当着儿子的面勾引儿媳妇!你还有脸打我!我不活了!不活了!"

什翼犍闪身,慕容氏扑了个空,看着就要重重摔倒在地。太子拓跋寔急忙伸手挡住慕容氏,搀扶着她站立,慕容氏就势倒在拓跋寔的怀抱里故意扭作一团,让自己的身体完全接触拓跋寔,一边用手在拓跋寔的脸上乱摸乱抓,拼命哭喊着:"你还算甚男人?看着你阿爷当着你的面勾引你的女人!你还有没有脸见人啊?!你!"

拓跋寔被慕容氏揉搓得浑身焦躁,欲火伴着怒火升腾起来,他腾地从腰间抽出腰刀,紧紧攥在手中,推开慕容氏,慢慢向什翼犍逼去。

"你想干甚?"什翼犍怒喝着慢慢后退:"死犊子!你想造反啊?"他瞪大双目,十分吃惊地看着儿子拓跋寔,他并不恐慌,只是感到吃惊,过去拓跋寔经常与他争吵,虽然也有话赶话的威胁,可是到底还没有见过他敢在自己面前做出抽刀相逼迫的大逆不道的事情!今天,他居然不问青红皂白,就抽刀相向,看来这死犊子果然是王八吃秤砣,铁了心与他势不两立了!

慕容氏退到一边,马兰却醒悟过来,她尖声喊叫着扑向拓跋寔:"你不能这样!不能这样!他是你阿爷!是代王啊!"马兰扑到拓跋寔面前,紧紧抱住拓跋寔攥着腰刀刀把的手,想制止他的行动。

拓跋寔看到马兰拼死护卫什翼犍,这怒火更像浇了奶油一样熊熊燃烧起来。"滚开!你这不要脸的骚货!"拓跋寔飞起一脚,踹到马兰的小腹上,马兰哎哟一声,倒在地上,双手抱住小腹,疼得打滚。

"好一个死犊子!"什翼犍满头冒火,他冲到拓跋寔面前,劈面照拓跋寔一拳,拓跋寔踉跄后退了几步,倒在长孙斤的怀抱里。长孙斤急忙搀扶起拓跋寔。

"给我上!"拓跋寔怒喝着命令长孙斤,把手中的腰刀递给长孙斤:"给我杀了这老牲口!"

长孙斤迟疑地接过拓跋寔的腰刀。

什翼犍矫健地冲过来,一个扫堂腿,把长孙斤横扫倒到地上,腰刀哐啷一声从他手中掉在地上。什翼犍正要去捡,拓跋寔已经飞起一脚,把什翼犍

鲜卑国母:献明皇后

踹得趔趄后退了几步,拓跋寔用脚尖把腰刀踢在半空,接在手中,挥舞着向什翼犍横劈竖砍了过来,嘴里还哇哇大叫着。

什翼犍刚刚在卧榻前站定,拓跋寔飞舞的腰刀亮煌煌地直朝他的脑门劈了过来。什翼犍闪身蹲下,腰刀啪地落在卧榻扶手上,卧榻扶手应声飞出一大块,落在慕容氏面前。慕容氏哇地叫了一声跑出行宫。

什翼犍看到拓跋寔已经红了眼,决心要置他于死地,也顾不上多想,只是想着要夺下拓跋寔的腰刀。他又飞起一脚,朝拓跋寔的下体狠命踹去。这一脚,正踢在拓跋寔的命根上,呛啷一声,腰刀掉落在地,他用双手护住下体,痛得蹲到地上。什翼犍急忙用脚尖踢起腰刀接到手中。

长孙斤知道,事到如此,只有拼命保护拓跋寔,才可能换回生路一条。他哇哇叫着,向什翼犍扑了过去。

什翼犍挥舞起腰刀,朝长孙斤砍了过去。亮光一闪,红光一道,长孙斤的头便飞了出去,落在马兰面前。马兰大喊一声,晕了过去。接着便是刺鼻的血腥充满房间,接着又是扑通一声,长孙斤无头的身体跌落在什翼犍面前。从头腔里喷涌出来的血流四下飞溅,喷洒了什翼犍一身。

什翼犍用袖子抹着刀锋上的鲜血,看着倒在地上的拓跋寔,冷笑着:"死犊子!咋着啊?还想着来跟我拼命?!"

拓跋寔看着刚才还活生生的亲密伙伴长孙斤现在却身首异处,又惊又吓又怒,头脑一下子完全失去控制,他两眼血红,疯狂地跳将了起来,狂呼乱叫着向什翼犍扑了过去。

什翼犍无可奈何地摇着头,挥舞起腰刀,叹息似的说:"死犊子!你这是自己找死,怨不得我的!"腰刀看着就要落在拓跋寔的头顶上,在落到他天灵盖的一刹那,什翼犍看清了太子拓跋寔疯狂的脸,一阵怜悯悄然涌上什翼犍的心头。这毕竟是他最尊敬的王太后喜欢的长孙,是太后当年的心肝眼珠子。将来与太后相见,太后向他问起太子的事,他该如何回答呢?

就在那略微的沉吟犹豫中,什翼犍手中的腰刀已经改变了方向,腰刀劈向拓跋寔的胁下,拓跋寔的右胁下喷涌出一阵鲜血。拓跋寔扑通倒了下去。

什翼犍急忙伏身下去,搀扶着拓跋寔。拓跋寔身下血流成河,人已经说不出一句话来。什翼犍急忙把他抱到卧榻上,从袍子上割下一条帛,给拓跋寔包裹伤口。他一边包扎一边小声说:"死犊子,你要坚持住!你会好起来的!"

马兰从地上抬起头,呻吟着。

什翼犍听到马兰的呻吟,急忙走了过来。"你咋样?没事吧?"

马兰摇头:"还好!太子呢?你把太子咋着啦?"马兰着急地问:"他是你的亲儿子,你不会杀死他吧?"说着,马兰泪流满面,泣不成声。

什翼犍搀扶起马兰,随口说着:"我当然不会杀死他,我咋能杀死自己的亲生儿子呢?你放心好了。起来吧,去那边歇息歇息。"什翼犍搀扶着马兰,向里面的炕走去。

"他这是咋的了?"马兰惊叫起来,挣脱什翼犍的搀扶,脚步踉跄地跑到卧榻前,跪在拓跋寔的面前,看着浑身鲜血斑斑的拓跋寔,声音发颤地喊着:"你把他咋的啦?"

什翼犍看着马兰惊恐的脸孔,眼睛转了几转,要是让马兰知道事情真相,她一定会伤心而死,虽然拓跋寔那么折磨她,但是她绝不会容忍父子自相残杀这么冷酷的事情,她也许会永远逃离代国。不!他什翼犍一定要把马兰留在自己身边!

什翼犍苦笑了一下,指着长孙斤:"他谋反想刺杀我,太子挺身而出搭救了我,自己却被长孙斤刺伤,我又杀了长孙斤。你看,太子护驾有功,我正在为他包扎伤口,你一定要好好照顾他!"

马兰满心狐疑地看了看什翼犍,什翼犍一脸诚恳一脸哀伤,完全看不出是他杀了太子的迹象。马兰已经记不得刚才的经过,可能就是什翼犍所说的情况吧?代王怎么会欺骗她呢?不会的。代王什翼犍那么仁慈温和,那么会关心人体贴人,怎么会杀害自己的儿子呢?马兰摇头,想摇去自己荒唐的念头。

"来人啊!"代王什翼犍走到宫门口,大声向外喊着。

侍郎燕凤等人都从下面偏殿里跑了过来。"什么事?大王?"燕凤等人看着代王一身血迹,焦急地问。

"长孙斤谋反,想刺杀本王,太子英勇救驾,光荣负伤,快叫太医来给太子疗治!一定要把太子抢救过来!"代王什翼犍已经老泪纵横,泣不成声了。

这是代国什翼犍建国三十四年(公元371年)三月的事情。

《魏书·序记第一》记载:"三十四年春,长孙斤谋反,伏诛。斤之反也,

鲜卑国母:献明皇后

拔刃向御座,太子献明皇帝讳(拓跋寔)格之,伤胁。夏五月,薨,后追谥焉。"

6.不计前嫌精心护理　一片善良感动天地

马兰脸色更加憔悴,她守护在拓跋寔的病榻前,已经衣不解带地守了两个多月。太子拓跋寔毫无知觉地躺在卧榻上,浑身散发着一种难闻的腐烂气息。胁下的伤口化脓,伤口上一堆堆白色的蛆虫在腐烂的肉上蠕动。马兰正在用竹签一条一条地夹和挑着那些可怕的蛆虫。散发着金光的绿头大苍蝇一群群嗡嗡地飞舞在拓跋寔的头上。使女木兰不断用绢扇扇着,轰着那些成群的绿头苍蝇,可是,刚刚赶走这一群,又飞来另外一群,强烈的腐烂的臭味把它们从四面八方吸引过来。专门逐臭的它们对腐烂的臭气特别敏感,不管多远,都能让它们嗅到,嗡嗡飞来,轰都轰不走。

"太子! 太子!"马兰轻轻呼唤着。她每天都要这样呼唤着,期望能够把太子唤醒过来。可是太子还是没有动静地躺着,偶尔被蛆虫咬噬得过于疼痛,才稍微动动身体。

使女木兰扇得一头大汗,五月天气,盛乐也热得很,白天太阳升起以后,大地蒸腾着热气,屋里也热了起来。木兰擦着满头大汗,劝说马兰:"小可敦,你歇息歇息吧,又守了两天! 你会累坏的!"

马兰摇头:"我不累。我睡不着!"

木兰心疼又气愤:"可敦心眼太好了! 他那么折磨你,你还照顾他!"

马兰叹了口气:"谁叫我阿爷把我给了他呢! 既然这样了,我也只好照顾他一辈子了!"

木兰吃了一惊,小声喊叫起来:"你还要照顾他一辈子啊? 代王都劝你放弃算了! 他这么拖着,可是要累死你!"木兰说着,狠狠地剜了一动不动的拓跋寔一眼,小声嘟囔着:"还不快死!"

马兰责怪地看了木兰一眼:"你刚才嘟囔个甚话哩?"

木兰急忙换上笑盈盈地笑脸顽皮地回答:"回禀可敦,我说这些苍蝇还不死! 你看,我打死了多少苍蝇?"果然,地上又落下一只被木兰拍下来的快死的苍蝇。

马兰苦笑了一下,擦了擦满头大汗,又低下头,继续忍受着扑鼻的臭味,在拓跋寔的伤口拨拉着,专心致志地寻找着蛆虫,把它们一条一条拣出来扔在一个瓦盆里。瓦盆里,蠕动着一大堆令人作呕的软体动物。

"代王祭天今天该回来了吧?"马兰忧心忡忡地问。这几个月,代王什翼犍为太子疗伤一直留在参合陂,没有部署任何军事活动,却是不断举行各种祭祀,来祈求上天降福,让太子恢复健康。前些日子,他带领着代国群臣特意到阴山背面的牛川,当年始祖兴旺的地方,举行祭天大礼,乞求天神保佑太子拓跋寔恢复健康。

"早晨听探报说,大队已经到了昭君墓,估计眼下已经快到了。"木兰回答,继续扇着那些顽强的嗡嗡乱叫乱扑的苍蝇。

"今天好些没有?"马兰身后响起浑厚的声音。马兰听出是代王什翼犍的声音,她急忙起身拜见代王。

"代王回来了!"马兰脸上露出些微的笑模样。

什翼犍看见马兰脸上的笑模样,心里像被抚摩一样舒坦高兴,从牛川回来翻越阴山,穿过峡谷山口的辛劳,几天来马背上的颠簸,一下子都消失了。去牛川祭天,与其说是为了太子,还不如说是为马兰。什翼犍多次劝说马兰放弃对拓跋寔的护理,让他把太子拉出去埋葬了事。已经两个多月了,拓跋寔没有一丝生命的迹象,每日像段木头一样躺在那里,让马兰守护在一边,为他翻身为他擦拭屎尿,喂他吃东西。马兰的腰身越来越粗,身体越来越沉重,他已经看出马兰怀孕了,为了他拓跋氏的下一代,他不能让马兰为一个活死人来折磨自己。所以什翼犍决定去牛川祭天,最后去乞求天神,如果天神保佑,就让拓跋寔很快恢复健康,如果天神不原谅拓跋寔,祭天之后依然不能恢复生命迹象,他什翼犍一定要想办法结束马兰无谓的辛苦与痛苦!

"好起来了吗?"什翼犍焦急地问:"我们可是按照拓跋规矩祭天了。天神要是保佑他,这几天应该慢慢好起来的!"什翼犍说着,伏身到拓跋寔身上查看伤口,伤口已经腐烂到腰际背部胸部,浓水血水烂肉,散发着恶臭,惨不忍睹。什翼犍勉强忍着恶心,翻开拓跋寔的眼睑,看了看他的瞳孔。拓跋寔的瞳孔已经散漫开来,没有多少光彩。

什翼犍摇摇头,无力地站了起来。"太子已经没救了!"他叹息了一声:"瞳孔散了!"他自言自语。

马兰好像没有听到似的，又拿起竹签在太子伤口上拨拉着寻找蛆虫。

什翼犍对木兰使了个眼色。木兰机灵地眨巴着眼睛表示明白。"带可敦出去一会，让我把苍蝇扇出去。"什翼犍接过木兰的扇子，在空中挥舞着。

木兰过来搀扶起马兰："可敦，代王让我们先走开一下。"

马兰木然站了起来，靠在木兰臂膀上任木兰把她带到里间歇息。

"来给他穿戴穿戴抬他走吧。"什翼犍见马兰进了内屋，急忙对内侍说。侍卫过来抬走太子，打扫了房间，在房间各处洒了石灰。

马兰木然地看着空了房间，心一下子轻松起来。她知道自己做着无谓的劳动，她腹中的胎儿经常在踢她打她，似乎在抗议她这母亲没有关心他。她也清楚地知道自己再这么熬下去，可能会影响胎儿的生长。可是她就是放弃不了眼前这活死人。只要他有一口气，她就要守在他身边，要不将来她的良心会永不安宁。

内侍前来见马兰，告诉她代王已经给她重新安排了宫室，让她搬到新宫居住。马兰最后看了看她伺候拓跋寔几个月的这地方，慢慢走了出去。当她的脚迈出大门，拓跋寔就已经从她的心底里彻底消失了。

建国34年（公元371年）五月，代王什翼犍在参合陂行宫宣布，太子拓跋寔为平息长孙斤叛乱、英勇保卫代王而光荣负伤，多方医治无效而薨。

7.争美人父子滋生嫌隙　生爱意老王收继新妇

马兰在内侍的导引下走进另一个大院，这是代王的后宫。马兰奇怪地问内侍："怎么来这里？"内侍笑着："代王为可敦安排的新宫室就在这里。"

内侍领着马兰走上通往正房的台阶。马兰又是一惊：这不是代王的寝宫吗？她停住脚步，狐疑地看着内侍。内侍笑着："奴才按照代王吩咐办事，请可敦进去。"

内侍把马兰引到右手宫室门口，推开门："以后这里就是可敦寝宫，请可敦进入。"

马兰走了进去。三大间的宫室已经重新粉刷，雪白的墙壁上挂着崭新的黄色帛绸帷幕，摆放着精致的木制桌椅板凳和卧榻，里面一间用雕花紫檀木隔扇隔开，靠南窗户下一盘大炕，炕上摆放着紫檀木的箱笼，箱笼上整整齐齐叠放着成摞的羊皮锦缎被褥。

马兰微笑了，代王把原来慕容氏的宫室重新装饰以后让她居住，也算代王对死去的太子的纪念吧。马兰下意识地摸了摸已经很突出的肚子，那里有拓跋家族的后代，代王如何能够不怜惜她呢。

马兰想起慕容氏。

那一天，慕容氏看到太子拓跋寔与代王格斗起来受伤倒地，马上逃离马兰宫室，回到自己的寝宫，即刻收拾东西，带着一包袱值钱细软悄悄溜出后宫，来到马曹，牵出自己的坐骑，备了鞍鞯，拉着马出了宫，翻身上马向东北方向奔去。她想逃离代宫回到自己娘家燕国去。可是，没有跑出多远，后面追兵便赶追了上来。她很快被追兵围住，让代王的侍卫带了回来。

代王什翼犍倒背着双手，在后宫院里恼怒地走来走去。"说不说?"什翼犍抓住慕容氏的衣襟，咆哮着。慕容氏浑身哆嗦，还是不开口。"你再不说，我就砍了你的脑袋!"什翼犍扔下慕容氏，抓起自己闪亮的弯刀，冷笑着步步逼近慕容氏。慕容氏浑身哆嗦着缩成一团，她哭喊着抱住代王什翼犍的双腿交代了她的阴谋。

"抽她一百鞭!"代王什翼犍命令侍卫。蘸了水的牛皮鞭带着风声，抽打在慕容氏的身上。慕容氏皮开肉绽，死去活来。后来，什翼犍就把她撵出后宫，听说打发到参合陂旁的牧场里为行宫放羊。

马兰走到炕前，突然感到一阵眩晕，一头栽到炕上。

马兰慢慢睁开眼睛，她觉得自己精神了许多，生命和青春的活力让她醒了过来。到底年轻，不管多大的心灵创伤都无法战胜青春的力量。

"醒了! 醒了!"木兰拍着手，欢快欣喜地喊。她冲出门，跑进代王宫室："代王，小可敦醒了! 小可敦醒了!"

代王什翼犍正躺在炕上歇息，听到马兰的呼喊，腾地坐了起来，靴也没有顾上穿，就跑出门，来到旁边马兰的宫室。

"你可醒了!"代王什翼犍上炕，跪在马兰身边，高兴地喊，他的眼睛里满含着激动的泪水。马兰昏睡的这两天，他焦急得六神无主，每天都过来探望，希望她很快恢复健康，他延请了最好的郎中太医来给马兰诊治。有几次，他都忍不住偷偷抹泪。现在好了，马兰清醒过来了!

鲜卑国母：献明皇后

什翼犍笑着,眼泪又止不住滴落下来。

马兰感受到几滴清凉的水珠落在自己的脸颊上,她惊吓了一跳,朦胧中看到代王眼睛里滴落着泪水。马兰的心被震撼了。在她的眼睛里,一世英雄代国雄主什翼犍如同天神一般坚强果断无坚不摧无人能够战胜,居然在她的面前掉着眼泪。她知道,这眼泪是极度关心忧虑焦急而后被巨大喜悦冲击带来的!

"你可醒了!"什翼犍的声音里包含着深深的叹息和喜悦,轻轻抚摩着马兰的黑发。

马兰撑着身子慢慢坐了起来。什翼犍伸手想去搀扶她,马兰摆摆手,挣扎着慢慢坐了起来,虽然还有些头晕眼花,但是她觉得自己神清气爽。

木兰端来热腾腾的鲜奶。马兰笑了,鲜奶的浓香唤起她的饥饿,她咕嘟咕嘟地一口接一口不停气地喝,让什翼犍直担心她被呛着,连声劝说:"慢慢喝,慢慢喝,小心呛着!"

喝了满满一大碗热奶,马兰更是觉得自己恢复了精神。她不好意思地看着代王:"让代王担心了。感谢代王前来探望。"

什翼犍只是笑:"这就好了!这就好了!以后你可要爱惜自己啊!"

马兰听话地点着头,感激地看着什翼犍。不是什翼犍的关心,她在代国的日子可真不好过。什翼犍另外几个可敦,也是没有好脸色给她。

什翼犍二子寔君来见代王什翼犍。寔君与什翼犍的弟弟拓跋孤分掌南北两部,寔君执掌南部,拓跋孤分掌北部。如今,拓跋孤已死,北部暂时由拓跋孤的长子拓跋斤执掌。寔君知道,什翼犍对拓跋斤执掌北部并不放心,他正在寻找合适的时机抓拓跋斤的辫子,然后收回北部。

"阿爷,"寔君凑到什翼犍的身旁,谄媚地笑着,亲热地呼唤着,同时大睁着双眼不断在什翼犍的脸上巡睃,注意观察他的脸色。什翼犍的脸上浮着些微笑意,看来他的心情不错,寔君心里有了底。他拉了个板凳坐到什翼犍对面。

什翼犍看了看寔君:"有甚事啊?来见我?"从寔君一脸讨好的笑容上他断定寔君一定有事相求。这个儿子聪明伶俐有眼色,打仗勇敢,他早就有意立他做太子。可是他又下不了决心废掉太后亲自选定的拓跋寔。

今天他大概是为太子人选而来的,什翼犍猜测着。

寔君真还不是为太子人选而来的。太子拓跋寔薨了，这太子轮也轮到他，代王迟早要把太子地位给他，作为执掌代国一半权力的南部总管，他着急甚呢？代王能不把太子位置给他？他着急的是马兰的去向。

按照鲜卑以及草原上各游牧部落的规矩，兄弟死了以后，其他兄弟可以收继过世兄弟的妻子，这样，可以阻止寡妇带走牲畜财产，保护部落实力。鲜卑代国依然保留这原始风俗。

寔君是为这事而来的。拓跋寔死了，留下一个年轻的寡妇贺马兰，贺马兰那样漂亮，寔君早就垂涎三尺。现在不是正好可以收继她吗？寔君来向父亲什翼犍谈这个事情。

"阿爷，我想收继贺马兰。"寔君眼睛直直地盯着什翼犍，开门见山地说。

低头把玩一把短刀的什翼犍浑身一颤，锋利的刀锋轻轻滑破什翼犍的大拇指，鲜红的血滴渗出伤口。什翼犍把大拇指放进嘴里吸吮着，抬眼看了儿子寔君一眼，没有说话。

寔君见父亲装作没有听到自己说话似的，他便提高声音："阿爷，我要收继贺马兰！"

什翼犍心里乱作一团。从来的第一天起，马兰就深深生根在他的心底，现在太子死了，他把马兰安置在自己宫室旁边，可以每日见到她，可以保护她，没想到，寔君却提出这个事情，叫他一时不好回答。

什翼犍心里琢磨着，不知如何回答他好，想了一会，他开口问："近来可有刘卫辰进犯探报？"什翼犍顾左右而言他。

寔君沉了脸。他可不是容易糊弄的！早就听可敦传言父亲什翼犍对贺马兰有意思，他还不大相信，以为是女人之间胡乱猜测瞎说而已。现在父亲故意遮掩推托，看来还不是空穴来风，倒是有迹可循了。

寔君坚定地看着什翼犍："阿爷，我告诉你，我要收继贺马兰！你不用打岔！"说着，他站了起来："我这就去带她走！"

什翼犍慌乱起来，他伸出手挡住寔君："先别忙，先别忙！我还有话跟你说！"

寔君心中暗笑：看来什翼犍真的开始老了，变得优柔寡断了，变得没有魄力了，面对儿子，他不敢表示强硬的意见了！这就好！寔君得意地想。过去的什翼犍可不是这样，对他不同意的事情，他会咆哮着喊叫着挥舞双手：

鲜卑国母：献明皇后

"你休想！你给我滚出去！以后再敢提，我砍了你！"其实，寔君刚才也做着准备，准备被他呵斥着狼狈逃窜。

"我一定要收继贺马兰！"寔君又说了一遍。

什翼犍突然微笑了，他已经有了主意："刚才玉婆来过，他说他要收继贺马兰，我已经答应了他！你来晚了一步！"

"不！"寔君喊了起来："不可能！玉婆没有流露过这意思！"

什翼犍坐了下去，平静地看着寔君："你看着办！总之，我的意思是，太子和马兰任你们二人选择其一！"

"我宁愿选马兰！"寔君脱口而出。

"是吗？这可是你说的！"什翼犍冷着脸："你可不要后悔啊！那我就把太子位置给玉婆！"什翼犍站了起来，挥了挥手："这就去传燕凤，让他拟写诏书，如何？"

寔君愣怔着，呆呆地看着什翼犍。太子位置，可是他朝思暮想的啊，现在这么轻易失去是不是太可惜了？

寔君乱了方寸，他伸手阻挡什翼犍："阿爷，先等一等，让我再好好想想。"

什翼犍微笑着："好啊，我答应你，你再好好想想。一定要想清楚。贺马兰现在身体不好，也不能马上让你们收继。你知道，她还怀着孩子，要等她生了以后才决定给谁收继，还要让她自己挑选挑选嘛！"

什翼犍微笑着，看着垂头丧气离开的寔君。

"你们谁也别想收继她！"什翼犍心里说。

"马兰，今天精神如何？"代王什翼犍笑吟吟地走进马兰的宫室，亲热地问。

脸色已经恢复了刚来时的红润白皙，马兰看起来还是那样漂亮。她感激地看着什翼犍，挺着大肚子，向代王行礼："谢代王关心！已完全恢复了！"

代王坐到椅子上，木兰过来给代王敬献上浆酪。代王看着马兰，微笑着说："要是精神好，我们出城看赛马摔跤祭祀，如何？"

马兰低头看看自己的肚子，苦笑着摇头："我怕是骑不了马啊。"

代王什翼犍笑了："专门为你准备了辆舒服的车。你可以乘车的。"

"那好。"马兰笑了:"我也感到很闷的,正想找机会出去散心。感谢代王的关心!"

代王什翼犍站了起来:"我们走吧。木兰,来搀扶小可敦上车!"

院子里停着一辆骆驼高车,高车装饰得华丽舒适,高车张着金黄色锦缎顶盖,四周垂挂着红色流苏,高车车厢里铺着柔软厚实的毡毯,一张金黄斑斓的虎皮蒙在车厢后面的靠背上。这是什翼犍专门为马兰制作的,与当时简陋高车很不一样。

木兰搀扶着马兰上了高车,让她舒服地依靠在靠背上。"硬不硬?硌不硌?"什翼犍关切地询问。

马兰坐了下去,用力颠了颠,呵呵笑着:"不硬,很软和呢。真舒服!"

什翼犍也眉开眼笑,对木兰说:"好好搀扶住小可敦,小心路上颠簸了她!我们走吧!"他对赶车的车夫说,自己跨上马,带着几个亲信和侍卫,出了城。

城外,广袤的扭埕川大草原上,一望无垠,清亮的黑水蜿蜒流过,像绿色草原上飘着一条浅蓝色的飘带一样,蓝色的参合陂平卧在绿色草原上,像一面圆圆的菱花铜镜,在阳光下闪烁着斑斑点点的耀眼亮光。

马兰贪婪地看着草原美景。远处,放牧的羊群如同天上飘过的白云,散在绿草丛中,牛群在草原上悠闲地吃草,哞哞鸣叫着互相应答,马群奔跑在草原上,扬鬃奋蹄,英姿勃发。没有战争的草原,真是美不胜收。

拉车的骆驼迈着沉实稳重的大步,走在草原上,车厢很平稳,木兰紧紧搀扶着马兰,生怕她有什么闪失。

什翼犍骑马赶了上来,大声问:"车子稳不稳啊?"

木兰回答:"代王,放心吧,稳着呢,一点都不感到颠簸!"

"那就好!你们慢慢行吧!"什翼犍勒了勒马嚼子,一抖缰绳,那匹随他南征北战的白色大宛马便四蹄腾空在草上飞了起来,参与到前方热闹的骑手队伍中去。那里,一个敖包下,正在举行赛马比赛。什翼犍骑马飞奔过去,身姿非常矫健,一点也看不出臃肿与老态。

"代王骑马真年轻。"马兰对木兰赞叹。

"可不是呢。你看,代王来了个马肚藏身呢。"木兰大声喊叫着,从座位上站了起来，指点着。

马兰伸长脖子看了过去。一队骑手中，身穿金黄色短袍的什翼犍在白色马背上忽上忽下，一会跃上马背，一会跃下马背，一时藏到左边，一时又躲到右边，灵活敏捷地与众骑手比试着各种骑马的技艺。

马队向前飞腾，伏身马背的金黄色什翼犍从草丛里掠起一只绵羊，又飞身上马，骏马继续四蹄腾空飞奔不止。

草原上响起一片喝彩。

马兰呆呆地望着远去的什翼犍，仰慕之情油然而生。

什翼犍的白马折返过来，向马兰的高车奔来。什翼犍在高车前跳下马，他与白马一样，都是大汗淋漓，白马前肩胛下流出血红的汗水。代王把马交给侍从，侍从牵着大汗淋漓的汗血宝马慢慢走着遛马，让马充分休息。

代王什翼犍笑着问马兰："我还行吧？"

马兰不好意思地笑着说："大王英勇过人，马兰佩服之至！"

代王听着马兰的赞扬，看着马兰流露着羞涩的漂亮眼睛，心情舒展得如蓝天一样，他哈哈大笑起来："我还宝刀不老啊！"

马兰忽闪着大眼睛："谁说大王老了？我看大王像年轻后生一样身手敏捷，比一些后生还年轻呢！"

什翼犍更加得意，他满脸满眼都是笑，爽朗大声叫好："好！只要你说我不老，我就永远不老！来，下来走走！"

什翼犍伸出健壮的双臂，轻轻抱住马兰，把她从高车上抱了起来。马兰被什翼犍抱在怀里，什翼犍身上散发出强烈的男人的汗味刺激着她的鼻子，让她突然感到一阵莫名的喜悦和冲动，她的心狂跳起来，头有些眩晕。这种感觉在很久之前在遥远的贺兰部草原上出现过，不过已经非常遥远非常淡漠了。马兰闭上眼睛。

什翼犍第一次这么近的抱着马兰的柔软沉重的身体，心中也荡漾着一种异样的感觉，他感到幸福快乐舒坦，一种激动和狂喜慢慢涌上心头，像一股暖流一样慢慢淹没了他，浸润了他，让他一时间什么都忘记了，他是谁，他在哪里，他在干什么，蓝天绿草原上，只剩下他怀抱里的年轻漂亮女子，那个需要他来保护的女子。

什翼犍紧紧地抱着马兰，把她慢慢抱下高车，十分不情愿地把她慢慢放在地上。他真不想就此放开他，他多么渴望抱着她，一步一步走入草丛中。可是，理智战胜了他，他还没有征得马兰的同意，对马兰的明天还从没有跟马兰谈过，他不能让马兰害怕。

马兰站到草地上，慢慢睁开了眼睛，她已经满脸绯红。

什翼犍指着草原上飘动的清亮小溪："我们过去坐坐，我去洗洗脸。"

看着清亮透彻的小溪，马兰欢呼起来，加快脚步向小溪奔去。她掬起清亮的河水，喝了一口，黑水甘甜清凉，像滋润草原一样滋润着她的心田。心中刚才生出的欲火被扑灭下去，她感到自己平静下来。

什翼犍看到马兰这样高兴，也哈哈笑着，加快步伐，三步两步跑到小溪边，像马兰一样，先掬起一大捧清凉的河水，咕咚咕咚地喝了个痛快。

听到什翼犍咕咚咕咚响亮的喝水声，马兰高兴得咯咯笑了起来。

什翼犍抹着须髯上的水珠，看着笑得好像个小姑娘的马兰，好奇地问："你笑甚呢？"

马兰不敢太过放肆，急忙收敛了笑声，拼命忍着笑说："我听到咕咚咕咚的饮水声，还以为是老牛饮水呢！"

"你敢这么说我？说代王喝水像老牛？"什翼犍又气恼又觉得可笑，没有谁敢这么放肆地这么说他呢。他瞪大眼睛，想装出一副气恼严厉的样子吓唬马兰，可是看着马兰可爱的活泼模样，看到她可爱的脸上已经开始流露出慌张不安的模样，刚才灿烂的笑容正在凝固僵化，自己终究还是憋不住，扑哧一声笑了出来。

马兰噘起小嘴，长长嘘了口气："我以为大王生气了呢。"

什翼犍情不自禁地刮了马兰的鼻子一下："你这小模样，哪里能让人生气啊。"说着，又低头掬水咕咚咕咚畅饮了一顿，才洗脸洗手，洗去刚才跑马跑出的大汗。

马兰坐到河边草地上，看着什翼犍向她走过来。不知为什么，她的心又开始怦怦跳了起来，她觉得什翼犍一定有什么大事要对她说。

什翼犍坐到马兰身边，一边搓着手，一边思忖着如何开口向马兰说出的他的决定，说出自己想说的心里话。

"大王有事要说？"马兰偏过头，温柔地看着什翼犍，微笑着问。

什翼犍搔着头皮，吞吞吐吐地开了口："几天前，寔君来见我，问你的情

鲜卑国母：献明皇后

况。他有意想收继你。"

"甚?"马兰变了脸色,寔君要收继我?这消息像晴天霹雳,从马兰头顶上轰了下来。

"大王的意思呢?"马兰声音颤抖着。

什翼犍支吾着:"我想让你自己决定。也许还有别的选择。"

马兰刚才紧皱的心稍微舒展开来。她偷眼窥视着什翼犍,思忖着:与其让一点也不熟悉的寔君收继,去过着战战兢兢的日子,不如还是让什翼犍收继,她对什翼犍有了比较深的了解。收继是不可避免的,她只能在父子二人中选择一个。

马兰低头拨弄着身边的青草,从青草丛里拔了一朵紫蓝色的马兰花。她喜欢草原的马兰花,她觉得自己就是草原上的马兰花,耐得严寒,也耐得干旱,她能够像马兰花一样生长开放在任何环境下。她知道她现在的处境很尴尬,拓跋寔死了,她成为拓跋寔的寡妇,如果她愿意,她可以带着拓跋寔留下来的所有财产离开代国,回到贺兰部。可是,她也知道,不管是鲜卑还是匈奴,都不会容忍她带着原本属于他们自己的财产离开他们的部落,他们会采用各种强迫的方式,迫使她留在原来部落里,迫使她与她不喜欢的小叔子大伯子生活在一起,被他们收继,成为他们众多妻妾中的一员。

想起这种收继婚就叫马兰害怕,害怕得觉都睡不踏实。一个拓跋寔就叫她胆战心惊,再嫁给拓跋寔的弟弟,更叫她心惊。寔君,满脸须髯,眼睛露着狡诈的凶光,经常用他可怕的目光追随着她,好像把她剥得赤裸裸似的,用他可怕的目光抚摩着她赤裸身体的每一寸。不知为什么,马兰很害怕接触寔君的目光,一看到寔君的目光,她就不由自主要掩一掩自己的袍服,生怕他用冒火的目光把她剥光。玉婆看起来和善一些,可玉婆从来就以一种蔑视的、叫人不由自主缩小的高傲目光扫她一下,在玉婆的眼光里,马兰不过是一匹牝马而已。拓跋寔其他兄弟,更叫马兰感到陌生。

让谁收继呢?这问题最近一直萦绕在马兰的心头。她知道,总有一天代王什翼犍要来问她这问题,她必须有自己的答案,否则,她只能像马一样任拓跋氏家族分配!

不行!她不会任由拓跋氏家族像马一样分配!她要有自己的意愿!

马兰瞟着身旁的代王什翼犍,她的心跳得跟厉害了!在这拓跋氏家族里,唯一把她看作一个漂亮女人来爱护关心的人就是这代王!尽管他是拓跋寔的阿爷,尽管他年纪比自己大得多,但是只有他关心她爱护她,也只有她能够给她保护,让她可以远离一切伤害!与其让寔君或其他兄弟来收继她,不如干脆让代王什翼犍来收继!

马兰突然有了主意。

马兰又瞟了什翼犍一眼,什翼犍眼睛望着远方,似乎在沉思默想什么为难的事情。他在想甚?他有收继自己的想法吗?马兰忖度着。

他有!马兰断然想。从刚才他抱着下车那时刻起,马兰就感受他对她的心意,从他紧紧抱她的臂膀里,她已经感受到男人对女人的那种情感力量。

马兰抬起头,看着什翼犍的侧面。什翼犍大耳垂肩,一部茂密的须髯,已经有了几根银白,但是,他的脸庞,依然散发着男人的魅力。他不老!

什翼犍回过头,目光恰恰与马兰注视他的目光相遇,两道目光碰撞在一起,电光一闪,刹那间火花火光四溅,什翼犍与马兰都像被雷电击中一样,猛然受到震动,浑身颤动了一下,似乎一切都那么明朗清晰起来。那些缠绕着他,叫他感到为难,刚刚还在苦苦思索不知如何张口的事情一下子有了答案,一切都不用再说再想了!

"你同意了?"什翼犍眼睛迸发着惊喜的光芒,轻轻地在马兰耳边问,他害怕太大的声音会吓跑马兰的决定。

"是的,决定了!"马兰一时脸色绯红,她羞涩地低下头,声音抖抖地小声回答,声音轻得只有什翼犍听见,她也害怕太大的声音会惊跑自己的决定。她觉得自己的决定其实脆弱得很,它经受不住太大的干扰。

什翼犍突然跳了起来,连连蹦着,双手向蓝天不断挥舞着:"她答应了!她答应了!"什翼犍大声喊,他要向蓝天,向蓝天飘过的白云,向草原,向远方横亘起伏的阴山,向面前流过的黑水,宣告他的幸福!

马兰拉扯了一下他的袍子,不好意思地制止着他:"代王,你喊甚啊?小声点!"

什翼犍又扑通一下跪到马兰面前:"我就是要让大家都听到!我收继你了!我要让我那死犊子寔君从此死了这心!马兰是我的!贺马兰永远是我的!"什翼犍喊着抱住马兰,连连亲吻着她的面颊。

鲜卑国母:献明皇后

马兰轻轻推开什翼犍:"代王,轻点,小心点!"她指了指自己突出的腹部。

什翼犍歉意地笑了笑,放开马兰。他仰面躺了下去,双手枕在头下,看着蓝天,说:"我回去就宣布这个消息!我要让寔君彻底断绝收继你的念头!不然,他还会纠缠不休的!"

"可是,你若不答应寔君请求,他会记恨你!我看他这个人心狠手辣!"马兰提醒着什翼犍。

什翼犍手攥成拳头,一手砸在另一手的手心里:"要是他敢流露不满,我就坚决不让他当太子!我把太子位置空下来,慢慢选择,说不定你还能再给我生几个儿子,我把太子的位置留给他们!"

什翼犍说着,搂住马兰,亲热地亲吻着她。

"我们回去吧。"代王什翼犍见前方的赛马已经结束,骑手骑着马向四面八方散去,就拉着马兰站了起来,向高车走去。

远处参合陂的湖水荡漾闪着波光,马兰高兴地说:"大王,我们去参合陂看看,我想吃鱼。"

什翼犍刮着马兰的鼻子笑着:"傻蹄子,想吃鱼还不容易?回宫以后让厨子做一条给你吃不就行了?"

马兰有些撒娇:"不嘛!大王,我想亲眼看看捕鱼。你看,天气还早着呢,天气又这样好!"

什翼犍捏了捏马兰的鼻子:"好,听你的!车夫!到参合陂!"

高车在什翼犍侍卫的簇拥下,向参合陂代王牧场驶去,那里既有为代王放牧牲畜的牧户奴隶,也有专门为代王捕鱼的隶户。

参合陂牧场,羊群像天上的白云一样多,牛群马群多得数也数不清。为代王放牧的男女奴隶来自代国征战抄掠来的各个不同部落部族,有汉化匈奴、乌桓、高车、缮善、柔然,甚至还有西域的月氏,也有从南边抄掠来的汉人。其中也有犯罪的鲜卑人。

华丽的骆驼高车向参合陂牧场滚去,压倒了草原上一尺多高的青草和野花。不过,生命力顽强的、旺盛的野草野花,在车轮滚过以后,在马蹄践踏过,都会慢慢抬起头,挺起胸,继续顽强地生长下去。野草野花不会在践踏下死亡。

放牧的男女奴隶看到代王车马过来，都急忙跑了过来，跪在代王马前迎接代王。远处，一个女奴隶尖声喊叫着，不顾一切，向代王冲了过来，她扑到代王的马前，一把抱住代王的小腿，哭着喊着："大王！大王！救救我！救救我！"

这是被代王撵到这里做奴隶的慕容氏，她正在放羊，看到远处来了一队人马，旗幡招展，前呼后拥，她心中猛然一喜：代王出巡来游玩打猎，她有救了。慕容氏藏身到草丛里，等代王人马过来，她就扑了上来，不顾一切地死命呼喊着："代王，代王！救救我！救救我啊！"

什翼犍低头一看，一个披头散发衣衫褴褛的女奴隶拼命抱着他的小腿跟着马走，死不放手。什翼犍只好勒住马，呵斥着："你是甚人？敢这么阻挡本王？来人！把她给我拖过去！"什翼犍挥手向后面的侍卫高喊。

"大王！我是慕容氏啊！大王！"那女奴抬起脸哭喊着。

什翼犍仔细辨认了一番，这女奴脸色黧黑，头发蓬乱，粘满干草，肮脏的破烂的袍子上粘着羊屎蛋牛粪片和蒺藜，只有一双曾经明亮的大眼睛因为见到代王重新唤起希望闪着亮光，让他还依稀辨认出当年慕容氏的模样。

什翼犍想起来。自从慕容氏出逃被侍卫追回来鞭打以后，他就下令把慕容氏送到参合陂王家牧场当奴隶，至今已经两个多月，风吹日晒，往日娇艳的慕容氏已经像所有的女奴一样形貌，粗糙黧黑，往日的美貌荡然无存。

什翼犍仰面朝天哈哈大笑起："好一个慕容氏！你怎么就变成这般模样？"

慕容氏拼命拉扯着什翼犍，哭着喊着："大王！让我回宫去吧！我再也不敢乱来了！看在我慕容氏姑侄三代伺候大王的情分上，饶恕我，让我回宫去吧！"

什翼犍依然哈哈大笑："回宫？你回宫干甚？"

慕容氏哀求着："大王让我干甚我就干甚！我还能给大王铺炕暖被窝啊！"

什翼犍一听，在马背上大笑得前仰后合，笑得上气不接下气："就你……这……模样，……还想……给我暖被窝？暖被窝？想得美！也不尿泡尿照照你这样子！"说着，他从马镫里抽出脚，一脚把慕容氏踹倒在地，一抖缰绳，

马又往前走去。

慕容氏在绿草地上爬着,伸出双手呼喊着:"大王,大王!可怜可怜我吧!让我回宫去吧!"

慕容氏凄惨的哭喊声让马兰心里十分难受。过去她十分讨厌慕容氏,慕容氏过于聪明,可怜她聪明反被聪明误,害了拓跋寔更害了自己。不过,想想大家都是女人,看到她如此凄惨的景况,却又不禁产生出许多同情,产生出兔死狐悲的怜悯。

她回过头,看着一边哭喊一边挣扎着爬着想赶上来的慕容氏,对什翼犍轻轻喊了声:"大王!"

什翼犍听到马兰的声音,急忙走到高车边,温柔地问:"可敦,你喊我?"

马兰说:"看她那么可怜,大王还是让她回宫去吧。不管怎么说,她也曾伺候大王十几年,大王还是要念个情分的。"

什翼犍惊诧地瞪大眼睛:"你给她说情?可她害了你,害了太子啊!"

身旁的小木兰也扯着马兰的袖子提醒着:"不能让她回宫去,小心她再害你!"

马兰笑着:"都过去的事了。我想她已经接受教训,会痛改前非的!"

"难说!"什翼犍和木兰一起说。

"不过,既然小可敦给她求情,我就饶恕她,让她回宫!回宫以后,我可是不想再见她!撵她到行宫里住!"什翼犍对马兰说,然后挥手喊:"侍郎!告诉慕容氏,小可敦为她求情,让她回宫去!"

慕容氏连连磕头,哭喊着:"谢谢大王!谢谢小可敦!"

高车和马队来到参合陂岸边,什翼犍敏捷地跳下马,抱着马兰下了高车。马兰站在蓝蓝清亮的参合陂岸边,看着波光浩渺的参合陂水天一色,浮光跃金,清亮的湖水面上夏风吹过,闪过一圈一圈的涟漪,湖面上有时跳起几只大鱼,溅起点点水花,发出泼剌剌的声音。参合陂湖面上凉爽的湿湿的小风吹拂在马兰的脸颊上,舒服极了。

捕鱼的奴隶驾着小舟,在湖面上撒网,拉上来一网活蹦乱跳的银光闪闪的鲤鱼,倒在船舱里,然后向岸边摇了过来。

"拣几条最大的,赶快送回行宫,给小可敦做好,等着小可敦回去食用!"

什翼犍命令内侍郎中。内侍郎中屁颠屁颠地赶快去照办。

"大王,我们上船去游玩一会如何啊?"马兰兴致很高,问什翼犍。

什翼犍看了看在湖面上颠簸飘荡摇晃的小舟,摇头:"这舟太小,不稳当,容易翻船。你看,我们乘坐那游玩的大船,如何?"

马兰顺着什翼犍的手指方向看去,看到岸边停泊着一只装饰着华丽顶盖的朱红大船,船舱里设着座位小几卧榻。

马兰高兴得拍手欢呼起来:"真好看的船啊! 大王有这么漂亮的游船,为甚我都不知道呢!"

什翼犍笑着:"我没有带你出来玩,你自然不知道啦。那慕容氏可是经常享用这游船的!"

什翼犍拉着马兰向游船走去。侍卫急忙去找撑船的奴隶。什翼犍踏上踏板,搀扶着马兰登上游船,奴隶撑开游船,向波光浩渺的湖中心撑去。湖中心有个小岛,上面长满芦苇蒲草和垂柳,栖息着许多水鸟,听见人声和水声,栖息在草丛中的灰鹤、白鹤、水鸭、丹顶鹤都扑棱棱地飞上天空,在空中盘旋,成双成对的鸳鸯、天鹅还是悠闲地游弋在水边,警惕地伸长脖子,四下张望。

马兰贪婪地看着湖中景象,看着水中倒影的蓝天白云,被划过的游船搅乱,在水中变乱着游荡着,消失在波浪和涟漪中。

马兰伸出手,划着水,让水穿过指缝,感受着水的清凉和柔软。木兰紧紧拉着马兰,生怕她掉下水中。

什翼犍拈着须髯,幸福地微笑着,漂亮的马兰终于成为他的小可敦,他感觉自己更加年轻健壮,浑身充满了朝气和力量。等马兰生过孩子以后,他要和马兰好好在参合陂度过长长一段幸福时光。

鲜卑国母:献明皇后

第三章　祸起萧墙

1.老王新妇欢天喜地　逆子奸妇沆瀣一气

　　代国建国三十四年(公元 371 年)，七月初七，参合陂行宫里充满期待的喜悦，代王什翼犍焦急地在马兰的寝宫外走来走去。寝宫里，传来马兰一阵一阵痛苦的喊叫声。

　　代国最好的太医都来到行宫，伺候马兰生子。

　　马兰躺在寝宫炕上，太医忙乱着，外面的锅灶上铁锅里的水烧得咕嘟咕嘟响个不停，用来割断脐带的短刀煮在锅里。

　　马兰喊叫声越来越尖利，她在炕上挣扎着，几个宫女和可敦按着她，太医从铁锅里捞出短刀，甩干水，匆匆进去。

　　什翼犍背着手不停地走，内侍侍郎劝慰着他。他实在担心马兰，头胎生子的危险很大，当年寔君的阿娘，第一个慕容氏，就是生头胎儿子寔君而死的。

　　马兰又发出几声撕心裂肺的痛苦的喊叫。"怎么啦？怎么啦？"什翼犍站住脚，大声喊着问。

　　"没事，大王！"里面的太医大声回答："就出来了！就出来了！"

　　太医话音刚落，里面传出一阵呜哇呜哇的婴儿啼哭，这是非常响亮的啼哭声，是什翼犍听过的自己十几个儿女中最大的哭声。

　　什翼犍微笑着想，这娃儿将来一定有出息，听那哭声就不同凡响！

　　"出来了！出来了！"里面一阵欢呼声。

　　"男娃还是女娃?"什翼犍隔着门帘大声问。

　　"禀告大王，是个大胖小子哩!"里面太医大声喊。

"太好了！我有孙子了！"什翼犍拍着巴掌，拍着大腿，高兴地喊。他跳了一会，又大声喊着问："大人没事吧？"

"没事！大人娃儿都精神着呢！"太医大声禀报。等了一会，门帘一挑，木兰端着一个盛放着婴儿脐带的木盆笑嘻嘻地走了出来，她要把脐带按照鲜卑的习惯埋在一个地方。"大王，太医请大王进去看看呢。"她对什翼犍说。

什翼犍连忙冲了进去，连声喊着："我的孙子在哪里？快抱来让我看看！"什翼犍感觉到满室金光灿烂，感觉到他心爱的马兰笼罩在金光中。

太医双手托着一个光溜溜的小小婴儿，把他放在黄缎子襁褓里："大王，你看，这就是大王的孙子！"那婴儿在太医手上踢着双脚，挥舞着双手，好像在指挥着千军万马。

什翼犍笑着："这娃儿很有大将风度呢。"

可能是什翼犍常年拉弓射箭的手指头过于粗糙，弄疼了婴儿娇嫩的小身体，婴儿一点也不给尊贵威严的代王什翼犍留面子，他踢蹬着小脚，挥舞着透明粉红的小手，大声哭喊起来，声震行宫。

"这小子！真有劲！"什翼犍手足无措，尴尬地笑着说。

"可不是，大王，你看这婴儿多大啊，他要比其他婴儿重一倍呢。"太医讨好地说："大王，你看看秤！"太医拿着秤杆，把刚才秤的重量指给什翼犍看。"大王，你看，这隆准丰满，耳轮巨大，真是帝王之相啊！"

什翼犍高兴地说："看来这是个有出息的犊子呢！"

衰弱的马兰听着婴儿响亮的哭声十分心疼，她有气无力地说："把他抱过来，他可能想吃奶了！"

太医小心地把婴儿托了过去，放在马兰的身边。马兰把自己丰满的乳房露了出来，把乳头喂进婴儿嘴里。婴儿吭哧一声一下就咬住了乳头，咕嘟咕嘟的吮吸声在房里回响着。

什翼犍看着马兰白皙丰满的乳房，眼睛几乎都直了，他突然有些嫉妒那个小小的粉团似的小东西。他居然那么幸福，一出生就能够噙住这么吸引人的乳房，而他，却还要耐心等待他的满月。

小犊子！什翼犍嫉妒地在心里笑骂着。你等着，我不会让你独占这幸福！什翼犍心里又说，我要给你请个乳母来喂养。马兰是我的！

鲜卑国母：献明皇后

什翼犍看了看在马兰乳房下咕嘟咕嘟吮吸的婴儿，示威性地扬了扬手。"好好伺候小可敦和王孙！"什翼犍威严地吩咐着，走出马兰寝宫，他要去部署举行会庆祝王孙出生的盛大国宴！他要全国大赦，他还要举行盛大的祭天仪式，来庆祝这婴儿的诞生。

马兰在后面轻声喊："大王，给起个名字吧。"

什翼犍停住脚步，看着马兰，想了好一会，拍了下脑门；"孙儿将来一定要接替我即位代国，就叫拓跋珪吧。珪，王者象征！"

满月之后的马兰，变得更加丰满水灵，白皙的皮肤好像一掐就破似的，十分鲜嫩，她一双黑蓝的眼睛越发明亮，闪闪烁烁的，像一潭深不见底的潭水。

盛夏的一天，马兰像往常一样，带着木兰和乳母，抱着快两个月的儿子，来到行宫外面散步。乳母抱着婴儿，木兰搀扶着马兰，慢慢走在碧绿的草原上。

马兰兴致很好，看着草原上盛开的山丹马兰喇叭花，她让木兰跑着采了一大捧，自己也采了几朵鲜艳的山丹和马兰，插到自己的黑发上。

马兰坐到草地上，用木兰采来的鲜花，编了一个花环，笑着把花环套在自己儿子的头上，儿子向她微笑，把小脑袋偏过来偏过去追随着她。马兰从乳母手中接过儿子拓跋珪，揭开自己的袍襟给儿子喂奶。虽然什翼犍不喜欢她亲自喂养儿子，从牧场牧户里选了一个乳母专门喂养拓跋珪，可是马兰还是偷偷地喂养他。

马兰把自己已经流出黏稠乳汁的奶头塞给儿子，这两个月的婴儿像一头小饿狼一样一口咬住马兰的乳头，拼命吸吮着，一股白色乳汁从他的嘴边流了下来。马兰轻轻刮着他的嫩脸蛋，笑着对乳母和木兰说："犊子好像饿狼一样，从来吃的这么急。"

乳母也说："可不是，这孩子才两个月，比我那一岁的儿子都有劲，吸吮得生疼。"乳母的话还没说完，马兰的脸就苦楚起来，嘴里发出痛苦的呻吟："哎哟，疼死我了。你这犊子，能不能轻点吸啊？"

乳母笑着："从来就是这样，非要吸得你喊疼为止。再大一些，我大概都不敢给他喂奶了！"

木兰也凑了过来,看马兰奶孩子。突然,一个男人从后面蹑手蹑脚过来,一下搂抱住马兰,那双男人的肮脏的手,就往马兰乳房上乱抓乱摸。马兰吓得紧紧抱住婴儿,抵抗着这突然袭击。

乳母从马兰怀里接过婴儿,抱着往行宫里跑,一边跑一边大声喊着:"救命!救命!来人救小可敦啊!"乳母怀里的婴儿也哇哇大声哭喊,增加了现场的紧张气氛。

马兰甩开那男人的纠缠,站了起来,转过头,这才看见来人的模样。这也是个典型的鲜卑男人,像拓跋家族的男人一样高大魁梧,一脸须髯。马兰断定他也是拓跋家族人,却不认识他。

木兰大声呵斥着:"你找死啊!这是代王的小可敦!"

来人嬉皮笑脸地说:"原来是代王可敦,那就是我的婶婶了?不过,那又怎么样?我们鲜卑可是时兴抢婚的,我喜欢可敦,我就要把她抢回我的部落!谅我叔父不会不给我这点面子!我们鲜卑可不会为个女人翻脸!"

马兰微笑着,向他嫣然一笑,微微屈屈腿:"原来是大王的侄子,这可是大水冲了龙王庙,一家人不认一家人了。可是,我怎么就没有见过你呢?你叫……"

那人笑了:"你当然不认识我了。我可是认识你的。我已经注意你多天了,你真好看!"他说着,竟又迷瞪瞪地看着马兰,满脸垂涎的样子。

"哎,你可说你到底是谁啊!"木兰用手中的花环在他脸前晃了几晃:"别像个呆头鹅一样!"

马兰扑哧一声笑了。

"拓跋斤阿干,你在干甚呢?"这时,寔君从自己的行宫里出来,看见拓跋斤正和马兰几个说话,十分好奇,急忙跑了过来。

"原来是拓跋斤阿干啊!"马兰急忙说:"大王说起过你,大王至今还念念不忘你阿爷对他的恩德,他给我讲过你阿爷只身前往邺城迎立大王的感人事迹。我也谢谢你的阿爷和你!"马兰说着,恭恭敬敬地向拓跋斤鞠了一躬。

这倒把拓跋斤闹了个大红脸,嘟囔着说:"他还念着我阿爷的恩德?怕不会吧?要是他念着阿爷的恩德,就不会剥夺我北部大人的职务了!"

寔君跑了上来,责备着拓跋斤:"你乱说个甚?走,跟我回去吧。"寔君推着拓跋斤,又回头看了马兰一眼,马兰的娇艳一下子又打动了他的心。"当时要是坚持向代王要求收继马兰，现在这漂亮的女人不就属于他了吗？"寇君懊恼地想。"现在是太子位置没有着落，也没有收继成马兰，真是两头落了空。"

拓跋斤别扭着不肯走，马兰的漂亮让他舍不得离开。

"好一个什翼犍，老牛一头，居然还能吃这么娇嫩的嫩草，真叫他愤愤不平。当初阿爷怎么会蠢到如此程度？放着已经到手的代国国主不当，一个人跑到邺城要求自己当人质，以换回在邺城做人质的什翼犍，真是蠢得可以！"拓跋斤心里想着骂着。

拓跋斤是什翼犍弟弟拓跋孤的长子，当年烈帝为交好赵主石虎，送次弟什翼犍到邺城做人质，烈帝临崩顾命说："安社稷者必迎立什翼犍。"烈帝崩后，群臣都以为国内新近发生大的变故，内外骚动不安，而什翼犍远在南方，来不及拥立，即使立即去迎，也怕鞭长莫及，等人到而国生变诈，需要立刻立长君来安定国家。群臣以为，在国的拓跋屈与拓跋孤兄弟二人中，拓跋屈刚猛多变，不如拓跋孤宽和柔顺，于是几个大臣等杀屈，共推拓跋孤即位。拓跋孤却坚辞不受，他说："吾兄居长，自应继位，我安可越次而处大业？"不顾群臣劝阻，只身前往邺城迎立兄长什翼犍。到了邺城，他对石虎说："请放兄长归国，我愿留身于邺为质。"石虎为他们兄弟的情义和义气非常感动，释放什翼犍，也不留拓跋孤为人质。

什翼犍即位以后，分代国一半给弟弟拓跋孤管理，以感谢他的迎立。一年前拓跋孤薨，他的尸骨未寒，什翼犍就以拓跋斤管理不力为名，免了他西部大人的职务，从他手中收回那半个国家的管理权限！失去副国主地位的拓跋斤被什翼犍叫到参合陂行宫，与寇君住在一起，名义是协助寇君治理参合陂，其实不过是让寇君监督他而已。好在寇君与他关系异常密切，没有太多为难他，他拓跋斤在参合陂还是自由自在。

拓跋斤恋恋不舍，频频回头看马兰，嘴里嘀咕着："老牲口艳福不浅，搞了这么个漂亮的女人！"拓跋斤总是当着寇君的面，这么骂什翼犍，寇君知道他心中充满对什翼犍的仇恨，也尽管他骂，并不阻止。说实在话，他心里对什翼犍也是仇恨多于敬慕和爱戴。

"快走吧，你没看见那乳母回去喊人了？我阿爷一会就到！小心他砍了你！他最不放心这漂亮的小可敦了！"寇君拉着拓跋斤向自己的行宫跑去。

果然,代王什翼犍的行宫大门里已经冲出一队人马,为首的正是代王什翼犍,马队飞奔而来。

拓跋斤和寔君急忙跑进寔君行宫。

拓跋斤慢慢向朝后院走去。后院是一片菜园,住着几个看管菜园的仆妇,还有被什翼犍赦免准予回宫,却不允许回代王行宫居住的慕容氏,什翼犍让寔君把她安置在他的行宫后院里住。寔君是什翼犍第一位慕容氏可敦所生,与这位小慕容氏也算亲密。

寔君看着拓跋斤走进后院,知道他要去会见慕容氏。

拓跋斤几乎被囚禁在寔君行宫,自然百无聊赖,唯一能够叫他快乐的就是找女人。他天天在行宫到处乱窜,叫他发现住在后院的慕容氏。回到行宫不再放羊的慕容氏,不受风吹日晒,又恢复了她白皙红润的肤色,渐渐恢复了过去的风韵与姿色。虽然失去代王可敦地位,但是寔君待她还是相当不错,她衣食无忧,也不用劳作,寔君专门给她找了个女奴来伺候她。那一日,在拓跋斤到后院转悠的时候,就被慕容氏的美色所吸引。这些日子,他差不多天天都要来慕容氏这里走走坐坐,饱餐慕容氏的秀色,或者干脆与她共度好时光。

拓跋斤走进行宫后院一间简陋的土房。刚一推开门,就被屋里扑来的人紧紧抱住,一个女人浪声浪气地喊着:"你可来了,想死我了。"

拓跋斤趁势抱起慕容氏,一边亲一边往炕边走:"我也想死你了!"拓跋斤把慕容氏扔到炕上,迫不及待地开始脱衣宽带。

两个如饥似渴的男女如干柴烈火,立刻燃起熊熊烈火。

拓跋斤翻身躺到慕容氏身旁,浑身瘫软,大汗淋漓。慕容氏也感到十分瘫软疲劳,闭着眼睛,一句话也不想说。

拓跋斤沉默了一会,终于开口:"代王那老牲口的小可敦实在漂亮,她叫甚名字?"

慕容氏翻身搂住拓跋斤:"你见她了?她在哪里?"

拓跋斤随意抚摩着慕容氏:"行宫外面的草原上。她抱着她的孩子去外面玩。"

"这个小狐狸精!"慕容氏咬牙切齿:"都是她害老娘到这一步!"

鲜卑国母:献明皇后

87

拓跋斤笑了:"你怎么怪她呢?你自己得罪了代王,与她何干?"

"你知道个屁!不是她勾引代王,代王能讨厌我?她原本是太子拓跋寔的可敦,害死了太子,现在成了代王可敦。她那孩子不知是太子的还是代王的!也不知道该叫代王阿爷还是阿祖!"

拓跋斤笑着:"管他叫甚呢。我们拓跋家族不讲究那些!"

慕容氏坐了起来,拢着头发,穿起衣服。她笑着问:"你阿爷曾经那么有恩于代王,可是代王却恩将仇报免了你的职务,收了你半个代国的治理权,把你软囚在这里,你就甘心这么度过你的后半生?"

拓跋斤腾地坐了起来,挥舞着拳头咆哮:"谁说我甘心了?可是我现在有甚办法?那老牲口让寔君监视我,我能干甚?"

慕容氏揽住拓跋斤的肩头,温热的气息吹着拓跋斤的耳朵,小声说:"办法是人想的。只要阿干有心,我想办法一定能想出来!"

"你有办法?"拓跋斤抱住慕容氏,惊喜不已。

"我不过一个女人,只能想想而已,办法还得靠阿干你啊。"慕容氏嫣然娇媚,一脸狡黠。

拓跋斤翻身跪在慕容氏面前:"阿姐要是帮助小弟,小弟永生永世听从阿姐,要是做了代国国主,一定让阿姐当第一可敦!"

"真的?你说话可是算话?"慕容氏戳着拓跋斤的额头。

"当然,我对阿姐发誓,对天神发誓!"拓跋斤举起拳头。

"那我就给你个锦囊妙计吧。"慕容氏拉起拓跋斤,让他坐下。"我听说我的娘家燕国已经被秦国国主苻坚灭了,燕国国主慕容暐已经被苻坚擒拿长安。可见这苻坚很不得了。要是你能够说服苻坚帮助你攻破盛乐,擒拿什翼犍和他的儿子,这代国国主不就是你的了?"

拓跋斤思考着慕容氏的话。"不妥!"拓跋斤连连摇头:"什翼犍多次派燕凤出使,为了攻打刘卫辰,他和苻坚已经结了联盟。苻坚不会帮助我的。"

慕容氏又想了一会:"那你就去结交刘卫辰。刘卫辰被什翼犍从朔方撵得东跑西颠,他一定恨死什翼犍。你投靠他,借助铁弗匈奴的力量,也许可以东山再起!"

拓跋斤还有些犹豫:"要是刘卫辰不收留我,咋办?"

"那你就去投靠苻坚。我慕容燕国的人说,苻坚求贤若渴,当年燕国国主慕容暐容不下慕容垂,慕容垂投靠苻坚,不久,苻坚在慕容垂的指引下就灭了燕国,俘虏了慕容暐。实在不行,你就往西去长安,投靠苻坚。"

拓跋斤点头:"这是个办法。不过,我被寔君看守着,咋能跑出参合陂呢?"

"这是个难题。"慕容氏抓挠着自己头发,皱起眉头。

"哎,我有个办法。"拓跋斤搂抱住慕容氏,亲吻着她的脸颊:"寔君垂涎你的美色,我早就看出来了。你去劝说寔君,就说我想回家去看看,让他放我走。"

慕容氏点头:"我去试试看。"

寔君走出自己在参合陂的行宫。秋季的草原,从参合陂到阴山,一眼望去,金黄、浅黄、深黄、红黄,还夹杂着一片片苍绿、淡绿,甚至还有嫩绿,北边的阴山山坡上,更是红黄绿深浅淡浓交错,层林尽染,十分斑斓好看。但是寔君并没有心情欣赏这好风光,他心里郁闷得无以名状。

太子拓跋寔已经死了四个多月,他等待了四个多月,等待着代王重新立代国继承人太子,可是,代王这些日子绝口不提立太子的事,不管他如何尽心尽力在代王鞍前马后小心伺候,都无法叫代王提及立太子的事情。看来大家的传闻是有道理的:代王准备把代国王位传给孙子——马兰生的乳臭未干的黄毛小儿拓跋珪。

寔君很是愤怒。当初他向代王要求收继马兰的时候,代王以太子位置和收继马兰二者给他选择,最后他选择了太子位置,当他来把自己的最后选择告诉代王的时候,代王说他自己要收继马兰,马兰已经同意。寔君虽然难过了一会,可是也欣然了。代王自己选择了马兰,这太子位置更是非他莫属了。他耐心地等待着。谁知,这一等,就是四个多月,这四个多月里,代王绝口不提立太子的事情。

寔君知道,代王什翼犍宠爱马兰,也宠爱马兰生的儿子拓跋珪。是不是要把代国传给马兰的儿子拓跋珪呢?代国上下都在揣测着。

拓跋珪几乎就是什翼犍的眼珠子,什翼犍走到哪里带到哪里。

寔君阴沉地看着前面一队人马,那是代王什翼犍带着马兰、拓跋珪一行,什翼犍正兴奋地等待着他的一个儿子出世,他已经给他起好名字:拓跋

鲜卑国母：献明皇后

仪。什翼犍高兴地抱着拓跋珪，骑在马上，马兰乘坐着骆驼拉的高车。

"寔君啊，你看甚呢？"慕容氏扭捏着丰满的腰肢走到寔君的身后，娇声娇气地问。

寔君扭过头，对慕容氏笑了笑。

"看代王多幸福啊！娇妻娇子簇拥，日日游玩着。"慕容氏怪声怪气地说："这代王拖延着还不立太子，看来太子属于谁还真说不准了！"

寔君阴沉着脸连连挥手："去，别来烦我！"

慕容氏往寔君身边凑了凑："阿干烦闷，大家都看得出来。可是你只管生闷气有甚用处呢？代王明天高兴，说让谁当太子就让谁当太子。我看，阿干还是要自己想想办法才好呢！"说到这里，慕容氏瞥了寔君一眼，寔君呆呆的样子，说明自己的话说到他的心中去了。慕容氏嫣然一笑，立即转了话题："拓跋斤来参合陂已经几个月了，他想回家看看，让我来向你告假，不知寔君阿干可否给个面子，让他回去个三天五天？"

寔君转过头看着慕容氏娇艳的脸庞，嬉笑着问："他为甚让你来给他告假？你和他有甚关系？"

慕容氏故意装作羞涩的样子抿嘴笑了笑："有甚关系？不过都是代王的罪人沦落在此互相怜惜罢了。"

寔君确实一直垂涎慕容氏的美色，不过碍着他是第一个慕容氏可敦的儿子，不好打这小慕容氏的主意。如果小慕容氏有意，他当然愿意像拓跋斤一样到慕容氏的小土屋里去，与她亲热亲热。寔君看着慕容氏那扭捏娇羞的模样，不免动起心思。放拓跋斤走了，这饥渴难耐的慕容氏很可能投入他的怀抱。干甚不试试呢？让拓跋斤走他几天！

"好吧，看你的面子，给他几天假。可是你得担保他按时回来！不过，你可是欠了我个大人情，你准备如何偿还？"寔君一脸垂涎，赖着脸皮。

"这你放心，我会偿还你的！"慕容氏会意地荡笑起来。

"甚时候？"寔君凑近慕容氏身边，小声问。

"等拓跋斤走了以后！"慕容氏一脸淫荡的笑容，用帕子轻轻甩了寔君一下："看把你急的！像个馋猫！"说着，咯咯笑着，转身扭捏着走了。

铁弗匈奴的首领刘卫辰现在驻扎在居延海南的草原上。居延海附近多沙漠,只有南边一片小草原还青翠苍绿,可以驻牧一些部落。

刘卫辰同大多数政治家一样寡廉鲜耻,不讲信义,前些年他称臣代国,送子到代国朝贡,也迎娶了什翼犍的女儿,但是暗地却结交符坚,接受符坚封的左贤王。被什翼犍打败失去了朔方以后,他遣使符坚,请求符坚借给他内地田地,春来秋去耕作,符坚答应了他。这几年,他一边耕作,一边发展壮大自己的势力,逐步收罗没有北迁的各匈奴部落,有卤水胡,山地胡、铁弗胡,加上零星的羌、氐、高车、契丹等部落,他都收罗到自己麾下,又逐渐集结起自己的力量。去年,他抢掠边境民众五十余口,作为奴隶献给符坚,符坚看到他忠心耿耿,便把这些俘虏让他自己带回,对他不再加以防范。可是,他却又在盘算如何摆脱符坚,恢复他的独立。

刘卫辰坐在自己的毡帐里,几个左右亲信坐在两边,他们正在观看抢掠来的西域舞娘跳舞。

乐师敲击着胡鼓拉着胡琴弹着箜篌琵琶伴奏,舞娘急速地摇摆着腰肢,甩着一头长长的黑辫子,急速地旋转着,张开的裙子像荷花叶子,露出里面鲜红的百褶裤。刘卫辰捋着自己茂密的黑须髯,饮着酒,得意地欣赏着露着白皙肚皮的舞娘疯狂的摇动。刘卫辰像鲜卑人一样,高大健壮,黑蓝眼睛,白皮肤,须髯茂密,头发披在肩头。

"报!"士兵挑起毡帐帘,进来单腿跪下:"代国一个叫拓跋斤的人求见!"

"拓跋斤?何许人?"刘卫辰问他的左右:"可是什翼犍的子弟?"

"是的,是什翼犍弟弟拓跋孤的长子!"一个亲信回答。

"他来干甚?拉出去砍了!"刘卫辰挥了挥手,对侍卫说。

"慢着!大王!"一个亲信急忙制止:"听说着拓跋斤在他阿爷死去以后已经被什翼犍剥夺了半个代国的治理权力!大王,还是先见见他,说不定还有好消息呢!"

"好吧!带他进来!"刘卫辰挥手,让舞娘和乐师全都退了下去。

拓跋斤进来,单腿给刘卫辰跪下行礼:"代国拓跋斤前来拜见大王!"

拓跋斤离开参合陂行宫,在阴山贺兰山一带草原奔波许久,终于打听到铁弗匈奴的下落,找到居延海刘卫辰的营地。

刘卫辰挥手:"起来吧。你说,什翼犍派你来干甚?"

拓跋斤站起来,看着刘卫辰:"我叫拓跋斤,我不是什翼犍派来的。我来

鲜卑国母：献明皇后

91

投靠大王,想请大王帮助我恢复我在代国的统治的。"

刘卫辰仰面朝天哈哈大笑起来:"找我帮忙?你可算找对了人!我日里夜里都想着攻打什翼犍,可是,就我现在的力量,能行吗?"

拓跋斤往前挪了几步:"能行的!我从代国来,我愿意给大王领路。什翼犍现在不在盛乐,盛乐空虚,大王若要发兵盛乐,一举成功!什翼犍失去盛乐,就等于失去代国。"

"嗷?是这样?"刘卫辰惊喜地站立起来,离开座位,来到拓跋斤面前,很感兴趣地看着拓跋斤:"你不是来诈降的吧?"

拓跋斤喊着说:"大王怎么这么说?我拓跋斤冒着生命危险来见大王,大王居然这么不信任我!既然如此,我还是去投靠符坚算了!听说符坚求贤若渴,若不是收留前去投靠他的慕容垂,可能还打不下燕国呢!"拓跋斤说着,拔脚就向外走。

"将军请留步!"刘卫辰的亲信急忙站了起来,挡住拓跋斤:"大王不过试探将军而已!大王知道什翼犍剥夺了你从父亲那里继承的北部大人职务,知道你和什翼犍势不两立。大王怎么能不相信呢?"

刘卫辰也顺竿爬:"是的,我相信你。你说,什翼犍在哪里?"

"什翼犍这几年主要住在参合陂的行宫里,与他的新可敦和刚出生的小儿子游乐,不大理会朝政。"拓跋斤站住脚步。

刘卫辰背着手走来走去,分析着拓跋斤的消息。他当然想攻打代国,可是自己的力量还不足以与什翼犍对抗。只有借助符坚的力量,才有可能打败什翼犍。怎么说服符坚帮助他去攻打什翼犍呢?符坚已经和什翼犍结成联盟,如何攻破他们的这个联盟呢?

"先让拓跋斤住下,我们从长计议。"刘卫辰说。

拓跋斤急忙摆手:"感谢大王的盛情,不过我还是要回到参合陂的。如果大王愿意帮助我,我愿意在参合陂做大王的内应!"

"那好!"刘卫辰猛得拍了下巴掌:"就这么说定了。你回去就可以到处散布消息,说我刘卫辰准备攻击代国,最好能够挑起什翼犍的愤怒,让他在冬天出兵居延海攻打我。然后,我可以趁其不备率兵到盛乐,你在那里作我的内应!我们里外夹击,消灭什翼犍!"

"好!"拓跋斤喊:"不过,我可是要大王答应我的要求,将来这代国国主可是我拓跋斤的！"拓跋斤不放心，又重复了自己的要求。

"你放心！来人！让我们在天神前面盟誓！"侍从捧来酒杯，斟满了酒，刘卫辰和拓跋斤端起酒杯，跪在毡帐的天神像前，向天神敬酒盟誓。

寔君来到慕容氏的土屋里，寔君看了看慕容氏收拾得十分整洁干净的土屋，笑着："阿姐这里很舒适的喔。"

慕容氏笑着，用秫米杆扎的扫炕笤帚扫了一下炕沿，请寔君上炕坐下。慕容氏急忙在炕几上摆上浆酪一类奶品干果招待寔君。慕容氏心里十分高兴，寔君终于肯来她的小屋里一坐，她就有办法让寔君乖乖地听她的话。她是那种最善于笼络勾引男人的女人，没有哪个男人能够抵挡住她的进攻。她非常得意自己的能力，无坚不摧的她完全有把握让寔君拜倒在她的裙下。当然，她最主要的办法就是张开那个裙，露出里面的大白腿。

寔君有些扭捏，第一次单独来到慕容氏屋里，而且怀着些暧昧，这叫他有些难为情，坐在炕上，只是慢慢啃着块干酪，却半天说不出话。

慕容氏瞥了寔君几眼，看着寔君局促不安的样子，暗自哂笑着：这寔君想偷腥还有些磨不开，真是好笑！慕容氏从盘子里捡了一块奶皮，递给寔君："尝尝阿姐的奶皮。"说着，就势捉住寔君的手，把奶皮塞到他的手里，趁机摩挲了一下，故意大惊小怪地喊："哎哟！阿干的手这么绵软啊！"

寔君笑了："代王这些年不出征打仗，我手上的老茧都软了！"

慕容氏看见寔君的局促不安消失了，便开始施展她的媚术，她嫣然笑着，眼睛闪着亮光，蕴集起全部的妩媚妖娆和风骚，频频向寔君施放秋波，她坐到炕沿上，靠近寔君，娇滴滴的声音发哆："阿干来阿姐这里，可是为了要阿姐还债？"

寔君已经被慕容氏弄得浑身酥软，很有点把持不住，他捉住慕容氏的手，把它紧紧握在自己手心里，一边亲吻一边说："可不是嘛，阿姐还欠我一笔债没有偿还呢！我就是要债来的！阿姐，该还账了！"

慕容氏故意抽出手，非常娇媚地给了寔君一个白眼："是吗？我怎么不记得了？"说着，就发出一阵媚笑，笑声中充满挑逗，充满欲望，充满对寔君的爱慕。一边笑着，伸出手刮了寔君鼻子一下。

寔君捉住慕容氏的手，摩挲着："今天阿姐要是不还账，我就不走了！"说

鲜卑国母：献明皇后

着,就把慕容氏拉进自己的怀里。

慕容氏又嗤嗤艳笑着,从寔君怀里挣扎出来,戳着寔君的额头:"我可是代王的可敦,你竟敢调戏你父王的可敦,你是不是不想活了?让他知道,你我都会被他五马分尸的!"

寔君不以为然地笑了:"你已经被他贬了,就不再是他的可敦,怕个甚!有一天他死了,他的可敦都属于我!"

慕容氏轻轻抚摩着他的脸颊:"他不是还没死吗?他没死,你就不能勾引他的可敦!"

寔君被慕容氏激惹的欲火大升,他一把抱住慕容氏的头,推开炕几,把慕容氏按倒在炕上:"我才不怕他!你是我的!"

慕容氏半推半就,任寔君剥去她的衣服,两人在炕上挣扎着成就好事。慕容氏淫荡地哼哼着,让寔君越发来了情绪,他越发有恃无恐,越战越勇,让慕容氏激情难耐,哼哼声越发大了起来。

寔君终于宣泄了满腔欲火,他奇怪地问慕容氏:"你哼哼甚哩?"

慕容氏咯咯笑了起来:"受应了就哼哼呗!你那些女人不哼哼?"

"不哼哼,一个个死人似的,躺在炕上一动不动!没意思死了!"

"怨不得你这里厉害!让我快受应死了!"慕容氏咯咯笑着。

"那我以后天天来让你受应!"寔君抱着慕容氏,亲着她。

"那可不行。让代王知道了,我们谁也别想活!"慕容氏心有余悸,说着竟战栗了一下。寔君紧紧抱着她:"不要怕,他不会知道的!"

慕容氏连连摇头:"若要人不知,除非己莫为!这代宫里,到处是代王安插的耳目!就像他让你监视拓跋斤和我一样,指不定让谁在监视你呢!哪天把我们告了上去,我们等着五马分尸吧!我劝你以后不要往我这里跑了!"

"那可不行!"寔君烦躁地推开慕容氏坐了起来:"我要想个办法,一定要想个办法,不让他知道!"

慕容氏冷笑着:"除非他死,否则你是没有办法防他的!他比你厉害,到现在也不立你为太子,你还有甚办法?"

寔君咬着牙,从牙缝里挤出几个字:"那我就让他死!"

慕容氏急忙捂住寔君的嘴:"小心隔墙有耳!这话要是传到他的耳朵

里,我们死得更快一些! 就凭你?"慕容氏斜了寔君一眼,嘴里轻蔑地呲了一声:"你有几个人? 你能让他死? 只怕他先要了你的小命!"

寔君被慕容氏讥讽得火冒三丈,他咚咚地捶打着炕:"我发誓,我一定除去他! 要不,就让天神惩罚我!"

慕容氏抱住寔君,抚摩着他的胸脯:"算了! 算了! 别说气话了! 不管怎样,他都是你的阿爷! 你能忍心杀他啊!"

寔君咬牙切齿:"我们鲜卑拓跋人只认阿娘,杀亲娘人们会谴责,但是杀父不会有人责备的! 你看,我们鲜卑人杀父的还少吗?"

慕容氏笑着:"算了,不说了。反正你不能再来,我怕代王知道! 代王立的律例,你难道忘了? 我看,你我可能会犯其中的两条,也够死罪了。"

寔君苦笑着:"我怎么能够忘记呢? 不就是犯大逆吗? 犯男女不以礼交吗?"

慕容氏白了寔君一眼:"说得轻巧! 犯大逆者,亲族男女无少长皆斩;男女不以礼交皆死。这可不比民相杀,民相杀者,听与死家马牛四十九头,及送葬器物以平之,无系讯连逮之坐。这可是不但自己死还要连坐亲族的!"

寔君嘟囔着:"你等着瞧!"

慕容氏讥讽地笑着:"等着瞧甚? 还不是你任凭老牲口摆布? 我早就看透你了,光会吹牛,没有多少胆量!"

2.饴小孙乐融融代王不思军事　　怀二心恨幽幽寔君已怀鬼胎

什翼犍躺在自己寝宫的热炕上,马兰盘腿坐在旁边,两个儿子在炕上爬来爬去,五岁的拓跋珪和三岁多的拓跋仪兄弟俩一起爬到什翼犍的身上,坐到他肥胖的肚皮上说要骑马,什翼犍不想动弹,哄着他们:"来,阿爷给你们讲故事,想不想听啊?"

马兰怀里搂着才一岁多的拓跋烈,拓跋烈还在马兰怀里,吸吮着没有多少乳汁的乳房,她笑着插嘴:"你讲的那些故事他们不爱听。"

什翼犍用手拉着拓跋珪的手,让他在自己肚皮上颠着玩,一边说:"不爱听也得给他们讲,尤其这小犊子,"什翼犍戳了戳拓跋珪的脑门,他的脑后垂着个小辫子:"这犊子将来要继承我的代王位置,哪能不让他知道我们拓跋

鲜卑国母: 献明皇后

家族的历史？你也应该好好听一听,将来给我们的儿子讲。"

马兰笑着:"有你讲不就行了？"

什翼犍脸色稍微阴沉了一下,随口说:"说不定需要你给他们讲呢。也许我见不到他呢。"说着,拍了拍马兰突起的腹部。

"不许乱说!"马兰急忙捂住什翼犍的嘴。

"看把你吓的,不过随便说说。听不听我讲故事啊？小犊子？"

"听!"拓跋珪脆生生地回答。

"好,听阿爷给你们讲我们拓跋家族的历史。"什翼犍笑呵呵地清了清嗓子。拓跋部没有文字,他们的历史就是这样口口相授流传了几百年,以后还要靠这样的方式流传给子孙,他要让自己的子子孙孙知道他们的列祖列宗。

"很古很古的时候,在很远很远的东北,有一个很大很大的高山,山里长着许多茂密的森林,这个山叫大鲜卑山,大鲜卑山里有一个很大很大的山洞,山洞里住着一个一个非常勇敢的头领,他的名字叫诘汾,他率领着许多侍卫下山去打猎,来到山下一个平原,突然看到天上闪烁着一团红色的亮光,亮光慢慢降落到地上。诘汾率领着侍卫跑了过去,看见亮光降落处站着一个非常非常漂亮的女子,"

"阿爷,有我阿娘漂亮吗？"拓跋珪突然打断什翼犍的叙述,插嘴问。

"像你阿娘一样漂亮!"什翼犍爱怜地摸了拓跋珪的脸颊一下,警告着:"好好听,不许插嘴! 再插嘴,我就不给你们讲了!"

拓跋珪答应一声,什翼犍接着讲了下去,马兰笑眯眯地看着什翼犍,也饶有兴趣地听着,虽然她也算是鲜卑人,可是她真的还不大清楚鲜卑拓跋部的家世。

"女子身后跟了许多侍卫,大家保护着她。诘汾非常惊诧,问那女子:'你是何人啊？'那女子走到诘汾身边,笑着说:'我是天女,受命天神,来与可汗相配。'诘汾十分高兴,把天女带进自己的穹庐过夜。第二天清晨,天女向诘汾告别,说:'明年此时,再来此处相会。'诘汾舍不得让天女走,可是天下起大雨,刮起大风,一阵风雨过后,天女已经不见了踪影,只见天空挂着一道七彩彩虹,像一张弯弓,天女已经踏着七彩彩虹回到了天宫。第二年的同一天,诘汾按时来到这个地方,只见天女等待在原来打猎的地方,怀里抱着一个白胖大眼、非常好看的男娃子,就像我们珪儿这么好看的男娃子。"

什翼犍爱抚地抚摩着拓跋珪的脸蛋,插了一句。这拓跋珪虽然是他的孙子,可他总觉得他与拓跋仪、拓跋烈一样,是自己的一个亲生儿子。

马兰笑了:"瞧你,打岔了。"

什翼犍调皮地笑着:"总得让我喘口气吧。来,让我饮口浆酪润润嗓子。我这嗓子啊,总是觉得干。"什翼犍把拓跋珪抱了下来,自己坐起来,接过马兰递过来的银碗,饮着甘甜微酸的浆酪。

马兰笑着:"下边的让我接着替你讲吧。"

什翼犍吃惊地抬头看着马兰:"你知道?"

马兰笑着:"我听奶娘给别人讲,就记住了。我讲,你听,要是不对的地方,你补充更正!"

拓跋珪和拓跋仪听阿娘说她来讲故事,又爬了过来,围在马兰身边,连小拓跋烈也从马兰怀里钻了出来,仰着小脸,瞪着亮煌煌的眼睛,提溜提溜转着漆黑的眼珠,看着马兰,等着她讲故事。在他们心眼里,阿娘讲出的故事更甜蜜好听,像淙淙的流水一样沁心脾。

"天女把这好看的胖小子交给诘汾,嘱咐说:'这是你的儿子,也是天神的儿子,你要好好抚养他! 将来子孙相承,世代为帝王!'说完以后,就又化作长虹而去。对不对啊? 我讲的?"马兰推了推正呆呆看着她的什翼犍。

什翼犍正在欣赏着马兰美丽的面庞,特别是被她深邃幽蓝发亮的大眼睛所陶醉,他觉得自己掉进了一口幽蓝的深潭中,被温热的潭水淹没,正想他在汤泉里浸泡的感觉一样。

"哦,哦,对,对,完全对!"什翼犍被马兰推得醒悟过来,连声说。"这马兰还很聪明呢。"他得意地想。

"我在贺兰部的时候,听说草原流传着这么一句话:诘汾可汗无妇家,力微可汗无舅家,是不是就指这个传说啊?"马兰问什翼犍。

"是这么回事,其实这不过是个传说罢了。其实,拓跋部离开大鲜卑山洞早在诘汾之前,不过没有人说清楚罢了。我们拓跋部最早生活在大鲜卑山的山洞里,以后不知过了多少年多少代,才走出大鲜卑山,到了呼伦湖,然后又从呼伦湖辗转来到阴山草原,这其中又不知经过多少代几百年,老人都说不大清楚,我们这些子孙自然也说不清楚了。我想,以后就从诘汾这里开始给我们的子孙说我们拓跋部家世,将来可以把诘汾或者力微做我们的

鲜卑国母:献明皇后

始祖。"

马兰点头,记住了什翼犍的话。

拓跋珪和拓跋仪已经厌倦乖乖坐着听故事,他们爬到什翼犍的怀抱里,喊着吵着要骑马。什翼犍叹了口气,苦笑着:"这俩小犊子,真会折腾人。"说着,下地去趴在地上,让拓跋珪和拓跋仪爬到他的背上,自己在地上爬来爬去做马。

"你回来了!"拓跋斤前来拜见寔君,寔君高兴地说:"我以为你一去不复返了,正在发愁呢,万一代王询问不知如何回复他。"在代宫里已经有些年头,拓跋斤出出进进,已经自由随便多了,他只要向寔君说一声,就可以半月十天里离开代宫,到他想出的地方。这些年,他经常去的地方就是刘卫辰那里,他交好刘卫辰,想着有朝一日能够借助刘卫辰的力量来推翻什翼犍,夺取代国国主位置。这些年,刘卫辰得知什翼犍与苻坚结为联盟,他并不敢轻举妄动。拓跋斤只好依然委屈在代宫里,过着软禁的日子。

"代王危险在即,哪还顾得上询问我啊。"拓跋斤嬉皮笑脸说。

"甚危险?"寔君好奇地问。

"刘卫辰的力量又大了起来,正在准备来攻打代国呢。"拓跋斤神神秘秘地压低声音,眼睛张皇地四下环顾,好像怕人听到一样。

"是吗?"寔君惊讶地问:"你听谁说的?"

拓跋斤神秘兮兮地贴到寔君耳朵旁:"我从刘卫辰那里亲耳听刘卫辰说的。他正在征兵呢。"

寔君大惊,急忙骑马到代王行宫求见代王。

代王什翼犍在自己寝宫里与三个幼子玩,行宫院子一片嘻嘻哈哈的大人小孩的笑声。代王什翼犍趴在地上,背上驮着五岁的拓跋珪和不到四岁的拓跋仪,他们正用自己的小脚夹着什翼犍,嘴里喊着催马令,得得地吆喝着坐骑快跑。肥胖的什翼犍已经满头大汗,却是哈哈笑着继续伏地作马,在地上爬来爬去,一边还做着鬼脸,逗着炕上的马兰和背上的孩子发笑,刚刚一岁多的拓跋烈坐在炕上,拍手哇哇喊着。马兰斜依在炕上被摞上,挺着个快要生了的大肚子,看着这爷三嬉戏,笑得像朵花一样。连续生了三个孩子,一点也没有催她变老,她还是像朵花一样娇艳迷人。

寠君吃惊地看着这充满家庭温情的场景。自打他记事起，从没有见过什翼犍抱过任何一个儿子，他与他其他兄弟一样，一出生就由乳母抚养，很少见到忙于东征西战的父亲。至于眼前这般温馨的父子玩乐景象，更是他从没有见过的。

什翼犍看见寠君站在门口，吃惊地瞅着他，急忙放下背上的儿子拓跋珪与拓跋仪，站了起来，有些尴尬地擦着头上的汗，问："甚事？"

寠君把拓跋斤带来的消息说了一遍。

什翼犍咆哮起来："这狗日的刘卫辰，几天不打，他就要上房揭瓦了！召集大将军，我们来商讨一下，看如何对付刘卫辰！"

代王有三四年没有打仗，也觉得国库空虚了不少，许多将领抱怨没有了赏赐，仅仅靠放牧种地难以养家糊口，人心都在思谋着打仗。可是，什翼犍这些年确实已经有些厌倦征战生活。每日守着贺马兰和三个年幼的儿子，多幸福啊。可是，树欲静而风不止，这刘卫辰要来攻打代国，他也没有办法。正好发动一次抄掠战争，来充实国库和将士吧。

什翼犍微笑着想。

3.狗男女内外勾结　奸子侄狼狈为奸

寠君回到行宫，拓跋斤笑嘻嘻地迎了上来："代王开始部署攻打刘卫辰了吗？"寠君点头。

拓跋斤继续打探着消息："甚时候？"

寠君随口回答："上冻以后吧。"

拓跋斤笑着："不知代王可否允许我跟随你出征？我愿意戴罪立功！"

寠君拍着他的肩头："我可以替你向代王说情，代王会同意的。"

拓跋斤告辞了寠君，急忙溜进慕容氏的土屋。

慕容氏见拓跋斤一脸喜色，用绸帕在他脸前甩了一下："甚事，把你乐的？"拓跋斤拍手跳跃着："什翼犍要出兵打刘卫辰了！"

"看把你乐的！没一点大将风度，干大事的人喜怒不形于色，瞧你，张牙舞爪的！"慕容氏很不满意地白了拓跋斤一眼，爬上炕，拉开被褥枕头，自己躺了下去。

拓跋斤也爬上炕，躺到慕容氏身边，还是抑制不住心中的兴奋，踢腾着手脚，压低声音说："什翼犍的末日快到了！他是秋后的蚂蚱，没有几天蹦跶了。"

慕容氏翻身用手支颐："你准备干甚呢？"

"要赶快把寔君拉过来，劝说他留守盛乐。刘卫辰大军来了以后，让他和我一起做内应！"

慕容氏没有说话，拓跋斤抚摩着她的面颊说："这个事你来办最合适。他肯定听你的！"

慕容氏捶了拓跋斤一拳头："灰鬼！就你主意多！"

拓跋斤趁势抱住慕容氏："这些年，你们不是已经勾搭上了吗？再给他点甜头，让他为你着迷。加紧给他灌迷魂汤，让他早点拿定主意，不要跟什翼犍出征。"

慕容氏浪笑着："那你可不要再来了！让寔君碰上，恐怕我前功尽弃。灰鬼，你可是要管住你的那话儿！"说着，手溜了下去揪了一把。

寔君四下看看，没有人注意他。后院菜园的青菜已经收获，只有几个奴隶在萝卜地和白菜地里挖萝卜砍白菜。夜里下的白霜覆盖在地面上，原来松软的土地白白的，踩上去已经发硬，白霜落在白菜青绿的叶子上，菜叶也有些上冻，硬硬的，立在菜园里，发出飒飒的清脆音响。

寔君加快脚步，沿着菜园小路向慕容氏土屋走去。他有几天没有见到慕容氏，心里空落落的，有些坐卧不安。今天，他一定要来会会慕容氏。代王什翼犍已经命令全国上下加紧进行军事准备，备战工作正如火如荼开展起来。代国各郡县按照户籍书写的征兵军书，已经准备就绪，正在分发中，点兵正在各村各户、各部落里进行，应征的军士在慢慢集结中。等到点兵结束，粮草马匹准备就绪，大河一上冻，什翼犍就要带领着大军向北方的居延海进发，去最后征剿刘卫辰。什翼犍下定决心一举消灭刘卫辰，让自己的代国安定下来，让自己过一个安定平静没有战争的晚年，好好守着可爱的、漂亮的、年轻的小可敦马兰和几个幼子过几年安稳日子。

寔君了解代王什翼犍这些想法。可是，他却不准备全力以赴协助什翼犍，他已经积累了一肚子怨恨。即使到这关键时刻，什翼犍依然绝口不提关于立太子的事情,只是命令他干这干那。这不,什翼犍已经命令他到平城去征集粮草,让他明天就出发。

寔君十分恼怒,又没有办法抗拒什翼犍的命令,只好答应下来,心里却一百个不愿意。寔君不怕打仗,而是害怕以后见不到慕容氏,他舍不得离开慕容氏。慕容氏让他神魂摇荡,想起来就心猿意马,心旌荡漾,难以自持。

寔君在临出发前一定要再见慕容氏一次!

寔君推开慕容氏的门。慕容氏早就从窗户里看到走来的寔君,她已经收拾打扮了一番,换上最鲜艳、最好看的鲜卑袍,戴上垂挂着许多金银、宝石、玳瑁、珠翠的冠帽,脸上涂抹了胭脂粉黛,额头上贴上了最漂亮的花黄,袅娜地站在门后,摆出一个最美妙的姿态,等待着寔君。

门一开,慕容氏便扑了上去,一把搂住寔君,双手勾住他的脖颈,娇滴滴地喊了起来:"哎哟,我的心肝,你可来了! 想死我了! 想死我了!"

寔君全身立刻酥软起来,从心底里荡漾出痒簌簌的感觉,让他浑身血液奔流。他抱紧慕容氏,一边着急地在她的脸上乱咬乱啃,一边用手撕扯她的衣袍。

"哎哟,我说灰鬼! 你能不能等一会? 怎么就像个饿猫似的!"

寔君呻吟似地说:"可不是,我都饿坏了! 我好几天没见你了! 你说我能不饿?"说着,抱起慕容氏,把她放在炕上。

"灰鬼! 我还有正事要说呢!"慕容氏挣扎着想坐起来。寔君一只手按着她,另一只手脱着自己的衣袍,喘息着说:"完事后说! 完事后说!"寔君越来越气喘吁吁。

寔君瘫倒在炕上,摊开手脚,长长吁了口气,放松了全身,身上每一处都软了下来,软得像烂泥一样,一动不想动。

慕容氏也是大汗淋漓,浑身瘫软,呼呼喘着粗气,一番征战一番搏击,让她也没有了一点力气。

"你甚事要说?"寔君终于缓过劲,翻过身,抱住慕容氏,亲吻着她的脸颊。

"听说你要跟老东西去打仗,可是真的?"慕容氏用忧伤的语调说着,想以此震动寔君。

"是的。我明天就要动身,先去平城征集粮草。"寔君满不在乎地拨弄着

鲜卑国母：献明皇后

慕容氏的覆盖在脸上的一绺黑发。

"能不能不去？"慕容氏几乎要哭了出来："你走了，我可咋办？谁来照顾我？"

"拓跋斤啊，他不走的。自然还是老相好照顾你啊！"寔君嬉皮笑脸地说，心里却被慕容氏流露出的依依不舍感动了。

"灰鬼！人家跟你说正事呢！你不去，行不行？换你其他弟兄去嘛！"慕容氏摇晃着寔君，把头拱在他的怀里，蹭着他赤裸的胸脯，把寔君的心又撩拨得痒簌簌的。

"恐怕代王不答应！要是违抗他的命令，可是要砍头的！"

"你不会找个借口吗？比如说你得了急病？"慕容氏撒着娇。女人撒娇，可是男人的杀手，没有几个男人能够抵挡住会撒娇的女人的进攻。不管这女人是不是漂亮，只要善于、敢于在男人面前撒娇，这女人就攻无不克。何况慕容氏这么漂亮的女人。

寔君的决心动摇了，他沉吟着。

慕容氏接着说："刘卫辰凶悍，听说他还联络了苻坚，取得了苻坚的支持。我敢说，这次代国一定打不过刘卫辰。你这不是白白去送死吗？再说啦，老东西不任命你太子，不是明摆着不信任你吗？你何苦去给他卖命？"

"那我该如何跟代王说呢？"寔君犹豫着征询慕容氏的意见。

"装病！"慕容氏断然说："回去就装病！有病咋能去平城啊？他还能硬赶着有病的你去啊？他就是不心疼你，也得顾虑全局啊？他就不怕你弄不好粮草贻误他的大事？我估摸，只要一禀告他你病了，他就会立马换玉婆去准备粮草。那样，你就可以代替玉婆留守盛乐了！这样，我们不是还能在一起吗？"

寔君频频点头，他捧着慕容氏的脸颊，夸赞地看着她的眼睛："你这么足智多谋，真是阿爷的好助手，为甚他就不喜欢你？真是有眼无珠！我要是当了国主，一定让你做我的宰相！"说着，又吧唧一声响亮地亲了她一口。

"起来吧，回去准备大事吧！"慕容氏推着寔君。慕容氏看看寔君有些迟疑不决的眼神，突然又加了一句："要是你连这么点小事都办不成，可不要怪我无情！也许以后你就永远见不到我了！也许我要和拓跋斤远走高飞！"

寔君拉着慕容氏的手哀求着："别这么说！我一定照你说的办！"

"甚？寔君得了急病？"什翼犍看着前来禀报的侍郎诧异地反问："甚病？这么急？"

侍郎摇头："说不上。可能是吃东西吃的，上吐下泻，起不了炕的！"

什翼犍连连拍着手："这可咋办？队伍都准备好，只等他出发呢！"什翼犍走了几步，传令说："叫玉婆来。"

玉婆是什翼犍三子，第二个慕容氏可敦所生。已经成年的他，能征善战。什翼犍原本准备任命他为录尚书事留守盛乐，协助可敦马兰治理盛乐。看来，需要临时重新调整自己的部署了。什翼犍想。

玉婆立刻来见什翼犍，什翼犍命令他代替寔君率领队伍出发到平城，从平城押运粮草到居延海，准备大军征讨刘卫辰。

玉婆虽然觉得突然，但是没有二话，接受代王命令即刻出发。

马兰看着什翼犍，征询地问："寔君病了，这征讨刘卫辰的事情可不可推迟个一年半载的？等刘卫辰打过来，大王再动手不是准备得更充分吗？"

什翼犍哈哈大笑起来："你懂个甚？兵家讲究个兵贵神速，讲究个先发制人，你没听兵书上说，先发制人，后发制于人，我怎么能够等着他来打我呢？"

马兰微笑着反驳："可我也听说过，有后发制人的事啊。有时，后发更能置人于死地。因为后发准备得更充分，更清楚了解敌人的意图！"

什翼犍吃惊地看着马兰："没想到你还懂得点兵法！不过，这次我还是决定先发制人，一定要置刘卫辰于死地。让他以后不能东山再起，再不能来骚扰我的平静生活！"什翼犍攥着拳头，砸在炕上。

马兰有些悲哀，她真的舍不得什翼犍离开她，而且，不知道为什么，她的心里有些惶惑，总觉得要有什么灾祸发生似的。她搂着拓跋珪和拓跋仪，看着还熟睡的拓跋烈，感到一阵难过。

什翼犍见马兰红了眼圈，急忙过来抱住她的头，安慰着她："你不必难过，这仗用不了多长时间，顶多两个月，我就会胜利班师回朝了！你等着，我一定会给你带回许多珍贵东西！"

马兰禁不住抽泣起来，她哽咽着："我不在乎什么东西，我只希望你平安归来！我们娘仨还有这个没有出世的孩子都离不开你！"马兰拍了拍自己突起的肚皮。

"你放心！我一定平安归来！"什翼犍感动地紧紧搂抱住马兰,亲吻着她的头发,喃喃地说着。

4.探母别亲宫女返家乡　代父从军木兰上战场

马兰这些日子虽然心情不好,可也还是忙碌着为什翼犍准备出征用品。使女木兰进来禀报:"可敦,我家带信来,说我阿娘病了,让我回去看看,不知可敦这里能不能走开两天?"

马兰想了想:"阿娘病重,你就回去看看,早点回来。"

十六岁的木兰已经长成一个窈窕的大姑娘,粗眉大眼,健壮高大,在代王宫里养得细皮嫩肉,很是好看。

木兰骑马从参合陂行宫赶往盛乐城。她家在盛乐新城八里外的故城里。木兰有些日子没有回家了,一路上,她怀着喜悦和担忧,一路快马飞驰,赶回盛乐。

盛乐故城里住的都是拓跋王室的军户、猎户、农户,男人们为王室贵族打猎、种地,女人姑娘们为代王王宫纺织,给王室提供绢帛。有军事行动的时候,家家男丁都要应征入伍。

一进故城,木兰就可以听到故城里各家织布机发出的唧唧声。木兰的心激动得怦怦跳着,来到自家门口。用石头垒着的院墙里围着三间黄土泥屋,木兰从院墙缝隙里可以看到糊窗户的桑皮纸透露出的昏暗的黄色灯光。木兰下马,敲着破旧的木门。

"来了。"院里木门吱扭一声,一个苍老的声音说着,慢慢走到院门前,打开门闩。

"阿爷!"马兰喊了一声,眼泪流了出来。

"是木兰回来了!"老人向屋里报信。

木兰把马牵进院子,老爹给拴在马圈里,木兰急忙跑进屋去,清脆欢乐地喊着:"阿娘,我回来了!"

"阿姐回来了。"一个不过十来岁的小男孩从屋里冲出来抱住木兰的腿。木兰亲热地搂抱住小弟弟,高兴地喊着:"小弟,都长这么高了。比我上次回来高了半头!"

木兰拉着小弟进屋,扑到炕上。

头发花白的老妪从炕上抬起头,双手哆嗦着,抓住木兰:"木兰,你可回来了! 我真怕见不到你了!"

马兰把脸贴到母亲的脸上,安慰着母亲:"阿娘,别这么说。有我照顾,你会好起来的!"木兰的阿爷走了进来,老妪忙着嘱咐老人:"快给木兰做饭吃,她走了一天路,一定饿坏了!"

老人抖抖索索地出去抱柴火,烧火给木兰做饭。木兰家原本汉人,祖上被拓跋鲜卑从关里抢掠来,在盛乐居住几代,早已学会了鲜卑语言,习惯了鲜卑生活,却也依然保留着汉人的许多生活习惯。

木兰把马兰可敦送的鹿肉、奶酪拿了出来,交给父亲。父亲喜欢得连声感谢着,不一会,他就烧好了一碗荷包鸡蛋,煮了小米粥,给木兰端了上来,让木兰吃。木兰吃着家里的香喷喷的米粥,高兴得眉开眼笑。在代王王宫里,她可吃不上这样喷香的米粥。代王宫里,不是肉食就是奶食,粮食饭很少很少。

木兰母亲看见女儿回来,这病就好了许多。她让木兰挽扶着,靠着炕墙坐了起来,与木兰说话。木兰进代王宫一去已经四五年,中间难得回来一次。看着女儿已经长成一个健壮美丽的大姑娘,老妪高兴得直掉眼泪。

"阿兰啊。城里到处传说代王又要征兵打仗了。可是真的?"老妪拉住木兰的手,声音颤抖着问。百姓就怕打仗,听说打仗就胆战心惊。

木兰点头:"是真的。盛乐军书还没下来? 不知有没有阿爷的名字?"

"还没有下来,听说也就在这一两天。"木兰阿爷坐在炕沿上,拨亮了油灯里的灯草心,土屋里亮堂了一下,照着他苍老花白的须髯和头发。

木兰看着父亲苍老的侧影,心颤抖了一下。要是军书上有阿爷的名字可如何是好? 阿爷现在没有成年的儿子,几个大儿子随什翼犍征战,都先后战死了。阿爷这把年纪,小弟幼小,阿娘又生病卧炕,他怎么能够再去从军打仗呢? 可是作为代王军户,又不能不出丁参军,不出丁从军,是要受官府严厉惩处的! 故城盛乐的千户大人非常残酷,谁也不敢违抗他的命令,特别是从关里俘虏来的汉人军户,更不敢不听从他!

灯芯跳跃了一下,慢慢熄灭。

"没有油了。"老妪叹息着,让木兰扶着躺了下去。木兰紧紧靠着母亲,

鲜卑国母:献明皇后

睡了下去。

清晨起来，木兰梳洗吃过早饭，父亲带着小弟出去砍柴放羊，她来到西屋。

西屋里摆放着织布机，织布机上还有半匹没有织完的帛张在机上。木兰深情地抚摩着还留在机上的提花绢，提花绢的光滑细腻让木兰既自豪又得意，这是母亲精湛的织布手艺啊。在盛乐故城里，还有谁能织出这么漂亮的绢呢？没有，只有自己的母亲。作为军户，除了给王宫服役，参与军事以外，女人一年还要向官府交纳三匹上等的绢帛。木兰的母亲是有名的织绢能手，织出的绢平整光滑细腻，还有各种提花花纹。可是自打她生病躺倒下来，这绢就没有人织了。

木兰坐到织布机上。她从小就跟着母亲学习纺线织布。她在这织布机上坐了许多年。入宫以前，她就学会了织绢，也能像母亲一样织出漂亮的绢帛。入宫以后，这手艺倒荒疏了。

木兰拿起织布梭，慢慢织了起来。唧唧的织布声像宫中乐师演奏的乐曲一样悦耳。木兰慢慢熟习着，动作越来越熟练，织布梭开始飞快地穿梭起来，好听的像歌声一样。

"有人在家吗？"院子里有人喊。

木兰放下织布梭，从织布机里走了出来。院子里站着两个穿官衣的差人。

"阿干，有事吗？"木兰走过去。

差役看着木兰，笑着说："木兰阿妹回来了？这是给你阿爷的军书，征调他去从军！"

木兰忧虑地说："劳烦阿干给查查，是不是弄错了？我阿爷这么大年纪，咋能从军打仗呢？"

另一个差役笑着："哪能错呢？错不了的。这是从十二卷军书上抄录下的名单，卷卷军书上都有你阿爷的大名！"

木兰从差役手中接过军书，送走差役，回到西阁房，坐回织布机，想继续织绢。木兰拿起梭子，却怎么也集中不了精神，脑海里翻腾的只是阿爷从军的事情。阿爷怎么能去从军呢？木兰长长叹息着。

"阿兰,你怎么了?怎么听不到机杼声了?"从院子里走进来的阿爷看着坐在织布机上发呆的木兰问:"你叹息个甚啊?"阿爷凑到木兰脸前,关切地看着木兰的脸问:"有甚心事啊?"

木兰深深叹了口气,把军书递给阿爷:"阿爷,木兰没甚心事,也没思谋甚,只是刚刚得到差役送来军书,说军书十二卷,卷卷有爷名。阿爷没有大儿,木兰没有长兄,谁替阿爷去从军打仗呢?"

木兰阿爷苦笑着:"当然是我去了。难道你能替我去从军不成?你一个女娃娃家的,没法子替我从军啊!"

木兰跳下织布机,拉着阿爷的手:"阿爷,木兰想好了。木兰替阿爷从军。"

老人着急地搓着手:"使不得,使不得!打仗从古至今都是男人的事,军队里全是男人,你一个女娃如何混进男人堆里啊?"

木兰苦笑着:"我知道。可是,没办法啊。阿娘离不开你的照顾,你这把年纪,如何能够骑马行军啊?我早就想好了。我化装成男子,没人会发现的!"

"可是,宫里能放你去吗?"

"不放也得放。不放我去,他们就得赦免你的从军令。可是,我估计,没有人会赦免军户从军令的!他们害怕军士不够!"木兰冷笑着。

老人低头不语。好半天,他才抬起头,眼泪汪汪地说:"也只有这样了!"

木兰来到盛乐新城。盛乐新城里,市场上熙熙攘攘,很是热闹,准备出征的人在市场里选购着出征物品。

东市是马市。牧人拉着他们准备出售的各种马匹,叫喊着,招徕着买主。马市里马尿马粪遍地,充斥着尿臊屎臭。各色骏马有的哽哽呜咽,有的昂首嘶鸣,有的安静地啃着面前的干草,有的愤怒地用蹄子刨着地面,有的暴躁地尥着蹶子,让买主不敢靠近。

木兰抱着用来买东西的绢,跟阿爷一起,在马市里到处转悠,挑选着自己喜欢的骏马。

"这一匹如何?"木兰指着一匹雪白的骏马,它雪白的毛色水光溜滑,闪烁着缎子一样的光泽,虽然不太高大,却体形俊朗,昂首挺胸,眼睛灼灼放

鲜卑国母:献明皇后

光,一看就知道是匹机灵健壮的年轻的儿马。木兰慢慢靠了上去,一边轻轻地嘘着,让它安静,一边伸手去抚摩它的脸颊。白马眼睛流露着亲善的光芒,看着木兰,它伸出舌头,舔着木兰的手。

马兰阿爷走上来,掰开白马的嘴,仔细端详着它的牙口。"不错,不错,才两岁,好年轻的儿马!"他连声赞叹着:"就是它了。"

木兰与马贩子讲妥价格,放下一匹绢,牵着白马走出马市。

"好伙伴,以后我们要相依为命了!"木兰起亲热地拍着白马的脸颊。

白马好像听懂了木兰的话,昂首仰天,长长嘶鸣起来。它的嘶鸣里,充满了壮志与驰骋疆场的雄心。当然,没有参加过战斗的它还不知道,激战疆场上充满了血腥与残酷。

走出马市,木兰和她阿爷又转了西市、南市和北市,在这几个市场上买了鞍鞯、长鞭和辔头。白马配上红色流苏的辔头,更加漂亮和神气。

"阿爷,这套军服盔甲真漂亮!"木兰站在一个卖军服盔甲的摊档前,摆弄着装饰着漂亮红缨子的亮煌煌的头盔,爱不释手。

阿爷走了过来:"甚价?"

"一匹绢!"档主说。

阿爷摇头。木兰也失望地放下头盔,她带的用来买东西的绢已经全都用完。

阿爷看着空了手的木兰,不由深深叹了口气:"这绢都用完了,拿甚交官府租调啊?你娘现在不能起床,织不了绢,可怎么好啊?"

木兰不知说什么才能安慰忧心忡忡的阿爷。好在阿爷还有一套盔甲,还能够凑合着用。她想着,毅然掉头离开这摊档。

贺马兰挺着大肚子,在寝宫里拉着三儿子拓跋烈,教他走路。一个年轻英武的戎装男子走了进来,向马兰单腿跪下行礼。

马兰看着面前这浓眉大眼的青年士兵,觉着眼熟,却怎么也想不起来这士兵的姓名和在哪里见过。

"可敦,奴婢给可敦行礼了!"那青年男子张口说。

"哎哟!我的天!是你啊!木兰!"马兰拍手惊呼起来。"你咋这打扮?"马兰拉住木兰的手,把她拉了起来。

"我要替父从军了，现在来向可敦告辞!"木兰笑着，摸了摸凑到她身边的几个小男孩的脸蛋，恭敬地回答马兰可敦。

马兰摇头叹息着："看这仗打的! 女娃都要女扮男装上前线了。真了得!"

"没有办法! 奴婢阿爷年纪太大，阿娘又卧床不起，只有奴婢从军了。"木兰神色黯然："奴婢这就向可敦辞行了!"

马兰急忙拉住木兰："你等一下。我要把你托付给代王!"

什翼犍从外面大步流星地走了进来，一进门，他就大声吆喝着："小犊子们，过来，让阿爷亲亲!"

拓跋珪、拓跋仪和拓跋烈听到熟悉的声音，都喊着跳着高兴地围住什翼犍，有的抱腿，有的拉手。什翼犍抱起拓跋烈连连地亲着，拓跋珪和拓跋仪都仰着小脸，喊着："阿爷，抱抱我! 抱抱我!"什翼犍放下拓跋烈，抱起拓跋珪，亲了亲他的脸蛋，又抱起拓跋仪亲了亲，三个小男孩叽叽喳喳地欢笑作一团。

什翼犍放下拓跋仪，看着屋里站着一个戎装的青年男子，他上下打量着："他是谁? 站在这里干甚?"什翼犍不高兴地问马兰。

马兰咯咯笑了："你连她也不认识了? 你再仔细看看。"

什翼犍又仔细端详着，他哈哈大笑起来："这不是木兰吗? 为甚这身装扮啊?"

木兰急忙给什翼犍单腿跪下行礼："奴婢给大王行礼! 奴婢是来告辞的!"

"你要到哪里去?"什翼犍奇怪地问。

马兰看着什翼犍："你看，你这仗打的! 木兰要代父从军去了!"

什翼犍坐到炕沿上，木兰上来给他脱去皮靴，让他坐到炕上歇息。什翼犍饮着浆酪，看着戎装的木兰，又笑了起来："没想到，这女娃穿上军服还挺英武。你编在哪个千营里?"

马兰抱着拓跋烈也上了炕，盘腿坐到什翼犍对面："大王，我正想跟你商量。木兰一个女娃，虽然女扮男装，可混在全是男人的军营里，十分不方便，我也不放心。我想让她跟在大王身边，做大王的侍卫，也许对她好一些! 另外，有她伺候大王，我也放心些!"

什翼犍看着马兰,甜甜地笑着:"难为可敦处处想着我!可敦所言极是。一个女娃混迹于男人中间,确实很不好办!就依可敦安排,让她跟着我,做我的侍从!"

木兰扑通一声,跪倒在炕前,连连磕头,感谢什翼犍和马兰可敦的安排。

什翼犍看着木兰,沉思地说:"一个女娃,这么识大体顾大局,又这么有爱心。我看,应该把她的事迹编成歌,让士兵们唱,一定可以鼓舞士兵奋勇杀敌!对,让燕凤和许谦以木兰的事迹编首歌,来鼓励军士!"

"大王真是聪明过人!"马兰笑着:"这是个好办法!军士唱着木兰歌,一定会更英勇地保卫代国!木兰,你可要好好照顾大王啊!"马兰又殷殷地叮嘱着木兰。

5.大秦调兵遣将伐代　代王别妻离子出征

刘卫辰穿戴齐整,走出长安城驿馆,登上马车,前去大秦宫朝见秦王苻坚。得到拓跋斤的报告,知道什翼犍已经上了他的圈套以后,他就立刻动身到长安来,他要亲自说服秦王苻坚援助他攻打代国。

苻坚威严地坐在长安宫殿的龙台龙座上,左右站着他的几个主要谋士和大臣,等待刘卫辰的朝见。

苻坚智勇双全,虽为氐人,但是从小接受汉文化的熏陶,汉化程度很深。他主张以孔子之仁治国,对凡是自动来归附者都宽厚相待。慕容垂来归,左右多人主张杀了他,以绝后患,但是苻坚认定慕容垂是个难得的将才,却坚决不从。苻坚任命一批汉人儒生为朝臣,在王猛、权翼等人通力协助下,大秦已经走向富国强兵的路,他接受了京兆尹王猛所上的十略,以十略为治国指导。一曰,君道宜明;二曰,臣尚忠敬;三曰,子贵孝养;四曰,民生在勤;五曰,教无偏党;六曰,养民在惠;七曰,延聘耆贤;八曰,惩恶显善;九曰,伐叛讨逆;十曰,易简宏大。

苻坚胸怀吞并四海、统一南北的大志,他正谋划着如何扫荡北方。北方的几个小国,赵国被大燕所灭,燕国国主慕容暐已经被他擒获,强大一时的大燕已不复存在;北部凉国,内部纷争,吞并它也是早晚的事情。北方还有几个强大的部落,铁弗匈奴刘卫辰已经归附于他,高车部被代国攻击大败,已经远遁北漠。算来算去，阻挠他扫荡北方的只有代国，但是代国这几年不断派遣使者互通友好，双方建立了比较密切的联系，他苻坚暂时还没有把强大的代国列为进攻的目标。

殿中尚书宣刘卫辰进见。刘卫辰趋步上前，行叩见礼。苻坚审视着高大魁梧白皙的刘卫辰，揣测着他觐见的原因。这刘卫辰反复无常，他不敢太信任他。

"卿何事来见？"苻坚懒洋洋地问。

刘卫辰大声说："臣听闻，代国国主什翼犍正发动全国兵力，准备在冬季到来时攻击臣部。臣为天王部属，代国不顾天王龙威，敢于冒天下之大不韪，一意孤行，是可忍孰不可忍？"

苻坚一下子精神起来："真有此事？"

"千真万确！"刘卫辰朗朗应答。

苻坚拈着须髯，沉思起来。什翼犍进攻刘卫辰，显然不仅仅是为了消灭铁弗匈奴这个部落，也不仅仅是为了抢掠一些牲口、人口、财物，他应该有更远大的目的，那就是扫荡北方，控制朔方，以确立他在北方的霸主地位！代国已经相当强大，如果再吞并了铁弗匈奴所占领的广袤的朔方地区，这长安与大河以东的广大地区，就完全控制在什翼犍的手里，大秦想雄霸北方恐怕是难上加难了！现在，他大秦不但灭了占着武威地区的凉国，而且灭了燕，完全占有了慕容燕国灭石虎赵以后所得的幽州、并州、洛州、中山等地区，大秦已经控制了中原，成为北方第一大国。他大秦难道不应该想着混同北方，而后混同南方吗？

"卿打算如何应付？"苻坚目光灼灼地看着刘卫辰。

"什翼犍调集全国兵力北上攻打臣部，其都城兵力空虚。臣以为，应该趁其国内空虚，调集精兵攻击其都城盛乐，占领其后方，让什翼犍无家可归，逼迫其流窜阴山北。如此一来，一举灭代国于顷刻之间！"刘卫辰说得激动慷慨，语调铿锵，十分有把握。

苻坚激动地站了起来，走下宝座，站到刘卫辰面前，定定地逼视着刘卫辰："你的消息确实可靠？你有这么大的把握？"

刘卫辰眼睛闪闪放光，他也直直地看着苻坚："只要天王肯于精兵援助，臣之宏愿不日可待！"

符坚背着手,在殿上走来走去。他来到大将军符洛面前,站了下来:"卿以为如何?"

符洛急忙回答:"臣以为左贤王的方略可行!"

"你呢?慕容将军?"符坚又走到慕容垂的面前,看着慕容垂问。

慕容垂有些走神。听到刘卫辰提到什翼犍,就勾引起他对贺马兰的思念。多少年了,他慕容垂还念念不忘贺马兰的倩影。世事流转,人事几经变迁,贺马兰的倩影、笑声还不时地在他的梦中出现。他也经常留意着代国的消息,所以,他对贺马兰在代国的情况也多少知道一些,他知道,贺马兰现在是什翼犍的小可敦。

"慕容将军?"符坚又问了一声。

"哦?"慕容垂愣怔了一下,才明白符坚正在问他话呢。他急忙作揖赔罪:"天王可是问我?"

符坚不满意地皱了皱眉头:这白虏,不知正在思谋什么?"是的,问你呢。你看刘卫辰的意见是否可行?"符坚闷闷的声音显示出他的不满。

"可行!可行!"慕容垂敷衍着,手却不由自主地抚摩着颈上挂着的碧玉观音,那是马兰送他的定情物。他只是隐约听到刘卫辰建议攻打代国。打败代国什翼犍,也许他还再能见贺马兰,不是很好吗?贺兰部一别十几年,他与马兰天各一方,再也没有见面的机会。可是,只要一有空暇,他就会抚摩着玉观音,想念着马兰。

慕容垂从贺兰部回到燕国,燕国国内发生了一系列的巨变,让他无法实现自己迎娶马兰的誓言。父亲慕容元真死,兄长慕容儁袭位,袭位后就大动干戈,凿山取道,移国都和龙于邺城。然后他宣布称皇帝,置百官。慕容儁即位,立刻赐名慕容霸为慕容缺,讥笑他骑马坠落磕掉一个牙齿,以发泄当年慕容元真宠爱慕容霸的嫉恨心理。慕容儁死,慕容暐袭位。慕容暐,字景茂,慕容儁三子。即位后,号年建熙。慕容暐主政,政无纲纪,燕国内乱。不久,东晋大将军桓温率领大军北伐来攻,燕国国主慕容暐派叔父慕容垂去枋头阻击桓温。慕容垂英勇善战,在枋头打破桓温军队。慕容暐却惧怕叔父慕容垂功勋,不仅不予以嘉奖,反而以阴谋罪谋害慕容垂。慕容垂愤怒不已,率领自己家人与队伍进潼关投奔了符坚。符坚十分重用他,拜冠军将军,封宾都侯。

苻坚背着手走回自己的宝座。既然大家都同意,为何不借此大好时机消灭代国呢?北方扫荡一统,他不是可以与南方刘宋王朝决一死战,去实现他南下建立一统江山的梦想了吗?

"好!苻洛听令!"苻坚大手一扬,洪亮的声音响在大殿上:"朕命令你带领精兵五万,与刘卫辰一起直捣代国都城盛乐!务必拿下盛乐!把什翼犍赶出盛乐!"

什翼犍率领着全国征发来的大军,在参合陂举行祭天仪式。

参合陂行宫外的一望无际的草原,进入冬季,已经满目苍黄,难以看到一丝绿色。在正对昭君墓搭起的高高的祭天坛上,树立着四十九个木人,木人白裙白练,头戴白色头帻,主祭的鲜卑萨满身穿五颜六色的彩裙,头戴二尺高的冠帽,脖子上挂着一串金银铃铛,腰里围着牛皮绳串起来的一串牛骨,右手拿羊皮小鼓,左手拿着黄灿灿的铜铃铛,一路唱一路跳,叮叮当当。什翼犍和各大将趴伏在祭坛前,听着萨满唱着祭祀歌曲。

萨满唱罢,什翼犍和将军们站了起来,开始献三牲。

白马黑牛嫩羊三牲都拴在祭坛前,等着萨满下令。通人性的白马眼睛里流露着无限的悲哀,看着祭坛的萨满,不安地用前蹄刨着地面。黑牛美丽的大眼睛已经溢满泪水,看到女巫停止跳跃,大滴泪珠就从他美丽的大眼睛里滚落下来,落在面前的土地里,洇湿了地面。只有愚钝的白绵羊浑然不觉,依然咩咩地叫个不停。

萨满一声令下:"向天神敬献三牲!"

几个兵丁拥了上来,各自用刀利落地捅倒白马黑牛和嫩羊,白马痛苦地嘶鸣着,黑牛伤心地哞哞哀叫着,嫩羊疼痛地咩咩尖叫着,各自倒在枯黄的草地上,冒着热气和气泡的鲜红从他们的身体里呱呱涌了出来,汇成一条鲜红的小溪,慢慢洇入枯黄的草地里,慢慢冻结在草丛上,形成一大片红色的冰面。

兵丁们割下牛头马头羊头,放在木盘里,敬献到祭坛供桌,敬献在四十九个木人的面前。

什翼犍和将军们在萨满的带领下,九叩九拜,向天神地神列祖列宗祈祷着保佑。

鲜卑国母:献明皇后

113

大纛旗在北风中猎猎飘舞,发出可怕的呼啦呼啦的巨大响声。一大群乌鸦突然从阴山方向飞了过来,成千上万,遮天蔽日,呱呱聒噪着,掠过参合陂的上空,一时间,天地昏暗,阳光无色。

贺马兰跪在什翼犍的身边,被惊吓得面容惨白。"大王,这是不祥之兆啊!大王!"贺马兰小声说。

什翼犍笑了笑:"不过一群乌鸦而已,不必自己惊吓自己!"

祭祀之后,什翼犍率领着浩浩荡荡的队伍出发,向居延海开拔。不拔掉刘卫辰这颗眼中钉,他决不罢休!

贺马兰伫立在北风里,看着远去的队伍,她的心里笼罩着挥之不去的阴影。

鲜卑国母:献明皇后

第四章　寒冬风云

1.前线征战代王进攻铁弗　后方突袭前秦包抄代都

寔君送走了什翼犍大军,他看着伫立在北风里的贺马兰,急忙凑了过去,小心地问:"可敦是留在参合陂还是与我回盛乐?"

按照鲜卑代国的习惯,国主出征以后,国内朝政便留给皇太后和太子,要是皇太后不在,就留给大可敦和太子。什翼犍的王太后已经故去,这国内朝政就留给贺马兰和寔君二人共同管理。

贺马兰转过脸看着寔君,寔君又补充说:"依我之见,参合陂和盛乐需要各留守一人。可敦,要不我回盛乐,你留守参合陂,如何?"

贺马兰看着寔君阴沉的脸,想起他想收继她的情况,心里感到别扭。看来寔君也不想和她一起回盛乐,那么她留在参合陂未免不是一件好事。反正她对朝政大事并不感兴趣,她也不懂管理朝政,来代国几年,虽然深得代王宠爱,可是,代王并没有教她管理朝政,她也几乎没有过问过朝政大事。既然如此,何必与她不喜欢的寔君共处一宫呢?

马兰点点头:"也好!盛乐是代国都城,代王任命你去留守,希望你尽心尽力,治理好内务,等待代王凯旋!我自己就在参合陂,帮助代王管理行宫好了。"

寔君傲慢地笑着:"是啊。可敦能管好行宫就算相当不错了!我这就告辞,现在率领百官返回盛乐!"

寔君带领着百官回盛乐新城。贺马兰看见慕容氏钻进一辆骆驼高车,得意扬扬笑容满面地跟在寔君的马后,辚辚滚向盛乐。

马兰吃了一惊,望着远去的寔君的队伍很是发了一会呆。慕容氏怎么

鲜卑国母：献明皇后

会和寇君勾结在一起呢？他们勾结在一起会不会影响到什翼犍的大事？

"代王，请用餐。"女扮男装的侍从木兰给什翼犍摆上晚餐，一盘白煮羊肉，一盘白煮驼峰肉干，一囊牛奶，一小碗炒米。行军途中，代王什翼犍的伙食也很简单。鲜卑同北方各游牧民族一样，行军中很少举火做饭，行军速度十分迅捷。

什翼犍和大将军儿子玉婆在营帐里，与左长使燕凤、郎中令许谦、内侍长等人等商量着行军路线。他们已经走了半个多月，估计距离居延海已经不远，派出去的探报和途中找到的零星游牧部落，都说没有见到刘卫辰的迁徙。什翼犍就担心得到消息说刘卫辰转移，让他不得不在居延海一带转辗寻找刘卫辰的下落，那是很麻烦很叫人头疼的事。跋涉转辗几个月，可能都寻找不到这些居无定所的部落的下落。

什翼犍和玉婆在木兰的安排下进晚餐。什翼犍看着木兰，关心地问："受得了马上颠簸吗？"

木兰笑着："代王请放心，木兰能够坚持下去。"

什翼犍挥手："你退下歇息吧，我们还要商讨行军大事。"

木兰回到侍从的帐篷，脱去盔甲战衣，钻进羊皮被筒里躺了下去。旁边的同伴已经发出响亮的呼噜声，睡得正酣。她却依然不能入睡。从参合陂到大河边，从大河边到阴山脚，听着大河水在冰下流动的呜啾啾的声音，听着阴山匈奴部落胡马的嘶鸣，她难以入睡。担心年老的阿爷，更担心生病的阿娘，也担忧自己身份的暴露，木兰翻来翻去难以入睡。阵阵寒意袭来，她蜷缩起身子，努力让自己快些睡去。

营帐外，传来一阵一阵金柝声，有人进来呼唤木兰："换岗了！"刚刚朦胧入睡的木兰被惊醒，急忙钻出羊皮筒，在黑暗中摸索着穿好甲胄，扛起银亮的长戟走出营帐。

黑蓝的天空上，挂着一轮圆月，惨淡的月光照着枯黄的草原，照着巡逻哨兵寒冷的铁衣。木兰走来走去，警惕地巡逻着，守卫着什翼犍的大帐。她不停地呵着自己的手，慢慢跑着，跺着脚，暖和着。

木兰像所有的士兵一样，白天骑马行军，关山若飞，晚上站岗放哨。

长安城,大秦天王苻坚部署幽州刺史、行唐公苻洛为北讨大都督,率领幽州、翼州兵10万,由刘卫辰领路,开出长安,向正北方向前进,沿秦时旧道,准备在盛乐西边渡河,然后直扑离大河不远的盛乐,打盛乐一个措手不及。

秦时旧道,是从长安到盛乐阴山一带最直接最短的道路,也叫秦直道。秦始皇三十五年,由秦大将蒙恬修建,全长1800里(合今1400里),南起咸阳甘泉宫,北抵九原郡(五原郡),从甘泉宫出来,秦直道由今陕西淳化县北梁武帝村秦林光宫遗址北行,至子午岭上,循此主脉北行,至今定边县南,再由此东北行,进入今天的鄂尔多斯高原,到达今天的乌审旗北,经过今天东胜南,在云中(相当于今天内蒙古自治区的托克托县附近)渡大河,到达今天包头西南的九原郡所。秦直道一半路修在子午岭主脉上,一半路程修在草地平原上。走秦直道入朔北,时间要快得多。

同时,苻坚命令并州刺史具南、镇军将军邓羌、尚书赵迁和李柔,率领10万步骑大军从和龙东进,前禁将军张蚝、右禁将军郭庆,统领十万步骑,西出上郡。

三支大军,由苻洛总统领,兵分三路大举向代国进发。

冬天的大河,已经结了厚厚实实的冰层,千军万马踏着大河冰层渡过大河,毫无困难。刘卫辰熟悉朔方一带地形,有刘卫辰带路,苻洛的军队行进很快。几天以后,刘卫辰与苻洛大军已经出现在盛乐城外。

苻洛和刘卫辰屯兵盛乐故城山下。刘卫辰命令下人潜入盛乐,去找拓跋斤,与他商讨里应外合。

2.逆子叛臣里应外合　奸夫淫妇卖国求荣

"啊?你们还没起床?"拓跋斤推开慕容氏寝宫的门,看着炕上头对头、脸对脸躺着的寔君和慕容氏,吃惊地喊。他刚从城外刘卫辰的军营里溜了回来。刘卫辰派人把他领到着大秦军队营地,向他询问了盛乐的情况。按照刘卫辰和他的意思,让大秦军队直接攻打盛乐,不费吹灰之力,便可拿下盛乐。但是大秦大都督苻洛摇头。苻洛是个很有谋略的大秦将军,他有他自己的想法。他指示拓跋斤,让拓跋斤与寔君一起设计,诱惑什翼犍回盛乐,他想把什翼犍王朝的百官一窝端。

鲜卑国母:献明皇后

拓跋斤溜回盛乐,是来向留守盛乐的南部大人寔君报告消息的,却没想到,遇到这么难堪的局面。回到盛乐,寔君几乎霸占了慕容氏,叫他无法接近慕容氏。当然,他还是有办法的,与慕容氏偷偷相会几次还不成问题。

拓跋斤略微有些醋意地看着被窝里的慕容氏,慕容氏脸红扑扑的,唇红齿白,浑圆丰腴的肩膀露在被窝外面。拓跋斤挪到炕前,伸手抚摩着慕容氏的肩膀,酸溜溜地对寔君说:"阿干,你该起床了吧?我都好几天没来了。是不是该轮我了?"

慕容氏在被窝里娇滴滴地嗔骂:"灰鬼!你说甚哩!"

寔君哈哈笑着:"阿干要是窝憋得难受,不妨也钻进来,让我们三人来个同乐齐乐,如何?"

"真的?"拓跋斤眼睛放出光芒,这新鲜的玩法一下子刺激起他的欲望。他立刻甩掉靴子,帽子,剥掉皮袍,脱了个精光,钻进慕容氏被窝的另一边。他已经气喘如牛,抱住慕容氏就上下缠绕。寔君被他们逗引的也是欲火上升,也是呼呼喘着粗气,从另一旁进攻。

慕容氏被两个男人纠缠,浪笑不已:"一个一个来,灰鬼!一个一个来!灰鬼!"

三个男女如三条蛇一样缠绕着、搏斗着、挣扎着,闹成一团。吃吃的浪笑声,呼呼的喘气声,淫声浪语,荡漾在盛乐代宫。

疯狂了许久,等三个人都平静下来,寔君才问:"阿斤阿干,你来是不是有事要禀告啊?"

拓跋斤拍着自己的脑门,懊恼地说:"看,只顾疯了,差点忘了说正事。我听说刘卫辰带领着大秦军队已经过了河,快到盛乐了。你是留守的录尚书事,你准备如何做呢?是开城迎接他们,还是另有他法?"

寔君坐了起来,慕容氏急忙赤裸着身体,给寔君披上皮袍。寔君趁机捏了慕容氏一把,穿上衣服,坐在炕上。"这样一点不做抵抗地开门纳敌,是不是不好掩国人耳目啊?我们总要装装样子给国人看啊。"

拓跋斤也钻出被窝,穿好衣服,下了炕,拉过一个绳床坐下来。"是这样的。我也这样想。其实,大秦军队也不急于进盛乐,他们在等待着东路、西路军队逼近代国,他们想把什翼犍逼回云中,然后捉拿他!"

寔君大惊失色:"三路大军逼近代国?这不是要消灭代国的架势吗?我

可是只想推翻代王，让我作代王的啊！"

拓跋斤笑着："刘卫辰说大秦天王苻坚已经答应了你的条件，等捉拿什翼犍以后，他把代国交与你！"

寔君半信半疑地看着拓跋斤："你说话当真？"

拓跋斤为了让寔君死心塌地接受他的意见，就信口雌黄地说："是的，刘卫辰说话还能有假？不过，他说，苻坚和大都督苻洛要求我们捉拿什翼犍和百官！你看，什翼犍与百官都不在盛乐，我们如何做到？"

寔君知道，事情到了这一步，他已经没有选择的余地，想当代王，就只有听从大秦和刘卫辰的吩咐，只有按照他们的要求去做。否则，大秦军压城下，他如何得生？

"你说咋办？"寔君推了推闭眼假寐的慕容氏。

慕容氏睁开眼睛，慢慢坐了起来，两个男人的眼光立刻又直了起来，勾勾地盯着慕容氏丰腴白嫩的身体。慕容氏微笑着，在两个男人的火辣辣的欣赏中，故意炫耀着她美丽的胴体，一丝不挂地站了起来，缓慢地穿上一件一件衣服。

"你们两个大男人，就想不出个办法？"慕容氏讥讽地看着寔君和拓跋斤。

"什翼犍率领大军在外，我们有甚办法捉拿他？"寔君搔着头皮说。

"要是刘卫辰不催促，也许有机会。现在确实没有办法。"慕容氏说，"非要等大秦几路大军把他追击得无路可走回到盛乐，我们才有可能捉拿他。"慕容氏看着拓跋斤："你可以去告诉刘卫辰和大秦大都督，不要让他们急于进盛乐。要是他们开进盛乐，什翼犍就不会再回盛乐，他们流窜在草原，没有人能够捉住他们的！只要保留盛乐，什翼犍迟早要回盛乐来！"

拓跋斤只点头："确实如此，慕容阿姐说得一点都不错。什翼犍率领军队流窜草原，谁也捉不住他们！要想捉拿什翼犍，只有等他回盛乐不可！我这就去告诉刘卫辰和大都督，他们会答应的！大秦大都督苻洛说，大秦天王苻坚还想在长安会见什翼犍呢。"

马兰在参合陂行宫里慌乱成一团。探马刚才来报，说大秦大军在刘卫辰的带领下已经渡河到了盛乐旧城山下，在那里驻扎下来。

鲜卑国母：献明皇后

马兰听说这消息惊呆了:"怎么办?"马兰六神无主,从没有遇到过这样的大事,马兰急得直流泪。

大秦大军突袭代国都城,马兰不知道是怎么回事,应该如何应付。参合陂行宫里,只住着她和她的三个年幼的儿子和很少的保卫行宫的侍卫。代王的主要亲人,包括他的几个儿子和他们的家眷都留在盛乐,寔君留守盛乐,负责保卫盛乐的安危。可是,居然不见寔君前来与她商量大计,可见寔君心目中根本没有她马兰这可敦的位置。

拓跋珪和拓跋仪每人手里举着个小马鞭,嘴里喊着催马令,跑来跑去,嬉笑着追逐着,玩得正高兴。拓跋烈坐在炕上,一个人玩着羊骨头。

跟谁商量呢?马兰无奈地看着自己的三个小儿子。身边连个可以商量的人都没有,马兰感到从来没有的孤独。

"大王,你在哪里啊?"马兰轻轻地呼唤着。大秦大军压境,代国危亡关头,她连什翼犍现在在哪里都不知道。虽然,什翼犍隔几天就会派信使回来,可是信使都到盛乐,被寔君扣留在盛乐城里,她两眼一抹黑,什么消息也不知道。

寔君会不会送信给什翼犍呢?马兰猜测着。也许寔君已经给什翼犍送去信,也许什翼犍现在已经挥师回来,她不必担忧。可是,马兰总觉得寔君不会给什翼犍送信,至于什么理由,她也说不清。寔君一定没有给什翼犍送信!这想法越来越清晰地出现在马兰的脑海里,而且越来越坚定,挥都挥不去。

马兰更加不安。她猛然站住脚,咬着嘴唇警告自己:不能再这样犹豫下去!不管寔君派没派使者,她马兰一定要再派人去给什翼犍送信,告诉他大秦大兵压境的事情,让什翼犍火速返回盛乐,确保代国都城不落入大秦手中。

马兰慢慢镇静下来。"来人!"她喊。

行宫内侍长急忙跑来:"可敦有令?"

马兰尽量让自己镇静下来,尽量拿出可敦的威严,大声命令内侍长:"立刻找人送信给代王,说大秦大军逼临盛乐,让代王火速返回!"

内侍长答应着转身离去,马兰又补充:"给信使准备两匹日行千里的汗血宝马!要越快越好!"

这是马兰作为可敦第一次行使的行政命令。

3.当机立断可敦挽救局势　大势已去代王困守行宫

河套草原上,北风呼呼地吹,吹起漫天的枯草,北风里夹杂着飘飘的雪花,已经把枯黄的草原染上了一层浅浅的白色。

什翼犍正率领着大军顶着呼呼的北风,艰难地向西北方向前进。代国的大纛旗在北风里东倒西歪,呼啦啦响得吓人。肥沃的河套平原,枯黄一片,深深的枯草在风中摇曳,白色的雪花慢慢落在枯草上。

这里就是刘卫辰管辖的朔方草原,可是什翼犍并没有找到刘卫辰的踪迹,只好继续全力向居延海方向进发。

一匹快马从后面追了上来,汗血宝马上的骑手大声喊着:"代王!代王!"他的喊声被大风撕成碎片,断断续续地传了过来。

穿着白茬皮袍皮裤毡靴的什翼犍勒住坐骑,转过身向后面张望着。

使者打马赶了上来。"代王!"使者在马上行礼,"可敦派奴才送信!"说着就掏出马兰交给使者的碧玉虎头牌。

"甚事?"什翼犍吃惊地问,"可敦出了甚事?"

使者把可敦口授的消息告诉了什翼犍。什翼犍愣怔在马上,半天转不过神。

"阿爷,甚事?"大将军玉婆赶上来。

"可敦派使者送信,说刘卫辰领着大秦大军已经渡河,逼近盛乐。要我们返回去!"什翼犍迎着呼呼的北风,艰难地说。

玉婆大吃一惊:"这是咋回事?刘卫辰不是在居延海吗?"

"看来我们上当了!上了刘卫辰的当了!他根本就不在居延海,他到长安去搬救兵去了!"什翼犍从头上抓下狐皮帽,让寒冷的风吹着自己发热发胀的脑袋,竭力使自己冷静下来。

"我们咋办?"玉婆大声喊着问。北风一阵一阵地夹杂着雪花,噎得人们说话十分吃力。

"马上传令,返回盛乐!"什翼犍大声喊。

"代王,我们的粮草恐怕不够支持返回去的!"玉婆压低声音说。

什翼犍烦躁地搔着头皮,他的发辫与花白的须髯上已经沾满雪花,呵出的热气又结成白霜,使他两鬓和须髯都在慢慢变白。

"杀些副马,能不能支持到家?"什翼犍戴上皮帽,焦急地问。

玉婆想了想:"还是可以的!"

"好,马上下令返回盛乐!"什翼犍一抖缰绳,掉转马头,率先冲进越来越大的风雪里,此时,河套平原上已经白茫茫一片,风雪越来越大。

木兰和代王的侍卫紧紧跟随着代王什翼犍,掉头向刚才来的方向奔驰而去。

大秦军队的大都督苻洛没有进攻盛乐,他绕开盛乐,率领大军向平城奔去,只留下刘卫辰带领着他的部落军队,驻扎在原地,看管着盛乐,不让寔君等人逃跑。苻洛准备在平城附近会合另外两路大军,一举占领代国南都平城,切断平城与什翼犍的联系。

什翼犍在返回云中的途中,打探到大秦另外两路大军正向代国奔来。代王不能让大秦的西路东路军越过桑干河干犯南境,如果三路军会合在平城一带,他的代国就岌岌乎殆哉了!

什翼犍派白部、独孤部大人率领着自己的军队,直接奔向平城,到横山、桑干河一带抵挡大秦西路和东路军队的进攻。

什翼犍恐怕白部和独孤部抵抗不住大秦军队,又派南部大人刘库仁将十万骑兵在石子岭下布防抵抗。果然不出什翼犍所料,白部、独孤部在桑干河一败涂地,节节败退。大秦军队直捣代国南都平城。

什翼犍把希望寄托在南部大人刘库仁身上。

刘库仁,本字没根,与刘卫辰同宗,铁弗匈奴人,他的母亲是什翼犍的姐姐,什翼犍又把宗女赐他为妻。什翼犍撤了拓跋斤的南部大人职务以后,便把南部大人职务给了外甥兼女婿刘库仁。外甥刘库仁对什翼犍忠心耿耿,什翼犍非常信任他。刘库仁听说大秦军队来犯,立刻带领南部军队十万人到云中援助什翼犍。什翼犍相信刘库仁能够在偏关挡住大秦军队,拒敌于长城内。

刘库仁率领自己的大军和什翼犍拨来的几万人马,过了浑水,沿着黑河,来到偏关石子岭,他们刚在天峰坪安营,探马就回来报告,说:"大秦军队已经攻占南都平城,主力部队已经翻越黑驼山正沿着偏关河过来。"

刘库仁部署自己的队伍,在石子岭迎击敌人。

石子岭地形险峻,丛山峻岭,只有偏关河谷可以通过队伍。刘库仁选择了石子岭中河谷最狭窄的地段,这里山坡险峻,长满茂密老松树、桦树、杨树,虽然树叶早已落光,光秃秃的显得稀疏,但是埋伏在这里还是不大容易被河谷里的人发现。

刘库仁组织了一支精兵强将的突击队,把他们埋伏在偏关河谷两边的山坡密林里,等待着大秦主力。等突击队把大秦主力阻挡在河谷里,首尾截住,他就让自己的队伍冲出来,像装在布袋里打狼一样,消灭大秦主力。

这支突击队里,就有什翼犍拨过来的精锐侍卫队伍,木兰就在其中。

符洛指挥着大秦已经会合的三路大军主力沿着偏关河谷走来,旌旗在北风中招展,大秦几十万的兵马惊飞了栖息在石子岭密林的寒鸦麻雀,也惊飞了栖息在山崖的老鹰,老鹰在天空盘旋,乌鸦麻雀成群飞出山林,向四面八方飞走了。

大秦队伍进入石子岭偏关河谷,河谷越来越窄,两岸山坡的树林越来越密。大都督符洛抬头看了看地形:"停止前进!"他突然发出命令。

符洛勒住马,四下看着,山坡密林,上空飞出许多乌鸦麻雀,它们似乎很张惶,惊叫着,四下乱飞,不成群。

符洛仔细辨认着山坡密林,他终于发现在密林里,在粗人的树十后面,趴伏着许多军士。不用说,这是代国的伏兵。

符洛冷笑了一下,叫来副都督邓羌,附耳对他说了几句。邓羌开始小声命令队伍后退,"不许喧哗!"符洛严厉地压低声音喊。士兵开始掉头,很有秩序地向山口退去。

"咋的回事?咋的回事?"山坡上巨石后的副指挥惊慌失措地喊。他是刘库仁弟弟刘眷,看着正在后退的大秦队伍,他一时有些手足无措。

河谷里,符洛指挥着几十个士兵下马,点燃了各自的火把,分别向两面山坡爬上来,开始树林的落叶堆上放火,北风吹着,落叶堆上的火苗开始蹿了起来,点燃了光秃秃的灌木,火苗继续四下乱窜,有的窜上大树,有的窜下密林深处,不过转眼工夫,鲜红的白热的火焰已经在山坡两面的树林里燃烧起来,墨黑的浓烟,夹杂着鲜红的火焰,裹挟了整个山谷和密林。

"起火了!烧山了!"一个士兵惊慌地尖叫起来,几十个士兵从埋伏地跳跃起来试图冲出密林,逃往河谷,更多的士兵喊叫着,从埋伏地点跳了起来,慌乱地向山峡跑来。

符洛已经带领着自己的士兵迅速离开河谷,退回山口安全地带。

石子岭山里,浓烟滚滚,火红的烈焰冲天而起。鸦雀呱呱叫着,向山外飞去。山坡密林里,哭爹喊娘,刘库仁的士兵从各自的埋伏地点跳了起来,惊慌地向山头山峡各处逃窜,寻找生路。刘眷自己也在侍卫护兵的保护下,抱头逃生。

在这边山口等待布袋里打狼的刘库仁,看着上岭上山峡里浓烟烈焰,愤怒又惊慌地咆哮着:"大秦烧山了,大秦烧山了!我们完了!我们完了!"

刘眷领着木兰几个侍卫,仓皇回到刘库仁身边。刘库仁看着刘眷和侍卫烧焦的头发须髯,看着他们还在冒烟的皮袍,懊恼地捶打着自己的胸脯:"天啊!这是为甚啊?为甚不保佑代国啊?"

刘眷催促着:"阿干,快下命令撤退回云中吧!不然,等大秦军队过来,我们是想逃也逃不了的啊!"

刘库仁满脸流泪,下令沿原路撤回云中。木兰遥望着盛乐方向,不禁泪流满面,"阿爷,阿娘,女儿怕是见不到你们了!"

代王什翼犍满嘴燎泡,高烧烧得他迷迷糊糊,他半昏迷地躺在参合陂行宫里。马不停蹄地跑了几十天,劳累,寒冷,加上着急,什翼犍一回行宫就卧炕不起。贺马兰守在他的身边,给他头上敷着冷手巾。

马兰坐在他的身边,用小勺往他满是燎泡的嘴里慢慢灌着浆酪。几勺清凉的浆酪入口,灌进什翼犍灼热的喉咙,让什翼犍感到有些清醒。他慢慢睁开眼睛,看了看周围。

"直真!直真①!"什翼犍有气无力却十分焦急地喊。四个内侍急忙跑了过来。

"乌矮真!乌矮真②!"什翼犍又喊。燕凤、许谦等人急忙上前。

①直真:鲜卑语,对内侍的称呼。
②乌矮真:鲜卑语,对外大臣的称呼。

大家齐声呼唤着："代王？何事？"

什翼犍目光无神地看了看这几个心腹，问："刘库仁有消息吗？"

左长使燕凤上前行礼回答："回大王，暂时还未有消息。大王放心，南部大人机智英勇，谋略过人，定可御敌于长城之内的！大王只管安心养病！"

什翼犍又问："盛乐那里情况如何？"

"盛乐有寔君大人防御，万无一失。"燕凤安慰着什翼犍。

"窟咄兄弟和家眷来了没有？"什翼犍挂念他的几个儿子，问燕凤。

"已经送信去了，听说正在途中。"郎中令许谦回答。

什翼犍长长叹了口气："要是需要走避，还是全家一起的好！"说着，一滴浑浊的泪滚出什翼犍的眼睛。

马兰急忙给什翼犍擦去流下的泪珠，她不想让其他人看到。哀兵必败，她曾经听什翼犍说过这么句话，她可不想让什翼犍用悲哀影响他的部下。

寝宫外响起杂沓的脚步声和说话声，是盛乐城里窟咄和他的兄弟几个带着他们的家眷来到行宫。窟咄弟兄冲了进来拜见什翼犍。

"代王！不好了！"窟咄大声喊着，马兰急忙站起身，想阻拦也已经来不及。

"甚事？"什翼犍腾的一下坐了起来，却又无力地躺了下去。

"探马回来了，说刘库仁败退回，正在回云中途中，已经到了黑河！"

"啊？"什翼犍大喊一声，昏了过去。

"大王！大王！"马兰摇晃着什翼犍的身休，燕凤急忙用冷手巾敷，内侍抱着什翼犍给他灌着浆酪，大家七手八脚，一番紧急抢救。什翼犍喉咙咯咯噔响了一声，慢慢睁开眼睛。他看着大家，连声问："这可怎么好？这可怎么好啊？"

燕凤和许谦看着什翼犍，小心翼翼地建议："大王如今身体欠安，不适宜与大秦军队对抗，大王暂且率领百官家眷走避阴山北牛川，等大王身体恢复，再指挥大军与大秦决一死战。不知大王以为如何？"

什翼犍又看了看马兰："可敦，你说呢？"

马兰眼睛含着热泪，点头："事到如今，只有先按照燕凤乌矮真的话去做了。留得青山在，不怕没柴烧。只要大王身体好起来，再图大事不晚！"

内侍也都表示赞同。

鲜卑国母：献明皇后

"既然各位直真、乌矮真都同意,也只好这么办了!下令行宫百官与家眷,立刻准备,晚上出发到牛川去!"什翼犍仰天长叹:"没想到我什翼犍建国三十九年,南征北战,如今却要走避他方!"

马兰拉着什翼犍的手,轻轻抚摩着:"大王不必难过,大王不是常说,胜败乃兵家常事吗?大王会有复国的那一天的!"

什翼犍却只是摇头,他已经预感到,没有那一天了!

4.大秦军队追逐代王 代国君臣逃窜牛川

等大火慢慢熄灭以后,苻洛才又率领着队伍进了石子岭的偏关河谷,沿着河谷向盛乐方向进发。北风吹过,卷起满山谷的黑灰,山坡上这里那里还冒着黑烟白烟,散发出刺鼻的糊焦气。长满了密林的山坡已经满目苍凉,被烧焦的树木只剩了几尺多的黑焦树桩,默默地站立在那里,看着苍穹。石子岭已经失去了昨天的生机和活力。

苻洛率领着大秦军队,以急行军的速度向参合陂方向赶去。他已经得到探报,说什翼犍已经率领大军和百官回到参合陂,他应该在参合陂活捉什翼犍和他的百官。

苻洛大军来到参合陂,参合陂行宫已经空无一人。苻洛懊恼地跺着脚:"来晚了一步,让他跑了!"

邓羌问:"我们要不要去追赶什翼犍?"

苻洛瞪了他一眼:"哪里去追啊?他跑到阴山北,就好像鱼儿游进大海,哪里找得到他啊?不过,我估计,他一定还会回盛乐的。我们还是先攻占盛乐再想办法!"

苻洛挥兵立刻包围了盛乐。城里的寔君和拓跋斤立刻开门纳秦军。苻洛带领着大将进驻了盛乐王宫。

苻洛命令军士带来寔君和拓跋斤。寔君和拓跋斤听说大都督苻洛要见他们,以为苻洛要与他们商量关于即位代国王位的事情,便收拾得整整齐齐,昂首挺胸、得意扬扬地走进当年代王什翼犍接见大臣的大殿。

"这大殿的龙椅该我坐了。"寔君想,禁不住乐得笑出了声。

走进大殿,寔君正要向大殿正中的龙椅走去,只听上面一声吆喝:"大胆贼虏！见本都督还不下跪？"

寔君与拓跋斤一惊，站住脚步，抬头看去，只见苻洛高踞于龙椅之上，威严地俯视着他们，一脸怒气。刘卫辰站他的身后，左右站着大秦的几个大将，各个手按刀把，一脸威严，各个眼睛闪烁着杀人的亮光。

寔君心里一惊，双腿一软，竟扑通一声跪了下去。拓跋斤见寔君下跪，自己也急忙跪了。

苻洛哈哈笑着："你这个代国的败类，竟出卖你的国家和父亲，真是无耻之尤！来人！给我捆了！拿回长安！"

"大都督不能这样对我！不能这样说话不算话啊！我们当初有约在先，约定我交出盛乐，你让我作代国国主的啊！"寔君哭喊起来，爬到苻洛脚下，想爬上龙台，被邓羌一脚踹了下来。

苻洛哈哈大笑："有约在先？什么约？你跟谁有约啊？大秦天王给你约了吗？我给你约了吗？"

寔君回头指着拓跋斤："是他带信回来说的啊！他说大秦天王答应我的请求了啊！"

苻洛大喝一声："拓跋斤！天王什么时候答应的？你说！"

拓跋斤浑身颤抖，趴伏在苻洛脚下，吭吭哧哧，说不出一句完整的话。当初不过要说服寔君反叛，他随意乱说，哪有什么天王之约啊！

"好一个拓跋斤！你诬陷天王！罪加一等！我大秦天王以仁信、孝义治国，不屑诓骗小计，你等不仁不孝不义不信，居然还诋毁天王声誉！来人，先给我鞭打五十，以惩效尤！"苻洛怒喝着。

侍卫立刻涌上来，把拓跋斤拖到殿外，噼啪噼啪、实实在在地抽打了五十大鞭，拓跋斤的屁股和背部皮开肉绽，浑身血肉模糊。

寔君胆战心惊，不敢再辩，他偷偷抬眼看着刘卫辰。刘卫辰十分得意，正看着他笑。"该死的刘卫辰！"寔君心里骂，"总有一天，拓跋人要杀你的头，寝你的皮，食你的肉，饮你的血！"

"来人！"苻洛大声喊，"把他们打入囚车，押解到长安去！"

"大人！"刘卫辰在苻洛在后面轻轻喊。

苻洛回过头去。刘卫辰媚笑着凑到苻洛耳边："大人，我以为暂时不要送他们回长安。什翼犍尚且没有捉住，留他们在盛乐也许还有用呢。"

鲜卑国母：献明皇后

127

符洛想了想,点点头:"也好!等捉了什翼犍,一起押解长安不迟!"符洛转过脸,笑着对寔君说:"刘大人给你们求情了。看刘大人情面,暂且放了你们,你们暂时还留在王宫。不过,不要想逃跑!"

"是,是!"寔君急忙叩头。

"给我好生看管!不许走出一人!"符洛命令。

阴山背面的牛川①大草原上,北风凛冽,大雪飘飘,什翼犍率领着百官家眷来到牛川的女水河边,在这里安营扎寨。这里,一百多年前,是拓跋部兴起的地方,一百多年前,他的祖先力微就在这里大会百部,成为部落联盟的首领。这里是拓跋部走出鲜卑山离开呼伦池以后长期生活的故园,这里有拓跋鲜卑每年三次祭天的祭坛,什翼犍自然又选择了这里作为他逃难的安身之所。

什翼犍躺在大帐的卧铺上,听着穹庐外呼呼的北风声,听着远处的狼嚎声,十分烦躁。马兰端来一碗浆酪,什翼犍勉强坐了起来,靠在背后的被摞上,接过碗,慢慢啜饮着。他还是浑身无力,精神不振。

什翼犍担心地看着马兰,马兰挺着大肚子,看来很快就要临盆了,可在这么简陋的穹庐里,能不能保证她临盆的安全呢?什翼犍不知道。

马兰突然捂住肚子,痛苦地呻吟起来。

"你咋的了?是不是要生了?"什翼犍搀扶着马兰,让她躺到卧铺上。马兰的喊叫声越来越大。"快去叫太医!"什翼犍喊着。门口的侍卫急忙掀起门帘,一团寒冷的白气便趁机钻了进来,让什翼犍打了个哆嗦。

太医和萨满裹着冷气钻进穹庐,太医开始检查,萨满在天神前跳跃做祈祷仪式。穹庐中间的青铜火撑里烧着牛粪,火红火红的,并没有黑烟,上面挂着的青铜锅里发出咕嘟咕嘟声。太医把割脐带的短刀放进开水锅里煮着。

马兰一阵一阵地呼喊着,痛苦不堪。

一阵婴儿啼哭响了起来。什翼犍这才松了口气。太医抱着刚出生的婴儿,向什翼犍祝贺:"祝贺大王,又添个将军!"

①牛川:在今内蒙古武川一带。

鲜卑国母：献明皇后

什翼犍感激地看着马兰,这个漂亮年轻的贺兰部女人给他生了三个儿子,现在又给他添了个能打仗的将军,多好啊。几个儿子都虎虎生威,将来必定能像他一样成就大事!

什翼犍爬到马兰的身边,为她擦拭着满头大汗。马兰捉住什翼犍的手,眼泪涌了出来:"这婴儿生的不是时候! 兵荒马乱,还不知能不能养活他?"

什翼犍急忙捂住马兰的嘴:"别乱说! 天神会保佑他,他一定会平安无事的! 你看,萨满已经向天神祈祷了。"什翼犍指了指在一边摇铃敲鼓跳跃的萨满说。

什翼犍已经恢复了许多,他觉得自己精力又充沛起来,在这牛川养了些时日,身体已经好多了。外面北风呼啸大雪茫茫,他只能待在暖融融的穹庐里,饶有兴趣地看着马兰给新生的拓跋觚喂奶。拓跋珪、拓跋仪、拓跋烈都围着什翼犍和马兰,叽叽喳喳地逗引着小弟弟玩。

突然,穹庐门帘掀了起来,什翼犍的儿子窟咄和大臣燕凤裹着冷气进来。

"大王,不好了!"窟咄还是那么大惊小怪地喊。

什翼犍不满地白瞪了窟咄一眼:"说过多少次,你就是改不了这毛躁的脾性。说,甚事? 大惊小怪的!"

"玉婆差人来报,高车打了过来!"窟咄还是大声喊着说,没有理会阿爷的责备。

"甚? 高车打过来了?"这一次轮到什翼犍吃惊,他大声喊叫起来,一下子从卧铺上蹦了起来。

窟咄心里冷笑:你不也大惊小怪了吗? 还责备我个甚!

"咋可能呢? 高车四年前不就被我代国征服了吗? 他们不是已经宣誓朝贡,宣誓永不背叛了吗?"什翼犍看着燕凤,一脸惊诧。

燕凤难过地只摇头,他看着什翼犍松弛的下垂的脸颊和下巴,发现什翼犍这些日子突然苍老下来,现在的什翼犍,显得那么衰老,那么虚弱,那么无力。当年驰骋草原横扫各部落的雄风已经荡然无存。

"是啊,这些部落的誓言哪能当真呢!"什翼犍苦笑了一下,自嘲地说。高车、柔然、匈奴、羌、氐、羯,也包括鲜卑,这些草原游牧部落什么时候遵守

过自己的诺言？誓言，不过庄严的谎言而已，不过是谎言的另一种说法而已！

"他们到哪里了？"什翼犍看着燕凤问。

"玉婆羊真报告，高车已经到了阴山固阳，马上就逼到女水！代王，你看，如何是好啊？"

什翼犍暴躁地走来走去，想着对策。身边没有可以任用的大将，玉婆难以抵挡剽悍的高车。

"派玉婆去抵挡一阵？"什翼犍征询地看着燕凤问。

燕凤摇头，他不想告诉什翼犍，玉婆抵挡高车，已经全军溃退。高车胁迫着另外一些杂种部落一起冲击过来，玉婆和他的兵力根本抵挡不了这些凶悍的高车人。

什翼犍还在犹豫，外面却已经响起一片混乱的喊叫声："高车来了！高车来了！"

"快走！回云中！"什翼犍抓起皮帽，穿起毡靴皮袍，拿上腰刀，跑出穹庐外，外面的各穹庐已经开始乱了起来，骆驼车牛车都拉了过来，让各家妇孺上车，男人都上了马，侍卫也集合起来。

代王什翼犍上马，开始指挥着自己的百官和侍卫队伍："向南走，回云中！"什翼犍大声喊，挥舞着胳膊指挥着队伍。

马兰在几个侍卫的帮助下抱着刚出生的婴儿和三个儿子上了骆驼车，车夫赶着车，跟着大队人马向阴山南赶去。她能够看见什翼犍高大的身躯和他的白马走在队伍最前边，也能够看到代王的大纛旗在北风中猎猎飘舞，她心里安宁了不少。只要什翼犍在，只要这面大纛飘扬，他们就有希望，代国也就有希望，他们能够逃脱高车的追击，平安穿过阴山，回到云中扭垤川草原，在扭垤川寻找一个可以避开大秦军队的地方驻扎下来，慢慢恢复代国。

白茫茫的草原上，大队的人马艰难地向阴山山麓行进。穿过狭长的阴山山峡，翻越几座山岭，走过几个坝口，就回到阴山南面。天已经放晴，明艳的冬日阳光照耀着雪后的草原，强烈的雪光阳光晃着人的眼睛，让人难以睁开眼睛。

"进山了！大家小心！"大队前面的什翼犍大声招呼着。突然，从山坡上冲下一队剽悍的骑兵，挥舞着亮煌煌的弯刀，冲进什翼犍的队伍，在队伍里东砍西杀，一时间，队伍大乱，什翼犍和他的侍卫拼命抵挡着高车骑兵的进攻，保护着大队人马和妇孺进山。

马兰的驼车被混乱的队伍冲击地离开了道路，拉车的骆驼被冲下来的快马冲击了一下，突然受了惊，它发疯似的跑了起来，跑出队伍进入河床，沿着河床乱跑起来。

马兰大叫着，把皮袍里的婴儿抱得更紧一些。"抓紧我！"她大声对三个儿子喊，让他们紧紧抱住她的胳膊，抓住她的腿。驼车在山路上颠簸着，晃荡着，几乎要把马兰甩出车厢。

马兰大声惊叫着，希望有人能够看到他们，过来搭救。可是队伍十分混乱，到处是马嘶人叫，被高车骑兵冲击得乱成一团的人车到处乱跑，没有人注意到她。马兰拼命寻找什翼犍，可是混乱的人群遮住了她的视线。

发疯的骆驼拼命跑着，车轮歪歪斜斜，吱吱扭扭，听着好像就要散架，看着马上就会翻倒到山峡里。车上的拓跋烈和拓跋仪吓得哇哇哭喊着，拓跋珪紧紧抓着母亲的胳膊，惊吓得脸色苍白。

马兰紧紧抱着婴儿拓跋觚，仰面朝天，向天神求救："天神啊，保佑保佑我们啊！他们可是国家胤胄，代国国主的后代，难道你就忍心绝灭他们吗？天神啊，请你扶助保佑我们吧！"

马兰一遍又一遍地乞求着祷告着。

疯狂的骆驼拉着车跑了好久好久，一直跑过七介山南，才算平静下来，放慢速度，迈着踏实的脚步，一步一步地走了起来。歪斜的车轮慢慢正了，车子开始平稳下来。

马兰嘘了口气，擦着满头大汗。拓跋珪高兴地喊着："好了。好了！骆驼走好了！"

马兰用手遮着眼睛，躲避着强烈的阳光和雪光四下望着，白茫茫的山岭上白茫茫的，看不到什翼犍和他的队伍。

马兰流泪："这可咋办呢？代王在哪里啊？我们怎么办啊？"

五岁的拓跋珪用小手给马兰擦去泪水，很懂事的样子安慰着母亲："阿娘，天无绝人之路！阿爷一定会赶来的！"话刚说完，只见之字形的山路上转

鲜卑国母：献明皇后

131

过一队人马。"看！阿娘！那不是阿爷!？"

拓跋珪从车厢里站了起来，挥舞着头上的皮帽，高声喊："阿爷！阿爷！我们在这里！"

什翼犍看见前面山路上的驼车，也看到挥舞着皮帽向他喊叫的拓跋珪。他一抖马缰，朝这里猛跑过来。来到驼车前，他翻身跳下马，冲到驼车上，紧紧抱住马兰："你没事吧？可吓死我了！打走高车以后，我到处都找不到你们，以为你被高车掠走了呢!"什翼犍哽咽着说，擦着他脸上汗水和泪水。

马兰也紧紧抱着什翼犍，号啕大哭起来。

"瓤儿呢？"什翼犍看着马兰问。

马兰放开什翼犍，揭开皮袍，婴儿拓跋瓤在熟睡着。

什翼犍率领着被高车冲击得七零八落的队伍，翻越了阴山几个山岭，穿过山峡和险峻的蜈蚣坝，走出阴山，又回到云中扭坦川平原。什翼犍不敢回到盛乐，就命令队伍在山脚下扎营。山脚下，有代国牧场，也有放牧的牧户和牲畜，他们在这里住多久都行。在这里，他不担心大秦军队的进攻。万一大秦攻来，他们可以立刻进山，让大秦队伍扑空。

但是，什翼犍急切想回到盛乐，只要他回到盛乐，代国就不会灭亡，国人就会重新集结起来。可是，他对盛乐情况一无所知。什翼犍派出探马回盛乐，去打探盛乐的消息。

4.携家眷返盛乐代王就擒　诈撤离设巧计大秦发难

盛乐王宫里，琵琶鼓乐歌声荡漾，大秦大都督苻洛邓羌等人正坐在大殿上饮酒看盛乐舞娘歌舞。

刘卫辰匆匆走了进来。

"报告大都督！"刘卫辰穿过跳舞的舞娘，来到苻洛面前。

"什么事情？不能等会再报？"苻洛看着刘卫辰，不高兴地说。

"启禀大都督，刚才得到探马报告，说什翼犍已经回到云中，驻扎在山下了。"刘卫辰怀着兴奋和喜悦，不管苻洛的不高兴，直截了当地报告着他刚听到的好消息。

"哦？"刘卫辰惊喜地站了起来，挥手："去！下去！"舞娘乐师急忙停止了歌舞和演奏,退了下去。

"消息确实吗?"苻洛问刘卫辰。

"千真万确!"

"好!"苻洛拍手:"来,我们商议商议,看如何能够把什翼犍和他的百官家眷一下子全部俘获!"

刘卫辰对这个问题想了许久,早就有了具体方案。他比苻洛更急于俘获什翼犍,自然比苻洛更尽心尽力思谋办法。他一脸奸笑,凑上来,说:"我有一个办法,不知可行否,请大都督参酌。"

"好,你说说看!"苻洛指着一个绳床,让刘卫辰坐下来。

"兵法上说,欲擒故纵,我看,要想早日全部俘获什翼犍,只有采用这欲擒故纵的办法。"

"说说你的欲擒故纵。"苻洛也回到自己的座位上,端起一杯酒,向刘卫辰说:"来,饮了这杯酒,痛痛快快地说出你的办法!"他不喜欢刘卫辰的吞吞吐吐。

刘卫辰慌忙端起面前的酒杯,饮了下去。他抹了抹须髯,说:"我以为,大都督不妨采用诈术,做出撤军的样子,带领着大军热热闹闹地离开盛乐,让所有驻守在附近的军队随着一起撤退,放风说大秦军要回长安,然后埋伏一些军队在山里。什翼犍听说这消息,一定会立刻返回盛乐。他现在如丧家之犬,无处安身,一定会刻不容缓地返回盛乐。等什翼犍全部返回盛乐,大都督立刻回师盛乐。我估计,一举可以全部擒获代国什翼犍和他的百官家眷!"

"好办法!"苻洛击掌叫好:"就这么办!"

寒冷的清晨,太阳还没有升起,盛乐新城旧城,城里城外,已经一片喧嚣,驻扎在盛乐新城旧城,城里城外的大秦军队营地里,已经吹响了集合的号令,敲响集合的牛皮战鼓。大秦军士从自己的驻地跑了出来,各自集结在自己的队伍里。昨天晚上,他们已经接到上面准备开拔的命令,已经充分做好准备。

不久,大秦军队从各方开来,都集结在城门前。各队的大纛飘扬,在风中发出呼啦啦的响声。大都督苻洛骑在高头大宛马上,正在向自己的队伍发布号令。

"将士们！本都督接到大秦天王的紧急命令，说南边晋朝汉人来犯大秦边境，天王急调我部回长安！保卫长安，是我等刻不容缓的事情！"说着，苻洛高举右手，高声呼喊："保卫长安！保卫大秦！保卫天王！"全体军士都高举右手，跟随着苻洛高声宣誓，声震云霄，十分壮观。

宣誓完毕，苻洛大手挥舞："现在出发！"

一时，号角齐鸣，战鼓咚咚，各路大纛飘扬，队伍在将军带领下整齐地出发了，他们离开盛乐，踏上向长安进发的路途。在队伍的后面，跟着几辆囚车，囚禁着代国的录尚书事寔君、拓跋斤以及慕容氏等代国官员和家眷。

什翼犍派来的探马混在大路两边看热闹的人群中，一直注视着大秦队伍走远，消失在盛乐南边蟠羊山山里。探马翻身上马，打马火速赶回营地，向什翼犍报告大秦离开盛乐的好消息。

"走了？"什翼犍听着探马的报告，有些不相信自己的耳朵，他又重复着问了一遍。"走了？"

"是的。走了，都走了！"探马说："奴才亲眼所见，大秦得到命令，说南边来犯长安，他们被征调回去保卫长安去了，看来走得很急！没有带多少东西！"

什翼犍看看身边几个将军官员，问："羊真，乌矮真，你们看这消息确实吗？"

玉婆说："我看确实，探马亲眼所见，他不敢谎言惑众！"

燕凤小心翼翼地说："为稳妥起见，不妨再派几个官员去打探打探，不要上了大秦的当！"

什翼犍点头："也好！玉婆，你和窟咄亲自跑一趟盛乐如何？如若消息靠实，你们在昭君墓上举火为号，我这里立即带领百官家眷动身回盛乐去！早一天回盛乐，早一天安定下来重建家园！"

玉婆和窟咄答应着，立刻快马加鞭，向盛乐方向奔去。

盛乐新城里，已经十分平静，没有一个大秦驻军的营地，询问城里人，大家都说，大秦军队早晨已经开拔，回长安去了。

玉婆和窟咄悄悄摸回王宫，王宫里到处狼藉，却也没有大秦军士。原来的宫人,还有几个留在宫里,大多已经四散。玉婆和窟咄找到几个宫人,他们看到玉婆和窟咄,都高兴得流泪欢呼。"大王回来了!大王回来了!"他们欢呼着。

玉婆和窟咄完全相信大秦军队退回长安,他们吩咐宫人打扫代王寝宫和大殿,准备迎接代王什翼犍回来。玉婆和窟咄又奔向昭君墓,爬上昭君墓顶,迫不及待地点燃了一大堆柴草,用熊熊燃烧的烽火向什翼犍报告可以返回盛乐的消息。

什翼犍与燕凤等官员一直站在一个小山岭上高坡向南方瞭望。脚下的扭垤川草原逶迤伸向南方,扭垤川草原尽收眼底。一望无垠的扭垤川草原上,枯黄的衰草在风中摇荡,一浪一浪的,在空中盘旋的老鹰不时俯冲下去,从枯草丛中抓起一只跑出来觅食或者散步散心的野兔老鼠,一群一群的麻雀乌鸦呱呱叫着飞过草原。正南方,可以看到一个高大的小山屹立在黑水南岸,这便是昭君墓。早春,草原一片枯黄的时候,远远望去,它已经泛出淡淡的似有似无的鹅黄,草原的生命最早回到昭君安身的地方。代国人都很景仰为了和亲只身来到寒冷荒僻塞外的汉家女子,每到春天,他们就成群结队来到昭君墓下,虔诚地跪拜,请求昭君的保佑,来向昭君娘娘求药。

什翼犍了望着昭君墓。

"看!代王!烽火!"官员侍卫们一起高呼起来,一些人欢呼着拥抱在一起。"可以回家了!"他们大家齐声喊了起来。

"是的,可以回家了!"什翼犍也在心里呼喊着。已经定居盛乐三十多年的他,过惯了定居生活,这两个多月的颠沛流离让他吃尽苦头,他现在唯一渴望的就是回家。回家的感觉真好啊!

"走!我们回家去!"什翼犍高兴得像个顽童一样,跳跃着,往山下奔去。

"回家啦!"侍从官员也都欢呼着跳跃着,紧紧跟随着代王向营地奔去。

走进盛乐故城南边的山里以后,苻洛命令邓羌带领着部队继续南进,自己却带领着一支最剽悍的骑兵,与刘卫辰停留下来,驻扎在山沟里,隐蔽下来,然后派出探马打扮成代人模样,到盛乐去打探消息。

盛乐王宫里,宫人已经把寝宫打扫干净,烧好了热炕,厨子也都做好了晚饭等待着代王归来。什翼犍带领着百官和家眷,飞速赶回盛乐。

鲜卑国母：献明皇后

盛乐王宫里，各宫又灯影幢幢，人声鼎沸。盛乐王宫，又充满了和谐与生气。

什翼犍躺在寝宫的大热炕上，十分惬意地伸展了双腿双臂，拓跋珪、拓跋仪、拓跋烈兄弟几个，已经钻进被窝，呼呼地熟睡了。

马兰盘腿坐在炕上，揭开皮袍，给拓跋觚喂奶。什翼犍看着拓跋觚小口紧紧裹着马兰的奶头，咕嘟咕嘟地吸吮着马兰丰富的奶汁，笑着说："看来还要给他找个乳母，你自己喂太辛苦了。"

马兰笑着："他吃了我一个多月的奶，我已经舍不得交给别人喂养了。这觚儿，就让我自己喂养算了。这小犊子，将来会是个大将军哩，我们可是要靠他了！"鲜卑人习俗是父母跟最小的儿子一起生活。

"你不想给我再生一个了？"什翼犍哈哈笑着问。他翻身过来，双手支颐，笑眯眯地看着马兰。

马兰摇头："不想生了，你看，跟了你不过几年，就生了三个，太痛苦了！"

什翼犍点头："也是，生孩子确实太痛苦了。在牛川看你生他，我又害怕又心疼，真怕你出个三长两短！"什翼犍说到这里，声音竟有些发抖。

马兰感动地看着什翼犍，目光满是温柔。她伸出手，温柔地抚摩着什翼犍的头发，说："睡吧，好几个月没有好好睡觉了！"

"可不是，好几个月都没好好睡觉了。"什翼犍嘟囔着重复着马兰的话，他的眼睛已经朦胧，说话声音也含糊不清。什翼犍趴在枕头上睡着了。

马兰把孩子放进被窝里，自己也躺了下去，很快就香甜地进入了梦乡。

多日的奔波、惊吓、劳累、疲乏，全王宫的人都熟睡了。

得到探报消息的苻洛率领着精悍的队伍，趁着夜色，悄悄地摸向盛乐。为了不惊动城里人，苻洛命令士兵给马蹄包上布，用绳子拴住马嘴，于是，一支队伍静悄悄地向盛乐城开去。

半夜时分，队伍来到盛乐城下。苻洛的士兵撞开城门，神不知鬼不觉进了城。进城以后，苻洛命令士兵吹响号角，擂响战鼓，让士兵一起大声呼喊："什翼犍，投降吧！你已经被包围了！"

盛乐王宫里立刻混乱起来。

什翼犍也被骚乱惊醒。"甚事？"他惊慌地坐了起来，穿着衣服，慌乱地问。

"大王,大秦军队进城了!我们被包围了!"玉婆窟咄燕凤等人已经来到寝宫外,呼喊着。

什翼犍心里一急,扑通一声又倒了下去!

"大王,大王!"马兰惊呼着:"来人啊,大王昏过去了!"

玉婆、窟咄、燕凤、许谦等人踹开木门冲了进来,玉婆跳上炕,抱起什翼犍,让燕凤给他掐人中。

王宫外面,传来一阵一阵更响亮的呼喊声,这呼喊声越来越近,已经逼到王宫墙外,外面的火把火光照亮了王宫的宫殿。

苻洛的军士高举着火把,一边喊一边包围了王宫,把守了大门。

"投降吧!什翼犍!大秦包围了王宫!出来投降吧!"苻洛带领着士兵一遍又一遍地呼喊着。

"怎么办啊?怎么办啊?代王?"玉婆窟咄都慌乱作一团,狠命摇晃着怀里的什翼犍。什翼犍睁开眼睛,看着外面的火光,听着响亮的喊声,从玉婆怀里挣扎出来,他四下环顾,看看燕凤,又看看许谦和马兰,小声问:"全完了?"他像是问大家,更像是问自己。

燕凤和许谦都点头,马兰也点头。

"投降?"什翼犍低下头,不知道是发问,还是下定了决心。

玉婆和窟咄听什翼犍说着这两个字,便迫不及待地冲了出去,大声喊着:"代王同意投降了!大王同意投降了!"

"乞万真!乞万真!"玉婆高声喊来通事(翻译),下命令说:"快对大秦将军喊话,说代王同意投降了!"

窟咄自己跑到大门口:"可薄真(守门人)!打开大门!"守门士兵不敢怠慢,慌忙打开大门。

手举火把的大秦军士一拥而入,熊熊燃烧的火把照亮了王宫。

大都督苻洛在刘卫辰等将领的簇拥下,威武地走进王宫大院,大秦士兵都让开道路,让他登上大殿前的高台。苻洛站到高台上,挥舞着胳膊高声命令:"各位士兵兄弟!听我号令!大家都站在原地,不许在王宫里乱跑,更不得抢掠!如有违抗,严惩不贷!"

大秦士兵安静下来,他们静静地站在代国王宫大殿前,等着代王率领百

鲜卑国母:献明皇后

官前来投降。

"叫代王出来受降吧!"苻洛大声喊。

后宫大院里,黑压压地站了满满一院子人。

夜色已经散去,东方开始发白,朦胧的辰光中,可以辨认出各人的面目。什翼犍站在寝宫前的高台上,并排站着抱着婴儿的马兰,拓跋珪弟兄三个紧紧拉着手,站在马兰身后。马兰在朦胧的辰光中,辨认着眼前朦胧的面孔,他们是代国的百官、侍卫和王公家眷。院子里安静得很,可以听到沉重的呼吸声,隐约的拼命压抑住的哭泣。不知是谁,没有压抑住自己,一声哽咽冲破黎明前的寒冷和寂静,刺耳惊心地响了起来。一时间,各种压抑不住的哭泣声、抽噎声都响了起来,在寒冷的院子里形成惊心动魄的响声。侍卫们高举着武器,一边往前涌动着一边大声喊:"代王! 让我们出去跟他们拼了!"

什翼犍抬起双手,做着手势,让大家安静下来,他勉强压抑着自己的悲痛,哽咽着,用发颤的声音尽量大声地喊着说:"羊真! 乌矮真! 直真! 阿干! 可敦! 大秦军队已经占领了王宫,我什翼犍没有其他办法,只好率领大家投降,以保全大家性命! 我最后命令你们,放下你们的武器!"

侍卫大声哭泣着,一个一个走上前,放下他们的武器。

"来,把我捆绑起来,去见前秦将军吧!"什翼犍说。

院子里死一般沉寂,没有一个人动手。

"快点动手吧!"什翼犍着急地催促着:"再不动手,大秦军队冲了进来,我们可是性命难保啊! 动手啊!"

还是一片死般的沉寂。

"玉婆!"什翼犍大声呼喊着。

听到喊声的玉婆急忙缩到人群后面,一声不吭。窟咄害怕什翼犍点他的名字,急忙退走到黑影里。

什翼犍四下看着,找不到儿子玉婆和窟咄。他转过头,看着马兰:"可敦,你动手吧! 要不,就来不及了!"

马兰哭泣着:"不! 大王! 不!"

什翼犍十分焦急,他担心大秦军队耐不住性子杀进内宫,眼前这黑压压一院子人恐怕都难逃血光灾难! 他不愿意让自己的臣子亲人遭受这可怕的灾难。他应该承担起最后保护亲人和臣子的责任!

"珪儿!"什翼犍扭过头,微笑着喊拓跋珪:"过来,过来。"什翼犍向拓跋珪招手。五岁的拓跋珪看见阿爷呼唤,急忙走到阿爷身边。

什翼犍抚摩着拓跋珪的头:"珪儿最听阿爷的话,是不是啊?"

拓跋珪急忙点头。

"来,用那根绳子把阿爷捆绑起来,阿爷跟你玩骑马马!"什翼犍含着眼泪,笑着对拓跋珪说。

五岁的拓跋珪看到这么多人积聚在院子里,看到大人们都哭泣着,虽然感到奇怪,却并不明白出了什么事情。阿爷既然这么说,他当然要听阿爷的话,听阿爷的话,阿爷才喜欢他,才会给他作马让他骑着玩。

拓跋珪听话地拣起地上的绳子。什翼犍背了双手,蹲在他的面前,让他用绳子胡乱给自己捆绑了起来。

"用那块白帛盖了我的头!"什翼犍又吩咐着。拓跋珪接过马兰手中的白帛,给什翼犍盖在头上。

"给你阿娘也盖上!"什翼犍又说。

马兰流着眼泪,把另一块白帛递给拓跋珪,弯下腰,让拓跋珪给自己盖在头上。什翼犍拉着马兰的手,拉着拓跋珪的手,缓慢低沉地说:"行了,我们走吧!"

什翼犍拉着马兰,让通事(翻译)带领着,缓慢地向前殿大院走去。百官、王公、家眷、侍卫,都低着头,流着眼泪,默默地跟在他们的后面,缓慢地走向大秦军队。

什翼犍带领着代国百官、王公、家眷,跪在符洛面前,向大秦投降。

符洛按照符坚的吩咐,用车装了什翼犍、马兰、拓跋珪兄弟和代国全体投降大臣,押送着运回长安,留下刘卫辰治理盛乐和大秦代郡事务。

建国三十九年的代国,于公元378年12月亡。什翼犍的可敦马兰与她的儿子开始了长达十年的颠沛流离和寄人篱下的屈辱生活。在这艰难屈辱中,贺氏养育着未来开国的雄主拓跋珪,运用她的机智与智慧,扶助拓跋珪建立魏国,显示了她作为一个政治家的风采和谋略。

鲜卑国母:献明皇后

第五章　长安变故

1.符坚接见开导代臣　父子入学进修礼仪

符坚听说什翼犍全体被押解长安,十分高兴。"快安排接见!"符坚哈哈笑着说。他一直很想亲眼见见雄霸朔方的代国国主什翼犍,他从燕凤口里,听到他许多事迹,心中也很是仰慕。英雄惜英雄,虽然他灭了代国,却还是很尊敬什翼犍。

什翼犍在燕凤和许谦的陪同下,来到大秦宫殿,朝见大秦天王符坚。看着巍峨雄伟的长安皇宫,什翼犍不由得啧啧赞叹起来:"不愧是天王,这都城皇宫果然气派!我们荒漠朔野的盛乐真是无法相比!"

什翼犍跪拜在符坚龙座前:"降臣什翼犍拜见天王!"什翼犍三跪九叩首。

符坚哈哈笑着,走下龙座,来到什翼犍面前。"老兄请起。"符坚亲手搀扶起什翼犍:"早闻拓跋兄之大名,未识其面。今得一见,确如燕凤所说,果然英勇谋略过人啊!"

什翼犍满面通红,羞惭不已,他低着头,不敢看符坚,只是连连说着:"降臣觐见天王,多多冒犯,还请天王饶恕!"

"看座!"符坚喊。

内侍急忙搬来坐床,放置于龙台下。符坚拉着什翼犍走到坐床前:"拓跋兄年纪长于朕,还是坐下说话。"

什翼犍被符坚按到座位上,符坚自己也坐到龙床上,与什翼犍面对面地坐着。符坚询问着随他来长安的人员情况,询问着他的家室情况。符坚看着什翼犍肥胖的样子,奇怪地问:"中国以学养性,而人寿考,漠北人吃牛羊肉而人不寿,何也?"

什翼犍搔着头皮,不能回答。

"卿可知卿之亡国之因缘吗?"苻坚向什翼犍探讨代国灭亡的原因。

什翼犍长叹一声:"代国灭亡,皆因上了贼子刘卫辰的当!刘卫辰两面三刀,欺骗代国,不是他,我代国不会亡!"什翼犍抬起头,愤愤不平地说。

苻坚微笑着摇头:"此乃原因之一,尚非主要原因。"

什翼犍想了想:"那就是我那逆子寔君守城不力。"

苻坚还是摇头。

什翼犍梗起脖子,红头涨脸地大声说:"那就是因为我代国没有大秦那么险峻的地形,没有险峻的山关可守!代国草原广阔,无山关可守!"

苻坚开心地哈哈大笑了一阵,才收拢住笑声,严肃地对什翼犍说:"当年朕登龙门,见龙门山关险峻,因之赞曰:美哉山河之固!关中四塞之国,真不虚也。朕之汉臣权翼忙提醒朕曰:'山河之固不足为凭,夏殷之都非不险也,周秦之众非不多也,终以身窜南巢,首悬白旗,躯残于犬戎,何也?德之不修故也。'所以,吴起说:'在德不在险。愿陛下追踪唐虞,怀远以德,山河之固不足恃也。'朕听闻之后大受震动。确实如此,山河之固不足为凭!治国之道在于修德,德之不修,山河何固?代国之亡,在于不修德之故也。"

什翼犍大睁双眼,疑惑地问:"德是个甚东西?"

苻坚看着什翼犍,连连摇头,叹息着说:"你啊,你啊!愚鲁之至!无可救药!"苻坚对什翼犍相当同情,虽然灭了他的代国,但毕竟都是五胡人,他真的想感化他。

苻坚想了想,尽量使用浅显的字眼来解释:

"朕所说的德,乃汉人提倡的治国之道。朕说,以德治国,就是继绝世,礼神祇,课农桑,立学校,鳏寡孤独高年不自存者,赐谷帛有差,其殊才异行孝友忠义德业可称者,令所以闻。你我皆为胡,你为鲜卑我为氐,不过,虽为异族,你我依然可把国家治理成唐虞,比殷商周秦还要好。此皆在于是否习孔子之道,修孟子之论,在于是否立学校。卿懂了吗?"

什翼犍根本没有听懂,却又怕苻坚更瞧他不起,只好不懂装懂,频频点头说:"懂了,懂了!"

苻坚仰面朝天,哈哈大笑起来。能够说服一个人,点化一个人,真是大

鲜卑国母:献明皇后

快人心的事,所以普天下之人皆好为人师。

"你们父子荒俗,未参礼仪,须入太学习礼。"苻坚哈哈大笑了一阵,指点着什翼犍,又说。

什翼犍很惶惑:"我都甚年纪了?还入太学习个甚礼?"

苻坚摇头:"朕之所以一月三临太学,黜陟幽明,躬亲奖励,罔敢倦违,庶几周礼微言,不由朕而坠。卿未曾入太学习礼,顾不懂周礼,朕定要卿父子入太学。习礼不在年高。只要卿习而有成,朕允诺,封卿为右贤王,送卿回盛乐以继续治理代郡,只要卿忠于大秦,按时向大秦朝贡!"

"此话当真?"什翼犍惊讶地反问。

苻坚哈哈笑着:"朕说话从来算话。来,我们击掌为凭。"

长安城代国君臣的驻地里,马兰抱着婴儿,在房间里走来走去,婴儿拓跋觚哼哼着,用他的小手在她的胸脯上抓挠。马兰揭开衣襟,婴儿迫不及待一口咬住奶头,疼得马兰皱了皱眉头。

什翼犍走了几个时辰?为甚还不回来?是被苻坚囚禁了?还是被大秦天王苻坚杀害了?

什翼犍被大秦天王宣去觐见,走了许多时辰,是凶是吉,不通消息,叫她甚为忐忑不安。

哎哟!马兰眉头皱了起来,痛苦地喊了一声,她低头从婴儿口里拉出自己的奶头。一个多月的奔波劳累焦虑,奶水突然大大减少,婴儿用力地吸吮叫她又疼痛又挠心。没有吃饱的婴儿哇哇哭了起来。

马兰拍着哄着婴儿,心里越发焦躁。"别嚎了!"马兰摇晃着婴儿喊。婴儿受了惊吓,一下子停止了哭喊,瞪着惊慌的黑眼睛看着马兰。马兰又心疼起来,轻轻地亲吻着婴儿的脸蛋,喃喃着:"叫你受苦了!小犊子!"

这时,外面守卫来报告,说长安京兆尹求见。

"告诉他,什翼犍不在,让他以后再来!"马兰烦躁地说。

"他说要见可敦你!"守卫解释。

"见我?长安又没有我认识的人啊!谁会见我呢?"马兰嘟囔着,感到奇怪。

"我想见见可敦。不知可敦还认不认识我?"一个高大魁梧的大秦官员走了进来,向马兰行礼。

马兰呆呆地看着来人,诧异地想:这声音咋这么熟悉? 他是谁呢?

"真的不认识我了? 马兰?"那大秦官员看着马兰,似乎很难受,声音充满了忧郁、遗憾和伤心。

眼泪突然涌上马兰的眼睛,是他! 是她曾经朝思暮想的心上人慕容霸。过去这么多年,她不曾得到他任何音信,现在却突然站在自己的面前,她怎么能不震惊? 这是她做梦都想不到的。

"是你啊!"马兰深深地叹息着,泪水流到她的脸颊上。

慕容垂从这声发自内心深处的叹息中,听出马兰对他曾经有过的思念,听出马兰对他的不曾忘怀,听出马兰内心深处还保留着那段恍若昨天的幸福时光的记忆。慕容垂的心战栗了。

"是我!"慕容垂跨前一步,紧紧盯着马兰。眼前的马兰显然不是当年那个驰骋草原的少女,那个艳若山丹的姑娘,当年那个漂亮热情的姑娘已经变了,变得成熟,变得有些忧郁,变得比当年沉稳。不过,她还是非常漂亮,虽然长途奔波让她显出憔悴疲乏,但是依然掩盖不了她青春的光彩和魅力。

慕容垂情不自禁地伸出双手,想把马兰拥进自己的胸怀,就像他经常在梦境中做的那样。

马兰略微有些惊慌,她下意识地抱紧怀中的拓跋觚。

慕容垂察觉出自己的鲁莽,慢慢地垂下手。

慕容垂从昨天开始,就在计划期望着这次会面。他听说大秦俘获了代国全体君臣以后,就四下打听,打听代国君臣的关押地。他是长安的京兆尹,打听这消息一点不难。打听到地点以后,慕容垂就谋划着这次的见面。他专门选择了大秦天王召见什翼犍君臣的今天,他想单独见马兰,与马兰叙叙过去几年的经历。

慕容垂看着马兰怀里的婴儿,突然感觉到,马兰已经不是当年那个马兰,他慕容垂也不是那个向马兰求婚的慕容霸,如今,他是大秦的高官,是深得大秦天王信任的官员,是被封赏将军和爵位的慕容垂了。而马兰却是大秦的俘虏,是什翼犍的可敦,是为什翼犍生儿育女的可敦。

慕容垂尴尬地站着,一时不知说什么好。

"你请坐,请坐!"马兰慌乱起来,她惶惑地指了指地上的椅子,自己退到卧榻前，坐了下去。

慕容垂坐到椅子上。

"你还好吧？"慕容垂终于打破沉默，闷闷地问了一声。

"还好。"马兰沉沉地回答，声音有些哽咽，眼泪又不自主地涌上眼眶。

慕容垂抬起眼睛，马兰那幽深发蓝的眼睛里，泪光点点。慕容垂感到自己的心有些隐隐作痛。他最思念的人坐在他的面前，两人距离这样近，他却无法安慰她，无法给她擦拭擦拭脸上的泪水！

不！我一定要尽自己所能保护她！慕容垂心里说。

"你呢？"马兰拍着怀里的婴儿，让他静静地入睡，抬起眼睛，看了看慕容垂，急忙又低下头，她害怕接触慕容垂那双幽深明亮经常倾诉热情的眼睛，她害怕自己抗拒不了那双有魅力的眼睛，她害怕勾引起她已经深埋于心的那份恋情。

"还行。"慕容垂还是闷闷地回答。

"你咋到了大秦？"马兰又抬眼看了慕容垂一眼。还好，慕容垂还是那样健壮，那样红润白皙，看来他没有遭遇什么灾祸苦难。马兰心里有些安慰。

"兄长崩了以后，慕容暐即位，他和他父亲一样容不得我，我被他父亲强迫改名，他又经常设计陷害于我，不得已，我只好远走他乡，投奔大秦天王。好在大秦天王度量大，收留了我，而且委以重任，致使我得以在长安安身。"慕容垂淡淡地说。

马兰不断抬头看着门外，注意倾听外面的动静，她担心什翼犍归来，看见她和慕容垂在一起，虽然慕容垂是什翼犍的内弟，可是，马兰还是担心让什翼犍不高兴。什翼犍看到马兰和任何年轻男人在一起，他都会暴跳如雷发脾气。马兰也谅解他，什翼犍毕竟已经56岁，担心马兰被比他年轻的男人勾引走，也是很正常的，这也是他怜惜自己的表现吧。

马兰的不安让慕容垂也不安起来。他站了起来，向马兰告辞："我走了。以后需要我帮忙，尽管来找我！"慕容垂抱拳行礼，转身走出房门。

什翼犍刚好拐弯过来，看见走出院子的人的背影，什翼犍注意地辨认了一番，也没有认出慕容垂。什翼犍急急进门，迫不及待地问："刚才谁来过？"

"大秦京兆尹，前来拜见大王的。见大王不在，说改日再来拜访！"马兰笑着，淡淡地说，没有说出慕容垂的名字。

"大秦天王召见你们干甚？没有为难你们吧？"马兰把熟睡的婴儿放到卧榻上，给他盖好被子，急着问什翼犍。

"没有甚。天王问了些代国情况，说要送我和儿子们入太学读书学礼仪，然后送我回代地，作代郡的右贤王。"什翼犍兴高采烈地说。苻坚这么厚待他，大大出乎他的意料之外，让他感到受宠若惊。

"真的？"马兰似乎有些不相信。苻坚敢送什翼犍回代地？"他不怕这是放虎归山？"马兰睁着幽深发蓝的大眼睛，看着什翼犍。

"是的，我也不大相信。可是苻坚已经跟我击掌为凭了。这也许就是苻坚过人的地方吧？当年他打败了刘卫辰，俘获了刘卫辰，又送刘卫辰回了朔方。现在，他又用同样的办法对我，看来，这是他念我们皆为胡人的缘故吧。"

"可也是。不会说汉话，不会写汉字，如何识礼仪治国呢呢？看来天王陛下很愿意改造我们鲜卑，很愿意让我们同他一样汉化呢。"马兰说。

长安太学里，什翼犍和他的几个成年儿子，有早到长安的寔君，与他一起来的玉婆、窟咄、木根等人，正在认真听讲学，连拓跋珪和拓跋仪也被苻坚强行带来习礼仪。这时，大秦太学师傅在讲孔子的《论语》。

什翼犍当人质在赵邺城居住多年，学会了汉字汉语，也曾能够读书写字，可是，回代国以后，却以鲜卑语为主，荒疏了汉话汉字，现在听孔子的《论语》自然很是吃力。他木呆呆地看着师傅，听不懂他所讲解的之乎者也。他那几个大儿子，也是个个呆愣愣的，眼睛发直，显然听不懂。虽然入太学一个多月，已经学习了不少文章，可还是收效不大。什翼犍心里只是着急，不知什么时候天王苻坚才能履行他的诺言送他回代地去。长安虽然比盛乐繁荣许多，宫殿高大庄严漂亮整齐，街道上人来人往，十分热闹。但长安毕竟不是盛乐，他什翼犍还是想念自己的家乡。在长安，苻坚专门拨给他什翼犍一处大院落，安置他和他的家人随从，但是寄人篱下的感觉总叫人不舒服。何况，长安的米面饮食也让什翼犍大为不习惯。

"天王驾到！"外面侍卫喊。苻坚大步流星走了进来。师傅与什翼犍都趋步拜见。苻坚高大健壮，一副氐人的好身板。

苻坚坐到师傅座位上，看着什翼犍，问："学习如何？有无收获？"

鲜卑国母：献明皇后

师傅代什翼犍回答:"回天王,什翼犍等学习努力,修习礼仪,已初见成效。"

苻坚大笑:"好学否?"

什翼犍自己急忙回答:"若不好学,陛下教训臣又有何用?臣定好好学习,将来替陛下管理好代地。"

苻坚点头,十分赞许:"不错,你入太学修习,已初见成效,朕之苦心尚未白费。"苻坚翻看着什翼犍学写的字,又笑了起来:"虽然歪扭,也成字形。写字之于卿,怕是为难。不过,世上无难事,只怕有心人。卿若努力,学会也不算难。"

"谢谢陛下教诲与鼓励!"什翼犍鞠躬行礼,十分谦卑。

"卿之儿辈如何?"苻坚指着寔君、玉婆、窟咄等人。

"他们虽然个个努力,只是对汉话汉字认识太少,学习起来未免吃力。"什翼犍毕恭毕敬地回答。

苻坚转向寔君兄弟等人,威严命令说:"尔等年轻,更须努力修习!不得懈怠懒散,浪费时光!"寔君等人唯唯诺诺。

苻坚看着什翼犍:"卿中人有堪将者,可召为国家用。"

什翼犍摇头:"漠北人能捕捉六畜,善奔走骑马,不过逐水草而已,何堪为将?"

苻坚摇头:"可惜!可惜!偌大代地,竟无为将者,卿之代国何能不亡?仁义不修,礼仪不立,兵书不学,如何治国?朕命卿等努力学习,不得懈怠!将来代郡尚赖卿等管理,不可误朕之大事!"

"是!听天王命!"什翼犍与他的诸多儿子齐声回答。

苻坚站了起来,正想离开,什翼犍鼓起勇气,喊了一声:"陛下!"

苻坚站住脚步:"卿有何事?"

"臣想问问天王,甚时候送臣回代地?"什翼犍惶惑地问。

苻坚哈哈大笑:"卿只须努力学习,朕已分其党居云中等四郡,年终朕将命其入朝见卿,差税由其供给,卿大可不必担忧!"

什翼犍失望地低头称是。看来他还不能马上返回盛乐。

旁边的学馆,是大秦为宫中孩童准备的。苻坚特意准许拓跋珪、拓跋仪几个小孩子去学习。

拓跋珪瞪着明亮的眼睛，专注地看着师傅的嘴，师傅的嘴里吐出他完全听不懂的话语。"他说甚呢？"拓跋珪好奇地想。看他说得口沫飞溅，显然是在说一件很有趣的事情。自己要是能够听懂就好了。

拓跋珪努力捕捉师傅嘴里吐出的各种发音，试图从中记住一些。果然，他已经记住了《论语》，以及孔子曰这些话语。拓跋珪心里很是高兴，看来虽然他打扮穿着和语言不同于这里的孩童，可是并不比他们蠢笨。

"跟我读：子曰，学而时习之，不亦乐乎。"年轻的儒生打扮的师傅坐在教台椅子上，面色威严，灼灼的目光巡视着他的学生童子，面前的几桌上放着惩罚学生的戒尺。

下面，坐着二十多个童子，他们都是大秦朝廷里大臣的子弟，如今又多了三四个来自漠北的鲜卑孩子。

拓跋珪和弟弟拓跋仪坐在一起。

"子曰，学而时习之，不亦乐乎！"拓跋珪和拓跋仪大声朗读。他们才五岁，却根本不懂自己读的是什么意思。

"看着你们的课本！"师傅威严地喊："一个一个字地认。子曰，子就是指孔子，孔子是中国的圣人。记住了没有？"

"记住了！"孩童大声清脆地回答。

"你说，"师傅指了指拓跋珪，这个娃眼睛明亮，额头饱满，高鼻子大眼睛，长相十分英勇好看，师傅有些喜欢他。"子是指谁？"

拓跋珪四下看了看，其他孩子都看着他，一个孩子不屑地喊："他是漠北来的俘虏娃，他知道什么啊！漠北索虏！"

"漠北索虏！漠北索虏！"孩子们都跟着那孩子整齐地喊了起来。

拓跋珪满脸通红站了起来，眼泪在眼眶里打转，不过他竭力控制着，没有让它们掉下来。他知道，只要自己一掉眼泪，这些大秦孩子更要欺负他。

师傅扬起戒尺，在桌子上狠狠敲击了一下："安静！安静！"大秦孩子才算静了下来。

师傅看着拓跋珪，鼓励着："不要怕，你说吧。"

拓跋珪张了张嘴，用很生硬的语调结结巴巴地说："子～指～孔子，圣人。"

鲜卑国母：献明皇后

147

"好！"师傅击掌鼓励："这娃很聪明呢！下面我再来讲,曰,就是说,说话。子曰,就是孔子说,下面就是孔子说的话。"

得到师傅鼓励的拓跋珪学得更加专心。

"学会甚了?"马兰笑着迎接放学回来的拓跋珪和拓跋仪。

拓跋珪急忙拉着母亲的手,回到屋里,向母亲炫耀他刚学会写的一个汉字:人。他握着毛笔,艰难地在纸上写了个歪歪扭扭的人字。

"我的娃会写字了！"马兰惊喜地抱住拓跋珪。

拓跋仪也跑进来,喊着说："阿娘,我也会！我也会！看我写！看我写！"四岁多的拓跋仪不甘心落在阿干拓跋珪的后面,拉着马兰喊。

拓跋珪不高兴地用劲推开弟弟拓跋仪："去,去！阿娘要看我写字！不看你的！"拓跋仪被他推得一屁股坐到地上,哇哇哭了起来。

"闹甚呢?"什翼犍踏进门,看到拓跋仪坐在地上哭喊,急忙过去把他抱了起来,问。

"他打我！"拓跋仪指着拓跋珪,哭着喊。

"我没打他！"拓跋珪别着脖子,不服气。

什翼犍哄着拓跋仪："阿爷打他,给你出出气！"说着,扬手打了拓跋珪一下。拓跋珪没有想到阿爷这么偏听偏信,非常愤怒,他支棱着眼睛,梗着脖子,大声喊着："阿爷偏心！阿爷偏心！我没有打他！我只推了他一下！"

什翼犍看着拓跋珪的样子,笑着对马兰说："你看！这小犊子多凶！将来真能成大事呢！"

马兰瞪了什翼犍一眼,急忙打岔："你今天学了些甚?"

什翼犍摇头："不知道师傅讲了些甚,我听不懂,甚礼仪,甚规矩的！"

马兰笑着："你这太学是白上了！还不如我们珪儿和仪儿,他们都会写字了！看,这是珪儿写的字！"马兰把拓跋珪写的人字给什翼犍看。

什翼犍笑骂着："小犊子,真的会写字了！不错,将来回去做太子,就得会写字会念书才成！"

"你真的要把太子给珪儿?"马兰问。

"那当然是真的了。我老了,身体也不大好,天王答应送我们回代国,回去以后我就准备宣布立太子的事,这事要定下来！"

拓跋斤进来拜见什翼犍,正好听到这番谈话。

2.逆子叛乱歹心骤起　路途变故代王暴毙

清清扬波的灞水两岸,杨柳已经开始抽芽,随风飘扬的杨柳枝头绽出米粒大小的新芽,远远看去,杨柳枝头已经染上很淡很淡的鹅黄,显露出春天的生机。横跨在灞水上的灞桥,正聚集着一些送行的人群。这是苻坚派大将苻洛送什翼犍君臣父子回归代国的队伍。苻坚按照自己的诺言,三个月以后,送什翼犍回代国。

灞桥是长安通往潼关的交通要道,从汉代起,送别都在这里。灞桥由九个白色石柱墩和六根青色石柱组成,每根石柱用四层石碌叠砌,底部用石盘承托,六根石柱顶端,盖着石梁,把六根石柱连接成一个整体。白色的石栏杆上雕刻着精致的莲花、麒麟,青石板桥面平坦宽阔。

苻洛送什翼犍来到桥头,拱手送别什翼犍,说:"臣送代王到灞桥,暂且驻扎这里,我派一队人马,继续护送请代王前行。"

什翼犍拜别苻洛,率领着自己的亲人与随从,沿着通往代地的大路,高高兴兴地继续走着。走了一段,什翼犍上了马兰的高车,与马兰并排坐在骆驼拉的高车上,兴高采烈地说笑着。马兰怀抱里的婴儿拓跋觚眼看着一天比一天大,他已经会笑,也能够认人了。他在马兰的怀抱里咯咯笑个不停,黑蓝的眼睛滴溜溜地转动着看着车外的风光,似乎无限留恋。

"又要回代地了。"马兰感叹地说。

"可不是。这苻坚还真的守信用呢。"什翼犍也感叹着:"看来,他真的是言必行行必果呢。太学里,师傅教《论语》说过,'言而无信,可乎?'我不大懂。师傅解释说,'言而有信,就是说,说了话要算数,不能说了不算。'这苻坚还真的相信这孔子的话哩。"

马兰沉思着:"说话算数,是啊,说话要算数。以后,我们也要尽量做到言而有信。大王在长安修习了仁义礼仪,回到代地再图大事吧。"马兰压低声音说。

什翼犍摇头:"我已经答应了苻坚,不会图谋不轨,既然归附了大秦,就要言而有信,继续执臣子礼。至于以后代地的前途,就看他们了。"什翼犍抚

鲜卑国母：献明皇后

摩着拓跋珪和拓跋仪的头发。

他揽着马兰的肩头，心情十分开朗。"没想到，天王苻坚还真的信守他的诺言，送我们回代地去，真要感谢他哩。"什翼犍对马兰说。

马兰笑着："天王苻坚说话算话哩。"

什翼犍沉思着："我回到代地盛乐以后，要向天王苻坚学习治国经验，学习他以德治国，学习他诚信治国。我也要按照汉人孔子说的道理治国，争取把盛乐和代地治理得繁荣富庶起来。"

"那敢情好。你看这长安多繁华富庶，比我们盛乐好多了。要是大王真的把盛乐治理得像长安一样好，代地的百姓一定会更拥护你，也许将来还可以复国呢。"马兰小声说。

什翼犍急忙捂住她的嘴："这话不可乱说。天王刚放我们回代地，我们就说这样的话，会招惹麻烦的。其实，作大秦的附庸也没有甚不好。有大秦的保护，匈奴胡人也不敢来骚扰，也不是坏事。"

马兰点头。

拓跋珪看着什翼犍和马兰，说："长安多好啊，我想留在长安。我学会长安儿歌了。"说着，拓跋珪开始用汉话念叨着他在长安学会的长安儿歌："长安大街，夹树杨槐，下有朱轮，上有鸾栖，英彦云集，诲我民黎。"

"唱的个甚哇？"马兰听不大懂，笑着问什翼犍。

"唱长安好，到处是树，到处是车和人，能够吸引鸾凤，吸引各地的英才来长安居住。"什翼犍用鲜卑话给马兰解释。

马兰点头："倒也没有说瞎话，长安确实好。百姓生活安定富实，夜里都不闭户，也没有贼盗偷窃抢劫呢。"

拓跋珪在一旁嘟囔着："留在长安多好，回盛乐干甚！"

什翼犍戳着拓跋珪的额头，笑骂着："你这小犊子，在长安住了几天，就忘记家乡了？真是个白眼狼！"

拓跋珪不服气地梗着脖子辩解："长安就是比盛乐好嘛。长安有高楼，有那么多的人，有学校，有师傅。盛乐甚也没有！我回去，又不能念书了！"

拓跋仪也跟着拓跋珪嚷嚷："我要念书！我要学写字！"

马兰笑着："我们回盛乐以后，也建学校，也盖高楼，让你们学写字。行了吧？"

什翼犍点头："是要建立学校，让我们的娃也要学着写字才好呢。"

"别着急，回去以后，慢慢来，见过长安的样子，我们学着建不就行了吗？"马兰安慰着什翼犍。

什翼犍点头。

驼车颠簸着，马兰用手护着拓跋珪弟兄三人。什翼犍摇晃着，有些瞌睡，他明显地感到自己精力大不如前。回去以后，要立刻确立一个继承他位置的人，不能再拖下去。他看着拓跋珪想。

马兰回头看了看后面跟随着他们回代地的不长的马队和车队，最后是苻坚派苻洛送他们的士兵马队。

拓跋斤和寔君骑马并排走在一起，正嘀咕着。

骑马的寔君和拓跋斤却惴惴不安。他们没有想到苻坚果真送什翼犍回代地，这大大出乎他们的意料。他们很感意外，有心留在长安不归，可是苻坚坚决不收留他们。他们又害怕暴露自己勾结刘卫辰的阴谋，只好随着代国人马踏上返代的道路。

拓跋斤一路上心事重重。回代国以后，会不会暴露他勾结刘卫辰的阴谋呢？万一事情败露，什翼犍会怎么处置他呢？苻坚居然能够放什翼犍返回代国，这肚量可是他从没想到的！他多希望苻坚在长安处死什翼犍啊！

马兰看见什翼犍有些困倦，也不再说话，铺开皮袍皮褥，让什翼犍躺了下去，把婴儿拓跋觚也放到他的身边，让他搂住婴儿。

车队来到华阴，华阴路边站立着一个官员和几个兵士，好像是在等待着什翼犍的车队经过。

马兰立刻认出，站在路边柳树下的官员是京兆尹将军慕容垂，他专门等在这里送别什翼犍和马兰。

慕容垂听说天王要送什翼犍全体人员回代地，又高兴又难过。什翼犍返回代地，他就又一次失去马兰。长安与马兰的重逢，给了他许多快乐。拜访马兰几次，不过坐着说说话，竟给了他那么多的快乐，让他好几天都兴奋不已。马兰勾引起他美好的回忆，勾引起他的深情。他多想与马兰再续情缘，可是，他找不到机会。在什翼犍的住所里，人来人往，他想约马兰出去，到长安城外，他的居所里，却也办不到。作为代国俘虏，他们不能随意出城。

越是不容易得到,越是激发起人努力的欲望。慕容垂对马兰,充满了欲望。

可是,马兰就要离开长安回代地了。慕容垂满怀着深深的遗憾和恋恋不舍地深情,想在路边最后见马兰一面,与她告别。

驼车来到柳树下,马兰让车夫勒住驾车的骆驼,她推了推什翼犍,说:"大秦京兆尹慕容垂将军前来送行了。"

什翼犍不大情愿地坐了起来,虽然他已经知道慕容垂与他的亲戚身份,但是他还是不大喜欢见到慕容垂。凭男人的直觉,他知道这英俊高大健壮年轻的慕容垂垂涎着马兰的美色,知道他在暗恋着他的马兰。

马兰是属于他的,他可不能给别人任何机会!你别想打马兰的主意!什翼犍黑着脸看着路边的慕容垂恨恨地想。

慕容垂向什翼犍行礼:"右贤王,京兆尹慕容垂前来送行!"

什翼犍哼了一声。

马兰有些过意不去,笑着感谢:"感谢京兆尹慕容大人的关爱。珪儿,仪儿,叫舅舅,说谢谢舅舅,让慕容舅舅以后到代地去!"

拓跋珪听话地重复着阿娘的话。慕容垂走上前,抚摩着拓跋珪的头发:"好小子,好好练习武艺,好好学习,将来会有出息的!"不知为什么,他十分喜欢这拓跋珪。要是自己与马兰有个儿子的话,也都这么大了。慕容垂偷眼看了看马兰。慕容垂自己已经有几个很大的儿子,长子慕容贺麟已经十八岁,可他还是禁不住这么想。

"走吧,大快黑了!"什翼犍嘟囔着,吩咐车夫。车夫扬起鞭子,在空中响亮地甩了个炸鞭,骆驼迈着平稳坚实的步伐,朝前走去。

马兰朝送行的慕容垂挥手告别。什翼犍在一边酸溜溜地嘟囔着:"都看不见了,还挥个甚手?好舍不得哩!"马兰故意装作没有听见,继续挥舞着,直到车拐进一个弯道,才叹了口气,放下手。

慕容垂久久立在路边的柳树下,注视着越来越远的马兰,心里满是说不清的惆怅。

这一别,还有见面的机会吗?他心里问着自己。

什翼犍的人马过了骊山,来到渭水边上,看着天色朦胧起来,什翼犍就让人马扎营下来。远处的华山已经朦胧,却可以望到。

什翼犍和马兰的穹庐被几个儿子的穹庐包围着,玉婆负责保卫什翼犍的安全。什翼犍让几个儿子执武器巡逻守卫在他的穹庐周围。

拓跋斤非常害怕回到代地。也许什翼犍已经知道了他的阴谋,也许什翼犍回去以后要惩处他。满心的疑虑是越想越害怕。必须想办法在路途上解决什翼犍,不能让他回到代地! 拓跋斤暗自下定决心。

安营以后,拓跋斤趁人不注意,急忙钻进寔君的穹庐。

"谁? 谁?!"寔君躺在黑暗的穹庐中,看到有人进来,惊吓地呼喊着。他也是疑心重重,总担心父亲什翼犍发现他的阴谋,担心着什翼犍对自己的惩处。

"别喊,是我!"拓跋斤压低声音。

"阿斤阿干啊,你来干甚?"

拓跋斤在黑暗中摸索到寔君的身旁,他故作惊慌地说:"不好了! 你还睡觉啊? 快起来! 快起来!"

"甚事? 看你惊慌的!"寔君摸索着自己的弯刀。

"我刚才看到玉婆几个手执武器,集合在一起。不知是不是要来对付我们?"

"真的?"寔君腾地跳了起来:"走,出去看看!"

寔君和拓跋斤摸到毡帐门口,掀起帐帘,看着外面。昏暗的夜色中,勉强可以看到几个人手拿长枪长戟弯刀的人向这边走来。

"有动静没有?"一个声音说。寔君听出这是玉婆的声音。

"没有。"另一个声音回答。这是窟咄。寔君判断。

"快一点弄完它,快半夜了!"玉婆说。

寔君急忙缩回毡帐。

"是不是? 他们要动手了!"拓跋斤惊慌地说。

寔君小声问:"我们咋办?"

"咋办? 反正不能坐以待毙! 不如我们先下手为强!"拓跋斤恶狠狠地说:"一不做二不休,杀了玉婆几个,再把老畜生干掉! 他早晚要把我们干掉的!"

"好! 现在动手!"寔君递给拓跋斤一柄弯刀,自己抄起另一柄弯刀。"走! 先去杀玉婆几个!"

寔君与拓跋斤摸出毡帐，看见一个人走了过来，寔君挥舞起弯刀，手起刀落，那人扑哧一声倒在地上。寔君也顾不上辨认，提着刀继续绕着毡帐寻找目标。

又一个黑影过来，拓跋斤突然跳了出来，挥刀照脑袋砍去，那人也像布袋一样倒了下去。这时，另外两个人并排从马槽那边过来，一个大声说："玉婆，都弄好了，我可以回去睡觉了吧？"这是窟咄的声音。

寔君和拓跋斤急忙闪避到毡帐后面。窟咄嘟囔着："都回去睡觉了，就叫我们去看马，真是的！走，我们也回去睡觉吧！累死我了。"说着，就想转身回自己毡帐去。

寔君和拓跋斤在黑暗中互相对望了一下。寔君跳了出来，挥刀向窟咄砍去。窟咄的随从看见亮光一闪，急忙喊叫起来："谁？你要干甚？"同时跳了过来，扑到窟咄，寔君的弯刀劈了一个空。

窟咄喊叫起来："快来啊！有刺客！"立时，营地大乱起来。

什翼犍已经入睡，外面的嘈杂没有吵醒他。马兰推了推了什翼犍，什翼犍没有动。马兰自己起身，点亮一盏油灯，昏暗的灯光照在毡帐里。外面响起杂沓的脚步声。

两个人冲进毡帐。

"是你们？外面咋的了？"马兰看着提刀冲进来的寔君和拓跋斤问。

"没事！"寔君不怀好意地笑着，慢慢逼近马兰。马兰看见寔君弯刀上还在滴滴往下滴着的鲜血，有些害怕，急忙猛推什翼犍，喊："起来，起来！出事了！出事了！"

拓跋斤看到地铺上睡着的婴儿，过去一把提了起来，寔君也冲到马兰面前，厉声吆喝着："不许喊！再喊我就杀了他们！"寔君把弯刀架在睡着的拓跋仪的脖子上。马兰浑身哆嗦着，不敢再喊。

什翼犍动了一下，寔君冲上前，手起刀落，砍了什翼犍。

马兰哇得一声哭喊了起来："你杀了他！他是你的阿爷啊！你杀了他！"拓跋珪与两个弟弟拓跋仪和拓跋烈都被惊醒，不知所措地哇哇哭喊着。毡帐里乱成一团。

外面传来杂沓的脚步声，有人喊着："在这里！在这里！"拓跋斤把婴儿往地上一扔，喊寔君："快走！他们来了！"寔君和拓跋斤急忙钻出毡帐，去对付那些拥过来的侍从和卫兵，外面乒乒乓乓，兵器撞击着，发出明亮刺眼的火花。

马兰哭喊着，抱起婴儿，拉着拓跋烈："我们快走！快走！"拓跋珪拉着拓跋仪，跟着母亲，跑出毡帐。

往哪里跑呢？马兰看了黑夜中大秦符洛的军营，急忙向那个方向慌不择路地跑了过去。天黑看不清路，马兰跌跌撞撞，一边跑，一边喊着。

符洛营地的哨兵叫醒符洛，符洛带着人，举着火把，迎了出去。"是可敦啊？"符洛看到马兰跌撞哭喊着跑了过来，迎了上去："发生啥事了？你这是咋的了？"

"寔君和拓跋斤杀了什翼犍！"马兰哭着把事情说了一遍。

符洛大惊，让士兵把马兰和她的孩子安置到自己的军营里，自己带领着士兵跑向什翼犍的营地，包围了营地。

营地里一片混乱，外面倒着几个人的尸体。窟咄正与寔君杀得不可开交，窟咄已经浑身是伤。符洛命令士兵拿下寔君。

拓跋斤看见大秦将军符洛带着士兵赶来，急忙钻进旁边的草丛里躲了起来。

符洛冲进什翼犍的毡帐，只见什翼犍浑身流血，早就没有气息。符洛愤怒地咒骂着："这逆子！真正畜生！"说着，他冲上去，当胸打了寔君一拳。"把他捆起来！明日送回长安！天王非要车裂你这个畜生不如的东西！"

符洛命令士兵小心裹了什翼犍，把他抬到外就地掩埋。士兵把死去的玉婆几个人也都裹了裹，与什翼犍一起掩埋了。

符洛在营地里仔细搜了个遍，也没有找到拓跋斤。"再给我搜！"符洛冷着脸，命令："到草丛里仔细搜！决不能让他溜了！"

士兵们高举火把，在营地附近的草丛里一寸一寸地搜了起来。"在这里！"一个士兵高声喊。士兵立刻都围了上来，火把照耀着草丛里瑟瑟发抖的拓跋斤。

"捆了！"符洛喊。

马兰呆呆地坐在符洛毡帐里，她还紧紧搂抱着拓跋觚不放。怀里的拓跋觚不哭也不动,头上流出的鲜血正在凝固。拓跋珪、拓跋仪和拓跋烈弟兄三人睡在她的身边,已经又睡熟了。

马兰心里奇怪,拓跋觚为什么还不哭闹呢? 他该吃奶了。

"来,吃奶吧。"马兰解开衣襟,把奶头塞到拓跋觚的嘴里。奇怪的是,拓跋觚没有像过去那样,吭哧一下噙住奶头,然后用力吸吮,咕嘟咕嘟大口吞咽着。奶头从拓跋觚小口里滑了出来。

"吃啊。吃啊。"马兰把奶头又塞进婴儿嘴里。奶头却又一次滑了出来。马兰机械地一次又一次把奶头塞进去,却一次又一次自动滑落出来。

"你这是咋的了? 你不饿吗? 都快天亮了,该吃奶了!"马兰自言自语责备着,不厌其烦地重复着一个动作。

符洛已经站在门口看了半天。这个杀人如麻的将军看得热泪盈眶。他走了过来,默默从马兰怀抱里拿走已经开始僵硬的婴儿尸体。

马兰突然像发疯了似的,站了起来,从符洛手里抢过婴儿,喊叫着:"不许碰我的孩子! 不许碰我的孩子!"

符洛摇头叹息着:"可敦,这婴儿已经死了!"

"不,他没死! 他没死!"马兰呆滞的目光看着拓跋觚,目光立时变得温柔明亮起来:"你看,他睡着了! 睡得多好!"马兰紧紧抱着拓跋觚,靠到毡帐壁上。她头一歪,昏死过去。

马兰睁开眼睛,正躺在长安的一所房屋里。

"你可醒了!"马兰听到一个熟悉的声音说。

马兰四下看着。她看到拓跋珪兄弟三人围在她的身边。她放心了。娃们都在她的身旁。她用力伸出手,拉住拓跋珪。

她又看到慕容垂充满忧虑关心的面孔。

"我咋在这? 这是哪里?"马兰问。

燕凤和许谦说:"可敦,你可醒了过来。这是在京兆尹慕容垂将军的府上。"

"我咋就在这呢?"马兰挣扎着坐了起来,疑惑地问。

燕凤长叹了口气:"可敦过于劳累,昏厥过去,符洛将军把你暂且安置在慕容将军的府上,等你清醒过来。"

马兰隐约记得发生了一件大事,是甚大事呢?她却怎么也想不起来。她低头看了怀里,空落落的,好像少了点甚东西。甚东西呢?她又努力去回想,却还是怎么也回想不起来。她拍了拍自己的脑门,责备着自己:这是咋的了?咋就糊涂成这样?

慕容垂的丫鬟端来一碗浆酪。"来饮碗浆酪吧。"慕容垂温柔地说。马兰听话地接了过去,慢慢啜饮起来。几口浆酪下肚,马兰感觉自己两个乳房饱胀起来,涔涔的乳汁流了出来,打湿了她的衣襟。

"我的觚儿呢?"马兰大声喊着,惊慌的眼睛四下巡睃,找着她的儿子拓跋觚。

周围沉默着。

"我的觚儿呢?"马兰声音都变了调,惊慌地喊着,可怜巴巴地一会看着慕容垂,一会看着燕凤、许谦。

还是没有人回答她。

"你们说话啊!我的觚儿呢?代王呢?什翼犍呢?他咋不来看我?"马兰又想起一个她最亲近的人。

燕凤的面颊上滚落着泪水。

"阿娘!弟弟死了!"拓跋珪拉着马兰的手说。

"你瞎说!他咋就死了呢?不许乱说!"马兰拍打着拓跋珪的胳膊,呵斥着。

"真的,阿娘。觚儿死了!阿爷也死了!"拓跋珪清脆地说着。

马兰愣怔住,看着大家:"他说的是真的?是真的?不会吧,他一个小孩子说瞎话吧?"

燕凤沉默地点着头,慕容垂也点了点头。

马兰哇得一声哭了起来,把刚刚饮的几口浆酪全都喷了出来。她已经记起几天前夜里发生的全部事情。

3.无家可归苻坚安置　流离失所燕凤说情

苻坚真没想到,什翼犍会在返回代地的途中被自己的儿子和侄子所杀,他既震惊又愤怒。"逆子!"他咬牙切齿地喊:"这般不孝不仁不义的人留他

鲜卑国母：献明皇后

们何用,杀!立刻杀了!"

符洛把寔君和拓跋斤送回长安,天王苻坚立刻下令,在长安闹市行轘刑①,以教育警示所有不肖子孙。行刑之时,长安闹市人山人海,争相目睹这难得一见的酷刑。

现在,叫苻坚费心思的是如何安置什翼犍的几个幼子,以及如何处理什翼犍留下的代地。苻坚叫来燕凤、许谦,叫来慕容垂、符洛,专门和他们商讨这两个大问题。

燕凤说:"代主初崩,臣子亡叛,遗孙冲幼,莫相辅立。其别部大人刘库仁勇而有智,铁弗刘卫辰狡猾多变,皆不可独任。宜分诸部为二,令此两人统之,此二人素有深仇,其势莫敢先发,此乃御边之良策。待其孙长,乃存而立之,是陛下施大惠于亡国也。"

苻坚频频点头:"卿言实乃不差,分而治之,御边良策。不过,什翼犍遗留幼子幼孙,将如何处置?"

慕容垂急忙上前行礼:"天王陛下,什翼犍已死,其部下亡叛,其遗留之幼孙幼子,无家可归,何况臣之家姐为什翼犍之后,此幼子皆为臣之外甥,臣愿意收留他们母子于臣府,待其长成。"

苻坚看着慕容垂,问:"符洛将军说,代城攻陷之时,什翼犍其一子亲缚什翼犍以降,不知是哪个逆子?"

符洛急忙回答:"此乃贺可敦之长子,既代主什翼犍之长孙拓跋珪也。"

苻坚怒容满面:"朕最憎不孝之子弟!此等不孝,留之不可,应遣送蜀地学校,好生教训几年才是!"

"陛下!"慕容垂讷讷,想替拓跋珪辩解,苻坚却把手一挥,坚定地说:"卿不必多言,小小年纪,如此不孝,实属顽劣,不受教训,难以成人!流他于蜀地一年,而后返长安卿家,与其母团聚!"

慕容垂喏喏,不敢再言。

慕容垂把马兰一家安排在长安城的一所小院落里,以避免自己妻子儿子的唠叨。他的正妻段氏,长子慕容贺麟、慕容普麟和慕容宝的母亲,已经

---

①轘刑:古代刑法,俗称车裂。

颇有啧言。

　　慕容垂从王宫出来,径直到马兰安身的地方去看望她。

　　马兰看见慕容垂来,十分高兴。经过这几天的调养,马兰已经恢复过来,脸色又呈现原来的白皙红润,虽然还是禁不住经常为什翼犍和幼子流泪,却也渐渐忘却了许多,时间是疗治精神创伤的最好方剂。那刻骨铭心的伤心难过没有吞噬她,更没有损害的她的心灵。她知道,自己还能够坚强地活下去,为了另外三个孩子,为了拓跋氏的大业,她要坚强不屈活下去。她的三个娃,都是拓跋家族的血脉,是拓跋王室的继承人。她需要把他们抚养成人,将来让他们恢复什翼犍的大业。

　　马兰笑把慕容垂迎接进去。"慕容大人,请坐。"马兰很恭谨地说。

　　慕容垂笑了:"干吗这么客气啊。"

　　马兰略微调皮地还有些卖弄风情似的斜了慕容垂一眼:"将军是大秦的重臣,奴婢敢不恭谨? 何况奴婢母子还要仰仗将军的保护呢。"

　　慕容垂爱怜地说:"你呀,总是这么有理。"

　　马兰为慕容垂斟茶,一边关心地问:"将军见过天王了?"

　　"见过了。"慕容垂端起茶杯,啜饮一口,回答马兰的问话。

　　"天王准备如何处置我们母子?"

　　慕容垂放下茶杯,看着马兰:"天王允许你母子几个住我府中,受我照顾。不过……"慕容垂停住话头,沉吟着不知如何说下去。

　　"不过甚啊? 将军? 你咋不说了?"马兰焦急地催促着慕容垂。

　　"不过,天王要把拓跋珪迁徙到蜀地,让他到蜀地学校读书。"慕容垂终于把这难以张口的消息说了出来。

　　马兰愣怔着,目光呆滞地看着前面。

　　"马兰,你咋的了?"慕容垂站起来,小心地推了推她。

　　马兰清醒过来,她坐到椅子上,流着泪,自言自语地说:"这可咋办啊? 珪儿不到六岁,让他独自到蜀地可怎么好啊?"马兰终于忍耐不住,抽泣起来。

　　慕容垂走到马兰的身边,轻轻抚摩着马兰的肩膀,安慰着她。

　　"将军,看在我的情分上,看在他是你的外甥的情分上,救救他! 再去向天王求求情,让天王赦免珪儿,让珪儿留在我的身边! 将军,求求你!"马兰

鲜卑国母：献明皇后

159

抓住慕容垂的手,扑通一声跪了下来。

"马兰,你这是干什么啊?起来,起来!"慕容垂双手搀扶着马兰。

"不!你不答应,我就不起来!我就跪在你的面前!"马兰倔强地说。

"哎!你这人啊!这是天王的诏令,我求情也没有用!"慕容垂跺着脚:"我是求过情的,天王不答应!我和燕凤都向天王说情了,天王就是不答应!天王说他小小年纪,不讲孝道,居然可以亲缚父亲以降,非要惩罚他不可!"

"这是什翼犍让他这么做的!他一个不到六岁的孩子,如何可以捆绑他的父亲呢?当时什翼犍要投降,没有人敢于去绑他,他就让珪儿绑了他!将军你想想,不是什翼犍让他捆绑,他能绑了他吗?将军,你把这情况向天王说说,我肯定,天王会饶恕他的!"马兰紧紧拉着慕容垂的手,殷切地看着他,眼睛里流露出无限的希望和乞求。

"好吧,我再去见见天王,把这情况说说。你该起来了吧?"慕容垂答应了马兰。马兰为了救自己的孩子,什么也做得出来。慕容垂摇头想,这忙他是一定要帮的。

长安驿馆里,燕凤长吁短叹,一边收拾着自己的衣物。这几个月,就像做了一场噩梦,想起昨天,恍若隔世。

又要离开长安了,长安对于他,那么熟悉又那么陌生,前些年,作为代国使者,他多次来长安。可是,去年冬天,他却成为大秦的俘虏与代王什翼犍一起被押赴长安,在长安一住几个月。本来已经离开长安与什翼犍一起回代地,没想到,刚出长安,什翼犍就惨死在他儿子和侄子的手里,自己又被带回长安。现在,他接受了大秦天王苻坚的任命,不日即将与大秦派往河西的官员动身前往河西监造代来城。

苻坚任命刘卫辰为西单于,为了避免刘卫辰流窜,为了更好管理与控制刘卫辰,苻坚要改变这游牧部落铁弗匈奴的生活习性,让他们定居下来。苻坚派出一支队伍到河西建造一个城,让代地来的人居住,起名为代来城。这代来城就是铁弗匈奴刘卫辰的驻地,燕凤以后要在代来城为大秦督摄河西事务,管理从代地迁徙来的代人。

这次是真的要离开长安了。燕凤感触万千。

代国永远消失了,但是燕凤对代国的感情却是永存,什翼犍虽然不在

鲜卑国母:献明皇后

了,但是燕凤为代国还要尽最后的一点力。

因为多次出使大秦,苻坚对燕凤很为敬重,在如何处理代地如何安置什翼犍子孙故人时,都召见燕凤,听取他的建议。燕凤明了代国亡国的经过,知道刘卫辰在勾结大秦灭亡代国中的阴谋,他对苻坚说,"刘卫辰出尔反尔没有信义,不可重用,不能把代地交给他一人督摄,否则,有一天,他又会像出卖什翼犍一样出卖大秦。"苻坚很赞同燕凤的看法。

取得苻坚的信任,他又向苻坚建议,把代地一分为二,分给刘卫辰和刘库仁管理。刘库仁归属代国多年,虽然与代王什翼犍有许多面和心不和的地方,还是能够听从什翼犍的调遣。所以,燕凤力主苻坚,让苻坚把代地盛乐地区交与刘库仁督摄。苻坚接受燕凤的建议,任命刘库仁为东单于,督摄河东盛乐阴山事务,官职居于刘卫辰之上,刘卫辰要接受刘库仁的领导。苻坚接受了燕凤的建议。

想到代国灭亡,想到什翼犍惨死,燕凤十分痛心。代国虽然灭亡,但是苻坚宽宏大量,接受了他的建议,送代王什翼犍回代地,做大秦的臣属治理代地,他相信什翼犍还是可以东山再起,却没料到,刚走出长安,就被自己的儿子侄子杀死,以至代地无主。他很怀念什翼犍,什翼犍虽然是鲜卑胡人,却并不歧视他这汉人,对他和许谦等汉臣很是重用。为什翼犍出谋划策,很能够实现自己的远大抱负。代国建国三十九年历程中,有他燕凤许多心血。

想到什翼犍,燕凤就止不住热泪涟涟。

仆从进来禀报说大秦京兆尹将军慕容垂大人求见。

"快快有请!"燕凤放下手中衣物,出门来迎接慕容垂。

"不知大人来访,有失远迎! 大人恕罪!"燕凤一揖到地。

慕容垂还礼,客套着:"听说大人不日离长安,特来送行。"

燕凤口里说着不敢劳动大驾,与慕容垂携手回到屋里。慕容垂坐到椅子上,看着床上堆放的衣物,问:"燕大人几时离长安?"

燕凤一边为慕容垂斟茶,一边回答:"就在这一两天,等着天王最后召见以后即将启程。"

慕容垂接过茶杯,饮了一口,把茶杯放在桌子上,看着燕凤问:"天王还要召见燕大人吗?"

燕凤坐到慕容垂对面:"是的,天王在我们临行前还要召见我们一次。

慕容大人可有事？"

"是的。"慕容垂沉吟了一下，把马兰请求的事情说了出来。"不知燕大人可否在见天王时为拓跋珪求求情？一个五六岁的孩童，如何缚什翼犍？他不过是听大人话而已！"

燕凤拈着须髯沉思着："这情况我当然知道。可是天王执意惩戒，我一个大秦俘虏，何敢与天王争执？不过，徙拓跋珪于蜀地，未免过于残酷，六岁孩童，如何经受如此折磨啊？此乃不是要他的小命吗？"

"是啊。这拓跋珪可是什翼犍的长孙，不为他保留下这血脉，什翼犍可是死不瞑目的！"慕容垂叹了口气："如今，能为拓跋珪说情的，只有燕大人你了，天王敬重你的人品学识，很听你的话呢。"

燕凤苦笑着："慕容大人怕是言过其实，燕凤一大秦俘虏，何来如此能力？大秦天王虚怀若谷，燕凤拙见偶与天王相合，天王便予以采纳，不过尔尔！再与拓跋珪说情，怕是触怒天王！燕凤有所顾忌。"

慕容垂点头："燕大人所虑不枉，天王其实很有主见，有时很难听从臣下建议。不过，我觉得，在什翼犍后事安排上，在对代地的处置上，天王还是很愿意听从燕大人的建议。他信不过刘卫辰等人，唯有燕大人可以使他放心。所以，慕容斗胆请求燕大人，看在你与什翼犍君臣几十年的情分上，再冒一次风险去求求天王，让天王不要徙拓跋珪往蜀地。燕大人巧舌如簧，天王会被燕大人说服的。"

燕凤笑着："慕容大人乃巧舌如簧，已说服本人。也罢，燕凤愿意为什翼犍再次出力。可是，我想问慕容大人，谁能够保护拓跋珪在长安的安全呢？他孤儿寡母的，即便留在长安，还不是危机四伏？据我所知，什翼犍几个成年儿子，非常憎恶贺可敦和她的几个幼子，尤其憎恶拓跋珪。比如他的叔父窟咄，可能就不喜欢他。"

慕容垂想了一会，目光直视燕凤，很郑重很严肃地说："燕大人尽管放心，只要拓跋珪能够留在长安，他们母子的安危就由我慕容垂负全责。我可以向你发誓，我在，他们母子在！我还向你发誓，等拓跋珪长大，我一定让他安全返回代地！"

燕凤激动地站了起来，紧紧握住慕容垂的双手；"好！有慕容将军这番话，我燕凤就是拼着老命，也要劝说天王把拓跋珪留在长安！我们击掌为誓,过些年,你要给我送回一个长大的受过教育的拓跋珪!"

"好!我答应你!"慕容垂与燕凤响亮地三击掌。

苻坚高高坐在未央大殿的龙台龙椅上,等着接见即将离开长安回分封地的刘卫辰、刘库仁以及燕凤一行。

铁弗匈奴的首领刘卫辰和他的同宗刘库仁并排站在苻坚面前,接受苻坚的任命。

苻坚的郎中令高声传达了苻坚的诏令:"大秦天王诏:封铁弗匈奴部刘卫辰为西单于,督摄河西杂务,驻扎代来城。封铁弗匈奴部刘库仁为东单于,住盛乐城督摄河东杂务!西单于须定时向东单于禀告军事,河东单于都督河西单于军事事务!不得有误!"

刘卫辰和刘库仁同时下跪,接受了天王苻坚的任命。

听到任命以后,刘卫辰的心咯噔一下沉了下去。自己为苻坚灭代国出了这么大的力,原指望借助大秦苻坚的力量灭了代国以后,自己可以代替什翼犍成为代地的主宰,却不曾想到,苻坚会想出这么一个办法,把代地一分为二,分别交给同宗两个势同水火的人管理。

这计策真高明!刘卫辰不无讥讽地笑了笑。

刘卫辰趁往起站的时候,偷眼过去看了刘库仁一眼。刘库仁脸上浮现着明显的得意和喜悦。刘卫辰的气不打一处来。这刘库仁可是坐收渔翁之利!在灭代中,他没有为大秦出一点力,反而帮助代国抗击大秦军队。这苻坚不识好歹还让他掌握代地重要大权,而自己反屈居之下!受他辖制!这天道公理何在?这苻坚算什么东西?

刘卫辰越想越生气,真想跳将起来,大骂苻坚一顿,拂袖而去。刘卫辰看了看大殿,门口罗列着擐甲执兵的殿上卫士,岂能容他撒野?君子报仇,十年不晚,还是暂时忍了这一口气,等到代来城慢慢图谋吧。

刘卫辰极力压抑自己的愤怒,垂手恭立,很谦卑地听着苻坚发话训说。

"卿等代地人氏,熟悉代地,朕命卿等代朕督摄代地,务求恪尽职守,使朕放心!卿等如若三心二意,朕必将严惩不贷!"苻坚严厉地训斥着刘卫辰和刘库仁。

苻坚对刘卫辰和刘库仁不十分放心,尤其是刘卫辰,正因为不大放心,所以又派大将和燕凤到河西去，为刘卫辰建造一个可以定居的代来城，让刘卫辰在代来城里督摄河西地区的杂务，替大秦治理河西诸部。河西历来是代国管辖，这里活动着许多杂胡部落，高车、柔然、鲜卑、匈奴、羌、氐、羯，都经常出没于这个地区。稍一放松，各杂胡部落就聚集人马，抄掠进内地，骚扰大秦国土安宁。现在派刘卫辰去治理河西，恐怕是最适宜的办法。刘卫辰是铁弗匈奴，剽悍善战，可以制服其他杂胡部落。不过，刘卫辰狡诈没有信义，出尔反尔，不守诺言，经常叛变，苻坚不得不防他一手。

苻坚训话之后，挥手让刘卫辰与刘库仁退下。苻坚要单独接见燕凤。

"燕卿，"苻坚笑着走下龙台，来到燕凤面前，亲切地说："朕委派卿回代地河西，望卿不负朕之厚望，协助大秦将领监造代来城。代来城建好，卿仍返回盛乐，在刘库仁右单于麾下效力。不过，卿依然监督河西，以防不测。"

燕凤作揖回答："感谢天王厚爱，感谢天王放小臣东归代地。小臣定兢兢业业为大秦效力！请天王接受小臣拜谢！"说着，燕凤跪了下去，叩头三次。

"请起，请起。"苻坚双手搀扶燕凤，让燕凤站起来。

燕凤不肯便起："臣临行之时，尚有一事求天王。天王若是答应，小臣才敢起来。"

苻坚心情不错，便呵呵笑着说："燕卿有事只管讲，不必如此大礼！"

燕凤深深伏身，说："臣请天王饶恕什翼犍之孙拓跋珪。拓跋珪缚父请降，实属不孝不义，以小犯大，以卑犯尊，以幼犯老，天王惩戒，果然罪有应得。不过，天王仁慈宽厚，体恤下情，五岁孩童缚父请降，不过尊大人嘱托而已，天王徙五岁孩童千里蜀地，难免惹人议论，坏天王宽厚仁义之美名！臣燕凤恳请天王三思！"

苻坚背着手，走了几步，回转身，看着燕凤，他极为赞赏燕凤的义气。旧主已死，他尚能如此为旧主说话，足见此人肝胆侠义！他苻坚生平最为敬重此等人！

苻坚伏身，双手搀扶燕凤："燕卿请起。朕答应卿之请求，赦免拓跋珪徙蜀地惩戒！让他与母亲一起留于长安！"

燕凤泪流满面，连连叩头："感谢天王开恩！感谢天王开恩！罪臣什翼犍地下有知，定会感谢天王大恩大德！"

第六章 十载飘零

1.流离失所慕容收留 寄人篱下长安凌辱

慕容垂搀扶着马兰走下车,领着他们走进府邸大门。按照天王苻坚的命令,作为马兰和什翼犍三个幼子在长安的监护人,慕容垂要把马兰一家接到自己长安府邸中,予以监护居住,不许他们私自离开长安,如果其中有人跑掉,将拿监护人慕容垂是问。

虽然责任重大,但是慕容垂还是喜欢不已,能够与马兰朝夕相处,是他求之不得的事情。

慕容垂兴冲冲地领着马兰进入府邸,来到正厅拜见慕容垂的正妻与她的儿子慕容贺麟、慕容普麟和慕容宝等兄弟四人。慕容贺麟兄弟中最小,四五岁最大十八岁,比拓跋兄弟大了许多。

慕容垂的正妻段氏是氏人,不漂亮,她黑着脸看着慕容垂领进家门的这大小四个人。家里突然增添了四张吃饭的嘴,她的脸自然晴朗不起来,何况,那鲜卑女人又是那样漂亮,让她的脸色更加阴沉起来。

"这就是天王诏令我监护的什翼犍的家眷。"慕容垂向他的黑口黑面的正妻说。

段氏哼了一声,原本就黑的面容更黑了。

马兰小心翼翼上前向段氏行礼,讨好着说:"请夫人多多关照。"

段氏一声不吭。

马兰把拓跋珪弟兄三个推到段氏面前:"给夫人行礼,给哥哥们行礼!"拓跋珪拓跋仪拓跋烈都听话地跪在段氏面前,磕了三个响头。

慕容垂的大一些的儿子看着眼前给他们叩头的三个小孩子,一脸轻蔑,

鲜卑国母:献明皇后

他们撇着嘴。老三慕容宝揪着拓跋珪脑后的索辫："这是什么东西？猪尾巴？"弟兄们都笑了起来。只有最小的孩子与拓跋珪年纪相仿，他过来拉起拓跋珪，问："你叫什么名字？"

拓跋珪小声胆怯地回答："拓跋珪。"

"我叫慕容熙。"

慕容垂对段氏说："夫人，劳烦给他们安排个住处。"

段氏不耐烦地说："后院那间房，正好可以住他们母子四人。"

慕容垂不敢多说，他看了看段氏："我这就领他们过去。"

段氏站了起来："大人不必费心，自有仆人领去。王大娘，领他们去后院住下。告诉他们，不得乱跑，我们可是担当监护责任的！"

一个中年仆妇过来，对马兰说："走吧。"

马兰向慕容垂和段氏行礼告辞，拉着自己的孩子跟随着仆妇来到后院。后院是个菜园，绿油油的菜蔬地旁边，有一间简陋的瓦房，里面摆放着简陋的桌灯床榻，床上放着粗布被褥，锅碗瓢盆俱全。

以后这里就是她和孩子的家了。马兰很满意地看着自己的房屋。寄人篱下，这已经相当不错了，她还有什么可抱怨的？

马兰早早起来，带着三个孩子来到大柳树下的井台上。

"你们坐到树下玩。"马兰把拓跋珪、拓跋仪、拓跋烈安置在柳树下，对他们说："阿娘要浇菜地。"

马兰摇起辘轳从井里打水浇菜地，自从她住到菜园小屋里，段氏就把照管菜园的活叫给她母子来干。

"阿娘，我来帮你摇。"拓跋珪喊着跑了过来，抓住辘轳把，帮着母亲摇。

马兰看着拓跋仪和拓跋烈嘻嘻哈哈玩水，怕他们弄湿鞋袜。"去照看弟弟，和弟弟玩吧。"马兰对拓跋珪说："这活太累，你干不了。"

拓跋珪摇头："我能干，我想帮阿娘干活。"

马兰亲昵地抚摩了拓跋珪的黑头发，揪了揪他的索辫，说："真是个懂事的乖娃儿。"她从井口提上水桶，把清凉的井水倒在水渠里，一股清水流进菜地，洇湿了一小片干裂的土地。

干了半天，马兰已经汗流浃背，她抬眼擦着汗，看看菜园，菜园里还有一

鲜卑国母：献明皇后

大片菜地干裂着,等着井水浇灌。这要浇到什么时候呢?她叹了口气,又用力摇着辘轳,一桶一桶地浇着。

拓跋仪和拓跋烈跑了过来,抱着马兰的腿,喊着:"阿娘,我饿,我饿。"

拓跋珪也可怜巴巴地看着母亲,小声说:"我也饿。"

太阳已经升到中天,火辣辣的照射着大地,马兰浑身是汗,她擦着额头的汗水,对拓跋珪说:"你领着弟弟回去,我这就去做饭。"她提了桶水,向自己的小屋走去。

"你到哪里去?"一个恶狠狠的声音喊着:"拓跋婆?"

贺马兰站住脚步放下水桶,段氏带着几个人从菜园门口过来,正恶狠狠地喊着她。

"段夫人。"马兰等段氏过来,鞠躬行礼。

"你到哪里去? 这菜园还没有浇好?"段氏环视了菜园,恶狠狠地说。

"是,段夫人。奴婢从早晨浇到现在,还没有浇完。奴婢娃儿喊饿,奴婢回去给他们做饭,等吃过午饭接着来浇。今天一定能全部浇一遍! 夫人放心。"马兰低声下气向段氏解释说。段氏经常找茬子,她只能忍气吞声地以自己的谦恭温和来化解她的怨气。

段氏厉声说:"不行! 这菜园子不浇完,不能离开! 天这么热,不赶快浇一遍,菜不是要旱死了吗? 回来,接着干活!"

马兰不敢犟嘴,只好提着水桶回到井台,她看着门口站着的三个孩子,叹口气,摇着辘轳,继续给菜园子浇水。

段氏让仆妇从菜园里拔了些莴苣菜,对一个仆妇说:"王大娘,你留在这里监视她! 不要让她偷懒!"自己带着仆妇回到前院。

门口站着的拓跋珪弟兄三人,都饥肠辘辘,最小的拓跋烈大声哭喊起来:"阿娘! 阿娘! 我饿! 我饿!"

马兰眼睛流着泪,更用力地摇着辘轳,想着快一点把菜园子浇完。

拓跋珪见拓跋烈哭喊,就学着母亲的样子拍着拓跋烈的背,哄着拓跋烈:"烈儿不哭,不哭,阿干给你拔棵萝卜吃。"拓跋珪跑进菜园,从地里拔了棵萝卜,在衣服上把泥擦去,递给拓跋烈。拓跋烈吃着,不再哭喊。拓跋仪眼巴巴地看着拓跋烈吃萝卜,手指放进嘴里。

"你也想吃?"拓跋珪问拓跋仪。拓跋仪点点头。拓跋珪又跑进地里,拔

鲜卑国母:献明皇后

167

了两棵萝卜，去掉萝卜缨，擦干泥土，给拓跋仪一根，自己一根，咔嚓咔嚓地啃着吃。

"拓跋珪，拓跋珪！"慕容熙背着书包从菜园门口喊着跑了进来。放学的慕容熙不想回家，就来后院找拓跋珪玩。

"慕容熙来了。"拓跋珪对母亲说。

"你去玩吧，已经快浇完了。"马兰擦着汗水，笑着对拓跋珪说。她又叮嘱了一句："好好玩，可不敢跟小少爷打架！"

"知道了！"拓跋珪答应着，已经跑了过去。

慕容熙来到柳树下，放下书包，看着拓跋珪，问："你跟你阿娘干什么呢？"

"浇菜园。"拓跋珪说。他坐到草地上，拔了根草，对慕容熙说："来玩斗草吧。"慕容熙摇头："女娃玩的。我们玩击壤吧。"

拓跋珪点头，拓跋仪和拓跋烈也嚷嚷着要一起玩。拓跋珪不敢自行做主，他看着慕容熙，征求他的同意："他们也想玩，要不要？"

"一起玩吧。"慕容熙很大度地说，开始在地上竖起一块砖瓦做击打目标。拓跋珪丈量三十步，画了一条线，慕容熙从书包里拿出木壤，说着："我先来！"他站到线上，瞄准竖起的砖，掷了过去。慕容熙击得很准，砖一下子就被击倒。

拓跋珪跑过去竖起砖，捡回木壤，走到线上，瞄准着，掷了过去。他掷偏了。拓跋珪懊恼地跺着脚。

拓跋仪捡回木壤，掷了出去。木壤落到一边。拓跋烈也跑来，不过两岁，他只能把木壤掷出十来步远。第一个回合，慕容熙赢了。

拓跋珪不服输："再来一次！再来一次！"他喊着。

慕容熙看了看西边太阳。太阳已经快要落山，西边一片火红的晚霞，正拥着火红的落日映红了西边天空。

"好！再来一遍！"慕容熙喊着。

菜园门口小路上过来三个少年，向这边招手喊着："老四，老四！"

"我哥哥来了！"慕容熙向门口张望，对拓跋珪说："他们又来捣乱了！你们走吧。"

拓跋珪招呼着两个弟弟："仪儿，烈儿，我们走！"拓跋仪和拓跋烈还想玩，磨蹭着不肯过来。拓跋珪急忙跑过来，拉着拓跋仪和拓跋烈，要往井台去。

"哪里去啊？拓跋小崽子？"几个大孩子拦住他们的去路，阴阳怪气地喊着。慕容垂的大儿子慕容贺麟虽然已经快十八岁，却依然顽劣不堪，经常带着几个弟弟到处捣乱恶作剧，搞得家宅不宁。老三慕容宝十五岁也不是省油灯，像个跟屁虫似的跟随着老大慕容贺麟，助桀为虐，狼狈为奸。

老大慕容贺麟一把揪住拓跋珪的辫子，扯得拓跋珪捂着脑袋跟着他跑。老二老三也学着老大的样子，各自扯着拓跋仪和拓跋烈的辫子，把他们扯得哇哇乱叫。

"拓跋小崽子！"慕容贺麟笑着："在我家住得还挺得意的啊？不做活，吃白食，连养条狗都不如！养狗还能看家护院，养你们干什么！"

慕容熙过来劝阻着慕容贺麟："大哥，别这样嘛！"

慕容贺麟推慕容熙："一边去！你这白眼狼，替拓跋小崽子说话！"

慕容宝也附和着拍手起哄："拓跋小崽子！拓跋小崽子！"

拓跋珪怒容满面，看着慕容贺麟："我们没有吃白食！"他用汉话说："我阿娘给你们种菜园，我也跟着干活了！"

"是吗？你也干活了？屁大点个崽子，你能干什么活？干的没有吃的多！你阿娘干的那点活，还不够你们吃的粮食多！"慕容贺麟嘲笑着，嘴里一撇一撇的，发出一阵一阵嘲弄的唏唏声。

拓跋珪攥紧了拳头，他真想朝慕容贺麟的脸上砸上那么结结实实的一拳，让他再也发不出那种叫他气愤不已的唏唏声。可是，他的拳头够不着慕容贺麟的脸，他太小了。

慕容贺麟用指头划拉着拓跋珪的脸和鼻子，继续嘲弄着："他们是你的弟弟呢？还是你的叔叔啊？"

拓跋仪和拓跋烈都异口同声地喊："弟弟！"

慕容贺麟又唏唏笑着："我怎么听说他们是你的叔叔啊？人家说你的父亲是他们父亲的儿子，是不是啊？你娘嫁给了你爷爷。是不是啊？"

慕容宝和他的二哥也哈哈哄笑起来："好玩，真好玩！拓跋小崽子的娘嫁给他的爷爷！没听说过！没听说过！"

鲜卑国母：献明皇后

拓跋珪满脸通红，心里气愤得好像要炸了似的。他咬着嘴唇，瞪着眼睛，看着慕容贺麟，突然，他一头撞到慕容贺麟的下体，慕容贺麟扑通倒了下去，疼得哇哇叫着，在地上翻滚。拓跋珪拉着两个弟弟，飞快向母亲那里跑去。

慕容贺麟在慕容宝的搀扶下站了起来，他指着拓跋珪大声喊着："拓跋小崽子，你等着！看大爷如何收拾你！"

慕容熙小声劝说着："阿哥，算了，你这么大，他那么小，不要欺负他了嘛。阿爷说他们是咱家的客人！"

"狗屁客人！"慕容宝向地上吐着唾沫："不过是大秦的囚犯俘虏而已！索辫奴！"

拓跋珪跑回井台，坐到井台的大青石石板上，低头抹泪。

"你咋的了？"马兰总算浇完了菜园，浑身累得像散架一样，一屁股坐到井台上，看了看拓跋珪，挪到他身边："谁欺负你了？"她心疼地问。

"慕容贺麟！"拓跋仪喊着："他揪阿干的辫子，还嘲笑阿干，说阿娘嫁给阿干的爷爷！"

马兰满脸通红，呵斥住拓跋仪："别乱说！"

"阿娘，慕容贺麟说的可是真的？"拓跋珪抬眼看着马兰，忧郁的眼光里满是疑惑。

马兰沉思着，不知道如何回答拓跋珪的问话。

"是不是啊？阿娘？我和他们不是弟兄？"拓跋珪指了指拓跋仪和拓跋烈："我得叫他们叔叔？"

马兰突然感到不好回答，这在鲜卑拓跋中原本是很平常的事情，来到这以汉人习惯看问题的长安，突然成了一件非常尴尬、非常难为情的问题，她不知道如何回答这问题。

马兰的尴尬和难为情传染了拓跋珪，小小的拓跋珪突然意识到，他的阿娘做了一件很羞耻的事情，那就是嫁给了他的爷爷。

拓跋珪沉默了，不再追问。从此以后，拓跋珪再不问这个问题，但是，这个问题像竹钉一样钉在他的心头，他把这耻辱感深深埋葬在自己心底。

马兰看拓跋珪不再追问，偷偷地嘘了口气，她感到轻松了许多。"走吧，我们回家做饭吧,你们都饿坏了吧?"马兰站了起来,拉着拓跋仪和拓跋烈,向小屋走去。

拓跋珪在后面磨蹭着,不想跟着阿娘走。他四下望了望,暮色已经笼罩菜园,菜园周围的树木黑乎乎的一团,看上去个个都像张牙舞爪的虎狼。拓跋珪急忙加快脚步,紧紧跟着母亲马兰回到那个破旧但有安全保障的小屋。

马兰点起小油灯,如豆的昏黄灯光给小屋一些亮光。马兰开始点火做饭。来长安,她学会了烧柴火,学会了使用锅灶,她麻利地点了柴火放进灶里,然后开始煮粥。

拓跋珪给母亲抱来柴火,自己蹲在锅灶前,帮母亲烧火。这些活,他也学会了。他是个懂事的孩子,看母亲一人忙活,他就会主动过来,帮母亲一些忙。马兰很感激懂事的大儿子,尽管他只有六岁,他却已经成了母亲马兰的主心骨,马兰有什么事,都要和他说说,听听他的意见,似乎他是一个成年人,有什么主见似的。

吃过晚饭,拓跋珪躺在母亲身边。劳累了一天的马兰浑身疼痛。"给阿娘捶捶背!"马兰翻过身,趴在床上,对三个儿子说。拓跋珪和弟弟都欢笑着,一起趴到马兰的后背上,各自扬起小拳头,给母亲捶打着。

马兰舒服极了,儿子柔软的小拳头捶在酸疼的背上,把所有的酸痛疲累都给捶跑了。马兰惬意地伸展四肢,躺在床上,昏暗的灯光在灯草芯上跳跃着,灯芯结了个火红的团,马兰问拓跋珪和拓跋仪:"前些日子学的字还记得不记得了? 学的书还会念吗?"

拓跋仪已经呼呼入睡。拓跋珪躺到母亲身边,想了一会儿:"我还记得呢。子曰,学而时习之,不亦说乎。"

马兰感到眼皮沉重起来,她含糊地说:"真好,还记得呢。睡吧,明天写几个字给我看看。"

拓跋珪嘟囔着:"没有笔,咋写字?"

马兰已经入睡,拓跋珪吹熄了灯,不一会儿就进入了梦乡。梦中,他有了纸墨笔砚,他高兴得咯咯笑个不停。

"阿娘,我想上学。"拓跋珪起床以后,对马兰说。

马兰叹了口气:"我也想叫你上学,可是,怕主人不会允许啊,娃儿,你不

鲜卑国母：献明皇后

知道,我们大秦的囚犯啊,是受制于人的啊。"

拓跋珪拉着马兰的手摇晃着:"阿娘,去求求慕容大人吧。也许他答应呢。"

马兰不愿意去见段氏的黑脸,她为难了一阵,可是,为拓跋珪的未来,她还是决定要去求求段氏和慕容垂。

马兰带着三个孩子来到前院。段氏和慕容垂正在大厅里吃早饭。看到马兰来,段氏的脸立刻垮了下来,她把筷子重重地放到桌子上,恨恨地看着马兰:"你不在后院种菜,跑前院干什么?"

马兰拉着孩子给段氏和慕容垂行礼,拱手站在一旁,低眉顺眼,恭谨地说:"夫人,大人,我来求求大人和夫人,我这娃喜欢念书上学,求大人和夫人开恩,让这娃去学堂念几天书。"

段氏黑着脸,发出嘲讽的唏唏声:"哎哟哟,我说,你们可是得寸进尺,你们以为你们是谁啊? 一个俘虏娃,还想念书? 真是癞蛤蟆想吃天鹅肉了,也不洒脬尿照照!"

拓跋珪听到段氏发出与慕容贺麟一样的唏唏的嘲弄声,就气愤起来,他不自觉地攥紧拳头,简直又想跳起来,劈面给段氏一拳,让她再也发不出这种叫他一听就来气的声音。

慕容垂看着马兰,一些日子没有见她,她已经被风吹日晒得黑了许多,但是那俏丽的面容依然那么动人,特别是那双眼睛,黑蓝幽深,勾人魂魄,好像一汪可以淹没人的深潭,叫人一接触,就会深陷其中,不能自拔。

慕容垂又一次感到自己的心跳。他不能没有马兰。马兰来到他家这些日子,他因为公务繁忙,一直没有见到马兰,也就有些淡忘了。今日再见,却一下子点燃起他的欲火。他忘情地注视着马兰。

段氏恼怒地咳了一声,猛拍了下桌子,喝道:"还不去干活? 站在这么干什么?"

马兰忍着哽咽和泪水,行过礼,拉着拓跋珪要走。

"等等!"慕容垂走了过来。

马兰抬起满是泪水的眼睛,看了慕容垂一眼,大眼睛里满是哀怨沮丧和无望:"慕容大人有何吩咐?"

慕容垂说:"从明天起,他可以跟我的慕容熙一起上学。"慕容垂平静地说。

"真的?"马兰惊喜地问,大眼睛焕发出的明亮光彩,照亮了她被风吹日晒弄粗糙了的脸,全身都笼罩在更加蓬勃的青春活力和魅力之中。

慕容垂惊诧地发现,自己的善心和善行原来具有这么大的力量,它能够让马兰一瞬间发生巨大的改变,刚才笼罩在马兰全身的那失望无助沮丧的阴影已经荡然无存,马兰浑身焕发出生机。

慕容垂自己被马兰散发出的感激和快乐所感染,他的心境也突然愉快轻松起来。

段氏咳嗽着,表示着她的不满,不过,她也并不敢公然对抗慕容垂。

"快谢谢慕容大人!"马兰把拓跋珪推到慕容垂面前。

拓跋珪红着脸,小声重复着母亲的话。

慕容垂回身,对仆妇喊:"王大娘,去书房里拿笔墨纸砚和书包来。"

马兰感激的眼泪流了出来。慕容垂有些心慌意乱,小声劝导着:"不要这样,不要这样。小孩子,应该上学读书的。天王还让什翼犍入太学呢,何况他,应该读书的。"慕容垂喃喃地说。

2.忍辱负重抚养孩童　以身相许报答恩人

马兰在菜园里韭菜地拔草,拓跋仪领着拓跋烈在旁边玩。

"小心点,离井台远一些。"马兰不时回头,叮嘱着弟兄俩。井台上湿滑,小孩子一不小心会滑倒,甚至会跌落井里。

拓跋仪和拓跋烈也听话,只在井台旁的大柳树下玩。大柳树下有许多好玩的东西,他们在树根下刨石头泥土,逮蛐蛐,在草丛里扑蝈蝈蚂蚱,或者在花朵上捕捉鲜艳的蝴蝶,也用弹弓射树上的小鸟。

"阿娘,来人了。"拓跋仪喊着马兰。

马兰看了看菜园门口,果然来了人。她急忙从菜地里站了起来,用衣袖擦了擦额头的汗水,辨认着来人。来的不是段氏,不是专门监管她的王大娘,也不是管家。他们几个通常会相跟着一起来菜园摘青菜。

会是谁呢?马兰猜测着。

来人转了过来。

鲜卑国母：献明皇后

慕容垂！马兰辨认出来。"他来干什么？"马兰诧异地想。他是从来不来菜园的。

慕容垂走了过来。马兰急忙过来行礼问好："慕容大人好。"

慕容垂看着马兰。马兰被太阳晒得满脸通红，眼睛闪闪发亮。慕容垂很奇怪，这么艰苦的生活居然磨灭不了她的美貌，消磨不了她的活力，她依然这么动人。

"你来此许久，我一直未前来探望，不知你在寒舍生活如何？"慕容垂故意文绉绉地说。

马兰微笑了。大秦果然厉害，慕容垂来这里几年，说话方式都大大改变了。

"谢谢慕容大人的关心。"马兰尽量用汉话说。不过，她的汉话实在太僵硬，也太不流利，说起来实在太费劲，说了一句，就又改用鲜卑语说话。"我们都好，很习惯的。慕容大人不必为我母子担心。"说到这里，马兰又补充了一句："只要娃儿长大有书念，我就没有什么担心的了。"

慕容垂也微笑了。看见马兰开心，脸上有笑容，他的心底就立时开朗起来，轻松起来，愉快起来。"你放心，等他们弟兄到念书的年纪，我也会让他们念书的。念书是好事，我们鲜卑人念书不多，这不好。"

马兰点头："可不是，什翼犍不是在邺城念过书，也不会成事的。不过，拓跋人还是念书太少。忙着打仗了，没有时间读书的。"

"不读书，无以知懂治国之道。大秦天王符坚，虽然也是胡人，不过他从小好读书，通晓四书五经，治国有方有道，我很佩服。"慕容垂说。

马兰看了看太阳，太阳已经升起很高，她惦着干活，要不段氏又要来找她的麻烦，她不想与慕容垂多聊以耽误时间，就问："慕容大人可是来摘菜的？大人想要什么菜？我来给大人摘。"马兰指了指满园青翠欲滴的各色菜："韭菜？莴苣？葱？还是豆角？那顶花带刺的胡瓜可甜了。"

慕容垂顺着马兰的手指望去，果然满园肥硕的菜。满棚的青豆角垂挂，胡瓜开放着黄花，紫色的茄瓜在阳光上闪烁紫光，辣椒红艳艳的挂在枝头，莴苣一片青翠，葱韭茂盛肥嫩，看着就爱人。

"你可是了得，短短几个月，已经会种菜了！"慕容垂赞叹着。

马兰笑着，虽然灿烂，却也夹杂一点凄凉："有甚办法呢？到甚山唱甚歌吧。我想,我不笨,甚也学得会!"

慕容垂说:"给我摘两条胡瓜,让我尝尝鲜。"

马兰轻捷地跳过沟垄,跑到胡瓜棚下,怀着满心的喜悦,给慕容垂拣了两条最大最嫩的胡瓜,从瓜蔓上小心地摘了下来,又轻快地跳了过来,回到慕容垂面前。"慕容大人,请尝尝吧。顶花带刺,又甜又脆,可新鲜呢。"

拓跋仪和拓跋烈,也跑过来,喊着要吃胡瓜。慕容垂给了他们一条。弟兄俩高兴地跑到一边去分吃了。

慕容垂咬了一口,真的是又甜又脆。他看着马兰,满眼的深情。

马兰接触到这火热的目光,心急速跳了起来。当年贺兰部草原上的那种慌乱、甜蜜、紧张的感觉倏然荡上心头,叫她脸蓦然火热起来。

这未能躲过慕容垂锐利的眼光。他暗暗高兴起来。马兰没有忘却当年的激情。慢慢来,他在心里告诫自己。

"慕容大人今日无事吗?"马兰低头,慌乱地问。

"今日无事,过来看看你们。我明日再来。"慕容垂笑嘻嘻地吃着胡瓜,向园子门口走去。

马兰长长地嘘了口气,刚才十分紧张的心松弛下来,却又带着些遗憾和怅惘,看着走出菜园子的慕容垂高大健壮魁梧的背影。怅惘遗憾什么呢?马兰不敢想,也不愿去想。她下意识地抚摩着挂在颈上的那块温润滑腻的碧玉。她一直挂在自己的脖颈上,从来没有离开过她。已经十几年了。马兰心里叹息着。

"阿娘,我回来了。"拓跋珪故意高兴地喊着,进到小屋里,趁母亲不注意,脱掉被同学撕破的袍子扔到床上。

马兰正在忙着烧火做饭。拓跋珪放下书包,跑到屋外抱回一抱干柴,坐到灶前,用吹火筒吹着灶膛里的火。一股浓烟扑了出来,熏得拓跋珪眼泪直流。

"你这娃有眼色啊。"教马兰做麦饼的王大娘赞叹着。王大娘受段氏指派,来菜园里监督马兰,一来二去,与马兰相熟起来。王大娘看马兰做活实在,又是胡人,不大会说汉话,也不习惯过汉人生活,就主动来教马兰种菜做饭。

鲜卑国母:献明皇后

王大娘把擀好的韭菜合子放到铁锅里烙，马兰在旁边学。王大娘一边烙，一边给她讲："烙合子与烙火烧、烙锅盔一样，火不能太大，还要勤翻着点，要不就烙糊了。"

马兰半懂不懂地点头答应着。

韭菜合子烙好了，王大娘又教马兰炒菜，她给马兰拿来几个鸡蛋，教马兰炒韭菜鸡蛋。

"真香啊！"拓跋珪抽着鼻子，高兴地喊："王大娘，你真好，给我们做这么香的饭菜！"

王大娘笑着说："你们鲜卑人只会吃牛羊肉，不会吃菜，不会做面食。以后想吃什么，就喊我来给你们做。下次，我来给你们做羊肉泡馍，保管你们爱吃。"

"甚是羊肉泡馍？"拓跋仪看着王大娘，好奇地问，

"羊肉泡馍，就是把这烙好的锅盔，泡进炖羊肉的肉汤里，等泡软了以后吃，好吃着呢。保管让你吃得放不下碗。"王大娘摸了摸拓跋仪的脸蛋，笑呵呵地说。

马兰拉着王大娘的手，感激地摇晃着："王大娘，谢谢你！谢谢你！"

王大娘摆着手："谢个什么啊。主人慕容大人吩咐我多照顾照顾你们，看你们孤儿寡母的，多可怜。不过，可不要叫主人老婆段氏看见，让她看见，我可是要受惩罚的！得，我可是要赶快回前院去，不然，段氏要找我的！"王大娘说着，洗了手，拿着新割的韭菜、葱、豆角急匆匆地走了。

马兰安排孩子吃饭，拓跋珪拓跋仪和拓跋烈都吃得十分香甜。这韭菜合子和韭菜炒鸡蛋是他们从没有吃过的，他们吃得香极了。马兰笑眯眯地吃着，笑眯眯地看着儿子，心里洋溢着一片幸福。这日子虽然没有盛乐代宫那般气派，却也乐融融的。只要能这样安稳平静地过下去，让她把儿子抚养成人，她也就心满意足了。

马兰等儿子们吃完以后，她一边收拾饭桌，一边问拓跋珪："今天学了甚？"

拓跋珪帮着母亲收拾，一边说："还是学孔子的《论语》。"

"甚是《论语》？孔子是谁？"马兰好奇地问儿子。

拓跋珪早就想卖弄自己学的那点东西，见母亲问，就迫不及待地像倒豆

子似的把师傅讲的那点东西全都倒了出来。"师傅说，孔子是中国的圣人，全中国的人都要学他的书。他的书就是《论语》，学了他的书，就能够治理国家。他的《论语》里有许多好东西，学了它，就懂得礼义廉耻。"

"哦？孔子的《论语》这么好啊！"马兰感叹着："那你可要好好学啊！说不定将来还能用上呢。"马兰沉思地说。

"阿娘，我……我……"拓跋珪突然沉默下来，看着母亲吞吞吐吐。

"咋的了？你想说甚？"

"我……我不想上学了。"拓跋珪抬起头，明亮的眼睛看着母亲，坚定地说出自己憋在心里多天的心里话。

"说个甚呢？不想上学？"马兰吃惊地睁大眼睛，看着儿子，好像不认识他似的："你这是咋的了？你想上学，好不容易才上了学，为甚又说不想上学？"马兰放下手中正在洗的碗筷，定定地看着拓跋珪，脸色十分严峻："你要给我说个明白！"

"我想帮你干活！"拓跋珪不敢望母亲的眼睛，他掉转目光，低头看着手里的白面韭菜合子，慢慢咬了一口。

"不行！我不用你帮着干活！我自己能对付得了！这点活还累不坏我！慕容大人同意你上学，多不容易！你不能说不上就不上！你一定要上！还要上好，听见没有？当年你阿祖在长安太学还用功学习呢。你要学他！"马兰语气严厉，叮嘱拓跋珪。

拓跋珪只好点头，含糊地答应着。

"你听见没有？"马兰不放心，又追问着叮嘱："你说，你听见了没有？记住了没有？"

"听见了！记住了！"拓跋珪只好大声地、响亮地重复着自己的回答。

"好！珪儿，你给我记住！我们鲜卑男人说话算话，你既然已经说了，就要把这话永远记在心里，不许忘记！天神在上，他能够听见你说的话，看见你做的事！要是欺骗了他，他会降灾降祸于你的！"

拓跋珪点头。他在心里发狠：上学！一定要上下去！咬牙上下去！不管那些同学再怎么嘲笑他，欺负他，他都要按照母亲说的话去做！

拓跋珪背着书包去上学。学堂里，已经集合了几个学童，年纪有大有

鲜卑国母：献明皇后

177

小，他们都是长安大秦朝廷官员的子弟，一个个华服锦绣，宽袍大袖，峨冠博带，只有拓跋珪还是鲜卑打扮，窄小衣袖的半长衣袍，宽大的小腿百褶裤，长马靴，头上还梳理着拓跋鲜卑人的索辫。

"索辫奴来了！"一个孩子喊。孩子们哄笑着涌了上来，有的去揪他的辫子，有的去拉他的百褶裤，有的跟在后面拍手起哄着一起喊："索辫奴，索辫奴，阿娘嫁公公。索辫奴，索辫奴，爷祖分不清！"

拓跋珪用手护着自己的头和脸，急匆匆往学堂里跑。他知道，只要跑进教室，他们就不敢放肆了，师傅会呵斥他们的。

几个人挡住他的去路。几个大孩子站在他的面前。

"索辫奴，别急着走啊，跟我们说说，你是把你娘生的那些孩子叫弟弟呢还是叫叔叔啊？"大孩子嬉皮笑脸地说。

一个孩子又上来揪扯拓跋珪的辫子。

"放开我！让我过去！"年幼的拓跋珪带着哭腔说。

大孩子拨弄着拓跋珪的脸蛋："瞧这脸蛋，真白！小白脸！让我亲一口！"说着就凑上来，要亲拓跋珪。

拓跋珪突然勃然大怒，他猛然抬起手，朝那个凑过来的大孩子的脸扇了过去！啪！一个耳光落在那个大孩子的脸上。

"你打我！"那大孩子哭喊了起来："索辫奴打我了！索辫奴打我了！"

孩子都围了过来。拓跋珪看见慕容普麟和慕容宝站在圈外，正鼓动孩子："揍他，揍他索辫奴！"

几个孩子围拢过来，踢的踢，抱的抱，把拓跋珪放倒地上，孩子们七手八脚又踢又打。拓跋珪踢腾着反抗，终究抵挡不住人多势众，不一会儿他就鼻青脸肿，衣服被撕开扯烂。

"住手！"来上课的师傅厉声喊。

"快跑，师傅来了！"看热闹的孩童嚷着，急忙走避开。

一个二十多岁的青年男子走了过来，他斯文的面庞上已经气得发红。他叫崔玄伯，清河东武城人，父祖曾仕石虎赵，官至司徒左长史，关内侯。父亲仕慕容暐，为黄门侍郎。玄伯少有隽才，号曰冀州神童。慕容垂向苻坚推荐他，苻坚慕其才学，徵为太子舍人，来到长安，以太子舍人身份做长安官学师傅，以教授官学学童。

崔玄伯看见孩童欺负这新来不久的鲜卑孩子,很是气愤。他拉开那些压在拓跋珪身上的孩子,呵斥着:"以大凌小,禽兽不为。汝等习先贤教诲,竟如此举动,可气可气!"

慕容贺麟和慕容宝见师傅崔玄伯教训,已一溜烟跑了。

崔玄伯拉起拓跋珪,替他擦拭着脸上的泥污,关心地询问:"伤着没?"

拓跋珪委屈的泪水在眼眶里打转转,他强忍着,不让泪珠滚落下来。

崔玄伯轻轻抚摩着他的黑发,赞叹着;"好男儿有泪不轻弹,将来势必有出息!"崔玄伯拉着拓跋珪的手叮嘱鼓励:"记住,大丈夫能屈能伸,当年韩信受得胯下之辱,方成就以后将相之业。汝年纪尚幼,来日方长,必忍受蹉跎苦痛,方成就大业!"

拓跋珪感激地看着这年轻白皙斯文的师傅,牢牢记住他的教诲。

马兰在小屋前,按照王大娘教的办法,用烧火做饭的柴草灰,刨在水里,淋了些灰水洗衣服。鲜卑人同草原部落一样,不大洗衣服,可是来这长安,她要学汉人的生活习惯生活,也学会了洗衣服。她摊开拓跋珪的小袍和裤子,看到撕裂的口子。马兰叹了口气,明白了拓跋珪不想上学的原因,她潸然落泪。孩子年纪这么小,就要忍受屈辱和欺负,亡国臣民真是可怜!

马兰在搓板上搓洗着衣服,默默地想着心事。

拓跋代国虽然被大秦灭了,但是,将来有一天,说不定还会复国,代国为甚不能复国呢?应该能够复国的。拓跋鲜卑是伟大的,是消灭不了的。二百多年前他们不过千把人,居然能够从大鲜卑山里走了出来,来到呼伦池草原安家,又从呼伦池迁徙到阴山草原,发展成上万人的强大部落,他们不仅吞并了许多部落,而且能够大会牛川建立代国。

为甚不能重新恢复复国呢?

能!一定能!

马兰用力地搓洗着儿子的衣服,自言自语,好像与人争辩似的。

依靠谁来恢复代国呢?只能靠自己和自己的儿子。自己是什翼犍代王的大可敦,就是代王什翼犍的替代,自己的儿子、什翼犍的长孙应该是代王的继承人。不管多么困难艰难,日子多么难过,她马兰一定要咬牙坚持住,把什翼犍的接班人养育成人。在拓跋珪被撕破的衣袍里,马兰似乎看到将

鲜卑国母:献明皇后

179

来。代国不会灭亡的,总有一天,它会再崛起在阴山南北的草原上！一定要千方百计帮助儿子复国,拓跋鲜卑的代国不能就这么灭亡下去！拓跋,是天神赐予的部族,拓,为土,拔为后,后土皇天,属于拓跋部族！

马兰在洗衣服的时候,突然明白了自己的使命,突然明确了自己的生活目标。过去,她忍受痛苦拉扯孩子,只是母性的天然流露,今后,她忍受痛苦拉扯养育孩子,则有了明确的目的。她是拓跋鲜卑的母亲,拓跋鲜卑的将来就担在她柔弱的双肩上,不管多么艰难困苦,她都要去克服,不管采用什么办法,她都要把拓跋珪和儿子拉扯成人！

"你能办到！你一定要办到！"马兰对自己说,她的胸腔里塞满了豪情壮志,因为方向明确,因为目标确定,因为目标远大宏伟,她感到十分激动。

"阿娘,你说甚呢?"在马兰身边跑来跑去的拓跋仪看见母亲自言自语,拉着母亲的胳膊问。

马兰笑了,用湿漉漉的手拍了拍拓跋仪的头:"阿娘说,一定要把你们养大成人,让你们回盛乐去!"

"想回盛乐了?"马兰身后响起浑厚的男人的声音。马兰一激灵,浑身哆嗦了一下,慕容垂站到她的面前,拈着茂密的须髯,微笑着。

马兰急忙站了起来,用围裙擦着手,不好意思地说:"慕容大人来了。"

慕容垂看着马兰红红的面容,心就有些激动。他看了看拓跋仪,递给拓跋仪一大块麦饼,笑着说:"仪儿,带着弟弟去大柳树下玩,舅舅要和你娘说说话。"拓跋仪接过麦饼拉着拓跋烈兴高采烈地走了。

"走,我们进屋说话吧。"慕容垂微笑着,看了看马兰,进到小屋去。马兰只好跟了进去。

马兰一进屋,就被慕容垂紧紧抱住。

马兰一边挣扎一边小声呵斥着:"你想干甚啊?你不可乱来的!"

慕容垂笑嘻嘻地在马兰耳边呵气:"我一直想着你,你难道就不想我?"

马兰浑身瘫软,一点反抗的力气都没有。她何尝不想慕容垂?她曾经想得死去活来,可是这么多年的分别,早就冲淡了她的记忆和相思,她早已经习惯什翼犍大可敦的生活。可是,慕容垂偏偏又来勾引起她过去的记忆,勾引起她深埋在心底的温馨。

"你这冤家！你这灰鬼！"马兰轻轻地捶打着慕容垂的肩背,不做任何反

鲜卑国母:献明皇后

抗。她原本就喜欢慕容垂,现在为甚要拒绝他呢？慕容垂是她和儿子的保护人,他们要依靠慕容垂的保护为生,她要以女人最好的方式表达对慕容垂的感激,以换取慕容垂更好的关照。

3.妒火中烧大闹菜园　街头流落幸遇故人

"老爷呢?"段氏从这个房间找到那个房间,在几个院落里出出进进,见人就问。

仆妇们都摇头。

段氏近来对慕容垂的行踪十分留意,可总也摸不到他行踪规律。刚才还在厅堂上坐着,一眨眼的工夫就不见了。刚刚吃过饭,他就说有公事办,说完抬腿就走。只要一出去,经常是很晚很晚才回来。

"他忙什么呢?"段氏猜测着,却也猜不出什么名堂。

段氏对慕容垂看管得很紧。作为慕容垂的正妻,她有责任维护家庭的稳定。慕容垂同当时的男人一样,娶多房妻妾,可是,不管他娶哪房妾,都首先要征得段氏的同意。娶到的那些妾过门以后,都得服服帖帖地听命于她。段氏在家庭里具有绝对的至高无上的权威。慕容垂虽然身为百战将军,却也惧怕段氏的河东狮子吼,在段氏面前很有些英雄气短。而且,段氏在他最困难的时候,曾经以生命相托,保证了他的安全,让他顺利出逃。所以,他对段氏,既畏惧又敬重。

段氏心里不宁,到处找寻慕容垂。一个家仆说:"小人看见老爷出门向后院去了。"

段氏心里一阵惊慌,"去后院了？后院不过是菜园,他去那里干甚?"

段氏一跺脚,她突然明白过来。去后院找那个鲜卑女人去了！只能是这样！那个鲜卑女人很有几分姿色,她早就看出这一点,所以她一直警惕地看管着慕容垂,到头来还是没有看住他,让他得空跑到后院里去了。

段氏一阵恼怒:"来人!"她大声喊。

几个仆妇管家急忙跑了过来。

"走!跟我到后院去!"段氏挥手喊,率领着管家、仆妇向后院奔去。

后菜园的小屋子里，赤裸的慕容垂双臂平摊，四脚八叉地仰面躺着。

马兰蜷曲着身子，躺在他的身旁。马兰有些羞臊，她把脸埋在自己双臂中，不敢看慕容垂。

慕容垂满足幸福，多年的欲望得到充分的发泄，他感到筋疲力尽，却又无比舒坦。他转过身，又紧紧拥抱住马兰，亲吻着她赤裸的胳膊，悄声问道："马兰，看我还行吧？与当年贺兰草原上没有多大变化吧？"

马兰羞臊得满面通红，不知如何回答他。慕容垂给了她极大的满足，叫她重新享受到男女乐事，这乐事她已经荒废了许久。当她不太劳累回到自己小屋的时候，当儿子在她身旁熟睡以后，她也曾渴望过，也曾回味过。可是，今天跟她年轻时的恋人慕容垂重逢，睡在他的身旁时，不知为什么，却感到很不安。这是一种交换，并不是当年两情相悦，所以，她觉得有些不舒服。慕容垂不是因为帮助了她，而要求她以此作为补偿的吧？

马兰小声问："阿干，要是我不答应你，你还会收留我母子吗？"

慕容垂双手捧住马兰的脸颊，看着马兰清澈的有些发蓝的大眼睛，说："你咋问这问题？我那么喜欢你，怎么可能不收留你母子呢？你不会不答应我的，因为我知道，你一直喜欢我。我也一直喜欢你。我从来没有忘记你！你看，十几年前你送我的这观音碧玉，我一直戴在身上。"慕容垂把脖颈上挂着的碧玉观音给马兰看。

马兰抽泣起来。

慕容垂替马兰擦拭着脸颊上的泪水，安慰着她："马兰，你不要伤心难过。什翼犍已经死了，而你还年轻，你要好好生活下去。有我在，就有你的饭吃，就有你儿子的饭吃。"

外面响起一阵看菜园的狗叫声，一些人的说话声也传了过来。

马兰一激灵，急忙坐了起来，一边穿衣服，一边催促着慕容垂："不好，有人进菜园来了，阿干快起来，快走！"

慕容垂急忙抓起衣服，胡乱穿了起来。

"你快从窗户里跳出去，藏在后面瓜棚里，有瓜棚遮掩，一时不能被人发觉。"马兰推开窗户，让慕容垂跳了出去。

慕容垂刚跳出后窗，钻进瓜棚里，段氏就领着仆从冲进小屋。

马兰坐在床上，慢慢穿着衣服。

段氏四下看着,问:"人呢? 你把人藏到哪里去了?"

"甚人?"马兰用生硬的汉话说。

"你不要给我装蒜了! 你大白天的,钻在屋子里睡男人! 你可真会享福啊! 你说,你把人藏到哪里去了?"段氏怒不可遏地一把抓住马兰黝黑的长发,把马兰提了起来:"说! 你把他藏到哪里去了?"

马兰只是不说话。这时,拓跋仪和拓跋烈兄弟二人从外面跑了进来,惊慌地抱住母亲的腿,哭喊起来。马兰平静地抚摩着儿子的头发,小声安慰着:"别怕,别怕。没甚。"

段氏对仆从吆喝着:"赶快出去给我找!"

仆从出了小屋,在菜园里四下寻找着。

慕容垂已经离开瓜棚,悄悄地出了菜园,直奔自己的官府去了。

仆从在菜园里找了许久,都纷纷回来报告说,菜园里没有人。

段氏脸色铁青,她知道,刚才慕容垂一定在这里,一定是这贱女人放跑了他! 她从床上抓起马兰的被褥,扔到地上,拼命用双脚踩踏着。

"你立刻给我滚出我的家!"段氏咆哮:"把这个女人的东西立刻给我扔出去! 把她撵出府!"

"你不用撵,我这就走!"马兰平静地说着,拉起两个儿子的手,走出小屋,把段氏仆从扔在地上的衣物慢慢收拾起来塞在包袱里,把被褥卷了个小卷儿,她背起被卷儿挎起包袱,走出慕容垂府邸的大门。

府邸外,繁华的长安街道上人来人往,车水马龙。马兰茫然地望着来往的人群,脸上现出一丝惊慌。到哪里去呢? 这么大的长安,哪里是她母子安家的场所? 她该去投奔何人? 马兰茫然四顾,拉着儿子慢慢踯躅在街道上。

"阿娘,阿干呢?"拓跋仪问。

马兰的心紧缩起来。拓跋珪还在学堂里,她不能撇下他。

"我们找个地方等他散学回来。"马兰说,拉着儿子来到一个僻静地方,找了个大树下,坐了下来,等着拓跋珪放学归来。

"来了,阿干来了!"等了许久的拓跋仪突然高兴地喊了起来,指着对面走来的拓跋珪。拓跋珪背着书包,正一个人走着,心里在默念着刚才学的《论语》。

鲜卑国母:献明皇后

183

"阿干,阿干!"拓跋仪上去拉住拓跋珪的手大声喊着。

"阿仪,你咋在这里?"拓跋珪吃惊地看着弟弟,母亲是不允许他们走出慕容府邸菜园一步的。

拓跋珪看见母亲马兰坐在树下。他急忙拉着拓跋仪跑了过去。

"阿娘,出了甚事?"拓跋珪蹲在母亲面前,急急地问:"为甚带着行李啊?阿娘?你要到哪里去?"

马兰流着眼泪。拓跋仪替母亲回答:"段氏大娘把我们给撵出来了!"

拓跋珪瞪着眼睛气愤地问:"为甚把我们撵出来?我们又没白吃她家的饭。阿娘给她种菜园,她凭甚把我们撵出来?"

拓跋仪摇头。马兰拉了拉拓跋珪的手:"不要喊了。我们吃的是人家的饭,住的是人家的房,人家想撵就撵我们。来,你先坐下来,跟娘商量商量,看我们到哪里去安身的好。"

拓跋珪坐到母亲身旁,垂着头,沮丧地一句话也不想说。他的心里,充满了仇恨,充满愤懑,充满对自己的愤怒。将来一定要让母亲过上好日子!

马兰拉着两个小儿子,背起行李卷,挎起包袱,说:"我们走吧。"

拓跋珪默默接过母亲的包袱,背到背上。他和马兰一样,不知道往哪里走。

马兰领着三个儿子沿着街道默默地走着,漫无目的,只是走着,走到哪里算哪里。

燕凤随着刘库仁进了长安城。

长安城里更显繁荣,街头来往着衣着光鲜的人流和车马,街道两旁店铺林立,各色各样的店铺幌子在风中招展摇曳,发出哗啦啦的响声。来来往往的人脸上都浮现着满足的笑容,一看就知道,百姓对眼下的日子感到很满意。

燕凤嘘了口气。与大秦都城长安比起来,代州盛乐就显得荒僻冷落萧条多了。代国灭了以后,刘库仁分管代州事务,他代刘库仁守盛乐。盛乐的百姓逃亡了许多,当年什翼犍的旧部首领纷纷带领着自己的奴隶军户又跑到草原上过起游牧生活,定居在盛乐的百姓少了许多。盛乐破败了。

燕凤是随刘库仁来长安拜见大秦天王苻坚,向苻坚禀报代州事务。

一进长安城,他又不由自主想起一年前他和代王什翼犍被俘虏到长安的屈辱情景。

"阿娘,我们到哪里去?"

骑在马上的燕凤猛然听到这么一声十分熟悉的鲜卑语,心中一阵激动,他急忙勒住马四下张望。在一个店铺的廊檐下,一个衣衫褴褛的鲜卑女人靠在一捆被子卷上,呆呆地坐着,三个鲜卑男娃坐在她的怀里,一个大一些的男娃仰着脸看着他的母亲。"阿娘,弟弟饿了。"

那女人眼睛流着泪,站起身,走向店铺伙计,双手作揖,向伙计乞讨:"小阿干,行行好,给点吃的。"鲜卑女人用很不熟练的汉话说。

"刘大人,那不是大可敦马兰吗?"燕凤喊了一声,翻身跳下马,快步来到马兰跟前。

"大可敦。"燕凤眼睛发热,声音哽咽。

马兰已经很久没有听到这种称呼。她愕然地回过头,不知道是不是喊她。

"燕大人!"马兰看见燕凤站在面前,又惊又喜,她扑向燕凤,盈眶热泪滚滚流下脸颊。燕凤双手搀扶住马兰,自己已然泪流满面,泣不成声。

刘库仁也跳下马来到马兰面前。他怜悯地看着蓬头垢面、衣衫褴褛的马兰和三个孩子,禁不住摇头叹息。何等威风的什翼犍,何等美丽的马兰,如今流落在街头!看来这富贵不过是过眼烟云而已!

"大可敦,你这是咋的了? 不是在慕容将军家吗?"燕凤诧异地问。

马兰摇头,不知如何回答燕凤的话。

"走,我们到来宾馆去说话。"燕凤把拓跋珪弟兄三人抱上马,自己牵着马,与马兰一起向驿馆走去。

来宾馆建于长安平朔门,是天王苻坚招怀远人的驿馆。这来宾馆除了招待各国到大秦的使臣,还接待前来投奔大秦的各方贤才俊士,这是苻坚重用和招徕人才的重要举措。

到了驿馆,燕凤叫来饭菜,让马兰母子吃。拓跋珪、拓跋仪和拓跋烈弟兄三人已经风餐露宿多日,靠母亲马兰到酒馆里讨些残羹剩饭,勉强维生,有时几天都吃不上一顿饭。面对一桌丰盛的饭菜,弟兄三人像饿狼崽一样扑了过去,狼吞虎咽。

燕凤看得心酸。当年何等威风的什翼犍妻儿,如今落得如此凄惨的下场。

"慢慢吃,慢慢吃,小心噎着。"燕凤叮嘱着。

马兰流着眼泪,感谢着燕凤。

"可敦,你也吃饭吧。"燕凤劝慰着。

等他们母子都吃饱喝足,燕凤这才详细询问马兰流浪街头的缘由。

"我去找慕容将军!"燕凤气愤地站了起来:"我与他有约在先,他向我保证过,要好好照顾你们母子的!他不能这么言而无信的!"

马兰凄然地笑着:"这怨不得慕容将军,是他的老婆段氏把我们母子赶了出来,与慕容将军无关。"

"咋能说无关?他老婆把你们赶了出来,他难道就不知道?他也不来寻你们?岂有此理!"燕凤还是很生气:"我这就去找慕容将军!"

正说着,仆人进来通报,说慕容将军前来拜访。

燕凤笑了:"说曹操,曹操就到。你们母子先进里屋去,让我跟他理论。"

慕容垂进来,拱手抱拳向燕凤行礼问好:"听闻燕凤兄莅临长安,小弟慕容前来拜访。"

燕凤笑着;"我正要前去府上拜访,顺便看望什翼犍可敦与他的几个幼子。他们近来可好?老兄照顾的可好?"燕凤笑着问。

慕容垂唉声叹气,苦着脸:"兄长有所不知,小弟十分惭愧,没有照顾好他们母子,让他们走失了!"

"甚?你说个甚?"燕凤故意装作一脸惊诧,他大声咋呼着吆喝起来:"走失了?怎么可能?"

慕容垂脸苦楚成核桃:"兄长有所不知,小弟有个河东狮吼的老婆,生性悍妒,仗恃她娘家的威势,容不得什翼犍家室,趁小弟外出公干,她带领着仆从,把马兰母子撵出家门。小弟回来以后,才知晓此事,虽多方查找,却一直不得其下落。小弟今日前来向兄长负荆请罪。也请兄长帮助查访。"慕容垂声音有些哽咽。

燕凤白眼瞟着慕容垂,不屑地说:"将军也是盖世英雄,如今竟受制于女人,如此英雄气短?真是可怜可叹!"

慕容垂惭愧地低着头,满脸通红,喃喃说:"家有河东狮子吼,小弟无可奈何,唯有惭愧!任兄长责罚!"

燕凤一跺脚:"你还算个男人吗?说起来,你还算是拓跋珪的舅父,你就这么保护他们母子的?我这就去见天王,请求天王帮助寻找他们母子,请求天王放拓跋珪母子回代地去。"

慕容垂急忙拉住燕凤:"兄长这主意好,但是,小弟以为,天王不会同意他们母子返回代地。何况如兄长所说,返回代地对他们母子未必安全,小弟以为还是留他们母子于长安为万全之策!"

燕凤不屑地说:"这话我已经听过了。可是结果如何?他们母子现在人在何处?留在长安,还让他们流落街头?"

"不,当然不会!"慕容垂急忙说。

"那你说咋办?"

慕容垂嗫嚅了一阵,才吞吞吐吐着:"我想让兄长去请求天王发一诏令,诏令我和我的全家收留他们母子,这样贱内就不敢再兴风作浪了。"

燕凤哈哈笑了起来:"可真有你慕容将军的!天王能够发这样鸡毛蒜皮的诏令吗?"

慕容垂尴尬地苦笑着:"这不是万不得已的办法呢。天王经常以儒家仁义自居,想兄长只要以孔子之论来说服天王,这事即可办成。"

燕凤哈哈笑了:"既然将军如此了解天王苻坚,何不亲自去呢?天王很是看重将军,拜将封侯,当年就是因为将军说情,天工才力排众议,不杀慕容暐,还封新兴侯官拜尚书呢。听说慕容一门在长安得意非凡,将军的侄子慕容冲年纪小小,官拜大秦龙骧将军,侄女清河公主,是天王宠妃。何苦让燕凤去求天王?"

慕容垂苦楚着脸:"兄长所言不差,事实确实如你所说。不过,兄长还是有所不知,所谓官高惹人妒,位重招人嫌。你知道我归来时,王猛左仆射曾建议天王杀了我,蒙天王仁慈不杀。燕国灭,王猛以及苻融等人,竭力主张杀慕容暐。天王又给我面子,没有杀慕容暐。长安朝内,氐人十分恼怒于我。正因为如此,我才不敢再去拜见天王。我如何敢以些屑去说服天王?兄长燕大人与天王交情好,还请兄长去斡旋斡旋。"

燕凤摇头叹息:"你啊,真是的。如此英雄,却被老婆辖制得这般无能!

鲜卑国母:献明皇后

187

枉做了一世英雄豪杰！"

正说着，拓跋珪从里屋跑了出来："慕容阿叔！"

慕容垂惊讶地拉住拓跋珪："你在这里？你阿娘呢？她在哪里？"

拓跋珪指了指里屋。

慕容垂又惊又喜，他嗔怪地看着燕凤："兄长真不够意思，居然不告诉小弟，让小弟白白着急。"

燕凤笑了："这可是好人难当！我刚到长安，就碰到他们母子，你不感谢我，反而责备于我！我还准备向你要人呢。"

马兰走了出来。慕容垂向前施礼："让你受委屈了。"说着，眼泪已在眼眶里打转，马兰已然泪流满面。

燕凤按照与慕容垂商议的办法去见苻坚，向苻坚诉说了马兰母子的可怜处境，提出让马兰返回代地。

苻坚思忖了许久，让拓跋珪母子回代地显然不合适，可是留在长安又无人照顾，这叫他有些为难。

"当初是谁收留他母子的？"苻坚问燕凤。

"冠军将军慕容垂。"

"那他为什么不收留他们母子了？"苻坚问。

燕凤摇头："臣不清楚慕容将军家事，听什翼犍老婆说，是慕容将军的大夫人将他们母子赶出家门。"

"岂有此理！"苻坚生气地嘟囔着："这般没有信义，算什么？帮人帮到底，好人做到底嘛。"

燕凤摇头："恐怕拓跋珪母子不便留在慕容将军府邸，他们已经被慕容将军的夫人赶了出来，不许他们再进家门。"

"这好办。朕亲自下诏给慕容将军和他家眷，诏令他们收留拓跋珪母子！如若再发生驱赶之事，朕将重惩不贷！想慕容老婆不敢抗拒朕之诏令！"

燕凤心里暗喜，他要的就是苻坚这话。

"有天王做主，谅慕容将军夫人不敢再生事端！"燕凤高兴地向苻坚道谢。

4.含辛茹苦教育幼儿　卧薪尝胆图谋大事

有了天王苻坚的诏令,慕容垂的老婆段氏虽然极大的不乐意,也还是只得乖乖地让马兰母子进了慕容垂的大门,依然在后菜园里住下。马兰继续为慕容垂家管理菜园,忍受着段氏有事没事找茬的凌辱。

这一天是三月三。大清早上,太阳刚刚露脸,马兰在井台上提起最后一桶水,浇到菜地里。菜地已经全部浇了一遍,谅段氏也无法再挑剔出什么毛病。马兰收拾起柳条编织的斗子,放在井台上,她要回屋里去叫醒拓跋珪去上学。

马兰走回小屋,拓跋珪和弟弟拓跋仪、拓跋烈都依然在熟睡中,弟兄三个钻在一个被窝里,睡得正香。马兰走到拓跋珪的床头,拓跋珪蹬开被子,露出两条光腿。她急忙给他拉上被子,心疼地看着他。拓跋珪的嘴角流着一条涎水,睡得正香。马兰轻轻地推了推他,他哼唧了一下,翻个身,又呼呼睡去。昨晚她让他背书,一直到背会,才让他睡觉,看来他还没睡够。

马兰抬起手,想用力把他推醒。看着拓跋珪熟睡的样子,马兰有些犹豫:"娃子太困了,是不是让他再睡一会呢?"马兰放下手,走到灶火那里生火做早饭。马兰把小米放进锅里,在灶膛里添满柴火,又来到拓跋珪床前。

拓跋珪还在呼呼大睡,发出均匀的呼吸声。

马兰叹了口气,狠下心,用力推着拓跋珪:"起床,起床! 该上学了!"马兰在拓跋珪耳边大声喊。

熟睡中的拓跋珪扬起胳膊挥舞起来,生气地嘟囔着:"喊甚喊! 今天不上学!"说完,又翻转身,呼呼睡了过去。

"不上学? 为甚不上学?"马兰温柔地问,抚摩着拓跋珪的脸颊。

拓跋珪一手拨拉开马兰的手,大声吼了起来:"说不上学,就不上学! 甚为甚!"

马兰摇头,心里骂着:这犊子,脾气这么燥! 哪是个成大事的人?

马兰生气地拉着拓跋珪的胳膊,把他拽了起来,厉声问:"你得给我说明白,为甚不上学? 是不是你又想逃学?"

拓跋珪被母亲拽了起来,阴沉着脸,嘬着嘴,虽然不敢再顶撞母亲,却也

鲜卑国母：献明皇后

没有好脸色给马兰。他揉着眼睛，半天不搭理马兰。已经大了好几岁的拓跋珪，已经没有当年那么听话。

"你说话啊！为甚不上学?"马兰坐到床边，再一次问拓跋珪。

等了许久，拓跋珪才嘟囔着："今天是三月三，太学放假一天。"说完，他又倒头睡了下去。

"三月三?"马兰重复了一下。可不是，三月三，长安孩子是要放假一天的。马兰想了起来。

三月三，是上巳日，是长安人举行盛大临水会的日子。三月三的长安，已是桃红柳绿，莺歌燕舞，春风和煦，阳光灿烂，一派丽日风光。上巳日的这一日，长安城举行盛大的临水会，长安人倾巢而出，车马络绎，游客擦肩，行人摩踵，红男绿女，华服粲然，车盖亮丽，长安城上到公主、妃子，下到名家妇女，从豪族大户，王公贵人，到一般市井平民，全都出长安，来到泾水、渭水之滨，临水施帐幔，或走马步射，或歌舞饮宴，游戏玩乐终日。

"不行！学馆放假，你不能放假!"马兰严厉地说，又拽着拓跋珪的胳膊，把他拉了起来："你要起来读书!"

"干甚啊？你?"拓跋珪愤怒地喊着："学馆都放假了，你为甚不让我多睡一会儿啊？平常每天晚上逼着我写字背书，每天不到子时不让我睡觉，好不容易有一天放假，你还不让我多睡一会儿!"

拓跋珪大声喊着，一边喊一边哭泣起来。

"不许哭!"马兰严厉地呵斥着："给我穿衣服下地！要不我抽你!"

拓跋珪忍住哭泣，急忙穿衣服下地。他知道母亲的脾气，她是说一不二的！要是不听她的话，她真的会用鞭子抽打他，打得他屁股疼得几天不敢挨凳子。虽然已经长大，拓跋珪还是害怕母亲的惩罚。

拓跋珪穿好衣服，下了地。

"先去背一会《孟子》，背会了吃早餐!"马兰阴沉着脸，严厉命令。

拓跋珪只好从书包里掏出课本，走到门外，坐在门槛上，故意用最大的声音哇啦哇啦大声背了起来。他的读书声过于大，吵醒了拓跋仪和拓跋烈，他们揉着眼睛坐了起来，嘟囔着喊："阿干，你吵死我们了!"

拓跋珪回头，朝他们做了个鬼脸，又摇头晃脑地大声地背了起来："鱼，我所欲也，熊掌，亦我所欲也，二者不可得兼，舍鱼而取熊掌也。生，亦我所欲也,义,亦我所欲也,二者不可得兼,舍生而取义也。"

马兰一边烧火做早饭,一边用心听拓跋珪念书。听得遍数多了,也让拓跋珪给讲解过,她已经可以大致懂得这些之乎者也的话了。舍生取义,说得多好啊。马兰又想起前些日子,拓跋珪念的一段孟子,好像说的是做王的道理。

"你把前些日子念的那段孟子再给我念念。"马兰对拓跋珪说。

"哪一段啊?"拓跋珪极不情愿地嘟囔着:"孟子的话可多了。我知道是哪一段?你又说不清楚!"

"小犊子! 一点耐心也没有!"马兰一边往灶火里添木柴,一边教训着儿子。"就是讲'可以王'的那一段,你忘了? 你还跟我争论过的。我说,孟子说得挺好,你说他是放屁,当王就不能施仁政。你咋忘了?"

拓跋珪从鼻子里"哼"了一声:"我没有忘。只不过不喜欢那一段罢了。好,我给你背。"拓跋珪正要背,马兰又对拓跋仪说:"你也跟着一起背,我记得我让你跟阿干一些读过一起背过的。"

拓跋仪下地,来到拓跋珪身边,和他并肩坐到门槛上,一起背了起来:"孟子曰,地方百里可以王。王如施仁政于民,省刑罚,薄税赋,深耕易耨,壮者以暇日,修其孝悌忠信,入以事其父母,出以事其长上。可使百里制挺,以挞秦、楚之甲利兵矣。"

"看说得多好。孟子与孔子一样,都是汉人心目中的圣人,他说地方百里可以王。我们代地可不只百里,这代地的王应该还是我们鲜卑拓跋来做的。你啊,你要有雄心壮志才行啊! 不要看我们眼下做别人的奴隶,只要我们吃得苦中苦,就能做人上人! 你不是给我讲过一个什么国王的故事,说他卧薪尝胆十年,终于东山再起,给自己和国家报仇雪恨了吗?"

马兰一边说,一边站了起来,为儿子们盛饭。

"我们有甚仇恨要报吗?"拓跋仪不大懂事,问马兰。

拓跋珪咬着牙根,卧薪尝胆,那是越王勾践的故事,他知道那故事,也跟母亲讲过那故事,母亲很是感动,曾唏嘘不已,说:"我们也要卧薪尝胆,学做越王勾践。拓跋珪朦胧知道自己国亡家破,满怀着满腔深仇大恨。

马兰说:"等你长大,你就知道了。现在,你们一定要好好读书,练好一身本事,将来也才能成大事。也可以在百里的地方做王,做了王,要施仁政

鲜卑国母:献明皇后

与民，像孟子说的。"

"屁！"拓跋珪不屑地说："施仁政一定当不了王！当王要靠武力打天下！没有武力咋能打天下！阿娘，我看，你得想办法叫我学骑马，学武艺才行！"

马兰把饭碗端到饭桌上："来吃饭吧。"她招呼着儿子，自己也坐了下来，看着拓跋珪，琢磨着他的话："你说的也不错，这打天下，确实要靠武力。可是，眼下，这里没地方学骑马，这武艺，也没有人教，只有靠你们自己来练习了。我看，我们自己制造一些弓箭，先自己学着。你们看，行不行？"

拓跋珪高兴得抱住马兰的胳膊："太好了！太好了！我们自己来做弓箭，就在这菜园里学着射箭！"

"好，不过，这练射箭，不能耽误读书！"马兰严厉地警告着兴高采烈的拓跋珪。

"阿娘，你放心好了，我不会耽误念书的！我可喜欢念书写字了！"拓跋珪一边喝着喷香的小米粥，一边对马兰做保证。

吃过早饭，拓跋仪跑出菜园子，又很快跑了回来。

"阿娘，人们都出城去游春了。我们也去吧。"他拉着马兰的手，哼哼唧唧地磨着马兰。马兰并没有亲自见过长安过三月三，她也很想出去看看三月三的热闹盛况。

"走吧，阿娘，带我们去看看吧。外面可热闹了，一家一家的，都向城外去呢！"拓跋仪拉着马兰的手，拽着她向外走。

今天的天气这么好，风和日丽，艳阳高照，正是游春的好天气。马兰犹豫着："儿子这么想出去玩，是不是应该带儿子出去玩一玩呢？"

也罢，就带儿子出去玩半天吧。

"好吧，我们走！"马兰稍一寻思，立即答应了拓跋仪的请求。

拓跋仪和拓跋烈高兴得拉着马兰的手又跳又喊，乐不可支。拓跋珪也高兴得眉开眼笑，急忙帮着母亲把桌子上的饭碗拾掇起来，准备跟着母亲出门。

马兰换了一件干净的袍子，梳了头，又给儿子梳好索辫，拉着拓跋烈，带着拓跋珪和拓跋仪，锁了屋门，一起走出菜园大门，向慕容垂家大门走去。

他们刚来到大门口，看门的人便拦住他们的去路。"索辫奴，你们到哪去?"看门人大声吆喝着。

"大叔,我想带孩子去出城看看三月三临水会。"马兰急忙上前,赔着笑脸,向看门人央求着说。

"不行!"看门人双手拦住大门,蛮横地说:"主人婆有命令,不许放你们出大门!你们还是回去干活吧!主人婆说,她可不白养活你们这群索辫奴!"

拓跋珪冲到看门人面前,他攥着拳头,在看门人面前晃动着:"你说甚?你再说一遍?"

看门人轻蔑地笑着:"哎哟!这小索辫奴脾气还不小!我说你是个索辫奴!你想怎么着?小索辫奴!"看门人一边说,一边向地上吐了口唾沫。

拓跋珪冲了过去,一头撞在看门人的肚子上,把看门人撞得一屁股坐到地上,把屁股碰得生疼生疼。

看门人哎哟哎哟地怪叫起来。"反了你!索辫奴!"他挣扎着从地上爬了起来,脱下鞋,就去追拓跋珪。拓跋珪已经跑回菜园门。

马兰也拉着拓跋烈和拓跋仪向菜园跑去,一边喊着看门人:"大叔,你行行好,不要和一个娃子一般见识!"

看门人看追不上,只好一拐一拐地走回大门,嘴里骂骂咧咧的,威胁着:"我们走着瞧!我一定要教训教训你这小崽子!"

马兰拉着拓跋仪、拓跋烈回到菜园。拓跋仪失望地坐到井台上,拿着小树枝在地上乱画。

拓跋珪气呼呼地抱住那棵最高大的榆树,用拳头在粗糙的树干上擂着,一边骂:"奶奶的!虎落平阳被狗欺!奶奶的!爷将来一定要作王,打回长安,血洗长安,以报今日耻辱!"

"我将来一定要有我的直真、乌矮真、比德真、胡罗真、乞万真、可薄真,我要有多多的羊真!"①

屈辱,是最好的教材,是教人发奋图强的最好的老师!马兰看着脸蛋通红的拓跋珪,微笑着想,"有这么一段难以忘怀的悲惨的经历,拓跋珪一定可

---

①鲜卑呼内左右为直真,呼外左右为乌矮真,曹局文书吏为比德真,带仗人为胡罗真,通事人为乞万真,守门人为可薄真,三公贵人,通谓之羊真。

鲜卑国母:献明皇后

以发奋图强，一定可以成就霸业！”

马兰对拓跋珪充满信心。

马兰看着儿子们一脸失望沮丧和气愤的样子，她朗朗笑了起来，鼓励他们：“看你们，像霜打了茄子秧一样，怎么这就蔫了？想看三月三，不是还有办法吗？你们就不能动动心思，想个办法？”

一句话提醒了拓跋珪和拓跋仪，弟兄俩都转着明亮的大眼睛，看着菜园周围。拓跋仪看着高高的围墙，摇头叹气：“爬墙出去是个办法，可这墙这么高，我们根本爬不出去。”

“把墙挖个大洞，我们爬出去。”马兰故意打趣，她不想让儿子在困境面前垂头丧气，一筹莫展，她要想办法鼓励儿子勇敢、积极地面对困境，去战胜困境，去想方设法改变困境，为自己争取机会。

拓跋仪被母亲的话逗乐了，他笑了起来：“看阿娘说的！挖个洞出去，得多长时间啊！等我们挖好了，天也黑了，出去看甚啊？”

“那就没有别的办法了？”马兰笑着问拓跋珪。

拓跋珪的目光停留在高大的榆树上。榆树粗实的枝杈伸向四面八方，有一枝大碗口粗的枝杈正横亘在菜园的墙头上。顺着这枝杈，可以轻而易举地爬到墙头上，然后从墙头上跳下去。

拓跋珪微笑了。他收回目光，看着马兰，得意地对马兰说：“阿娘，我有办法了！”

马兰惊喜地说：“快说说，看看我这聪明的犊子有甚办法？”

拓跋珪炫耀地指着老榆树：“从树上爬上墙头，从墙头上跳下去！”

马兰笑着大加夸奖：“真聪明！是个好办法！可见只要好动脑子，就没有甚能难住我们！记住，以后遇事要动脑子！不要只是唉声叹气！办法是人想的！”

拓跋仪见母亲大加赞赏拓跋珪的话语里流露出责备自己的语气，心里很有些不服气，他噘起嘴，看着墙头：“那么高，跳下去，还不得摔断腿啊？我不敢跳！”

马兰看了看高墙，笑着问拓跋珪：“你敢跳吗？”

听拓跋仪一说，也有些害怕的拓跋珪看着高墙，犹豫起来，半天没有说话。

他们害怕了,犹豫了。马兰轻轻皱了皱眉头。鲜卑拓跋的男人是天不怕地不怕的,他们勇敢无畏,不怕死不怕难,才能一代又一代前赴后继驰骋草原横行草原,像他们现在这样,连个高墙都不敢往下跳,还能指望他们跃马横枪、驰骋横行吗?还能指望他们带领千军万马、冲锋陷阵吗?还能指望他们像代王什翼犍那样英勇善战、身先士卒吗?她眼巴巴地指望着他们弟兄在将来的一天能够帮助她光复代王什翼犍的事业呢,这样子行吗?

"不行!"马兰在心里断然说。她把深邃、灼热的目光灌注到拓跋珪身上,嘴角上流露出些微的讥讽,反问拓跋珪:"是不是害怕了?他害怕,是因为他比你小,你可是阿干哟,已经快十三岁了。"

拓跋珪被母亲灼热的眼神和问话弄得心慌意乱起来,是向母亲坦率承认自己害怕,还是装出大无畏的样子骗骗母亲,反正母亲也不会逼迫自己真的跳出去。拓跋珪转瞬做出了自己的决定。他把胸膛一拍,眼睛一瞪,脸色庄重严肃:"谁说我害怕?我怕甚啊?我才不怕呢!"

马兰微笑了,她亲热地拍着拓跋珪的肩头:"这才像鲜卑男人的样子呢!我们鲜卑拓跋男人甚也不怕!甚也别想难倒我们!你呢?阿仪?阿干都不害怕,你还害怕吗?你不过只比阿干小一两岁啊!也不算小了!快十岁了!你还害怕吗?"

拓跋仪看见阿干神气地朝他做鬼脸,用手指划拉着脸颊在羞臊他,他气愤得小脸通红,立刻也学着阿干的样子挺直了胸脯,响亮地回答:"阿娘,我不怕!谁说我怕了?我这就爬上树去跳下来给你看看!"说着,他就拔脚要跑,他要第一个上树,爬上墙头,第一个跳下来给阿娘看看,以证实他并不怯懦。

拓跋珪心里有些发慌。他急忙伸手拉住拓跋仪:"没人说你害怕!你勇敢,行了吧?"

马兰用锐利的眼光看了拓跋珪一眼,微笑着对拓跋珪说:"让他爬上去,要是跳出去,我就答应你出去玩一天,晚上回来。拓跋烈,回去把火烧拿来!"

拓跋烈脆生生地答应着,飞快跑回屋里,拿了火烧出来。马兰把火烧分做两块,递给拓跋仪一块:"这是给你的干粮!你去吧。"

拓跋仪眉开眼笑,接过火烧,揣进怀里,跳着跑向榆树。跑到树下,他脱

鲜卑国母：献明皇后

195

了鞋,把鞋别在腰带上,双手抱住榆树粗糙的树干,蹭蹭几下就上了树。他站到横枝上,慢慢地向围墙挪去。

"小心点!"马兰在下面仰望着,大声喊着,叮嘱着。

拓跋仪挪到围墙上,向外面小心地望去,寻找一个可以落脚的地方。他一看,就乐了,原来围墙外是个很高的土岗,墙头离里面不是很高。拓跋仪转身朝马兰喊:"阿娘,我跳出去了!"

"你要小心啊!"马兰又大声叮嘱着,她真的很担心,万一孩子跳下去,崴了脚,跌断腿,可怎么办?

她的话音还在空气中回荡,墙头上的拓跋仪已经纵身跳了下去,只听墙外传来"扑通"一声巨响。

"你没事吧?"马兰在墙里大声喊着。外面一阵脚步声,越来越远。

马兰微笑着轻轻摇了摇头:看来没事。她看了看拓跋珪,笑了:"弟弟走了,你呢? 不想出去看看热闹?"

拓跋珪嗫嚅着:"我……想。"他真的很想跟拓跋仪一起出去玩一天。

"那就去吧,我同意给你放假一天,只要你能跳下去。另外,你要是出去玩,还要答应我,得想办法制作出一把弓箭来。怎么样? 答应不答应?"马兰拍着他的肩头。

拓跋珪看了看高墙,这高墙弟弟都能跳下去,我这当阿干的,难道还不行? 他敢跳,我一定也敢跳!

"行!"拓跋珪挺直胸膛,豪迈地回答。

马兰舒心地笑了,她把另外半块火烧塞进拓跋珪的怀里:"那你赶快去吧,赶上你弟弟,俩人一起出城,互相照顾点!"马兰叮嘱。

拓跋珪跑向榆树,鞋也不脱,蹭蹭几下爬上榆树,很快跳上墙头,看了一眼,他便笑着蹦了下去,朝前边慢慢走着的拓跋仪追赶过去。

拓跋烈看哥哥都跳了出去,他也拉着马兰的手,喊着闹着要上树。马兰笑着说:"我抱着你,看你能不能爬上去。你要爬上去,我就跟着你也爬上去,陪着你跳出去!"

拓跋烈让马兰抱着爬树,马兰刚一松手,他就从树干上出溜下来。马兰鼓励着他,抱起他,让他重新尝试,可是一连几次努力,都失败了。拓跋烈沮丧地哭了。马兰用指头刮着脸蛋:"不害羞! 男娃还哭鼻子!"

拓跋烈不好意思,急忙擦干了眼泪,倔强地对马兰说:"我就不信我学不会爬树!"

马兰笑着:"谁说你学不会爬树?爬树算个甚?我娃甚都学得会!只要你用心去学,不怕摔跤,不怕流血,不怕疼痛!"

拓跋烈偏着头,一脸倔强,一脸信心:"阿娘,我不怕,我甚都不怕!"

马兰点头,拉着拓跋烈说:"阿娘累了,阿娘要去锄地了,你还是先去读一会书吧。以后再跟阿干学爬树,行不行啊?"

慕容垂从官府回来,进了大门,看到段氏不在前院,也不在前厅,便对看门人厉声叮嘱说:"不要对夫人说我回来了。听见没有?"

看门人卑躬屈膝,连声答应着:"小人知道,小人知道,老爷尽管放心!"

慕容垂急忙溜进后院菜园。他多日没有见到马兰,心里想念得很,今日终于找了个机会,来菜园会会马兰。

慕容垂得意地哼着小调,走进菜园,

菜园里,井台上,马兰正在与儿子一起射箭。柳树干上挂着一个画的箭靶子,正中心画着一颗人头,两只大大的眼睛,一个大大的口,凡能射中眼睛和口的,为最高分数。

母子三人正嘻嘻哈哈地欢笑着。

"看我的!"拓跋珪拉着一张竹枝做的弓,上面搭着树枝削成的箭,他偏着头,眯着一只眼,聚精会神地瞄准着树干上的人头,一会瞄着眼睛,一会瞄着嘴,拿不定主意。

"停!"马兰在旁边喊。

拓跋珪放下弓箭,回过头,看着母亲。

"你这样不行!"马兰断然说:"打仗的时候,瞄准敌人,出手要准,还要快!你这么三心二意的,不能置敌人于死地!你不能稳准狠地置敌人于死地,就可能置自己于死地!记住了没有?选择目标,一定要迅速快捷,决不能犹豫不决,三心二意!"

拓跋珪重新搭箭瞄准,"嗖"得一下,箭飞了出去,准确落在人头的眼睛上!

"好箭法!"慕容垂拍着巴掌赞叹着,走了过来。

马兰看见慕容垂过来,不禁眉开眼笑,她急忙迎上前来。有些日子没有见他,马兰心里也充满思念。

"老爷好!"马兰屈膝行礼。"过来,给慕容老爷心里问好!"马兰招呼着儿子。拓跋仪和拓跋烈都欢欢喜喜跑了过来,听话地向慕容垂问好,他们也很喜欢照顾他们的慕容垂。当他笑的时候,牙齿上露出一个豁口,他们觉得很是好玩。

拓跋珪却磨蹭着,半天没有过来。

"拓跋珪,过来啊,给慕容老爷行礼问好啊!"马兰催促着。

拓跋珪磨蹭了好一阵,见马兰总是盯着他,总等着他过来,他只好磨蹭着走了过来,勉强叫了声慕容老爷,行了个礼,又急忙走到一边去。

"你看这娃,总是害羞。"马兰无可奈何地对慕容垂笑了笑,解释说。

慕容垂摆手:"男娃嘛,就这样的!别理他,让他去练射箭吧。"慕容垂看着拓跋珪阴沉的脸,不以为意地说:"他的箭法不错嘛,不过,那弓箭可是太差了。赶明儿,我给你们一副真正的弓箭,让你们好好练!鲜卑男人不能不会骑马射箭!"

"谢谢慕容大人!"马兰瞥了慕容垂一眼,有些羞赧地说。

"谁跟谁啊?说什么谢?"慕容垂小声说,顺势拧了马兰的胳膊一下。马兰的粉脸蓦然红了。她娇嗔地白了他一眼,压低声音说:"瞧你,正经点,娃子都在跟前呢。"

慕容垂涎着脸:"我都快憋屈死了。想死我了。我们进去吧。"

马兰看了看拓跋珪,拓跋珪还在那边练箭。她对拓跋仪说:"带弟弟过去和阿干一起练箭吧,我和慕容老爷有些话说。"拓跋仪听话地拉着拓跋烈向拓跋珪走去。

"走吧。"马兰小声对慕容垂说。慕容垂高兴得手舞足蹈,连蹦带跳,跟着马兰向小屋走去。

拓跋珪一边搭弓射箭,一边用眼睛溜着母亲和慕容垂的举动,看见他们走进小屋,他的脸上罩上一层阴云。他想起慕容家几个孩子对他的辱骂,对他妈妈的侮辱,说他妈妈勾引了他们的阿爷,说他妈妈是一匹谁都可以睡的母马!这些话,他都没有敢跟母亲讲,他把它们深深地埋在自己心底。

拓跋珪仰头望着湛蓝的天空,天空飞过一队大雁,它们正从一字队形变化成人字队形,发出嘎嘎的叫声,由南方向北方飞去。大雁已经从南方飞了回来,他呢？他这塞外草原的鲜卑拓跋后代,甚时候才能飞回自己的家乡盛乐呢？

"总有一天,我要回到草原去！我要叫你慕容垂家族知道我们拓跋的厉害！"拓跋珪满怀对慕容垂全家的深深仇恨暗自向蓝天和蓝天飞过的大雁发誓。

第七章　大秦风烟

1.不听劝阻苻坚一意孤行　决战淝水大秦一败涂地

公元 382 年 4 月,苻坚面带微笑坐在长安皇城太极殿龙台的龙椅上,看着他的文武大臣。今天他召集御前会议是要商议他做出准备南伐的重大决定。

苻坚作为氐族,与汉族士人有很深的交往,他深知重用汉族人才的作用,他与百姓约法三章,让百姓安居乐业,还下令自公卿以下,岁举贤良、方正、孝廉、清才、多略、博学、秀才、异行各一人,而且勿拘贵贱。这样,他陆续引进许多汉族贤良士人作为他的治国股肱羽翼。在经济上,他通关市,来远商,于丰阳县立荆州,以引南金其货弓竿漆蜡,于是国用充足,国库盈积。再加上采取薄赋税,轻徭役,鼓励农桑的政策,以及他自己垂心政事,优礼耆老,修尚儒学的风范,建国不过十数年,把一个大秦治理得国富民强,国泰民安,国力越来越强。当时大秦,关陇清晏,百姓丰乐,自长安至于诸州,皆夹道树槐柳,二十里一亭,四十里一驿,旅行者取给于途,工商贸贩于道。但是,同所有统治者一样,苻坚从未断绝过扩张的野心,尽管他经常标榜自己遵循儒家仁道。

"各位公卿。"苻坚扫视了大臣一眼,收敛了脸上的微笑,端正了身体,庄重严肃地开始说话:"今天请各位前来,朕想与诸位商议伐晋之事。"

苻融在座位里欠了欠身体:"天王,伐晋之事,臣以为不可操之太急,目前尚非最佳时机。"

天王苻坚很尊重苻融。这个弟弟,才华出众,曾写过文章《浮屠颂》,壮丽清雅,传诵一时,而且还有相当理政本领,他诠综内外,刑政修理,进才理滞,尤善断狱,奸无所容,如此,被苻坚重用,委以宰辅,与王猛同列,参决朝政一切大事。

苻坚看着苻融,心里颇有些隐约的不悦:作为朕的兄弟,你怎么老是与朕唱反调呢?你应该与朕保持一致啊。

苻坚想起当年慕容垂投奔大秦,他决定委任慕容垂为将军的时候,苻融也是率先表示反对,说:"鲜卑贵族,难以豢养,二心一生,后果堪虞。"被苻坚当时好一通责备,他才算勉强表态同意接纳慕容垂。

尽管心里有些不悦,苻坚并没有在脸上流露出他的不悦。他是个很有修养的国主,很有涵养礼貌。

苻坚出生邺城,八岁请师就家学,自幼受儒学教育,"性至孝,博学多才艺,有大志,要结英豪,以图纬世之宜",他竭力用儒家修养约束自己,非礼勿视,非礼勿听,非礼勿行,尽管心里不悦,却没有在言行上流露出来。

此时,他尽力压抑着心底的不悦,掉转脸,平静地看着苻融,微笑着说:"朕愿闻详细缘由。"

苻融站起身,作揖拜过,侃侃而谈:"晋国虽腐,但百虫之腐,死而不僵,晋尚有英武大将、机智谋士,内有谢安,外有谢玄,一文一武,足以抵御外侮。我大秦虽占据燕赵并陇代等地,与晋相比,地尚不广,人亦不足论,此时伐晋,有百害而无一利。望天王陛下三思后行。"

苻坚颇为不悦,沉沉地说:"大秦非为地不广,人不足也,但思混一六合,以济苍生。天生蒸庶,树之君者,所以除烦去乱,安得惮劳!朕既大运所钟,将简天心,以行天罚,高辛有熊泉之役,唐尧有丹水之师,此皆著之前典,昭之后王。诚如公言,帝王无省方之文乎?且朕此行也,以义举耳,使流度衣冠之胄,还其墟坟,复其桑梓,只为济难诠才,不欲穷兵极武。有何不可?"

苻融无可奈何地摇头:兄长天王对儒家学说已经痴迷不悟了。苻融立刻回想起他反对重用慕容垂时苻坚那一顿长篇斥责,简直就是一篇儒学演讲。苻坚说:"汝为德未充,而怀是非,立善未称,而名过其实,《诗》云,德辎如毛,民鲜克举。君子处高,戒惧倾败,可不务乎!今四海事旷,兆庶未宁,黎元应抚,夷狄应和,方将混六合以一家,同有形于赤子,汝其息之,勿怀耿介。夫天道助顺,修德则禳灾,苟求诸己,何惧外患焉!"

苻融虽然同兄长苻坚一样,从小接受儒学熏陶,可是,他尚没有像苻坚那么痴迷。治国采用儒学不是很愚蠢的事吗？以德治国？简直是痴人说梦！

尽管苻融聪辩明慧，下笔成章，至于谈玄论道，谈锋机敏，虽道安无以出其右，他耳闻成诵，过目不忘，时人比之王粲，但是，此时，他竟无可反驳，他也不敢太反驳。

苻融摇头退回座位。

另一个大臣左仆射权翼起身上前："臣也以为，目前不宜伐晋，东晋固守洛阳，有河阻隔，难以攻取。"

苻坚瞪起眼睛：这些氐人，怎么老是与朕不协？是否要朕再演樊世与强德旧事啊？

苻坚想起旧事。

当年，苻坚任命王猛高位，诏令一出，全朝哗然，特别是他的氐人旧部，反映尤为激烈。王猛何许人？不过洛阳一个卖草鞋草帽的潦倒汉人罢了，居然要委任他以大秦高官！氐人纷纷表示他们的不满。其中，以樊世与强德最为激烈。樊世，一个当年追随苻坚父亲的老臣，有功于大秦的功臣，被封为特进，他负气倨傲，对苻坚任命汉臣王猛十分不满。樊世公然在朝廷上对王猛说："吾辈与先帝共兴事业，而不预时权，君无汗马之劳，何敢专管大任？是为我耕稼而君食之乎？不劳而食，君有无羞耻？"

王猛也不示弱，反唇相讥："方当使君为宰夫，安直耕稼而已。"

樊世大怒，他咆哮朝廷，跺脚呼喊："要当悬汝头于长安城门，不尔者，终不处于世也！"樊世这么一闹腾，众氐将领都喧哗起来。

苻坚大怒，拍案而起："必杀此老氐，然后百僚可整！"苻坚此言一出，众氐纷纭，但是苻坚大喝，令朝中武士拉下樊世，杀掉这个氐人老臣。

苻坚又想起对付自己的妻弟、特进强德的旧事。强德仗恃他与天王的特殊关系，昏酒豪横，为百姓之患，苻坚毫不留情，捕而杀之，陈尸长安街市，十来天内，苻坚捕二十多为非作歹的氐人豪强，抑制了氐人豪强势力。

"朕决不允许任何大臣依仗氐人身份反对朕之决策！"苻坚默默地想。

权翼上前，拜过以后，便镇定自若地谈论着他的看法："臣以为，伐晋必将劳民伤财得不偿失，东晋虽然腐败，却腐而未僵，尚有强大军事，谢玄的北府兵今年正得风头。如若此时伐晋，不惟难以取胜劳而无功，甚至可能伤及我大秦国力。臣以为，天王陛下不若暂且以修内政，以逸待劳，待东晋自行衰败到无有反抗之力之时，再振兵出击，一举灭晋，实现天王拯救天下，混天下六合一统之大业！"

苻坚不悦，从龙座上站了起来，背着手，走下龙台，来到现任左仆射权翼的面前，站了下来，定定地看着他："卿之言论朕所未闻。四年前，大秦已经攻下东晋梁州襄阳，襄阳守将朱序不已归降大秦，做了大秦的度支尚书(管理财政的最高官员)？目前大秦军队还陈列淮水以北，等待出击。朕以为混天下一统正是时机。"

权翼心里说：打下襄阳不假，可是陛下怎么就忘了当初的教训？攻打襄阳，费了多少周折，死了多少将领？陛下杀了多少大将？逼迫多少将领自杀，当时他送了把剑给做统帅的儿子苻丕，给他下了死命令：要是攻不下襄阳，就自刎以谢罪，苻丕拼死一战，用计收买朱序手下督护李伯护，靠李伯护的出卖，内外应和，才打下襄阳。否则，鹿死谁手还难说。

权翼当然不敢说这些，他想了想，恭身再拜："天王所言不差。不过，臣下记得，前左仆射王猛临终之时，再三嘱咐陛下不要南伐，臣记得他曾说过：'晋虽偏安，尚且巩固，臣死之后，万不可与之开战。'不知臣之记忆确否？"

苻坚脸色沉了下来：当初朕重用王猛，你们这些老氏全然反对，如今却用王猛来反对朕之主张！苻坚瞪了权翼一眼，挥挥手，一声不吭，让权翼退归自己座位。

大将军石越，就是扎轻便竹筏、率领五千骑兵强渡汉水攻打襄阳成功的将领，他也站了起来，说："臣以为左仆射言之有理。晋外有天险大江阻隔，内有优秀大将军谢安、桓冲，南伐难以一时取胜。臣以为还是再待时日为好。"

苻坚转过身，面对石越，生气地说："没想到你也这么长别人威风灭自己志气！朕之大秦，建国三十多年，国力富强，灭凉代，平燕赵，军队九十又七万，投鞭入江，便可断江流，居然不败于晋？岂有此理！"苻坚甩袖登上龙台。

大臣你瞅瞅我，我瞅瞅你，都不敢再说什么。

苻坚坐回龙椅，看大家都不说话，气恼地挥手连声喊："退朝！退朝！"

苻融也随大臣退出。

鲜卑国母：献明皇后

符坚在后面喊住了他："符融！你随朕来！"

符融随符坚来到后殿小宫。

符坚坐了下来，让弟弟符融坐在对面，他们弟兄抵膝而坐，要决定一件大事。

符坚看了看符融，说："大殿议事毫无结果，朕心不悦。朕一经决定，主意不改。古来大事决定，皆一二人。今大秦南伐，也须你我兄弟抉择。"

符融急忙摇头："请兄长谨慎斟酌！南伐事关重大，不可不慎！小弟还是以为不可轻率南伐！"

符坚继续劝说："朕以为，现在南伐，正为合适时机。有前年南伐之胜利，何不乘胜追击？晋兵无休整时机，何来回击之力？如若再拖，正给晋兵以休养生息之机，待晋兵恢复，南伐如何取胜？"

符融只是摇头："兄长差矣。假以时日，晋并无恢复之望，倒是我大秦兵力国力得以歇息恢复，使我更加强盛，出兵南伐有所保障，胜算概率更大！望兄长仔细斟酌！"

符坚还是摇头："小弟言之差矣。我大秦国力兵力乃最为强盛，有足够财力保障南伐成功！小弟过虑了！"

符融急得红头涨脸，平素伶俐的口舌如今竟觉得如此的笨嘴拙舌理屈词穷，他瞠目结舌，一时说不出话来。

符坚哈哈大笑起来："小弟无话可说了吧？既然理屈词穷，那就同意兄长之决定。南伐东晋，不日行动！"

符融站了起来，眼睛里滚落出成串的泪水。他结结巴巴地说："弟恳请陛下三思而后行！还是要三思后行啊！"

符坚也站了起来，他拍着符融的肩头："你什么时候变得如此谨慎小心？南伐还得你做征南大将军不可。"

符坚来回走着，想着，得意地说："朕此次乃马到成功，须先行在长安建造华丽大宅，以备晋帝与重臣居住。朕将发诏书，晋灭之后，将委派晋帝为尚书左仆射，委宰相谢安为吏部尚书，车骑将军桓冲为侍中！朕不亏待晋之帝臣，其皆为饱学之士，学富五车，朕敬佩之至！"

"骄兵必败！"符融忧心忡忡地看着符坚满脸得意之色，还想再劝说。符

鲜卑国母：献明皇后

坚却连连挥手:"退下吧,回去准备准备,朕这就发诏征兵!"

七月,苻坚下诏全国征兵,发进军晋的动员令。大秦上下,一时人心惶惶,百姓十人抽一人当兵,贵族地主子弟,年满二十,全部授予羽林郎称号,编进禁卫部队,随军作战。各州公私马匹一律征调做军马。各州官府开始大量征兵征马。

八月,苻坚征集军队,有步兵六十多万,骑兵二十七万,羽林郎禁卫军队三万。苻坚任命苻融和慕容垂带领步骑二十五万做先锋,自己率领大军,前后千里,旗鼓相望,浩浩荡荡从长安向东出发,出潼关洛阳,九月,到项城(今河南项城)。这时,苻坚征集的凉州兵始达咸阳;蜀汉之军,顺流而下;幽冀之众,至于彭城。于是,东西万里,水陆齐进,运漕万艘,自河入石门,达于汝颖。

这时,苻融率领的先锋队伍已经到达颍口(今安徽颍上县正阳镇),向东面的肥水重镇寿春(今安徽寿县)展开进攻。历史上有名的淝水大战开始了。

苻融攻克寿春,立刻派使者飞骑报苻坚,苻融说:"贼少易俘,但惧越逸,宜速进军。"苻坚大悦,舍大军于项城,亲自率领轻骑八千,兼道赶赴寿春。到达寿春以后,苻坚和苻融登城观望形势。

寿春城外,晋将谢石军队旌旗飘荡,漫山遍野。

大秦军队压境,东晋孝武帝和满朝文武大臣确实惊慌失措,但是,在主战派宰相谢安的坚持下,主战抗战的主张得到了支持。孝武帝任命谢安做征讨大都督,统筹全局部署防务,同时委派尚书仆射谢石为代理征讨大都督,委派谢玄为前锋都督,与他的儿子谢琰等一起率领八万精兵去迎击苻坚,又派五千水兵去增援寿春。增援寿春的水军被苻融阻隔在硖石(今安徽凤台县西南)等谢石大军到来。苻坚到达寿春,谢石军队也来到寿春附近,驻扎在洛涧,却被苻坚军队阻隔,无法与水军汇合。

苻坚和苻融登城观看地形,部下上来报告:"报告天王,捉到晋军送信使者,从他身上搜出水军都督给征讨大都督谢石密信一封。"

"太好了!"苻融高兴地喊,接过密信。不知道晋军动向,他正心急如焚。

苻坚和苻融头对头读着。

鲜卑国母:献明皇后

"哈哈!"苻坚仰天大笑:"天助朕也!"

苻融也喜出望外:"天王,真是大好消息。晋军水军缺乏粮草,只有五千多人,要立刻发动进攻!"

"好! 马上发动进攻!"苻坚拊掌:"不过,兵法上讲,不打无准备之仗。依我之见,先劝降以瓦解军心,以显示我们大秦之仁!"

苻融心里不大赞成,却又不好直接反驳,他沉思了一下,点点头同意了。"天王以为,派谁去为好?"

苻坚想了想:"派朱序前去劝降,他是晋人,与谢石相熟,容易说话。"

苻融犹疑了一下,嗫嚅着:"恐怕不太合适,万一朱序心存二意,里通谢石,把我军机密泄露给谢石,可如何是好? 他位居高位,对我行动了如指掌!"

苻坚哈哈笑着:"用人不疑,疑人不用。朕对朱序仁至义尽,他如何能够背叛于朕? 小弟多虑了!"

"难说。我听说南人官员反复无常,有奶便是娘,无德行操守可言。当年襄阳之失守,还不是李伯护的出卖? 天王兄长还是小心些为好。"

"你就放心吧。朱序不是那种反复无常之小人! 他有操守! 朕也憎恶那反复无常有奶便是娘的小人,所以朕杀了自以为有功于朕的小人李伯护啊!"苻坚笑着,毫不在意。

"有操守? 有操守还会投降我朝?"苻融心里反驳,嘴上不好再多说。

"叫朱序来!"苻坚命令。

朱序原是晋将,守襄阳城。前几年襄阳失守,他便与时俱进,投降了大秦,苻坚任命他做了大秦度支尚书(管理财政的大臣)。想起这段不光彩的经历,朱序虽然也有些脸红心跳,感到有些惭愧汗颜,可是也颇为得意,对大秦天王也不无感激。大秦朝廷不仅不歧视降臣,反而非常重用他,委以重任,对他既无防范也无疑心,让他感动得涕泪交流。他在长安也就乐不思晋。不过,他心里难免还会取笑苻坚一番:苻坚毕竟是氐胡,头脑简单蠢笨些,没有南人聪明诡计多,苻坚这么信任我,就不怕我哪天私通晋朝? 要知道,毕竟是血比水浓啊。

朱序也随苻坚南伐,一路上,他颇忐忑。攻打晋,对他来说真是很痛苦的事情。那里是他的血脉所在,他就是再卑鄙也心有不忍。守襄阳失城,朱序投降大秦,又没有能够像一个将领吉挹守住节义以死殉国,他已经无颜见江南父老,无颜面对自己那有谋略有勇气的、帮助他守襄阳的老母,现在再带领着大秦军队去打自己的父老乡亲,他还算人吗?

想起他的老母,朱序就不由一阵阵心酸。要是自己听老母的话,也不至于到今天这地步。朱序守襄阳,十分轻敌,但是老母韩氏却一再告诫他,要防患于秦兵未到时。韩氏随朱序父亲朱焘南征北战多年,懂得一些军事,她担心秦军早晚会渡过汉水到襄阳城下,见朱序轻率地凭借汉水天堑,放松守城,自己便亲自率领军士巡视襄阳城防。在面临汉水的西北角,她看到城墙有些倾颓,容易倒塌,很是担心,就带领自己家中女仆和家人,以及城里的一些青壮年妇女,一起兴修城墙,加固城防,在这里新修一道城墙。城里妇女看到老夫人这么大年纪亲自动手,都积极参与修城工程。很快,在西北角修起一道二十多丈的新城墙。这段新城墙在抵御苻丕进攻襄阳时发挥了极大作用,使襄阳坚守一年多。如若不是李伯护的叛变,做了内应,这襄阳城也许不会被秦军攻克。结果,襄阳失守,让老母随之做了秦国俘虏,虽然与自己在长安享福,却十分不开心,经常唠叨指责他,让他总感惭愧。

可是自己又能如何呢?见机行事,与时俱进吧,他苦笑着排解自己的忧虑。

这时,苻坚派人叫他。

朱序急忙颠颠地跑步去见苻坚。

"天王传唤小臣?"朱序满是疙瘩的脸上挤出一脸谄媚讨好的笑容。

苻坚沉着脸:"朕派你往谢石营地,说降谢石。马上出发!及时赶回!过时不归,拿你长安老母问罪!"

朱序心里大惊:他有何面目回晋营啊?可是天王命令他敢违抗吗?朱序转念一想:这也许是自己将功赎罪的好机会?

朱序来到谢石营地。谢石听说大秦派降将朱序前来说降,很是愤怒。不过,两军对峙,不杀来使,也许从朱序嘴里能够得到些大秦军队的情况。

"让他进来!"白净斯文的谢石在中军营帐里说。

朱序进到主帅大帐,急忙向谢石问好。

谢石冷笑着:"好一个朱将军,听说在长安倍受重用,来此何事啊?"

鲜卑国母:献明皇后

朱序脸红了，颗颗疙瘩都红了起来。"苻坚天王派朱序前来劝降。"

谢石霍地站了起来，拍桌咆哮："好一个朱序！自己投降氐胡，不知廉耻！居然有脸前来劝本都督投降！拉出去，给我砍了！"

朱序急忙跪下，哆嗦着求情："还请大都督饶命！两军对仗，不斩来使。朱序可是作为大秦使臣前来劝降！大都督不可造次！"

谢石冷笑着："那好，你就先来劝降吧。本都督洗耳恭听！"

朱序站了起来，作揖拜谢："感谢大都督！听我说来。我朱序知道自己有罪于晋，可是今天小臣前来是将功补过的，希望大都督不记前愆，给小臣以补过之机会。"

谢石点头："好吧，说说你的补过吧。我来问你，大秦伐晋，出动多少军队？"

朱序说："苻坚统领九十七万大军，其中，步兵六十多万，骑兵二十七万，羽林郎禁卫军队三万。"

谢石脸色大变，他一下子站了起来："如此多军队，我晋朝如何对付？这仗可如何打下去？难道真的要听你的话，投降不可？"

朱序微笑了："如若苻坚军队全部抵达肥水，这仗确实无法打，大都督只有竖白旗投降不成。但是，这九十七万大军，大部分尚在途中，尚未到达寿春。最能征善战的西凉兵不过刚刚赶到咸阳，未出潼关，而且，苻坚把主力留在项城，自己只带八千轻骑赶来寿春。大都督只要派一支精锐部队，打败秦军前锋，兵败如山倒，秦兵必然全线崩溃！"

谢石怀疑地看着朱序："你不是蒋干吧？是不是使用反间计啊？"

朱序满脸惭愧："大都督不相信朱序，也是情理之中。但朱序原本晋人，无奈投降，却难以忘记家园故土。信与不信，全在大都督。朱序告辞了。"

"送秦使臣！"谢石大声喊。

送走朱序，谢石叫来谢玄谢琰，商量分析朱序的情报。

"苻坚在寿春，还是先守为好。"谢石皱着眉头说，他不大相信朱序的情报。

"不！"侄子谢琰年轻气盛，说话总是很冲，直截了当。

"贤侄请讲详细！"谢石说。

"侄子以为，朱序的话是可信的，他虽然投降大秦，确实是不得已而为之，但是，他心里还是向着故土的，他不会欺骗叔父。他的情报应该是可靠的，我们就应该如他所说，趁符坚兵力尚未集中，用少数兵力打败其前锋，挫其锐气。只要先消灭阻挡我们前进的梁成秦兵，我军就可以继续前进，与水军会合。只要与水军会合，我方胜利就指日可待。"

谢玄拍手，赞不绝口："贤侄果然厉害，这办法很好，很好。我以为可行。大都督，你看呢？"

谢石想了许久，最后才下了决心："好，听从你的建议！你们看，派哪位将领？"

谢玄笑了："非他莫属。"

谢琰也笑着："确实，非他莫属，只有他这员勇将，方可完成这等大任！"

谢石有些摸不着头脑："你们说的是谁啊？"

"刘牢之！"谢琰和谢玄异口同声。

"对！非他莫属！着他率领五千北府兵，一定可以打败梁成！"谢石舒心地笑了。

"马上集合北府兵，来个战前总动员，让士兵宣誓，鼓舞他们保家卫国的士气！"谢琰又出了个主意。

"是的，好办法！大敌当前，面临异族入侵，面临国破家亡，北府兵一定会一如既往，英勇善战！只要我们士气高涨，同仇敌忾，即使人少，也一定可以打赢！"谢玄很有信心地说。

"什么？梁成大败？"符坚在寿春城的府邸里，听着符融前来报告的这个消息，眼睛瞪得如铜铃一般，半天不转动一下。

怎么会呢？他们那么严密部署的作战方案怎么会失败呢？还败得那样惨？

晋将刘牢之得令以后，带领着摩拳擦掌的北府兵，向洛涧出发，为了保家卫国，北府兵士气高涨，当天夜里，就渡过洛水，五千北府兵如下山猛虎突然出现在梁成营地里，梁成兵士还在睡梦中。梁成从睡梦中惊醒，愣怔了许久，不知道营地里杀声连天是怎么回事。仓促披挂上阵的梁成吩咐部下迎战，可是营地已经混乱不堪，毫无准备的秦军被英勇的北府兵冲击得七零八落溃不成军,纷纷向四面八方逃窜。刘牢之带领着参军奋勇拼杀,截断秦军退路。秦军士兵只好向河边逃窜,不少士兵跌落淮水,被滔滔大河吞没生命。

"谢石、谢玄大军已经冲到淝水东岸了!"又有探报前来报告。

"走,我们登城看看!"苻坚说,慌忙向外走,一下子撞在门框上,额头上撞出一个大包。他顾不得疼痛,颠仆着向城墙跑去。苻融急忙跟了出去。

苻坚和苻融登上城墙,了望着城外淝水东岸。淝水东岸,晋军临水扎营,营盘上空,旗旌飘扬,营盘前,集合着齐整的队伍,士兵铠甲闪闪,头盔红缨飘闪,士兵肩头刀枪在阳光下闪烁着银光,阵阵口号声借着风势传来,隐约可以听出"奋勇杀敌,保家卫国!"的雄壮声音。

苻坚再看,八公山上,似乎到处都是晋军人影晃动,在他看来,八公山上,草木皆类人形,真是草木皆兵。

苻坚心中突然惊慌起来:谁说晋军人数少呢?这么庞大的阵容要比他在寿春的队伍多得多。要是打过来,秦军如何抵挡?

"这明明是强敌,谁人虚报军情?说晋军兵力弱小?"苻坚不满意地看着苻融,生气地说:"马上传令,严防淝水防线,没有命令,不许渡水出击!"

城下,对面淝水军营里,喊起一片叫战声:"秦军听着,晋国大都督要求与你们决战! 出来决战!"

苻坚下城:"不必理会! 不管如何叫战,决不应战! 死守淝水!"

苻融点头:"天王部署英明! 秦兵虽然战败洛涧,但是晋军没有秦军势众,等到大军至,再与之战,晋军必不是我对手!"

部下上来报告:"报告天王! 晋军大都督谢石派使者前来商议交战。"

"叫他进来!"苻融回到自己官厅,等着接见晋使。

晋使上前拜见苻融,说:"将军领兵深入我晋国境地,列阵淝水之岸,这是做长期战斗之准备。大都督以为,秦军如若做长期作战打算,十分愚蠢。冬季到来,贵军衣衫单薄,如何度过寒冬?不若速战速决。贵军如后退淝水,让出一片空地,让晋军过来,双方周旋,决一死战,仆与君公缓辔而观之,如若我方失败,仆一定让出淮水,岂不美哉?"

苻融心里冷笑:好一个狡猾的大都督谢石,他害怕等待,怕我大军到达,他无力抵抗了。不过,苻融不敢自行做主,他须请示苻坚。

符坚召集将领,商讨晋军的建议。将领石越首先表示不同意:"天王,决不能受谢石欺骗。南人狡诈,又无信义,如果天王听信他的花言巧语让他渡河,他势必趁我大军未到,采用突然袭击,以我大秦现有在寿春兵力,决然胜不了他八万兵力!"

"是的,石越将军言之有理。"符融急忙响应赞同:"不可答应谢石要求。我大秦军队只要死守淝水,不让晋军渡河,待大军一到,不怕晋军不溃。"

符坚并没有认真听取石越与符融,他在想一个万全之策:"大秦如若不答应晋军请求,不是显示出大秦惧怕晋军吗?我符坚不是要被南人耻笑吗?不行,我符坚盖世英雄,决不能被小小谢石耻笑为胆小鬼,要答应他的请求!"这时,他的脑海里出现了一幅美妙的图景:埋伏大军在淝水河岸,然后放晋军过河,等晋军过河,埋伏兵力突然袭击,活捉谢石不就在眼前吗?

"好计谋!"符坚得意扬扬地想。

"天王!"符融发现符坚没有注意听他讲话,就提示性地喊了一句。

喊声把符坚的思绪从冥想拉回眼前。"卿之所言不差。"符坚应付着,"不过,朕有个绝妙主意,既可以显示我大秦的胸襟,又可以一举消灭谢石!"符坚满脸得意,看着大臣。

"愿听详细!听天王赐教!"符融与大臣异口同声喊了起来,迫不及待地等着符坚说出他的绝妙主意。

符坚故意咳嗽了一声,沉默着,故意卖了一会儿关子。大臣都眼巴巴地望着他,大堂上静得可以听到蚊子嗡嗡的叫声。

"朕决定,同意晋军请求,放晋军过河。"符坚此言一出,大堂上死一般安静,连蚊子都惊吓得飞走了。大臣心里都像敲鼓一样,怦怦跳个不停。放晋军过河?这不是自找死路吗?天王他糊涂还是疯狂?

"天王!不可以!"符融突然喊了起来,声音凄厉。

符坚却哈哈大笑起来,笑过之后,他才接着说:"放晋军渡河,显示我大秦仁义与大度。待晋军过河到中间,大秦埋伏骑兵突击而出,一举消灭谢石于河中心!诸卿以为如何?"

符融想了想,谨慎地说:"天王,这计谋确实高明,不过太过冒险!听说北府兵勇猛异常,渡河之后万一不进埋伏圈,或者我军兵力不足以抵挡北府兵,将如之奈何?天王,还是不冒此风险为好!"

鲜卑国母:献明皇后

符坚懒怠争论，他站了起来："朕意已决，诸卿不必多言。传言晋使，大秦天王同意谢石请求，让晋军于明天中午时分渡河，大秦军队同时后移五里！"

"太好了！"晋军大都督谢石拍着桌子高声喊着，"我们胜利有望了！"谢石对谢玄和谢琰说。谢玄和谢琰也喜笑颜开。

谢玄笑了一会儿，皱起眉头，背着手在营帐里走了几步："符坚答应如此痛快，会不会其中有诈？"

谢琰摇头："不会吧。符坚这人，信奉儒学，经常以君子自居，喜欢标榜他的诚信，不大会玩诈术的！"

谢玄摇头："兵不厌诈！孙子兵法他大约是读过的。我以为，还是要防他的欺诈才好。万一我军渡河于中心，他突击出兵，我军将之奈何？"

谢石点头："将军所言有理。我们要小心谨慎才是，不能有一丝一毫大意，不能大意失荆州啊！这一仗是关系晋国命运之大战，须谨慎对待！"

谢琰点头。

谢玄说："渡河时一定要迅疾，让骑兵在前，快速渡河，步军随其后。即使有埋伏，我们的骑兵可以抵挡，掩护步军上岸。同时，要做好动员，不要让士兵畏惧渡河。淝水并不深也不急，只要勇猛冲锋，可以很快渡过去的。还要告诉士兵，渡河过去，就会打败大秦军队！"

"对！一定要做好战前动员！让我们的士兵为保家卫国同仇敌忾！"谢石说。

第二天中午，双方约定时刻，符坚披挂甲胄，在符融和大将的簇拥下，出了寿春城，来到阵前。对岸，谢玄率领的八万军队，在东岸已经排列开来，等着时辰到来涉水渡河。

征南大将军符融与骠骑将军张蚝披上铠甲，骑马来到阵前。符坚看双方都已准备好，就让符融传令，命令大秦军队向后撤退，让晋军渡河。

一听说要后撤，又看见对岸晋军开始渡河，大秦军队被强迫征调来的士兵就有些心慌，一个个争先恐后地向后跑，大秦军队开始混乱。符融骑马大声吼叫着，制止军队混乱后退。士兵却你推我拥，拼命向后跑，有些士兵趁机跑出队伍,四散狂奔。队伍一下子大乱起来,如狂潮般向后奔逃。

谢玄指挥着晋军如潮水般从淝水对岸渡河,马队在河里,扬起白色浪花,步军在马队后,各个奋勇争先,眼看着骑兵已经渡过河心,朝西岸飞奔而来,一匹又一匹快马踏上西岸,骑兵跃马扬刀向大秦军队奔来。

"不好!"符坚看着自己潮水般后退的军队,捶胸顿足,气急败坏地挥手大声喊:"停止后退!停止后退!回来作战!回来作战!"

符融催马,冲进后退的军队里,扬着枪,大声传达着符坚的命令:"天王命令!停止后退!停止后退!"

没有人听到他的喊声,所有的士兵都在拼命逃命,潮水般后拥的军队裹挟着符融的坐骑,让他也不得不连连后退。没有人能阻止一支溃退的军队。兵败如山倒,大秦这支没有败的军队却如山倒水泻般后退着。

跟在天王符坚身后的朱序,看到大秦军队狂泻,趁着混乱,悄悄离开符坚,跑到岸边的高地上,扬手大声喊了起来:"秦军败了!秦军败了!"

这喊声,像进军号令一样,让渡河的晋军更加勇猛。骑马指挥的谢玄指挥着晋军冲了过去:"杀啊!冲啊!大秦败了!"士兵都随同谢玄喊了起来,奋勇向前冲去。晋军的喊声排山倒海,狂飙呼啸,卷进大秦军队。后退的大秦士兵胆战心惊,更是各个争相逃命,大秦军队完全崩溃了。

符融被后退的军队裹挟着,他还想试图控制局面,扬起手中长枪,向一个逃命的士兵刺去,企图制止溃逃的军队。又一股逃命的士兵潮流涌来,他的坐骑倒在混乱的人群里,马踏人踩,死于乱军之中。

符坚见军队已经完全失去控制,大势已去,自己也不敢耽误,急忙跨上战马,在左右随从的保护下向后方逃去。这时,一支流箭飞了过来,射在符坚的右肩上,鲜血染红了他的战袍。符坚忍受着巨大伤痛,带领着亲信随从十几个人向后逃去。

谢玄看到秦军溃退,便指挥着晋军乘胜追击,他带领着队伍一直追过寿春西北三十里外的青冈,才鸣金收兵,打扫战场。谢玄收缴了堆积如山的武器盔甲,上万马牛车辆,他带领自己的军队开进寿春城收复了失地。朱序又回到晋军里。

符坚带领着十几个人一路逃窜,收留了逃跑的队伍,不过千把人。

冷风阵阵吹来,风声鹤唳,看着冻死战死的累累士兵,符坚仰天长叹:

鲜卑国母:献明皇后

213

"天啊！你为什么不保佑我大秦国啊！"苻坚抬眼四顾，只见苍茫的原野山峰，已经隐藏在茫茫的夜色中。"哪里去呢？"苻坚茫然。

"天王，回项城吧，那里有慕容垂的队伍。"部下提议。负伤的苻坚勉强打起精神，向慕容垂驻地奔去。

2.慕容垂趁机叛乱　大鲨鱼脱钩出走

慕容垂率领着自己的队伍，随苻坚出发伐晋，驻扎在项城附近。

听说要伐晋，大秦都城长安城里的慕容氏开始了暗地里的串联。被苻坚灭国的燕国国主慕容暐更是异常活跃。

慕容暐，字景茂，是燕国国主慕容儁的三子，建国十五年（公元356年），慕容儁在蓟地自称皇帝，置百官，年号元玺，郊祀天地，建立大燕。第二年，迁都邺城，号年为光寿。慕容儁死，子慕容暐继位，号年建熙。慕容暐政无纲纪，时人认为他将灭，国内谣言四起。流传最为广泛的是，有神女降邺，自称湖女，有声能够说话，可以与人相接，数日才离去。不久，晋将桓温率众伐慕容暐，慕容暐的叔父慕容垂，率军在枋头予以迎击，大败桓温军队。慕容垂有功，非但没有得到侄子慕容暐的嘉奖，反而惹起慕容暐的嫉恨，要加害于他。慕容垂大怒，率部投奔大秦苻坚。苻坚得到慕容垂，于公元370年派王猛伐邺，擒拿慕容暐，灭了燕国，俘获慕容暐及许多慕容贵族。苻坚不听王猛劝说，不顾大秦贵族反对，不仅没有杀慕容暐，而且还把慕容暐及其慕容家族安置在长安，封新兴侯，把慕容暐的一对弟妹，慕容冲以及他的姐姐清河公主并收宫中，清河公主成为苻坚的宠妃。

慕容暐秘密去见叔父慕容垂，慕容垂并不想去见他，不是因为他的排斥，燕国也许还不至于灭国。想起燕国的覆灭，慕容垂就恨恨不已。可是，不管怎么样，慕容暐还是他的亲侄子，既然侄子亲自上门求见，他慕容垂也不能太绝情绝义。

慕容暐一进慕容垂的大厅，就扑通一声跪倒在慕容垂的面前："叔父，小侄前来拜见叔父。感谢叔父当年在天王面前求情之恩。"

慕容垂挥挥手："你起来吧。陈年老事，何足挂齿？"嘴上这么说，慕容垂心里却还是很有些得意喜欢，慕容暐毕竟没有忘记自己的好处。当年苻坚排斥众议,不杀慕容暐,确实是也有他这冠军将军说情的因由。他慕容垂虽然对当年在燕国受到的不公正待遇依然耿耿于怀,但是燕国灭国以及侄子亲人被俘获到长安,他还是很感难过。毕竟是血脉亲人,他多次竭力向苻坚为慕容暐说情。苻坚听信了他慕容垂的劝说,才收留了慕容暐以及来自燕国的其他慕容族人。

慕容暐落座以后,看着慕容垂,小心恭敬关心地询问:"叔父,苻坚即将出兵伐晋,不知叔父可随之出征?"

慕容垂点头:"是的。我已得到天王命令,随天王出征,做天王的后续部队。"

慕容暐问:"叔父估计这战能否打赢?"

慕容垂摇头:"难以估计。朝中大臣多有反对,以为现在伐晋不是时机。可天王固执己见一意孤行,坚持伐晋。天王倾国力以出,号令凉国,看来是要破釜沉舟决一死战了。"

慕容暐倾着身子,凑近慕容垂:"叔父知道,我燕国曾与晋打过几仗。据我之经验看,我估计大秦此行难以成功。我来见叔父,是想提醒叔父,望叔父在南伐中不要硬拼实力,以保存自己实力为主,也许大秦气数已尽,叔父还能担当复兴燕国之大任。此话我也与慕容冲讲过,不过他毕竟年轻稚嫩,不及叔父老谋深算韬略过人。小侄以为,万一秦出师不利,叔父完全可以趁此大好时机,金钩脱身,另谋出路,以图复兴燕国!我慕容暐上负慕容列祖列宗,下愧对燕国龙城邺城黎民百姓,我是将死之人,无能为力,复兴燕国大业,只有拜托叔父,万望叔父念燕国慕容之后,不记前怨,代小侄担当复兴燕国重任!"

说到这里,慕容暐已是泣不成声,泪流满面,他站了起来,又扑通跪倒在慕容垂的面前,咚咚地连连磕起响头。

慕容垂很受感动。慕容暐的一番话确实打动了他的心。正如慕容暐所说,他是燕国慕容宗室,复兴燕国也应该是他义不容辞的责任。国破家灭,他慕容垂难道就不受列祖列宗的谴责?假如他可以代慕容暐复兴燕国,列祖列宗还不赞扬他?

慕容垂扶起侄子慕容暐:"快起来,快起来。"

慕容暐哽咽着说:"叔父不答应侄儿的请求,侄儿就这样一直给叔父磕

鲜卑国母：献明皇后

215

头，一直到叔父答应为止。"

慕容垂叹气："这么重大事情，非凭一时意气可以决定的，须假我时日以慎重考虑。侄儿还是先行起来说话。"

慕容暐见慕容垂这样说话，知道慕容垂已经心有所动，急忙又连连磕了几个大响头。"谢谢叔父！谢谢叔父！有叔父这番话侄儿就放心了。"

慕容垂苦笑着："我又没有答应你什么，许诺你什么啊，你怎么放心?"

慕容暐站了起来，擦着眼泪："我知道叔父并没有答应我什么。可是叔父心中已经有了念头，这念头会引导叔父做出正确选择来。我相信这一点。叔父尽管放心出行，长安叔父家中的事情有侄儿帮助料理。叔父不必顾及家中。待你出行之后，侄儿会把叔父一家送出长安。"

慕容垂想了想："这事一定要秘密进行，不可走漏一点风声。对，你送我的家眷出长安的时候，不要忘记安置什翼犍的儿子与可敦马兰同行，这件事可以找燕凤帮忙。"

慕容暐答应着："你就放心走吧。我会妥善安排的。"

慕容暐走了之后，慕容垂沉思了许久。慕容暐的话确实已经深深扎根于他的内心深处。他从跟随苻坚出征那天起，就一直在盘算着，在小心观察着，小心翼翼地不让自己的队伍行进得太快，保持着自己队伍远离苻坚和苻坚的先锋部队。

苻坚在项城接到苻融使者报告决定亲率八千轻骑部队到寿春之前，特意召集到达项城的各队伍的首领，严厉命令保守秘密，不许任何人走漏他离开项城的秘密行动。当时，慕容垂还指挥着他的三万队伍慢腾腾地行进在通往项城的路上，越接近淮水，他行进的速度越慢。

在快到项城的时候，他命令队伍驻扎下来，他不知道前方的情况，不知道晋军的动向，不知道苻坚的部署，他想磨蹭着等待苻坚命令的到来。

就在这时，前方传来苻坚与晋军在淝水交战的消息。慕容垂便命令驻扎下来的队伍不再前进，原地待命。

慕容垂走出帐幕，瞭望着东南方向。东南方向的淮水平原，苍苍茫茫。冬日的太阳惨白，把懒洋洋的苍白光芒投射到这片肥沃的土地上。冬日凛冽的寒风吹拂着营地里的大纛和旗帜，发出哗啦哗啦的响声，光秃秃的树木上，风吹拂着几片干枯的树叶，一大群乌鸦哇哇叫着从东南方向仓皇地飞了过来，仓皇地越过他的上空，向西北飞去，乌鸦群飞过，遮天蔽日。

慕容垂突然心慌起来，原地待命的他原本心中就忐忑不安，现在更加惶惑起来。前方战事如何呢？他既担心大秦苻坚打不赢晋军，又担心苻坚打赢晋军，他内心隐秘地隐藏着希望苻坚失败的愿望，却又害怕晋军胜利。慕容垂此时心乱如麻。

突然，一队骑马的士兵队伍从东南地平线上出现。

慕容垂心中一阵发紧：不是晋军打过来吧？

慕容垂定睛望去，只见队伍凌乱不堪，骑马的队伍没有队形，旗帜歪斜着拖在马上，马后跟随着一些步行的兵士，非常凌乱的一群人。慕容垂终于看见了歪斜的黄色大纛，上面绣着灿烂的金龙和秦字，是大秦的队伍，他放心了，急忙朝着队伍迎了过去。

马队很快来到慕容垂跟前。

"天王！"慕容垂吃惊地喊了起来，急忙跑上前。他看见马背上的苻坚，浑身血迹，脸色苍白，由于痛苦，扭曲得他几乎认不出来。随从把苻坚从马上搀扶下来。

"天王陛下，冠军将军慕容垂拜见天王陛下。"慕容垂赶上去纳头跪拜。

苻坚一句话也不说，只是挥手让慕容垂起来。

"天王，这是咋的了？"慕容垂上去搀扶着苻坚，着急地问。

苻坚只是摇头长叹，无力地倒在慕容垂的臂膀里，慕容垂和随从把他半拖半抱进了营帐。慕容垂叫来随军太医郎中，为苻坚包扎伤口，为苻坚安排饮食。

慕容垂小心伺候着苻坚歇息之后，这才招手把跟随苻坚的贴身宦官刘才叫到营帐外面，询问前面战事。刘才双眼垂泪："完了，全完了，大秦被晋军打败了。如今，只剩下这千把人了。当时我就劝天王不要离开项城，天王就是不听，如今悔之晚矣。"当时，刘才流着眼泪竭力劝阻苻坚不要亲自率领队伍到寿春，苻坚就是不听，他说，他要亲自去迎接谢玄投降。

慕容垂心里又惊又喜：惊的是晋军这么快这么迅速打败大秦，是他万万没有意料到的；喜的是慕容皝的预料成真，这也许就是他复兴燕国的时机。

下一步该如何办？慕容垂沉思着。

慕容垂回到自己的寝帐，儿子慕容宝上来问候。慕容宝已经长成精壮魁梧的青年，与鲜卑慕容男人一样，十分英俊。慕容垂十分喜爱慕容宝，虽然他顽劣不好读书，却喜他爱舞刀弄枪，有些歪点子。慕容垂觉得，他将来能够带兵打仗，所以，早早就让他进了自己的队伍，这次特地让他做自己的副官，随同自己出征。

　　慕容宝凑到父亲身边，压低声音："阿爷，苻坚大败，现在正是时机，杀了他，阿爷带兵回长安代他做天王。"

　　慕容垂厉声呵斥："不得乱说！天王待我不薄，我不能忘恩负义，以怨报德！"

　　慕容宝不屑地说："什么叫忘恩负义？这世道就是弱肉强食，他苻坚灭了我慕容燕国，难道还算是恩德啊？阿爷不可迂腐！"

　　慕容垂不说话。其实，他心里正在展开激烈争斗，他正在权衡利害得失，杀不杀苻坚？现在是不是杀苻坚夺取大秦天王位置的最好时机？

　　不行！现在恐怕还不是最好时机。虽然苻坚眼下落荒而来，但是路上尚且有大秦队伍十万，现在揭竿而起，恐怕会招致大秦军队的讨伐，他这三万队伍不是大秦十万人的对手。慕容垂权衡之后，决定还是按兵不动的好，还是做出尊奉天王的样子，护送天王回长安。

　　"不许乱说！"慕容垂生怕慕容宝年轻气盛、胡说八道而走漏风声，便瞪起眼睛，更加严厉地呵斥着："你要是再乱说，小心我军法伺候！"

　　慕容宝见慕容垂凶神恶煞的样子，害怕起来，急忙说："听阿爷的，听阿爷的！"慕容垂见压下儿子的胡言乱语，这才放下心来。

　　苻坚带领着慕容垂的队伍，急忙离开项城向长安进发，路上，遇到大秦伐晋后续部队凉州兵，苻坚这才安心下来。

　　"前面就是潼关了。"大军行至洛阳，慕容宝对父亲慕容垂说。慕容垂明白儿子说话的意思。如果继续随苻坚行，一进潼关，恐怕以后就难以出关。不出关，他将永远没有复兴燕国的希望。

　　"是的，是潼关了。"慕容垂重复了一句。怎么办？不容他再迟疑了。这是绝好的机会，一进关，这机会将永远不再。需要决断了。慕容垂咬着嘴唇，想了许久。

慕容垂来见苻坚。苻坚半躺半坐在大帐里，还没有歇息。

"天王陛下，臣慕容垂求见。"慕容垂跪了下来，谦恭地给苻坚叩礼。

"宾都侯，请起。"苻坚高兴地坐了起来。他的伤已经好多了，看着快要入潼关，看着就到了长安家门口，苻坚已经轻松多了，风声鹤唳的感觉早就消失殆尽。虽然这次出师遭受如此重创，但是只要顺利回到关中，回到长安，他相信，用不了几年，他的大秦就能够恢复元气，还可以再次伐晋。

苻坚让慕容垂坐在自己身旁。这次多亏了慕容垂，他苻坚才不至于抛尸淮北。苻坚对慕容垂充满了感激。

"卿来见朕，不知何事？"

慕容垂恭谨地说："臣到洛阳，突然想起代地，代地回归大秦已有时日，不知匈奴刘卫辰、刘库仁代天王治理代地情形如何，这刘卫辰为人诡诈，狡猾无有信义，不知他在代地是否恪守职责。天王是否派人去巡查过？"

苻坚摇头："部署伐晋，一直未有顾及代地。"

慕容垂很惊诧，他瞪着眼睛，看着苻坚："天王真是雅量，用人不疑。万一他刘卫辰趁天王之危，滋生反叛，将如何是好？天王此次出师不利，假如刘卫辰趁机发难，天王可是难以应付啊！"

一席话说得苻坚只是点头。可不是，这些归降的人实在不能信任，这次不是朱序叛变，也不至于输得如此惨烈。想到这里，苻坚抬眼看着慕容垂，慕容垂一脸忠诚恭谨，叫苻坚感动。朕待他慕容一族不薄，他慕容垂还是知道感恩戴德。"依卿之见，应该如何？"

慕容垂急忙说："依臣之见，天王应从洛阳派使往代地，从洛阳到代地路途直接截短，用不了很长时间。从这里派遣使臣率领一支队伍去巡视视察代地，以监督威慑刘卫辰，使之不敢乱说乱动。"

"好办法！"苻坚拊掌赞叹。不过，他立刻又皱起眉头："如今在路途中，无有合适人选派往代地。"

听到这里，慕容垂心里暗喜，他等的就是苻坚的这句话。慕容垂急忙起身，躬身说："天王如若不嫌弃臣之无能，臣愿意代天王赴代地去视察刘卫辰。臣以为，臣尚可以威慑刘卫辰。另外，臣还可以公私兼顾，顺路回故地去拜祭亡父扫墓，臣已经多年没有祭祀拜墓了。不知天王能否开恩？"

苻坚心里嘀咕着："他倒顺竿爬了上去。答应不答应呢？"他犹豫着。

鲜卑国母：献明皇后

见符坚迟疑，慕容垂急忙施礼，做出要告辞退出大帐的样子："臣叫天王为难了。既然天王不大放心臣，臣即请告退。"

"等等。"符坚很不好意思，急忙制止了慕容垂。慕容垂一路上忠心耿耿保护着自己，自己怎么能够如此不讲情理，连他这点请求都不答应？何况他还是为大秦着想呢。

符坚责备着自己，叫住慕容垂。"既然宾都侯毛遂自荐，愿代朕巡查代地，朕感激不尽。朕允许卿代朕前去代地，同时顺便去祭祀祖先。"

慕容垂喜出望外，扑倒身子连连向符坚叩头："感谢天王恩典。臣一定竭尽全力视察代地，为天王巩固代地。臣祭祀祖先之后，必将迅速返回长安，听天王调遣。"

"好，去吧，早去早回。"符坚叮嘱着。

鲜卑国母：献明皇后

慕容垂回到自己的营帐里，立刻叫来儿子慕容宝："你连夜赶回长安，接你母亲与弟弟出长安，送他们到中山与我会合。"慕容宝正要动身，慕容垂突然想起什么，急忙又叫住慕容宝："等等。接你母亲兄弟时，不要忘记到菜园里把马兰母子一起接出来。千万不要忘记了！"

慕容宝十分不乐意地嘟囔着："都什么时候了，还顾得上他们？"

慕容垂厉声呵斥："叫你接你就接！我是他们兄弟的舅舅，能不管他们吗？能眼看着他们在长安代我们受过？我再说一遍，你要是接不来他们，小心我整治你！"慕容垂恶狠狠地说。

"好，知道了。一定把他们接来。"慕容宝顺从地说。

"快去快回，一定要赶在符坚回长安之前，把他们接出来，路上要悄悄行走，不要让人知道你们的身份！"慕容垂又叮嘱一番，才让慕容宝离开营帐。

慕容垂还是不放心，又走出营帐，站在黑暗里，看着慕容宝骑马的背影消失在漫漫黑夜中，才返回营帐，传令队伍连夜出发。

慕容垂率领着自己的大军，静悄悄地离开符坚的大部队，掉转方向，向东北方向的邺城方向奔去。邺城是慕容暐父亲慕容儁建立大燕的国都，被符坚长子符丕攻克之后，一直由符丕占据。离开大秦，慕容垂首先要给自己和自己的队伍寻找一个立足之地，他选中了邺城。

慕容垂像脱钩金鱼，摇头摆尾游向大海。从此以后，他要在历史舞台上,上演自己那一幕既波澜壮阔、又悲切惨烈的人生剧目。

3.身怀六甲马兰流浪　心忧孤儿师傅收留

　　长安城里,慕容垂府邸的后菜园里,大部分都裸露着黄土,只有很少几块菜畦里生长着耐寒的冬菜,在阳光下绿绿地闪烁着。井畔的大柳树、大榆树都还是光秃秃的,没有发芽。

　　大柳树下坐着拓跋珪拓跋仪拓跋烈弟兄三人,冬日的阳光懒懒的照耀着他们,温暖着他们。拓跋珪用树枝在地上划着字,温习着《论语》。拓跋仪和拓跋烈在玩六子棋,一边吵吵嚷嚷着。

　　马兰依靠在青石井栏上,呆呆地看着水井里清澈的井水发呆。

　　自从慕容垂以遵循天王诏令接回马兰母子以后,慕容垂的老婆段氏也不敢再来寻衅,马兰和儿子的日子过得虽然清苦,却也自在。慕容垂也经常来菜园里看看他们。可是,这平静日子刚刚过了不过半月,慕容垂就接到诏令,要随天王南下伐晋。如今,慕容垂已经南下两个多月了,却还没有得到慕容垂的一点消息。

　　马兰十分惆怅忧伤,她轻轻地叹了口气,捶了捶自己的后腰,低头看看自己的腹部,用手掌轻轻抚摩着。

　　腹部已经开始突起。她该怎么办呢? 怀了慕容垂的孩子,这肚子已经开始显形,慕容垂不回来,她该把孩子生在哪里? 段氏能够允许她在她的府邸里生孩子吗? 她会不会再一次把她母子撵出家门?

　　"慕容将军? 你在哪里啊?"马兰在心里呼唤着慕容垂,"你快回来吧!"

　　一个人从菜园小路上走了过来,长长的身影拖在菜园小路上。

　　"王大娘来了!"拓跋珪抬头,喊了起来。拓跋仪和拓跋烈听见哥哥的喊声,都跳了起来,欢呼着向王大娘迎去。这好心慈祥和气的王大娘,每次来不仅能给他们做美味可口的韭菜炒鸡蛋,教母亲烙饼,还会给他们带来她自己家里做的锅盔饼腌鸡蛋什么的。

　　"小犊子,慢点,慢点!"王大娘笑着喊着呵斥着。拓跋仪和拓跋烈一边一个左右拉扯着王大娘,拽着她的篮子。

　　马兰急忙走下井台,迎着王大娘走来。"大娘,有几天没见你了。"马兰

鲜卑国母：献明皇后

用僵硬的汉话说。

"快过年了,给你送点蒸馍,给娃娃们吃。"说着,王大娘放下篮子,揭开篮子上盖着的白帛,露出满满一篮子还冒着热气的白面蒸馍。白面蒸馍白白的热腾腾的,上面点着红点。蒸馍做成各种形状,有鱼形的、羊形的、牛形的,还有娃娃形的,都惟妙惟肖。

"啊,真好看!"拓跋珪和弟弟们欢呼着,一人抢了一个,拿在手里,左右端详着,谁也舍不得咬。

"还不先谢谢王大娘!"马兰对儿子说。

"谢个啥啊。快过年了,你又不会做这些面食,我想着不要可怜了娃娃。这过年新衣服有没有哇?"王大娘笑着问。

马兰不好意思地摇头。

王大娘一脸怜悯:"你也真不容易,一个人带着三个娃,又是个胡人,过不惯我们汉人的生活,什么也不会做。你看,我就知道你什么也没有准备下,我这里给你带来一顶老虎帽,给小犊子戴。"说着,从怀里掏出一顶五颜六色堆绣成的老虎头小儿帽。老虎头帽子上缀着两只老虎耳朵,又用各色丝线绣出老虎眼睛、鼻子、嘴巴,还用几根黑色丝线做了几根老虎须。

"给我戴上!"拓跋烈高兴地拉住王大娘的手,让王大娘给他戴到头上。王大娘把老虎帽戴到拓跋烈的头上,左右端详着,高兴得眼睛都眯缝起来,满是皱纹的眼角更是爬满了纹路,显得更加慈祥和气善良。

"真好看,烈儿跟我孙子差不多,咋看咋像个汉娃娃。"王大娘高兴地抚摩着拓跋烈红红的脸颊,啧啧不已。

马兰眼睛噙满泪水,连声说:"王大娘,真不知怎么感谢你才好。"说着走了过来。

王大娘诧异地看着马兰走路的姿势,又仔细打量着马兰的腹部,她的眼光迷蒙起来,露出深深的惊诧和奇怪。她拉住马兰的手,小声问:"你是不是有喜了?"王大娘又怕马兰听不懂她说的"有喜",就指了指她的腹部。

马兰的白皙的脸一下子变得通红通红。

王大娘连连摇头叹气:"可怜见的,可怜见的。你这可咋办啊?谁来照顾你们母子啊?"

马兰泪流满面。

慕容垂老婆段氏闲来无事,她也挂念丈夫慕容垂和儿子慕容宝,不知前方战事如何。自己坐在堂上,又阴又冷,还心惊肉跳,于是带着几个婆子仆妇出来。冬日阳光下,要比屋里暖和得多,她一边嗑着炒熟的香喷喷的胡麻子,一边信步向后院走去。准备去看看那鲜卑婆子。

段氏刚走进菜园小门,就看见井台那里坐着几个人,除了拓跋鲜卑那三个小犊子之外,还有马兰和她的仆妇王大娘。过去,她派王大娘去菜园里监视马兰,有时派王大娘去菜园里摘新鲜菜蔬,可今天并没有派她去啊,她跑到这里干什么?段氏的脸色阴沉下来,去听听她们在嘀咕什么。

段氏一扭身拐进粗大树木遮蔽着的靠墙的另一条小路,向井台摸了过去。

王大娘还在和马兰谈论她的身孕。

王大娘指了指菜园外的大房:"她知道不知道?"

马兰摇头。

"千万可不能叫她知道!"王大娘叮嘱着:"要是叫那母老虎知道了,你们母子怕是待不下去。慕容将军不在家,可是没有人能关照得了你的!我一个老婆子,一个做下人的,想关照都关照不了啊。"王大娘自言自语,既是安慰也是叮嘱。

"是不是冠军将军的?"王大娘原本不想问,可是女人天生的好奇终于让她忍耐不住,还是问了出来。

马兰点头。

段氏原本没有听出她们在谈论什么,以为王大娘仅仅在挑唆马兰和她这主人婆的关系,已经满头冒火,又听到这么一句。

"冠军将军的?"段氏心里重复了一句,很纳闷地想:什么是冠军将军的?为什么怕我知道?难道马兰偷了家里的什么东西不成?

段氏心里嘀咕:这马兰母子虽然寄人篱下,虽然是亡国的鲜卑代人,却从没有鼠窃狗盗这下作毛病,她的孩子在菜园里摘根黄瓜吃,都要先跟她说一声。那她们在谈论什么呢?

段氏躲在大榆树后面仔细端详着马兰,琢磨着她们的谈话。

"你要多保重,我走了。过两天我再给你送些过年用品。"王大娘轻轻拍了拍马兰的腹部,把蒸馍放在马兰的怀里,自己拿起篮子,沿着菜园小路,一颠一颠地走了。

段氏的目光盯住马兰微微突出的腹部，突然恍然大悟，她一下子明白过来。她知道什么是冠军将军了。

段氏一跺脚，从大榆树后面连喊带叫地冲了出来："你这个偷汉子的不要脸的婆娘！你这个狐狸精！"段氏喊叫着，冲到马兰面前。

马兰正小心地捧着蒸馍往自己小房里走去，冷不丁被冲出来的段氏撞了个趔趄，手里的蒸馍都掉到地上，马兰晃了几晃，一屁股坐到地上。

拓跋珪兄弟看见漂亮精致的蒸馍掉到地上，都心疼地喊叫着，跑了过来，拓跋珪去搀扶母亲，拓跋仪和拓跋烈急忙蹲到地上去捡蒸馍。

拓跋珪一边搀扶母亲马兰，一边瞪着段氏，大声喊着："你为甚推我阿娘？骂我阿娘？"

段氏一手叉腰一手指着马兰凶恶地喊叫着詈骂着："你那不要脸的阿娘！她偷汉子偷到我家来了！"段氏像一头发怒的母牛一样跺脚喊叫。

已经走到菜园门口的王大娘听到菜园里一片吵闹声，回头来看，看见段氏正跳脚喊叫，急忙又返转回来，她担心马兰。

"夫人，夫人，你这是咋的了？出了什么事？看把夫人气的。夫人你消消气，千万要保重身体。"王大娘走回段氏身旁，劝解着，一边拉段氏。

段氏用力甩开王大娘的手："你给我滚开！你这拉皮条的！"说着，扬起巴掌，朝王大娘脸上扇去。王大娘的嘴角流出鲜红的血。

拓跋珪发怒了，他猛然跳了起来，朝段氏一头撞了过去，段氏被拓跋珪撞得连连后退着，扑通一声摔倒在井台上。

"来人啊！拓跋小犊子造反了！他们打人了！"段氏哭喊着，喊叫着她的仆从。一个仆妇早就回去叫人，这时，几个拿着棍棒的男仆赶进菜园，他们拥了上来，拉住拓跋珪，按倒在地，用棍棒没头没脑地打了起来。拓跋珪怒目以视，紧咬牙关，既不喊叫也不哭泣，只是把仇恨深深埋藏在心底。

马兰哭喊着扑了上来，拼命保护着拓跋珪："不要打了！不要打啊！他还是个孩子啊！你们行行好吧！"恶奴挥舞着棍子，一棍子打在马兰头上，马兰倒在拓跋珪的身上，一动不动。

"不好了！打死人了！"王大娘拼命喊叫起来，喊声凄厉惨烈。

段氏被这凄厉的喊声惊吓得急忙从井台上爬了起来，过来查看。马兰头上正呜呜冒出鲜血,人已是一动不动。

段氏急忙喊:"别打了,别打了!"她知道,要是真的打死了马兰,慕容垂会要她的命,而且天王会抄斩她满门。她心里害怕,急忙挥手让仆从离开:"走,我们离开这里!"

她回过头,对王大娘恶狠狠地喊着:"她装死!你让她母子立即滚蛋!要是让我再见到她,我拿你是问!小心你儿子,他可是在慕容将军手下!"说完,急急离开菜园。

拓跋珪兄弟哭喊着扑了过来。王大娘抱起马兰,对拓跋珪说:"快去摘几片薄荷叶,来给你阿娘敷伤!"拓跋珪忍着疼痛,一瘸一拐地跑到菜畦里,摘了几片薄荷叶,又一瘸一拐地跑了回来。

王大娘把薄荷叶放进嘴里嚼成糊糊,糊在马兰的伤口上。马兰头上的伤口流出的鲜血慢慢凝固,慢慢变成黑色。

马兰慢慢睁开眼睛,眼睛转了几转,目光停留在王大娘的脸上:"王大娘,我们连累你了。"

王大娘摇着头,只是连声说:"这可咋办哇?段氏要撵你们母子马上离开这里!"

马兰挣扎着站了起来,说:"早晚有这一天。我去收拾东西,这就走,离开这里。"

"你大着个肚子,到哪里去啊?"王大娘发愁地看着马兰。

"天下这么大,我就不信没有我们母子安身的地方。"马兰捂着额头,很是平静地说。

"走,我帮你去收拾东西。这样吧,你先去我家里住几天,看找到合适的地方你再走。"王大娘搀扶着马兰回到小房,收拾起她那可怜的一点行李,几个人走出了慕容垂的大门。

马兰跟随着王大娘走出慕容垂府邸大门,长安城里,行人来去匆匆,脸上都挂着张皇失措的神情,失去了过去那安宁祥和和满足。自打天王苻坚南伐以来,这长安城里再也没有了平静,市面上经常流传着南边传来的消息。

"天王在淝水打败了。"人们议论纷纷。

"天王只剩了几万人马！"人们传言。

马兰惊慌地看着市面上来往匆匆的行人和他们的神色凝重的脸色,她在心里嘀咕着:看样子大秦战事不利。慕容垂将军不知怎么样了？

"拓跋珪,拓跋珪！"马兰听到有人在喊儿子。

"谁喊你？"马兰推了推垂头走路的拓跋珪,拓跋珪抬头,高兴地喊了起来:"崔师傅！崔师傅！"

一个二十多岁的年轻读书人走了过来。拓跋珪扔下行李卷,恭恭敬敬地向崔玄伯鞠躬行礼:"崔师傅好！"

崔玄伯问:"你最近怎么没有来上学啊？"

拓跋珪难过地低下头,没有说话。崔玄伯已经从慕容垂的儿子慕容熙哪里知道一些情况,也不好深究下去。

马兰走了过来,向崔玄伯行礼。拓跋珪向崔玄伯介绍说:"崔师傅,这是我的阿娘。"

崔玄伯抬眼看了一眼,急忙低下眼睛。这鲜卑女人美艳得炫人眼目,叫男人不能多看。崔玄伯是饱读圣贤书的道德士子,他牢记着圣人教导,非礼无视,所以急忙移开目光。

马兰不懂圣贤教导,因为儿子经常说到崔师傅好处,她心里早就存念着感谢崔师傅,眼下见了崔师傅,便急急上前来表示自己的谢意。她定定地看着崔师傅,把崔师傅看得满脸通红浑身冒汗,浑身上下到处不自在。

"你就是崔师傅？拓跋珪经常在我面前念叨你的好处。我谢谢你了。"说着,马兰学着儿子的样子,向崔玄伯深深鞠躬。

崔玄伯红着脸,还了礼。马兰汉话有限,不知道说什么,也就默默地站着。崔玄伯不敢看马兰,只是看着拓跋珪,问:"你们这是到哪里去？"

王大娘过来,把事情简单地说了一下。崔玄伯脸色暗了下来,他思忖着。

"崔师傅,你是要出门吗？"拓跋珪看见崔玄伯身后跟着一个仆从,拉着一匹马,马背上驮着些行李。

"是的。我告假回中山去拜墓。"崔玄伯支吾着。其实,他是想离开长安,长安近来局势不稳,他已经听说符坚在淝水大败,而长安城里开始人心惶惶,他怕长安乱起来无法出关,他的家室都在中山,便想先离开长安回家去。

"你们到哪里去?"崔玄伯终于鼓起勇气看着马兰关心地问。

马兰摇头。

崔玄伯长叹了一声,对拓跋珪说:"要是你们真的无家可归,你就给我当书童随我到中山去。反正现在天王已经自顾不暇,没有人来限制你们。到了中山,我给你们找个安身的地方。"

拓跋珪高兴地跳了起来:"崔师傅,我愿意,我愿意给你当书童,我愿意给你当书童!"拓跋珪扭过头,对马兰说:"阿娘,答应崔师傅,跟崔师傅到中山去!"

马兰为难地看着崔玄伯:"那多不好意思。我带着这么多娃娃。"

崔玄伯估摸了一下自己的盘缠,带着马兰娘仨还能够走到中山。他说:"到了中山,我能够给你们找个养活你们一家的地方。"崔玄伯家也算当地大户,安置几个仆妇还不为难。何况,他实在喜欢这浓眉大眼、长相好看的鲜卑男孩拓跋珪。崔玄伯有爱男色的癖好。

王大娘一听,高兴了。她一路上正在犯愁,带回这么多人口,她家怎么能够养活得起,万一马兰找不到安身地方,长期滞留她家,她可咋办?慕容垂家一个仆妇,她可养不活这么多人口。现在见有人收留马兰一家,不禁喜上眉梢。她急忙对马兰说:"有这么好心官人关照,你还不赶快谢谢官人?"说着就推马兰。

马兰见崔玄伯诚心诚意,也考虑不了许多。长安待了几年,虽然舍不得离开,可是长安已经没有了自己的立足之地,到哪里都一样,只要有一个安身的地方就行。想到这里,她深深向崔玄伯鞠躬,感谢他的好意。

见马兰答应了自己的建议,崔玄伯十分高兴,他对拓跋珪说:"走,跟我去雇车,我们这就离开长安。一刻也不要耽误!"

4.慕容君臣里应外合　符氏秦国土崩瓦解

符坚还没有回到长安,长安就流传出符坚伐晋大败和慕容垂叛逃大秦正在攻打邺城的消息。这双重坏消息让长安乱成一片,市面上人心惶惶,一些人开始做出逃的准备,有亲戚在外地的人家已经纷纷离开长安到外地去

鲜卑国母:献明皇后

投亲靠友。

慕容暐听说了这消息，高兴得不得了。他立刻找到宗室里一个叫慕容永的人。

慕容永，字叔明，随慕容宗室迁徙长安以后，生活没有着落，夫妻俩便一直在市面上贩卖靴子以谋生，他走东串西，走街串乡，经常走动在长安市面和周围地区，并没有引起长安官吏和守城士兵的注意。慕容暐便利用他，做自己串联长安城里城外鲜卑人的联络通讯员。

"你去见济北王慕容泓，告诉他慕容垂叛逃的消息，让他立刻亡奔关东，收诸马牧鲜卑，结集慕容部众，响应慕容垂，以图复兴大燕。"慕容暐对慕容永说。

慕容泓是慕容暐的弟弟，封济北王，为北地长史。

"然后你去见慕容冲，告诉他慕容垂和慕容泓起兵之事，让他做好响应的准备，立即响应起兵。"慕容暐又说，慕容永点头。

慕容永找到他的好友窟咄，请求他帮忙出城。

窟咄随什翼犍迁徙长安以后在太学读书，什翼犍回代地的路上被儿子所杀，窟咄又回到长安，做了苻洛手下的城门卒。慕容永经常出入城门，二人慢慢熟络起来，成为好友。

慕容永接到慕容暐的命令，立刻去打听窟咄当值的时间，在他当值的时候，以贩卖皮靴为名，在窟咄帮助下，轻易出了长安，来到北地。慕容永找到慕容泓，向他传达了慕容暐的秘密命令。慕容泓连夜动身，逃离北地，亡奔关东，找到鲜卑旧部，集合起数千鲜卑兵士，准备带兵回到华阴，想与慕容暐内外应和，攻打长安消灭大秦。

慕容永不敢耽误，离开北地，立刻向平阳赶，去见平阳太守慕容冲。

13 岁进入大秦皇宫的慕容冲，如今已而立年纪，在平阳太守任上很是得意。他在大秦天王皇宫里生活了几年，很得苻坚的喜欢，因为慕容冲与他姐姐清河公主都非常漂亮，苻坚同当时许多男人一样，既好女色，也喜男色。慕容冲长大以后，被苻坚封以中山王，派为平阳太守。

慕容冲得到慕容永带来的信，知道慕容垂和慕容泓已经起兵，很是兴奋。大秦气数已尽，天神要让大燕国复兴了。于是他在河东起兵，有众二万。

苻坚一回到长安,就接到慕容三方叛乱的消息。苻坚大怒,立刻派遣将军张永步骑五千击慕容泓,被慕容泓打败。慕容泓自称使持节、大都督、陕西诸军事、大将军、雍州牧、济北王,推慕容垂为丞相、都督陕东诸军事、领大司马、冀州牧、吴王。苻坚遣子部署了队伍与慕容泓作战。慕容泓大破苻睿军,斩苻睿。

而慕容冲率领的二万起事队伍却出师不利,被苻坚大将所破,慕容冲不得已只好放弃步众,只率领鲜卑骑兵八千,投奔慕容泓。现在,慕容泓声势已经壮大,自称有众十万。

慕容泓便派遣使者到长安见苻坚,说:"秦为无道,灭我社稷。今天诱其衷,军队倾败,我慕容将欲复兴大燕。吴王已定关东,可速资备大驾,奉送乘舆并宗室功臣之家,泓当率关中燕人翼卫皇帝,还返邺都。与秦以虎牢关为界,分王天下,永为邻好,不复为秦之患也。"

苻坚大怒,派人拘拿慕容暐。苻坚脸色铁青,指着慕容暐的鼻子尖怒责:"好一个慕容暐!卿虽曰破灭,其实若归,奈何因王师小败,猖悖若是!慕容泓书在此,卿欲去者,朕当相资!"

慕容暐用力在地上叩头,如捣蒜一般,额头叩得鲜血直流,他痛哭流涕,向苻坚陈述谢罪:"臣之宗亲,背信弃义,辜负天王恩德,臣罪该万死!天王圣明,体谅微臣,慕容三氏虽为臣之宗室,皆远离长安,臣实在鞭长莫及,其背叛之事,臣实在并不知情,万望天王饶恕臣之死罪!"

苻坚看着慕容暐诚惶诚恐的样子,心里不禁又孳生了同情。慕容暐说得很在情理,慕容垂、慕容泓、慕容冲叛乱,确实与他关系不大。苻坚想到清河公主千娇百媚的模样,心有所动。他沉思良久,长长叹了口气:"卿之所言有理。此自三竖之罪,非卿之过也。起来吧。"

慕容暐战战兢兢地站了起来,垂手恭立在苻坚面前,等着苻坚继续斥责。

苻坚来回走了一会,站到慕容暐面前,脸色温和下来,他看着慕容暐,平静地说:"朕已经赦免于卿,望卿好自为之。三竖作乱大秦,卿虽无罪,却也该念朕对卿之恩情,替朕分忧解难。"

"是!是!天王陛下所言极是,微臣一定忠心耿耿为天王效力,甘愿肝脑涂地,死而后已!"慕容暐急忙赌天咒地,生怕不能叫苻坚相信。

符坚摆手："朕只要求卿以书招喻垂及泓、冲,使息兵还长安,朕必恕其反叛之咎,既往盖不追究!"

"是!是!微臣听凭天王陛下号令!这就回去修书,微臣保证书信一到三竖既返长安,臣将亲缚之以谢天王!"慕容暐一脸诚恳,信誓旦旦地说。

慕容暐离开符坚皇宫,回到自己府邸,急忙召见慕容永。

"你速出城,去见慕容泓。告诉他,今秦数已终,燕国社稷不轻,复兴大业在其此一举。勉其建大业,可以使吴王为大将军,领司徒,承制拜封。听吾死讯,汝便既尊位。"

慕容永又担着他的货郎担,一边摇着羊皮鼓,一边吆喝着,出了长安,奔向慕容泓的驻地。

慕容泓听了慕容永传来的慕容暐秘密口讯,立刻率兵向长安进发,年号燕兴。

但是,在慕容泓向长安进发的时候,慕容冲收买慕容泓的谋臣高盖、宿勤崇等人,杀死慕容泓,自己以皇太弟身份承制行事,置百官。

慕容冲率兵在距离长安二百里处,受到符坚儿子平原公符晖的抵抗,慕容冲大破符晖军队,占据阿房。当初,符坚灭燕之时,符坚纳12岁的慕容冲和14岁的清河公主,姊弟宠盖后宫,专宠一时,后宫宫人都不能接近符坚。长安童谣说:"一雌复一雄,双飞入紫宫"。王猛忧虑他们慕容姊弟专宠为乱,不断劝说符坚,符坚才依依不舍地让慕容冲出了宫。

慕容冲占据阿房,环视阿房周围,阿房一大片竹林葱郁,梧桐林茂盛,他站在梧桐树下,抚摩着梧桐树干,看着风中飒飒的竹林,哈哈大笑。"你还记得前些年长安城里的童谣吗?"慕容冲问慕容永。

慕容永笑着:"当然记得了。童谣说:凤凰凤凰,止阿房。"

慕容冲指着眼前葱郁茂密的竹林与梧桐林:"符坚听到这童谣以后,立刻命令在阿房种植竹林和梧桐林。我记得他说:凤凰凤凰,非梧桐不栖,非竹实不食,朕植梧竹数十万株以待凤凰之至!今日,凤凰来矣。"说罢,又仰面哈哈大笑,笑声震动了梧桐林中栖息的各种雀鸟,雀鸟扑棱棱飞出树林,向蓝天飞去。

慕容永愣了愣,不明白慕容冲为何这么说。他想了一会儿,突然恍然大悟。慕容冲小名凤凰,不是正应了那句童谣了吗?看来,慕容冲灭符坚,这是天意啊！

慕容永也笑了起来："可不是，凤凰来矣。凤凰要替代这氏羊了。"

慕容冲看着慕容永："我封你做小将军，以后跟随于我，让我们一起复兴燕国。不过，你还得辛苦一趟，再潜回长安，与燕王联络。让他想办法把苻坚骗到他府邸杀之，我们便可一举攻入长安。"

慕容永点头："我这就回去。"

慕容暐得到慕容永的密报，急忙打扮一番进宫去见苻坚。苻坚这些天正等待着慕容暐的消息，希望他能够说服慕容冲、慕容垂，让他们息兵还长安。

"如何？可曾说服卿之亲人？"苻坚一见慕容暐，迫不及待地问。

慕容暐趴伏于地，稽首谢罪，战战兢兢地说："臣弟慕容冲不识义方，一意孤行，孤背国恩，臣未能说服于他。臣罪该万死！罪该万死！"

苻坚大失所望，他的脸色一下子阴郁起来，他有些按捺不住，提高声音："慕容冲不肯息兵？那慕容泓呢？"

慕容暐急忙把头磕在地上顿首拜："慕容泓已被慕容冲所除。"

"慕容垂呢？他肯息兵还长安吗？"

慕容暐摇头："臣送书信于邺，并未见其答复，臣尚且不知他之态度。陛下，臣无能，未能信守诺言，请陛下治罪！"

苻坚气恼地背着手，走了起来。慕容暐未能如他所言，招致慕容叔侄不肯息兵还长安，真是可恼可气！

该死的慕容！苻坚心里骂着，恨不得立即杀了眼前的慕容暐。要是邺城有个好歹，儿子苻丕再战死在慕容垂手里，他一定要杀这慕容暐！他的一个儿子已经死于慕容冲之手！想起这，就叫他恨得咬牙切齿。

苻坚实在担心邺城局势。慕容垂围攻邺城，他的儿子苻丕死守在邺城。还不知他能否守住邺城。"这慕容垂真是背信弃义，恩将仇报啊！悔当初不听王猛之劝说，没有杀这慕容叔侄，酿成今日局面。"苻坚心里叹息着。

"可事已至今，杀慕容暐又何用呢？杀他徒毁我苻坚一世信义仁义之美名。宁叫人负我，不使我负人！我曾经许诺清河公主以不杀慕容暐之言，还是不食言为好。"苻坚转念一想。

鲜卑国母：献明皇后

一想到娇媚万千风情万种的宠妃清河公主,他就英雄气短了。宠妃清河公主不断哭着闹着为慕容暐求情,以死来要挟苻坚,苻坚要是真的杀了慕容暐,从此以后,怕是再也看不到宠妃的笑靥,再也听不到宠妃迷人的歌声,再也看不到宠妃翩翩的舞姿,他苻坚可是一日不能无有宠妃的侍寝啊。

想到这里,苻坚无可奈何地挥了挥手:"算了吧,卿也尽力了。谋事在人,成事在天,卿起来吧。朕饶恕于卿!"

慕容暐一听,急忙又连连叩了几个响头,说:"陛下垂天地之容,臣蒙更生之惠,臣感谢不尽。臣二子昨日成婚,明当三日,愚臣欲暂屈銮驾,携清河公主幸臣私第,使臣幸蒙恩泽,蓬荜生辉。"

苻坚想:携清河公主幸慕容暐私第以祝贺慕容暐子成婚,既可显现朕之大度以及镇静,可以鼓舞安定长安百姓不安之情绪,也可以讨清河公主欢欣,一举两得,何乐不为呢?

"好,朕答应卿,明日幸卿私第!"

慕容暐听到苻坚的话,喜出望外,他正惴惴不安地期待着,生怕苻坚的拒绝。他要把苻坚诱骗到自己府邸里杀了他,然后迎接慕容冲入城。到那时,他慕容暐要重新树起大燕的国旗,登上长安苻坚的金銮殿,坐到苻坚的龙椅上复兴大燕!

慕容暐激动得几乎不能自持,他结结巴巴地向苻坚道谢,站了起来,脚步踉跄地向外走去。

苻坚疑惑地看着慕容暐:他这是怎么了?

苻坚术士王嘉看着走了出去的慕容暐,大声自言自语:"椎芦做蓬蔟,不成文章;会天大雨,不得杀羊。"

苻坚与大臣面面相觑,谁也理解不了术士王嘉谶语的意思。王嘉摇头叹息着,并不敢说破。

慕容暐回到府邸,立即召见部下希罗腾和屈突铁侯。燕国灭亡以后,苻坚把燕国部队全部收编,但是,为了显示他的仁慈,在宠妃清河公主的劝说下,他允许慕容暐保留了一支由鲜卑人组成的警卫队伍,希罗腾和屈突铁侯就是这支不到千人的鲜卑警卫队伍的首领。

希罗腾和屈突铁侯拜见了慕容暐,慕容暐命令他们秘密串联召集鲜卑警卫队,让他们于明日在长安城西门外秘密集合。

希罗腾和屈突铁侯兴奋地去秘密串联鲜卑士兵,私下告诉他们:"告诉你们,官人让我外镇,你们都是我的旧部,全都可以随我走!明日申时集合于西门外,各自秘密前往,然后小心不要被秦军发现。集合完毕,我们就离开长安去投奔慕容冲,然后与慕容冲一起攻打长安,复兴燕国!"

鲜卑士兵都为之振奋。

其中有个叫突贤的北部鲜卑人,虽然高兴,却也有些恋恋不舍。他来长安多年,他的妹子已经做了长安秦军左将军窦衡的小妻,他临走前一定要去与妹子告别。第二天清晨,突贤早早来到左将军窦衡府,见到妹子。他告诉妹子,自己明天就要和鲜卑士兵一起离开长安投奔慕容冲了。

突贤妹子十分难过,她拉住兄长的手请求着:"阿干,不要走了吧?妹子在长安生活几年,觉得长安生活不错。阿干留在长安,将来成个家室,你我兄妹也有个亲人互相照顾,阿干离开长安,让妹子多孤单啊!"说着,泪也掉了下来。

突贤摇头:"妹子说得很在理,阿干也想留下来,可是,这是官人慕容暐的命令,阿干不敢违抗。阿干这就告辞了,望妹子以后好好照顾自己,多加保重!"说着就往外走。

这时,左将军窦衡从外面进来,看见突贤,喊住了他:"阿干留步,再坐一会儿,与你妹子多聊天啊。"

突贤向左将军窦衡施礼:"将军回来了。我已经坐了一会儿,有急事要赶着出城呢。"

突贤妹子走了过来,对窦衡说:"我阿干要离开长安投奔慕容冲,左将军,你帮我劝劝阿干,让他留在长安,不要走!"

"投奔慕容冲?这是为什么?"左将军窦衡警觉地问,看着突贤。

突贤见左将军窦衡盘问,只好实话实说:"昨天希罗腾对我们说,让我们这些鲜卑士兵于今日申时集合到西门外,然后投奔慕容冲!"

"有这等事?"左将军惊诧地问。"你不要走!"左将军立刻命令:"来人,关闭大门,不要让突贤出去!"

突贤妹子惊慌失措,连声问左将军:"将军,你要干什么?"

左将军安慰着他喜欢的这小妻:"你不要害怕,我是帮你挽留你阿干留

鲜卑国母:献明皇后

在长安啊。你兄妹坐着说话，我出去一趟。"

左将军窦衡离开府邸，翻身上马，急驰来到皇宫，他直接进宫要求见苻坚，说有要事急报天王。

苻坚正在犹豫，夜里下了一场大雨，道路泥泞，天气不好，他懒意出门。

听说左将军窦衡要面见他，苻坚想了想，决定召见窦衡，慕容暐府邸暂且先不去，等天气好一些再说吧。

窦衡气喘吁吁入见，稽首跪拜，把突贤说的情况向苻坚禀报。

苻坚一听，很是惊诧："鲜卑士兵集合，他们想干什么？好，你立刻带人去拘希罗腾来，询问清楚缘由！"

窦衡亲自带领着一队士兵奔赴希罗腾住处，拘拿希罗腾，窦衡带着希罗腾返回皇宫，交由苻坚亲自审问。希罗腾在苻坚面前不敢隐瞒，只好全部交代了慕容暐的阴谋。

"奶奶的！"苻坚拍案而起，大怒，咆哮起来，也顾不得平素要扮的斯文儒雅形象，破口大骂。"朕仁慈信义，不杀你慕容暐，如今却勾结慕容冲里应外合，想诱杀朕于府邸！可恨之极！立刻包围慕容暐府邸，就地诛杀慕容暐父子宗族！城内鲜卑无少长男女皆杀之！"苻坚继续咆哮着发布他的诏令。

暴怒中的苻坚，一切顾虑全都抛之脑后，一切仁信之心全都消失殆尽，他要大开杀戒了！

左将军窦衡率领着军队向慕容暐府邸奔去。

慕容暐府邸里，笙歌阵阵，酒宴飘香。慕容暐正焦急地等待着，等待着苻坚前来赴宴，然后实施他的宏伟计划。在他身后，在大厅后面的里屋里，正埋伏着十几个彪形鲜卑士兵，手握明亮耀眼的刀剑，紧张地等待着，等待着苻坚到来之后慕容暐掷杯的信号。他们各个目光灼灼，摩拳擦掌，热切而兴奋，时刻准备一涌而出，砍杀苻坚。

左将军冲进慕容暐府邸不久，慕容暐府邸里，便传出凄厉可怕的喊叫声，酒香变成血腥，飘荡在长安城上空。

苻坚又指挥着自己的队伍，在长安城里搜索慕容和其他鲜卑人，长安城里的千余鲜卑尽数被杀。

窟咄得到消息，急忙跑到慕容永处，把苻坚搜捕慕容和鲜卑的消息告诉了他。在窟咄的帮助下，慕容永与窟咄一起逃出长安，来到慕容冲的营地，算是拣了一条性命。

慕容冲听说符坚杀慕容暐父子宗室及长安鲜卑千余人,十分震惊,他指挥大军把长安包围了个严严实实。原归降于大秦作大秦扬威将军的羌人首领姚苌,宁、幽、兖三州刺史,听说慕容垂慕容冲反大秦,也树起反叛旗帜,自称大将军、大单于、万年秦王,号年白雀,在北地积聚十万余众,与慕容冲联合,进军长安。肥沃的关中平原上,村庄被占,百姓逃难,千里无烟。长安城里大饥,人民相食。

这些天,当黑夜笼罩长安,长安城外就有人大声颂唱歌谣:"杨定健儿应属我,宫殿台观应坐我,父子同出不共汝!"一遍又一遍。士兵寻声去找,却又不见人影。过了一会儿,歌谣又换成:"坚入五将山,父子命不绝。"这童谣搅得原本就人心惶惶不够安定的长安城更是鬼哭狼嚎,阴森可怖。

今晨,符坚打早就来到城墙上观望。城外大燕旌旗林立,刀枪闪烁,营帐连天,千里无烟。

符坚四下瞭望,辽阔的平原上黄土一片,树木也是一片枯黄,没有一点生气,只有蓝天还是那么阔远高邈,几片白云飘飘,显现出一些宁静悠远。

符坚站在城墙上,冷风吹拂着他,头盔上的红缨在风中飘动。符坚只是出神地望着远方,希望能够看到过去那种景象:一缕浓浓的青烟从远方袅袅而起,在蓝天下漫漫消散,月余不灭。这样,他符坚就知道,烟起一方,民有冤情。他符坚就幸临听讼观,听取民间怨者诉讼,临决公断,为怨者冤者申冤。当时,长安有谣:欲得必存,当举烟。可是,眼下,晴空下只有大燕旌旗、刀枪和营帐连天。

符坚悲叹着:"此虏何从而出?其强若斯!"

他的部下都沉默着,不知道如何回答他的问题。

"从何而出?从他自己不听王猛劝阻而出。"部下心里想。当时,王猛为了劝谏符坚,特意编了童谣,让长安儿童传唱,以引起符坚重视。王猛想,童谣是天意,是谶言,符坚天王听到以后,不能不引起他的关注,也许童谣能够让他醒悟。于是,长安街市上到处传唱着"长鞘马鞭击左股,太岁南行当复虏。"虏就是指鲜卑慕容,当时长安称慕容鲜卑为白虏。可是,王猛却错误地估计了符坚,符坚对造童谣言的伎俩是太熟悉不过的了。听到这童谣时,他

鲜卑国母：献明皇后

235

不过莞尔一笑，根本置之不理。"小把戏，何足挂齿？朕早就玩过了。"苻坚晒笑，"想当年我苻坚想杀苻生，也使用过此种把戏。"当年，他让人编造了童谣"东海大鱼化为龙，男便为王女为公。问在何处，洛门东。"苻坚封为东海公，为龙骧将军，家住洛门东。苻坚兄长苻法也教儿童传唱："百里望空城，郁郁何青青。瞎人不知法，仰不见星空。"瞎人指苻生，苻生生来少一目，所以称为瞎人。童谣到处流传，长安人心动摇，大家都暗怀期盼，期盼着苻坚兄弟推倒残暴的苻生。可惜，瞎人苻生并不解童谣意思，枉自杀了太师鱼遵父子一十八人，以防止"东海大鱼化为龙"。

现在，苻坚亲耳听到长安城外的谣言时，却再也不像当时那样潇洒，他已经笑不出来。难道天意在预言朕的未来？难道宫殿要属于别人不成？苻坚疑惑地想，开始相信起童谣的预言性。

城下远处跑来一彪人马，是慕容冲，慕容冲听说苻坚登城观望，率领着慕容永等部下，骑马前来会苻坚。慕容冲一彪来到阵前。

"慕容冲来了！"苻坚左右说。

苻坚看着甲胄在身的慕容冲，想起当年他那娇媚的模样，心中如搅翻了五味罐似的，百感交集，爱怜、恼怒、仇恨、后悔，全都涌上心头。当年不是自己贪恋慕容姊弟美色，拒不接受王猛等人的建议，没有早早除去慕容家族，也不至于面临今日之狼狈局面。

"贪色害朕啊！"苻坚心里哀叹。

"天王别来无恙？"苻坚听到城下慕容冲调笑的问候，只见城下慕容冲勒着马缰，一脸调笑地向他挥手致意。

苻坚趴在城墙垛子口上，朝慕容冲气恼地大声喊着："慕容竖子！尔鲜卑辈群奴，正可牧羊，何为送死来！"

慕容冲的马喷着鼻息，在原地不安地走动着，似乎不喜欢停留在这里。慕容冲一边控制着坐骑，一边哈哈笑着，朝苻坚大声喊话："吾辈奴则虽奴矣，不过吾辈已厌奴苦，正好取尔见代！"

苻坚指着身旁一个部下手捧一袭做工精美的锦缎刺绣小袍，对慕容冲大声喊："你看，这是一领精美锦袍。"苻坚让部下展开锦袍，他接着喊，"朕以为，卿远来草创，得无劳顿乎？朕送一袍，以明本怀。朕于卿恩分如何，而于一朝忽为此变？"

鲜卑国母：献明皇后

慕容冲遥望着,又哈哈笑了:"今孤为大燕皇太弟,心在复兴大燕,志在天下,岂顾一袍小惠? 苟能知命,便可君臣束手,皇帝早来归降。孤当宽贷苻氏,以酬曩好,终不追究既往之事。"

苻坚大怒,一把抓过锦袍,拼命撕扯起来,他跺脚咆哮着:"朕不用王景略(王猛)之言,使白虏猖獗敢至于此! 朕悔之晚矣!"

天上突然暗黑下来,一大群乌鸦呱呱叫着,从东方飞了过来,黑压压的遮蔽了天光。这遮天蔽日的乌鸦群,掠过城墙,飞进长安城,落在城头树梢,黑压压的一片,让人触目惊心。乌鸦呱呱叫个不听,声音凄惨悲痛,令人心惊胆战。

苻坚和部下惊恐地看着这数万多乌鸦群,都目瞪口呆,说不出话来。这明显的凶兆,叫苻坚浑身不由颤抖起来。

苻坚把太子永道叫了过来:"谣言说,坚入五将山,父子不当绝。此或天导予,留汝兼总军事,勿与贼争利。吾当出陇收兵,运粮以给汝。天或者可怜予,以训导予也。"说完,他叫来卫将军杨定,命令他带兵从城西突击出围。

杨定率领着一千多兵丁从城西突围,被慕容冲擒获。这正应了童谣所说"杨定健儿应属我",苻坚更加惊慌,他急忙率领数百人冲出长安,向五将山跑去,希望宣告州郡,来解救长安。

不久,苻坚太子永道见救兵不至,将母妻、宗室、男女数千骑逃出长安,假道进入东晋寻求庇护。

慕容冲率领大军浩浩荡荡进入长安。苻坚建立的氐人秦国政权已进入灭亡前夕。这是东晋太元九年,公元384年初春。

苻坚逃亡五将山以后,姚苌派遣将领吴忠包围苻坚,苻坚部将全做了鸟兽散,左右只剩下妻子女儿亲信十来个人。苻坚"神色自若,坐而待之,召宰人进食。"不久,姚苌兵至,执坚及其夫人张氏与小女宝锦,送诣姚苌。

苻坚自以为平素待姚苌恩重如山,姚苌不会害他和家人。但是,姚苌不是苻坚,没有读过圣贤,不讲究仁义恕道,他囚禁了苻坚和家人,下令第二天处决。

听到这消息,苻坚厉声大骂:"竖羌,何故恩将仇报?"

姚苌并不理会,只是看着宝锦淫亵地笑。

苻坚对妻子张氏说:"岂令羌奴侮辱吾儿!"抽刀拔剑,杀死女儿宝锦与

鲜卑国母：献明皇后

237

夫人张氏。

姚苌缢苻坚于新平寺。东晋太元十一年(公元386年),姚苌在长安即皇帝位,国号大秦,史称后秦。

5.城门失火逃离长安　跋山涉水回归盛乐

马兰母子在崔玄伯的照顾下,乘坐高车出了长安,沿大道向潼关奔去。过了潼关,他们就向东北方向的邺城折去。崔玄伯的家室都在邺城。

潼关大道上,一队一队的兵丁拖着疲倦的步伐,东倒西歪地行进着。逃难的百姓成群接伙,有的向关外逃难,有的向关内逃难。中原大地上到处是战火,到处是烧杀,百姓不知道逃往哪里是安宁地方,只好像没头的苍蝇一样胡乱扑飞。关中大地已经开始混乱,关中百姓已经敏感地感觉到战火的逼近。他们开始逃难了。

马兰坐在高车上,看着路上来来往往混乱的人群,心里恐慌极了。

这时,远处又黄尘滚滚,一队骑兵飞驰而来。路上行人被冲散,有的跳到路旁沟壑里躲避,躲避不及的被马队带倒,有的被马踩踏,路上乱了起来。

骑马的崔玄伯喊着让车夫赶着车躲避,车夫见横冲直撞的骑兵已经心慌,忙不迭地吆喝驾辕黄牛转向小路。

一队士兵已经冲了过来,崔玄伯的坐骑被马队裹胁着,离开了牛车。马兰焦急地喊了起来:"崔大人!崔大人!"崔玄伯竭力控制着马,却也没有办法靠近牛车,任坐骑夹在士兵马队里跑了起来。

又有一些士兵冲了过来,有的抢着逃难百姓的包袱,有的夺着逃难人的担子,还有些士兵用枪胡乱戳刺着反抗的人。路上黄尘蔽日,哭喊声、叫骂声连天。

车夫见状,急忙扔下牛车,钻进路旁树林,溜之大吉。

马兰和三个儿子也不敢待在车上,急忙跳下车,马兰拿起包袱,拉着儿子往树林里跑去。拓跋珪接过母亲手里的包袱,拉着拓跋烈,跟着母亲,随着人群,向树林深处跑去。人群跑着,喊叫着,马兰母子也跟着人群拼命跑。

马兰气喘吁吁,脚步越来越沉重。她感觉自己再也跑不动了。马兰扑通一声,跌坐在地上。"我跑不动了,你们跑吧。"马兰突然间失去了生存的信心,喘着气对拓跋珪说。"你们跟着人群跑吧,等过了潼关,你们想办法向北跑,回我们代地去,那里有我们的亲人,他们会收留你们的!"马兰拉着拓跋珪的手,流着泪,嘱咐着。

"不!阿娘!我们一起跑!我们一起回代地!"十三岁的拓跋珪抱着母亲的脖颈,哭着喊着说:"阿娘,你不能丢下我们!"拓跋仪和拓跋烈也都扑到母亲身上,抱着母亲,哭喊着:"阿娘,你不能丢下我们!"

马兰搂着儿子,哭泣着:"我实在是跑不动了。你们还是快跑吧!要是士兵追来,我们一个也跑不掉了!"

"不!我们不走!我们要和阿娘在一起!"拓跋珪站了起来,四下看着,冬天的树林,枯黄一片,没有茂密的枝叶遮蔽,很难藏身。不过,远处一片枯黄的灌木丛,茂密的枝丫交错,躲到里面,一眼望去,还难于发现藏在里面的人。

"阿娘,我们到那里去躲躲。"拓跋珪搀扶起马兰,朝灌木丛走去。拓跋珪拨拉开树枝,让母亲钻了进去,自己也和弟弟爬进树丛里。树丛里,枯黄的落叶堆积着,马兰躺了上去,柔软舒服得很。

"阿娘,我们在这里歇一歇,那些士兵一会儿就过去了。"拓跋珪安慰着母亲。

"你们也躺下来,歇歇吧。"马兰心疼地看着三个儿子。八岁的拓跋烈早就歪倒身子,头枕在母亲的腿上睡着了。

拓跋珪拓跋仪听话地躺了下来。马兰把干燥的树叶盖在儿子身上,自己也抓了些树叶盖在身上以遮挡针砭骨髓的寒冷。腹部隐隐的疼痛,外面追兵的恐惧,让马兰不能像儿子一样入睡,她大睁着双眼,看着枯枝交叉里透出的片片蓝天,思谋着自己和儿子的明天。

到哪里去呢?战乱开始,长安是回不去了,崔玄伯又被乱兵冲散,她母子四人向哪里去?去找慕容垂?她肚子里怀着他的骨肉,可是,慕容垂在哪里?如今到哪里去寻找他?只知道他在南伐东晋失败返回长安的路途中,叛离大秦,率领着队伍向邺城去。现在他到底在哪里?情况如何?马兰一无所知。

蓝天飘过几片白云,几片枯黄的落叶从树枝头飘飘荡荡,悠然而下。叶落归根,马兰突然想起这句老话。她和儿子的根在哪里?在阴山,在纽垤

鲜卑国母:献明皇后

239

川,在黑水头,在盛乐。想到这里,马兰眼前浮现出久违的图画:天苍苍,野茫茫,纽垤川那一望无际的碧绿草原,洒着白的羊群,红的黑的马匹牛群,碧蓝清澈的波光荡漾、鱼翔浅底的参合陂,盛乐城的土墙瓦舍。这美丽的图画,已经远离她多年了,虽然在梦中经常出现,可是,现在想起来,却觉得那么遥远。离开故乡太久了。作为俘虏羁留长安,她只能安心留在长安,想也不敢想返回代地。现在,一个强烈的念头突然浮升出脑海:返回代地! 现在,她自由了,她已经离开长安,没有人来监视她,没有人来管制她,她应该立刻返回代地。回到代地,也许可以召集起什翼犍代国旧臣部下,也许可以重新振兴代国!

马兰激动起来。她翻身坐了起来,浑身的疲乏突然一扫而尽,她觉得自己浑身充满了力量。人一旦有了强烈的希望,也就有了力量。

马兰推了推身旁的长子拓跋珪,她要把自己的想法和他说说,他就是自己依靠的臂膀,是自己的主心骨。

拓跋珪一骨碌爬了起来,揉着眼睛喊:"阿娘! 追兵来了?"

"没有,我想跟你商量商量我们的去向。你说,眼下,我们往哪里去啊?"马兰让他坐下来去,揽住他的肩膀。

拓跋珪把头靠在马兰柔软的肩膀上,心里感到惬意极了。有母亲温暖柔软的肩膀可依靠,他觉得自己很安全,至于往哪里去,他根本没有想过。跟着母亲,到哪里都一样。

"不是去崔师傅家吗?"

"崔师傅被冲散了,我们根本无法找到他。看来无法和崔师傅回他家去了。我想,我们还是回代地老家的好! 那里是我们的家乡。"

"好啊。回老家就回老家! 我早就想回老家了!"拓跋珪高兴地说,拉着马兰的手抚摩着。马兰那双粗糙的长满老茧的手,磨砺在拓跋珪的心头,一股暖流涌上他的心头。母亲这些年可是吃尽了苦头,将来一定要报答她,让她好好享享福!

"那好,我们回代地去! 这就走!"马兰听听树丛外面,树林已经安静下来,只有叽叽喳喳的麻雀叫声。

马兰叫起还在熟睡的拓跋仪和拓跋烈,拿起自己的包袱,钻出树丛,小心地拨开树枝,走出树林。路上已经没有了军队,逃难的百姓又三三两两地集合在一起,向潼关方向去。马兰依稀记得当年从代地来长安的路途,她拉着三个儿子随着逃难人群艰难地走着。她不知道自己要走多长时间,不知道什么时候才能回到盛乐,不过,她心里只有一个坚定念头:不管遇到多少困苦艰难,她一定要带着儿子回到盛乐,回到拓跋鲜卑的祖居地盛乐,回到什翼犍的故乡国土!

6.路途遇故木兰相救　盛情款待库仁有情

盛乐的刘库仁听到自己的妻兄大获全胜,十分高兴。他在盛乐城代宫里摆下丰盛的宴席,准备庆祝公孙希的胜利。

灭代国以后,苻坚接受燕凤的建议,分代国为二,分别交铁弗匈奴首领刘卫辰和刘库仁管理,刘卫辰统辖河西,住代来城。苻坚信任燕凤,对燕凤大力举荐的刘库仁十分器重。先后封、赠、加刘库仁为陵江将军、关内侯、广武将军、振威将军,又赏赐幢麾鼓盖,仪同诸侯。特别叫刘库仁感动的是,代国分二治之,他与刘卫辰各统辖河东河西,本应该平起平坐,但是,苻坚却置刘卫辰于他之下,这是苻坚对自己的极大信任。他刘库仁是义气为重的仁义之人,苻坚这么优渥,自己应该肝胆相报。刘卫辰气愤不过,杀苻坚五原太守而叛,攻击刘库仁的西部,刘库仁义不容辞,率兵讨伐刘卫辰,大败刘卫辰,一直追击到阴山西北千余里,缴获刘卫辰妻子,尽收其众。刘库仁又乘胜追击,西征库狄部,大获畜产,迁徙库狄部落,安置到桑乾川。苻坚特意赏赐刘库仁妻公孙氏。

前不久,慕容垂叛逃大秦去围攻邺城,又遣将领平规围攻苻坚的幽州刺史王永于蓟城。刘库仁以为,自己受苻坚爵命,不应该坐视不救,于是派妻兄公孙希率大军救邺。公孙希是苻坚赏赐刘库仁的妻子公孙氏的兄长,带兵很有经验。公孙希率骑三千,直捣蓟城,帮助王永攻击平规,大破之,坑平规兵卒五千余人。

刘库仁站在盛乐宫前,等待着自己派到前线公孙希那里的使者。刘库仁的使者是一个跟随了他差不多十年的鲜卑将官,叫木骨兰。木骨兰原来跟随什翼犍,什翼犍逃亡阴山牛川被打散以后,他随队伍投奔刘库仁。刘库仁见他机灵勇敢,就让他跟在自己身边,作自己的副将。

刘库仁望着盛乐土墙大门，等待着木骨兰。

土墙大门，终于奔来几匹快马，马队后还有一辆骆驼高车驰来。

刘库仁奇怪地看着高车："怎么还带着辆高车？这木骨兰是咋的回事？"

木骨兰骑马进了土城，来到刘库仁将军官邸前。木骨兰把马交给随从，自己进来拜见刘库仁。

木骨兰拜见了刘库仁，刘库仁急忙询问前线情况："公孙希将军如今在何处？打败慕容垂的平规了吗？"

木骨兰笑着："回将军。公孙将军大败平规，坑平规兵卒五千余人，已经解了蓟城之围。"刘库仁高兴地拍着大腿："太好了！公孙希将军大军甚时候回来？我等着开宴庆祝呢。"

木骨兰说："公孙将军的大军还驻扎在唐河，他让末将禀告将军，邺城依然被慕容垂围攻，他希望将军乘胜发大军去援助，他说可以一鼓作气大败慕容垂，解邺城之围，尽将军对大秦苻坚天王的忠心！"

刘库仁捋着须髯沉吟着，没有说话。发大军去解邺城之围，自然是他对苻坚天王表现忠心的表示。可是，这战能否胜利？他没有十分把握。听说长安已经混乱，听说慕容冲、姚苌都已起兵叛大秦，他现在出兵是否明智？

木骨兰见刘库仁沉吟不语，急忙又说："将军，末将路途上偶遇几个人，末将把他们带了回来见将军。将军一定高兴见到他们！"

"甚人？"刘库仁笑着。

"就是他们！"木骨兰回头指着停在门口的高车。高车上互相搀扶着下来三个汉人打扮的男孩和一个年轻的汉人装扮的女子。他们衣衫褴褛，头发蓬乱，一看就知道是在路途上流浪许久的难民。

刘库仁厌恶地瞪了木骨兰一眼："哪里来的乞讨流民？你把他们领到官邸做甚？"

木骨兰小声说："将军，你仔细看看，他们可不是什么流民！"

刘库仁挥挥手："不是流民是甚？把他们领到下房里，安排他们吃顿饱饭，然后打发些衣物，找一个人家收留，让他们走吧，我这里不能收留他们！"说着，转身要回大厅里去。

身后，传来一声娇莺般清脆的鲜卑语："刘大人，你真的不收留我们母子？"

这声音那么熟悉,好像过去经常听到过,而且在他心里留着深刻的印象。这是谁的声音?

刘库仁惊诧地转过身,看着说话的女人。

女人显然是匈奴人,黑头发,黑蓝的大眼睛,高鼻梁,虽然面容憔悴,但是依然掩饰不了她的漂亮。刘库仁端详着。

"哎呀!"刘库仁一拍大腿,一跺脚,惊讶地喊了起来:"这不是大可敦吗?"刘库仁喊着,急忙跑下台阶,冲到马兰面前,一把拉着马兰的手,高兴地又喊又跳。"真的是大可敦啊!大可敦!是你吗?"

刘库仁的部下慕容文和弟弟刘眷、儿子刘显等人,久候不见刘库仁回来,也都纷纷走了出来。

刘库仁忘不了什翼犍。刘库仁的母亲是什翼犍父亲平文帝郁律的女儿,什翼犍既是他的亲舅父,又是他的岳父,什翼犍把自己的女儿给他这个外甥做妻子。虽然什翼犍的女儿已经去世,可是,刘库仁对什翼犍的恩义并没有忘记。刘库仁与刘卫辰虽然同宗同族,但是品性却大相径庭。刘卫辰无情无义,有奶便是娘,反复无常,经常不断地背信弃义,一会儿背叛什翼犍投靠苻坚,一会儿又背叛苻坚投靠什翼犍,多次反复,没有任何礼义廉耻。刘库仁却有情有义,信守诺言。所以,燕凤当年才竭力向苻坚推荐刘库仁,让苻坚把盛乐代国故地交与刘库仁,把刘库仁置于刘卫辰之上,来监督牵制刘卫辰。

马兰流着眼泪。从踏上代国故地,她的眼泪就没有断过。八年了!八年的丧国侮辱,八年的流离失所寄人篱下,今天终于又踏上故土,她哭了一路。不是遇到木骨兰,也就是当年那个代父从军的木兰,她和儿子可能还要艰难跋涉在通往代地的路途上。一边走一边乞讨,一边询问路途。

马兰在通往代地的路上已经走了一个多月。她和儿子餐风饮露,看着天上的太阳,向北方走啊走。一路上,饿了就向沿途村庄的人乞讨,好心人给些残羹剩饭充饥;渴了,就在路旁的小溪里拘几捧冰冷的河水解渴,或者讨要一碗凉水。不知道路途方向,就看着天上的太阳和夜里的北斗星,向北方走去。就这样,一步一步向代地走来。他们翻过山岭,越过山谷,走过关口,一步一步接近了代地。

鲜卑国母:献明皇后

　　马兰和三个儿子拖着疲乏的步伐，走在黄土路上。身后响起急促的马蹄声，拓跋珪回头看见急驰而来的一小队骑兵，他担心骑兵撞了母亲，急忙用鲜卑语大声喊了起来："阿娘，兵卒过来了！快闪开！"马兰还是没有来得及闪避，被急驰的马匹撞倒在路旁。拓跋珪喊着扑到马兰身上。

　　马上的士兵只回头看了一眼，继续赶路。这是一小队铁弗匈奴的兵士，他们刚刚越过恒岭向北方急驰。拓跋珪愤怒地跑到路中间，伸开双手，想拦住后面的人。他用鲜卑话咒骂着，喊叫着。

　　后面赶上来的一个军官看到站在道路中间的男孩子，不知道发生了什么事情，生怕撞了他。他急忙勒住马嚼子，嘴里喊着吁马停下来的口令。急驰的骏马喷着响亮的鼻息，前蹄在空中踢了几下，站了下来。

　　"不要命了！"马背上的军官对阻止他赶路的拓跋珪愤怒地喊着，骂着。他要火速赶回代地盛乐，去向刘库仁将军报告前方战事。

　　拓跋珪听着军官也说鲜卑话，心里有些高兴，他指着前边跑的士兵喊着："谁叫他撞了我阿娘呢！"

　　军官翻身下马，来到马兰身边，看着马兰，问："撞坏了吗？哪里受伤了？"

　　马兰听着军官熟悉的鲜卑话，感到军官的声音十分熟悉，却一时又想不起来在哪里听过。她只是呆呆地看着军官。军官的模样那般熟悉，马兰分明觉得自己见过他，却还是想不起来在哪里见过。

　　马兰用鲜卑话问军官："将军，我这是在甚地方？离盛乐还有多远？"

　　军官听到这声音，愣怔着，他看着马兰，可是马兰脸色黧黑，糊满尘垢，蓬头垢面，很难辨认出模样。他只是也觉得声音十分熟悉。

　　"大姐，这里是平城，离盛乐还有一段路程。你可是要到盛乐去？"

　　"是的，我要到盛乐去。"马兰气息微弱地说。

　　拓跋珪和弟弟拓跋仪拓跋烈都坐到母亲身旁，几个孩子更是蓬头垢面衣衫褴褛，没有一点样子。

　　军官怜悯地看着这一家母子。又关心地问："大姐，你受伤了没？还能走动吗？你要是去盛乐的话，正与我们同路。要不，我们捎你们一程？"

　　马兰惊喜地问："你们也是到盛乐的？我敢问一句，你们可是刘库仁将军的部下？"

"是的,我正是刘将军的部下。请问大姐,你认识刘将军?"

马兰高兴地抽泣起来,她哽咽着说:"我总算遇到亲人了。我是原代国国主什翼犍的大可敦,这几个孩子就是什翼犍的儿子!"

军官扑通一声跪了下来,他拉着马兰的手,大声喊:"天啊,大可敦!你不认识我了?我是木兰啊!"

马兰惊喜地看着眼前这青年军官,抓住他的手:"木兰?木兰?这不是做梦吧?你还在军队里,这么多年了你还在军队里?"

军官急忙瞅了瞅自己的同伴,好在他们还骑在马上,在稍远处等着他,听不到他们的说话。

木兰搀扶起马兰,说:"这里不是说话的地方,我们还要赶回去,向刘将军报告前线军情,耽误不得!大可敦,来,你骑上来,我们一起走,等到前面驿站,我给你们找辆高车,我们赶回盛乐,再细细畅谈。来!"木兰朝他的士兵招手,几个士兵骑马走了过来。"把这三个男孩带上,他们是刘将军的亲人,回盛乐投奔刘将军的!"

几个士兵一个抓了一个孩子上马,把他们放在自己怀里。马兰骑在木兰背后,抱着木兰,继续赶路。到了驿站,木兰找来一辆高车,载着马兰母子向盛乐赶去。驿站没有衣服给他们换,但是,一路上她们却有吃有喝,再不会挨饿了。

刘库仁的弟弟刘眷走了过来,奇怪地看着这母子三人,问儿子刘罗辰:"这是甚人?"刘罗辰摇头:"不知道。好像流民。刘显,你认识她们吗?"刘罗辰又问堂兄刘显。

刘显也摇头:"流民吧?谁知道?"

刘罗辰机警聪明善于察言观色,他看着刘库仁激动高兴的样子,说:"不是流民,看大爷高兴激动的样子,一定是很重要的人。"

刘眷仔细看着马兰,他小声说:"我认出来了。这女人可不是甚流民,她是什翼犍的大可敦马兰,我认识的。虽然老了一些,消瘦了许多,憔悴了许多,可那模样还没有变,是大可敦。"

刘库仁的儿子刘显也点头:"是,阿叔说得不错,正是什翼犍的大可敦马兰。她们不是在长安吗?怎么又回到代地了?"

刘眷说:"听说长安乱了。她们一定是趁长安乱私自跑回来的。苻坚自

鲜卑国母:献明皇后

顾不暇,哪能管她们啊!"

"是的。是的。"刘罗辰同意父亲的分析。

刘显看着马兰身边那三个男孩子,指着高大的小声问刘罗辰:"那就是什翼犍的长孙拓跋珪了吧?"

刘眷点头:"大概是的。当年他离开盛乐的时候,不过四五岁,现在长得这么高大健壮,真还像什翼犍啊。"

刘显阴沉着脸,不高兴地说:"他们回来作甚?真是的!讨厌!"刘显的母亲是匈奴人,与什翼犍的女儿同为刘库仁的妻子,却从来不相和睦。什翼犍的女儿仗着自己地位高贵,经常欺负刘显母子。所以,刘显对什翼犍和他的亲人历来没有什么好感,现在看见什翼犍的妻子儿子孙子,心里原先积累下的怨气突然升腾起来。他厌恶地瞪了他们一眼,转身回到宫里去。

一个将领急忙走上去,搂住刘显,与他一起走回去。这是慕容文。当初,苻坚破燕国,作为宗室的慕容文应当与燕国国主慕容暐等一起徙往长安,但是慕容文带领着部下偷偷跑到盛乐投奔刘库仁。在盛乐这些年,他日夜思谋着如何东归去复兴燕国,只是苦于没有时机,不得不假装老老实实,跟随着刘库仁。自从听说慕容暐叛离长安东归以来,他一直琢磨着如何离开刘库仁去投奔慕容垂。

刘罗辰看着刘显和慕容文的背影,小声对父亲刘眷说:"从兄刘显不会接纳他们母子的。看那慕容文,一定又在撺掇从兄了!"

刘眷轻蔑地笑了笑:"蚍蜉撼树,他们又不能主事。只要你大爷接纳她们,谁撺掇也无济于事。什翼犍是我和你大爷的亲舅舅,咋能不收留他们母子?你大爷是义气之人,他更念什翼犍对他的好处,他会好好对待她们母子的!看样子,她们吃了许多苦!可怜见的,跟着什翼犍吃苦了!"刘眷看着马兰母子褴褛的衣衫,很是怜悯。

"是啊。不过,我看这拓跋珪历经苦难,还这么魁梧伟岸,一表人才,你看他那神色,在大爷面前既不惊慌,也不畏缩,还是那么镇静自若,看来很是不简单呢。将来也许会成大事!"刘罗辰注意地观察着下面的拓跋珪,对父亲刘眷说。"我看,可以把我妹子许配给他!"他又说了一句。

刘眷笑了:"可以。不过,你妹子还小。他也不大,等以后再说。"

刘库仁看着马兰泪流满面,自己也辛酸不已。想当年,住在代宫里的马兰锦衣秀食,虽然不过塞外胡人小国,却也是享不完的荣华富贵,哪曾想,不过几年,就物是人非,家破国亡,人死亲离,羁留他乡多年,过着寄人篱下的可怜日子。

　　刘库仁不知道如何安慰马兰,只静静地看着她,任她哭泣哽咽。她满肚子苦水该在自己的家乡门口倒一倒了。

　　马兰哭泣了一会,终于平静下来。刘库仁这才问:"这可是皇孙拓跋珪?"

　　马兰点头。刘库仁端详着高大健壮的拓跋珪,只点头:"好身板! 像拓跋家的男人! 十几岁了?"他转过脸来问拓跋珪。

　　"十三了!"拓跋珪朗朗回答,没有一点怯懦畏缩。

　　"好!"刘库仁高兴地拍着拓跋珪的肩膀:"好小子! 像你阿祖,是条好犊子! 将来能成大事!"刘库仁端详着拓跋珪,拓跋珪脸庞方正,高鼻深目,浓眉下一双大眼黑蓝幽深,目光灼灼,闪烁逼人,眉目间充溢着一种逼人的英豪之气。

　　"会不会骑马射箭?"刘库仁抚摩着拓跋珪的乱蓬蓬的头发问。

　　"不会,在长安没有马让我骑。"拓跋珪目不转睛地看着刘库仁。

　　"没关系! 回到盛乐,有你的马骑。我奖赏你一匹性子最烈的马! 你到马厩去挑,只要你能驯服,哪匹都行!"刘库仁笑着说。

　　"我也要马,我也要马!"拓跋仪和拓跋烈也围拢到刘库仁身边,喊着说。

　　"那没问题! 我答应你们! 每人一匹好马!"刘库仁哈哈笑着。他对马兰说:"你们母子先到后面去歇息歇息,换换衣服。你们母子以后就在盛乐安心住下,这里原本就是你们的家,现在还是你们的家!"刘库仁诚恳地说。

　　马兰看着木兰,对刘库仁说:"刘将军,我求你一件事。"

　　刘库仁急忙说;"大可敦,有事你只管对库仁说。说起来,库仁还是你的女婿呢。"

　　马兰微笑了,她摆摆手:"不敢当。不敢当。刘将军只要能给我母子一个安身的地方,马兰就心满意足了,只要能让我把大王这几个儿子抚养成人,对得起大王,我马兰就安心了。"

　　"说吧,大可敦。你有甚事请求库仁?"

鲜卑国母:献明皇后

马兰看着木兰："我想让他来伺候我，不知刘将军可同意？"

刘库仁惊奇地看了看木骨兰，又看了看马兰："大可敦，这木骨兰可是我得力的副将，他在我身边十来年，又忠心又细心，不仅能够帮助我打仗，还可以照顾我的起居生活，我离不开他。大可敦，你怎么能要他这么个年轻男子去照顾你呢？他尽管细心，可毕竟是个男子，不如让我找几个女子来伺候你的好。"

马兰笑了："刘将军有所不知，这木骨兰原名叫木兰，原本就是我身边的一个侍女，那年代父出征，才女扮男装进了军队，我没想到她一干就这么多年。一个女孩子，在男人堆里混了这么多年，多不容易！我恳请刘将军看在她跟你这么多年的辛苦份上，让她离开队伍，再回来伺候照顾我！"

刘库仁的眼睛瞪得如铜铃一般，嘴也大张着，半天都合不拢。"女的？木兰？女的？"刘库仁瞪着跟了他这么多年的副将木骨兰，怎么也不相信马兰说的话。"不可能，不可能。怎么可能呢？要是女的，我早就看出来了。就是我看不出来，那些和他在一个营帐里一起吃住的伙伴总能看出来吧？"刘库仁围着木骨兰左右上下地看，一边看一边摇头，一边自言自语。

"不过，我总是觉得他细心得有些过分，觉得他长得太秀气文弱，可就是没有想到他是个女子！"刘库仁继续说，又围着木骨兰转了一圈，重新打量端详着眼前这副将。"这么一说，倒是像个女子，你看，这眉眼多秀气。"刘库仁又嘀咕着。

木兰满脸通红，被刘库仁一遍又一遍的打量端详弄得羞臊起来，她低下头，不好意思地扭动着身子。

刘库仁哈哈大笑起来："果然不错，确实是个女子！瞧这扭动几下的姿势，活脱个女娃模样。为甚过去就没见到你这模样呢？咳！真是可怜了你！一个柔弱女子，代父出征，南征北战十来年！钦佩钦佩！大可敦，我答应，让木骨兰恢复女装，去伺候你！"

木兰不好意思地向刘库仁道谢。

刘库仁笑着说："你不该再用军礼向我道谢，该用女子礼节来谢我才好！"

木兰急忙用一个女子弯腿屈膝的礼节来谢刘库仁。不过，她这礼节做得十分僵硬，还是像行军礼一样，完全没有女子行礼屈膝的优雅好看。

刘库仁哈哈笑了起来。他挥手说:"木骨兰,快带大可敦母子到后院去歇息。以后要好好伺候大可敦。对,以后名字也要再改为木兰的好。我要好好奖赏你!说吧,有甚要求?尽管提,我全答应你!"

木兰摇头:"感谢将军的关爱,木兰不想要甚奖赏,只愿将军赏赐驼一峰,送我还故乡去看望父母。他们年事已高,有一峰骆驼,他们生活就不愁了。"

"那没问题。赏赐你骆驼两峰,回家去看看,然后回来伺候大可敦。我还要出席庆祝大宴,部署下一步的军事行动呢。大可敦,我要先告辞了。"说完,他朝马兰行了礼,转身大踏步跑上台阶。

马兰感激地看着刘库仁的背影。难得刘库仁这么念旧,没有因她眼下的窘境而把她母子赶出去。世上多的是锦上添花的势利人,少的是雪中送炭的真情人。这刘库仁可算是难得的仁义君子和真情人啊!

7.马兰安居思大业　库仁部署征慕容

马兰坐在当年自己居住的寝宫的热炕上,屋里烧得暖洋洋的。虽然已经是四月初夏十分,代地盛乐依然凉气袭人,炕不烧热,还是无法睡觉。马兰心满意足地看着自己当年住过的这一大间朝南正房,雪白的刚刚粉刷过的墙壁,重新糊了桑皮纸的窗户,还贴着木兰找人铰的鲜红的窗花。炕上铺了鲜艳的栽花割绒毛毡,是刘库仁征刘卫辰时,从西域弄来的精品,他自己都没有舍得使用,现在毫不吝啬地送给马兰。

这一切都是刘库仁特意安排的。刘库仁亲自安排人粉刷打扫房间,亲自过问房间的装饰。马兰知道他马上就要率兵南下,去打慕容垂。听说刘库仁要去打慕容垂,马兰心里很矛盾。她有心劝刘库仁不要南下,却又不敢过问刘库仁事情。尽管这代地曾经是她和什翼犍的领地,这代宫曾经是她和什翼犍的所属,可是,现在的她,并不能说是代地代宫的真正主人,她还是刘库仁收留的流浪人。所以,她没有权力过问刘库仁的军事。但是,她真的不想让刘库仁去攻打慕容垂。她摸了摸自己已经明显突出的腹部,那里孕育着慕容垂的骨肉。"甚时候才能再见慕容垂呢?"马兰忧郁地想,"也许再也没有机会见他了。"

鲜卑国母：献明皇后

249

马兰坐在炕头上胡思乱想着。木兰推门进来。木兰已经换了鲜卑女装，半长不长的葱绿紧身小袍，宽大的橘黄百褶裤，腰间束着粉红的腰带，头上戴着垂挂冠帽，额头又贴上了花黄。马兰眼睛一亮：十年过去了，木兰换回女装比当年更显出女性成熟的美。

"真漂亮！"马兰挪到炕沿上，上下打量着木兰。木兰有些不好意思，她笑着说："我刚才出去看望我那些伙伴，他们都吃惊地瞪着眼睛，呆呆地看了我足足有一个时辰。他们根本不相信站在他们面前的是副将木骨兰，一个劲地直擦眼睛，以为自己眼睛出毛病了呢。真好笑！"

"是啊，同行十来年，不知道木骨兰原来是女郎，你叫他们怎么能不吃惊呢？"马兰笑着："叫我也是一样吃惊呢。"

"我说，雄兔脚扑朔，雌兔眼迷离，双兔傍地走，你们怎么能辨别出雌雄呢？他们听了都哈哈大笑起来。可不是，我和他们一样打仗行军，他们当然辨别不了我是男是女了。"木兰的脸上流露着非常得意自豪的神气，浑身散发着英姿勃勃的英武之气。

马兰拉住木兰的手，关心地问："我记得你有年迈的父母，这些年，你回去看望过他们吗？"

木兰的眼睛里闪过一丝阴影，她摇了摇头："没有。自从跟刘将军以后，我一直驻守马邑，不久才回到盛乐，还没有来得及告假回去，另外，我也怕暴露身份，不敢告假回去探望父母！"

"可怜见的，真难为了你！你想你父母吗？"马兰说着，眼睛有些发红。

马兰的眼睛里已经充溢了晶莹的泪水："哪能不想呢？每天做梦梦见回家，可是却找不到回家的路，经常梦见自己在群山，在大漠，在森林里转悠，说是要回家，却怎么也找不到回家的路，经常急得哭喊起来，结果把自己哭醒过来。"木兰哽咽着。

马兰悲切地说："跟我一样，我这几年，差不多夜夜做这样的梦，梦里，我拉着娃们走在山里，走在大漠里，就是怎么走也走不出去。不是迷失方向，就是无路可走，永远都不能回家来。"马兰说着，眼泪顺着脸颊流了下来。

"大可敦，这些年，你可是吃苦了！"木兰同情地说。

马兰擦了把脸，叹息了一声，随即笑了："也没甚。已经过去了。这样也好，算长了我和娃们许多见识。那长安，可不是盛乐这样子，长安气派极了！

而且,娃在长安上了学,学会写字念书,这可是大好事呢。"马兰爽朗地笑着说。

木兰点头,心里赞叹:大可敦真是女中豪杰,这么坚强顽韧达观,真是成大事的女人啊!

马兰看着木兰,关心地说:"我这里暂时没有甚事情,我还能够照顾我自己。你先回去探望探望你父母吧。有几年没见了?"

"快十年了。"木兰神色又黯淡下来。

"你就回去住几天,早些回来,我这里还是需要你的,你看我这肚子。"马兰拍了拍自己的腹部:"我的身子怕是不大方便了。"

木兰点头:"也好。我这就回去,顺便把刘将军送的骆驼带回去,让老父老娘欢喜欢喜。他们一辈子都没有自己的大牲口。"

"去吧。"马兰亲热地说。

刘库仁从副将木骨兰那里得到前线公孙希的消息,知道公孙希目前正在唐城与慕容垂的儿子慕容贺麟对抗,公孙希希望刘库仁发三郡大军前来支援,一举打败慕容垂帮助苻丕守住邺城。

刘库仁叫来弟弟刘眷、侄子刘罗辰、大儿子刘显、二儿子刘亢泥以及慕容文前来商讨军事。

刘罗辰对伯父叫慕容文前来商量军事很不放心。他小声对刘库仁说:"大爷,今天商讨出兵慕容垂,叫慕容文来是不是不大合适?"

刘库仁随口说:"有甚不合适的?他现在也算是副将,有调动军事权力,不叫他来商讨军事怕是更不合适。"

见伯父说的这样决断,刘罗辰只好缄口不言。他知道,这慕容文投奔过来以后,竭尽巴结奉承之能事,已经深得刘库仁与儿子刘显的信任,他再多说,只怕会引起伯父刘库仁和堂兄刘显的嫉恨。刘显这人心胸狭窄,又极有野心,自己的兄弟都不容忍,何况堂兄弟?刘库仁虽然宅心宽厚,重情重义,却又容易被别有用心的假情假义所蒙骗,太容易轻信人。

"只怕要吃亏的。"刘罗辰轻轻摇头,心里想。

刘库仁把公孙希在前线的情况简要地交代了一下,捋着浓密的须髯,炯炯有神的目光扫过在座的各位,朗朗说:"公孙希以为,只要我派三郡兵力出击,可一举打败慕容垂,解邺城之围,助天王一臂之力。诸位以为,我要不要出兵增援公孙希?"

刘库仁弟弟刘眷想了想,他看着兄长刘库仁,目光诚挚:"我以为,目前增兵攻击慕容垂不是明智之举。长安局势不明,听说姚苌已经起兵,正配合慕容冲合攻长安。我贸然出兵,恐怕难以救助苻坚。"

刘罗辰急忙附和父亲的意见:"侄儿同意我阿爷之分析。长安不保,我救邺城意义不大。三郡兵力是我主力,如果轻率离开朔方,很可能造成我盛乐空虚,也许刘卫辰会乘虚而攻,不得不防。"

刘显见刘眷和刘罗辰父子俩一唱一和,心中早就有些不忿。他白了刘罗辰一眼,闷声闷气地说:"我以为,应当果断出兵援助公孙希。正如公孙希所言,大败慕容垂的平规将军,已经大伤慕容垂元气,趁胜出击,一鼓作气,打败慕容垂唾手可得。此时不出兵,更待何时?"说完以后,他得意扬扬地瞥了刘眷父子一眼,挑衅似的。

刘库仁赞许地点头,同所有父亲一样,儿子是自己的好,儿子说的话总是那么中听,那么与自己保持一致。

慕容文一直没有说话,但是他的脑子却比在座的任何人都运转的急速。慕容文投奔刘库仁几年,从没有放弃东归燕国燕地的想法。邺城、和龙都已经被苻坚所占,他即使逃了回去,也还是得被苻坚强迫迁徙到长安,在长安被苻坚监视着生活。囿于形势所迫,他只好把自己的想法深深埋藏在心底,耐心地住在盛乐,等待着合适时机。听刘库仁介绍前线的情况,他猛然觉悟,时机快来了。他的宗室弟兄亲人已经高举起叛离大秦的旗帜,正在干着复兴燕国的轰轰烈烈的大事,他作为燕国宗室,是不是也应该摆脱眼下这寄人篱下的屈辱地位,揭竿而起呢?是的,要揭竿而起。不过,刘库仁和他的队伍要是一直待在盛乐城,他慕容文显然无计可施。盛乐有刘库仁父子,刘眷父子,还有许多忠于刘库仁的队伍,他不可能有所作为。可是,只要刘库仁率领三郡队伍离开盛乐前往邺城,路途中也许可以找到机会,发动三郡兵丁哗变,夺取刘库仁的权力以代之。然后率领队伍加入慕容垂或慕容冲的队伍,去攻占长安秦地,复兴燕国千秋大业。

想到这里,慕容文笑着说:"末将同意刘大公子所言。趁胜出击,正是兵法教导。一鼓作气,胜算在握。将军如若发动三郡兵力去援助公孙希,一定可解邺城之围。邺城是苻坚天王的太子苻丕守卫,将来他登基,能不报刘将军救命之恩?退一步说,即使苻丕登基遥远,那天王苻坚还能不感谢刘将军?刘将军既是太子的救命恩人,又是天王的功臣,还不是大秦的第一功臣?"

慕容文滔滔不绝地说,说得口角白沫堆砌,口沫乱飞。

刘库仁拍了一下大腿,高声说:"好,大家说得很好!就这么决定了!立即发命令给雁门、代郡、上谷三郡大军,五天内集合,我亲自率领进攻邺城,去支援公孙希!"

刘眷张开嘴,还想说什么。刘库仁却大手一挥,拍着他的肩膀,哈哈笑着:"我率兵南下,盛乐河东事务一并交付于你与罗辰管理。"

刘显心里不高兴:"怎么能把盛乐全部交给他们父子呢?假如他们父子狼狈为奸,心生异念,我们父子如何是好?"

想到这里,他急忙抬头定定地看着刘库仁,向他使着眼色:"我呢?是跟父亲出征,还是留在盛乐协助叔父管理河东事务?我想,叔父一定需要协助。"

刘库仁看了看他阴沉的脸,心想:这犊子,就是不喜欢跟我出征。也罢,留他在盛乐协助刘眷吧。"你也留下来吧。"刘库仁斩钉截铁地说。

"慕容文也留在盛乐吧。"刘罗辰突然说。

慕容文大吃一惊:这怎么行?我撺掇刘库仁出兵,就是想跟他离开盛乐,然后瞅机会发动叛乱,投奔自己的宗室亲人。留在盛乐怎么可以成事?

"不!"慕容文腾地站了起来,着急地说:"刘将军出兵,正是用人之机,大家都留在盛乐,谁来帮助他?我是刘将军的副将,应该与刘将军生死与共。我不想留在盛乐!希望刘将军知我一片苦心和忠心,成就我对刘将军的一片诚意!"说着,连连向刘库仁作揖行礼,脸上一片赤诚。

刘库仁十分感动。这么忠心的副将正是出兵打仗少不了的。副将木骨兰已经恢复女子身份去伺候大可敦,他身边更少不了慕容文。刘库仁捋着须髯,不断点头:"难为慕容将军这么忠于本将。本将当然不能同意你留在盛乐享福。你啊,想留我也不让你留!"

慕容文连连作揖,说着感谢的话语:"谢刘将军知遇之恩!"他竭力在脸上弄出非常感动的样子,拼命眨巴着眼睛,想挤出几滴感动的泪水,无奈怎么也挤不出来。

刘罗辰冷眼看着慕容文拙劣的表演。

等大家都散去,刘罗辰走到叔父刘库仁的面前,小心谨慎地提醒刘库仁:"大爷,你路上要小心慕容文。我觉得他心怀鬼胎!"

刘库仁奇怪地看了看刘罗辰,很不以为然地教训着侄子:"用人不疑,疑人不用,你怎么疑神疑鬼的? 还能成就大业?"

刘罗辰不高兴,还是耐着性子劝伯父:"大爷,你还是多些小心为好。这是去攻打慕容垂啊。他们可是一笔写不出两个慕容的一家人啊。"

刘库仁有些不耐烦,他一边向后走去,一边随意应付着:"知道了,知道了。你不用再多说。好好协助你阿爷帮我管好盛乐,等我回来向我报告!"

刘罗辰还想再多说几句,刘库仁已经急匆匆地离开了。刘罗辰呆呆地站在原地,沉思着。他的心里,充满忧虑,充满忐忑不安。他总觉得,刘库仁这次出征不像他自己想得那么乐观。

马兰刚起床,就看见木兰端来黄铜盆,进来伺候她洗脸。

"这么快就回来了?"马兰惊喜地问。

"我放心不下大可敦,看父母身体还行,就急着赶回来了。"木兰把铜盆放到一个板凳上,过来帮着马兰穿衣。

"父母还好吧?"

"还好,只是年纪大了,头发已经完全白了。好在弟弟已经成人,能帮助他们干些放牧的活。"木兰凄然地说。

"见了你,高兴坏了吧?"

"可不是。父母听说我返回,他们互相搀扶着,出城来迎接我,一见面,父母拉着我又哭又笑,多年没有音信,他们以为我早就不在了呢。弟弟在家里磨刀霍霍,又杀猪又宰羊的,忙活得很。"木兰笑着说。

"是啊。多年不见,这乍一见,还不高兴死! 家里变化大不大?"

马兰摇头:"这些年,战乱不断,家里日子更加艰难,远不如代王时。不过,有当年大可敦赏赐的帛和牲畜,父母还算没有受甚罪。他们还保留着我当年的东阁房,保留着我当年的衣物菱花镜,各种花黄。这就是我在家当窗理的云鬓,对镜贴的花黄。"木兰指着额头说。

"真难为他们的了。这么多年,还不知道咋揪心揪肺地日夜牵挂着你呢。"马兰长长叹了口气。"儿行千里母担忧,普天下的父母都是这样。"她加了一句。

"这下好了。以后伺候大可敦,不用打仗,就能经常回家去看看他们了。"木兰见惹起大可敦马兰的忧伤,急忙用喜色的声音说。接着,她又对马兰说:"大可敦,大阿干要让我去帮他学骑马射箭,现在行不行?"

马兰笑着:"好啊。回到草原了,就要赶快学会骑马射箭,我正在这里思谋着找谁当师傅来教他们弟兄骑马射箭呢。这下好了。这不是现成的好师傅吗?走,我也出去看看你怎么教他们!"马兰说着,伸腿下炕。木兰急忙把靴子拿了过来,帮马兰穿上。

"大可敦,你身子沉重,不大方便,就不要去了吧。"木兰看着马兰突出的腹部,小心地提醒马兰。

"没甚。我不放心他们这几个野犊子。要好好调教他们,将来才能干大事。"马兰小声说。木兰点头,她明白马兰的心思了。

"刘将军出发了没有?"马兰又问木兰。

"还没有。我刚才去探望了他,正做准备呢。说是明天出发,到繁峙集合。"

"我真舍不得刘将军走!"马兰又叹息了一声。

"不打紧的。刘将军胜利在握,两个月后即可返回的。"木兰搀扶着马兰一边向后面马场走去,一边劝慰着马兰。

马场上,一片热闹。驯马的,遛马的,给马打掌的,正热火朝天。出征前,马场分外繁忙。拓跋珪与弟弟拓跋仪拓跋烈正在马场外面兴高采烈地看驯马,指手画脚,心里痒痒得厉害。一个与拓跋珪年纪相仿的大眼睛小姑娘拉着拓跋珪高兴地说笑着。

"你看这刘缨,一点也不认生,跟珪儿这么亲热!"马兰笑着对木兰说:"真好看的小女娃,我真喜欢她!"

"大可敦喜欢她,将来娶她做媳妇不就行了?"木兰笑着:"看他们两人多般配,又多亲热!"

"可不是呢,幸亏你提醒我!我找个机会跟她阿爷刘眷提一提这事。"马

鲜卑国母:献明皇后

255

兰笑着走了过去："小缨子，你在教你拓跋珪阿干骑马呢？是不是啊？"

刘缨蹦跳着过来，亲热地拉住马兰的手："是啊，大可敦，他们都不会骑马，我来教他们呢。"

马兰抚摩着刘缨一头乌黑的长发，笑着说："那我就把教他们骑马的任务交给你了，你可要负责把他们教会啊！"

"大可敦，你放心，我保证把他们教会！"刘缨满脸调皮活泼，白红白红的脸庞像一朵盛开的花朵。

拓跋珪悄悄地端详着这可爱美丽的小姑娘，听着她和母亲说话，心里高兴得要命，嘴上却颇为不服气地嘟囔着："谁用你教啊？女娃娃家家的！有个甚能耐？"

马兰看着两个年纪相仿的男娃女娃这么亲热，心中很是高兴。"眼看着娃已经长大，以后她该怎么办呢？"马兰沉思着。

马兰回到盛乐，代国过去的一些臣属，一些拓跋子弟，听说消息，也陆续来探望她。代国的一切，又涌入她的头脑。她是代国的大可敦，是代国的希望，旧臣旧将在言谈中，都有意无意地流露出对代国的留恋以及对代国重兴的期盼。所有这些，都在暗示她应该重振代国河山。大家都寄希望于她。

在长安，复兴代国还是一个朦胧模糊的想法，现在，这已经成为她生活的明确目标！以后，她一定要想办法实现自己在长安的想法，慢慢图谋复国大业！

马兰脸上挂着平静的微笑，望着眼前一望无际的绿色草原。"这里是代国的疆域，它应该还是代国的疆域！"她坚定地想。

代国王妃草原马兰能够帮助儿子完成这萦绕她心头的夙愿吗？

第八章　虎口脱险

1.将军库仁遭亲人暗算　代国盛乐生不测剧变

　　刘库仁率领着代郡的军队来到繁峙不久,雁门、上谷二郡的军队也在将军的统领下赶到与刘库仁会合。刘库仁部署,第二天出发去与公孙希会合攻打唐城,一举夺取唐城,灭了慕容暐的儿子慕容普麟以后,再举兵进发邺城。

　　刘库仁在自己营帐里刚刚躺下。明天要去攻打唐城,他需要早些休息养精蓄锐。连日来的急行军,不仅叫士兵军官疲劳不堪,他自己也是一样筋疲力尽。为了早日赶到繁峙,他硬逼迫队伍日夜兼程,他们穿越长城杀虎口,渡过浑水河,从盛乐赶到繁峙,仅用了一天一夜的时间。明天,队伍还要三更出发,穿越五台山,从龙泉关进入定州赶赴唐城,那又是一段艰难行程。

　　刘库仁不知道,他的士兵怨声载道。一路上,军官打骂着士兵,逼迫着士兵日夜兼程,士兵已经困乏得没有办法骑马,有的士兵走着走着,一头从马上栽了下来,有的走着走着,连人带马掉进山谷深渊。可是,他就是不让队伍驻扎下来。到了繁峙,士兵已经东倒西歪,不歇息不能继续行军,刘库仁才命令队伍停下来。士兵和军官都想好好睡一宿,可是命令说三更起程。士兵军官连骂人的力气都没有了,他们倒头便睡。

　　慕容文却没有睡。他在营帐之间穿行,寻找那些怨气满腹的军官。

　　"是啊。这么往死里驱赶,为的什么呢？苻坚眼看着就要完蛋了,我们干吗还要去为他送命？"慕容文十分怜悯地迎合着那些牢骚满腹的军官的怨言,"我多次劝说刘将军,告诉他要为自己的弟兄们着想,不要把自己弟兄往火坑里推。可刘将军为了自己得到苻坚的奖赏,就不顾弟兄的性命,硬是一

257

意孤行,驱赶弟兄去邺城送死。"慕容文装出神秘兮兮的样子对那些军官说,"告诉你们,邺城的苻丕已经被慕容垂强大的队伍包围了,已经是瓮中之鳖,我们去只能是白白送死!"

军官们愤愤不平:"娘的! 不把弟兄的性命放在心上!"

"奶奶的! 这不是坑弟兄们吗!"

"他娘的! 他敢情不用冲锋在前,死不了!"

"他奶奶的! 老子可不想去白白送死!"

军官有的跺脚,有的拍手,有的摩拳擦掌,有的瞠目裂眦,一个个红头涨脸,叫骂声一片。

"奶奶的! 老子不干了!"一个军官摘下头盔,啪得往地上一摔,愤然吼叫着,跺脚便往营帐外走。

慕容文心中大喜,他抢步上前,拉住那军官,赔着笑脸:"兄弟! 不可草率从事! 你这么跑出去,一定得被当作逃兵抓回来。刘将军如何对待逃兵的,老兄你又不是不知道! 你这么一走,怕是别想活着回家了!"

"是的! 这兄弟说得对,不能自己跑的!"大家都喊着,劝说着。

"奶奶的! 那你们说咋个办? 我可不想白白送命! 我家里上有老母高堂要奉养,下有妻子幼儿要抚养!"那军官只好止住脚步,回过头,双目圆瞪,龇牙咧嘴,凶狠地望着慕容文。

"这老兄不要着急啊!"慕容文嘻嘻笑着,从地上捡起头盔,用手掸了掸沾在帽缨上的灰尘,交给他。"办法是人想出来的。老兄先坐下来,让我们大家一起想个周全的办法!"

那军官不大情愿又无可奈何,嘴里骂骂咧咧地又坐到地上。

"依我看,只有除掉刘库仁,我们才有活路!"一个军官压低声音咬牙切齿地说。这军官并不是刘库仁嫡系的代郡兵力,他是上谷的汉人,曾经因为与铁弗匈奴军官打架被刘库仁鞭打五十,到今天他的脊背上还留有鞭痕,时不时地隐隐作痛。他对刘库仁自然是憎恨不已。

慕容文喜出望外,他正在思考着如何说出这句话,不想这军官就已经代他说了出来。他轻轻一拍手,故作惊诧地压低声音喊:"哎哟,我的娘! 这话可不得了! 让刘将军听到,我们谁也别想活着走出这营帐!"

那军官被慕容文一激,反倒什么也不怕了,他梗着脖子,提高声音喊:

"怕他个甚！左不过一死,还不如让他刘库仁先死！我看,干脆先反了他!"

其他军官也都纷纷喊叫着:"对！他刘库仁不叫我们活！我们先叫他死!"

"奶奶的！反了!"

"反了!"

"对！反了!"

军官纷纷响应。慕容文趁热打铁,火上浇油:"就凭你们几个?"慕容文故意撇着嘴,连连摇头,一脸轻蔑的表情,"怕是做不到！还没到刘库仁营帐,就得被他的亲兵捉拿起来!"说完,又发出响亮的嗤嗤声。

汉人军官被嗤嗤声激得满头火起,他一把抓起腰刀,仓朗一声拔了出来:"奶奶的！你信不过爷们！爷们这就去叫起爷们的部下,爷们也不多不少,管着千把人呢!"说着,挥舞起腰刀冲了出去。

"弟兄们！和刘库仁拼了!"慕容文见火候已到,也拔出腰刀,高声呐喊着,挥舞着腰刀,冲出营帐,在各营帐间喊着。各位军官都呐喊起来,冲出营帐,去组织自己的部下。一时间,营帐里呐喊声四起,这里那里火把都跟着亮了起来。

人多的地方,只要有几个人带头哄闹起来,马上就可以引起一场千万人参与的大动乱,这场大动乱足以毁灭一切,足以让人灭顶。所以历来封建统治者禁止百姓结社结伙,就是怕这种哄闹性动乱的发生。

"杀啊!"

"冲啊!"

"杀死他狗日的刘库仁!"营帐里喊声四起,震荡着黑黢黢的野空。火把闪烁着,照亮了原来漆黑安静的营地。

更多的士兵一跳而起,朦胧着眼睛,抄起刀枪剑戟,胡乱喊着,冲入人群中,既不知道为什么,也不知道要杀谁,只是像羊群一样跟随着领头人,一起喊着,冲着,杀着,打着,加入汹涌的人流。

刘库仁正在熟睡中,被突然的喧嚣惊醒:"怎么了? 敌人打进军营驻地? 不可能的。敌人慕容垂在邺城,离这里很远很远,怎么可能打进营地?"他急忙抄起腰刀,掀开营帐帘张望。只见外面火把闪闪,人群喊叫着,向这里涌来。"队伍反了!"这念头像闪电一样闪过刘库仁的头脑,"完了!"他下意识

鲜卑国母：献明皇后

地想。反叛军队的威力像决口的洪流势不可挡,没有谁可以阻止一支反叛的军队! 刘库仁不敢迟疑,急忙钻出营帐,趁着夜色的黑暗,躲进马厩里。他藏身到自己的坐骑下面,浑身哆嗦起来。"怎么会这样呢?"他问着自己。

慕容文带领着军官冲进刘库仁的营帐。

"奶奶的! 跑了!"那汉人军官看着空空的营帐,愤愤地骂。

"他跑了?"慕容文四下查看,他看到营帐后面掀起的一角,冷笑了一声。"到营帐后面看看!"慕容文指挥着,带着军官跑了出去。

慕容文转到营帐后面,营帐后面是刘库仁的马厩。刘库仁的几匹主马和副马在马厩里,悠闲地啃着草料。慕容文高举着火把,仔细照着马厩。

"在这里!"一个军官高声喊着,把藏身在马肚下面的刘库仁拖了出来。

"你们这是干甚啊?"刘库仁哀号着。

慕容文走了过来,他举着火把,照着刘库仁的脸,笑着说:"刘将军,如此狼狈! 居然藏身马肚之下!"

刘库仁愤怒地喊着;"原来是你挑唆! 我待你不薄,你咋的恩将仇报!"

慕容文懒得与他辩论,只是冷笑了一声,挥舞起腰刀,斩刘库仁于马厩里。

众军官欢呼起来。

"我们现在咋办?"汉人军官问慕容文。

"本将军要投靠慕容垂将军去! 愿意跟随本将军的,本将军欢迎! 将来一定在慕容垂将军面前为你们讨封,不愿追随的,你们各自带你们的队伍回你们自己的驻地! 本将军一概不勉强!"

说着,慕容文解下刘库仁的骏马,翻身上马,带着愿意追随他的队伍向邺城方向奔去。那个汉人军官率领着自己的部下,追随慕容文而去。其他军官带着自己的队伍各回自己的驻地。代郡队伍失去了主帅,如鸟兽般四散。几个忠于刘库仁的军官收罗了残余队伍,驮着刘库仁的尸体掉头返回盛乐,向刘眷报告这不幸的消息。

刘眷手抚兄长刘库仁的尸体痛哭流涕。一世英明的兄长就这么窝窝囊囊地死于兵变,死于他信赖的一个投降将领的叛变,真是叫他伤心又寒心。

刘库仁的两个儿子,刘显和刘亢泥也都泪流满面,哭倒在刘库仁面前。

刘显跺脚捶胸,指地划天,咒骂着忘恩负义的慕容文:"天杀的! 慕容文! 老子一定要活剥你的皮!"

文弱一些的弟弟刘亢泥只是哀哀地哭,刘罗辰在旁边轻声劝解着。

刘显喊叫了一阵,感觉疲累,一屁股坐到胡床上托着双颊想心事:"父亲死了,以后这河东事务以及代地事务该谁来管理呢? 子承父业,按理说应该我来管理才对。可是,父亲临走时却把代地交与叔父刘眷全权管理,现在我怎么才能夺回这理应属于我的权力呢? 硬来? 他目前还不具备这样的实力。向叔父讨要回来,这话实在说不出口,即使说出来,叔父能轻易交出他的管理权限? 不会的,"刘显轻轻摇头,"叔父刘眷在代地还是相当有威信的,管理代地事务也很服众,我刘显争不过叔父。怎么办? 就这样甘心屈居于叔父高位之下,在叔父统领下生活? 不! 我不甘心!"

想到这里,刘显抬起眼睛瞥了叔父刘眷一眼。叔父刘眷眼睛红红的,正在向刘罗辰交代安葬刘库仁的事情。刘显愤愤不平地想:这原本是我们弟兄的事,你瞎张罗个甚? 难道还想把我们弟兄撺出去不成?

刘眷看刘显不再哭喊,就向他招招手:"显,你过来,我们商量商量安葬你阿爷的事情。"

刘显不满意地说:"叔父做主就行了! 我难受!"他站了起来,噔噔地离开房间。

刘眷摇头:这孩子,真可怜。父亲突然去世,对他的打击太大。也罢,我和罗辰先张罗安排吧,等他平静下来再说。

刘罗辰用锐利的目光看着走出去的刘显的背影,对父亲说:"还是等显哥平静下来再商量吧。他是大爷的长子,还是他出面的好。"

刘眷呵斥着:"混账话! 你就忍心你大爷躺在那里? 我是他亲兄弟,我来张罗有甚不合适? 他一个娃娃家,心里乱了方寸,咋能处置这样的大事?"

刘亢泥抽泣着:"叔父尽管安置。我和我大哥现在都心乱如麻,没了主意,不知道该干甚好。"

刘罗辰委屈地辩解着:"我只怕我们越俎代庖,引起显哥误会!"

刘眷大手一挥:"有甚误会? 我是他的亲兄弟,安葬他不是我的责任? 笑话! 我替他忙活受累,还能有误会? 我看显不会这么不懂事! 你说呢,亢泥?"刘眷转过头怜悯地看着刘亢泥。刘亢泥是什翼犍女儿与刘库仁生的儿

鲜卑国母:献明皇后

子,大约是月份不足,从小就孱弱多病,远不如刘显健壮魁梧。母亲死了以后,刘库仁虽然心疼,但是因为经常打仗,也照管不了他许多,经常忍受刘显的欺侮,直到现在已经成年,还是很害怕刘显,为人十分懦弱。

他急忙点头:"叔父说的是。我们弟兄都感激叔父的关照。"

刘眷安葬了刘库仁,麻烦事便接踵而来。听说刘库仁死,刘库仁原来收复管辖的朔方开始动乱起来。北地原来慑于刘库仁的威力俯首帖耳表示顺从的一些部族开始蠢蠢欲动起来。其中,白部大人洁佛、贺兰部大人贺讷、蠕蠕部大人前后举起叛旗。刘眷率领着儿子刘罗辰,会合苻坚并州刺史张蚝队伍,东征西战。前后打败白部,在善无破贺兰部,在意亲山破蠕蠕别帅肺握,缴获牛羊数十万头。刘眷十分高兴,亲自带领刘罗辰、侄子刘显弟兄和队伍,迁徙牲畜到牛川。

刘显自父亲刘库仁死以后这一年多,一直是闷闷不乐提不起精神,总是眉头紧皱,像在琢磨什么,又像是恼怒着什么。刘眷以为他还沉溺在丧父的哀伤中,一年多的征战,总是让他留守的多,随自己出征的时候少。这次迁徙数十万头牛羊到牛川驻牧,一是因为人手不够,同时也是想让他到风景如画的阴山山后牛川草原上换换心情,散散心。

其实,刘显留守盛乐并没有闲着。对叔父刘眷,刘显已经嫉恨到忍无可忍的程度,几次都想下手除掉刘眷,只是杀了刘眷以后,自己没有能力统兵打仗,无法抵御反叛的贺兰部、蠕蠕部、白部、丁零部等部族。他只好一忍再忍,等着刘眷平息这些部族反叛以后再动手去除刘眷父子这眼中钉,夺回被刘眷侵占的权力和地位。他留守盛乐,已经私下结交了一些将领,用封官许愿、钱财拉拢、赏赐奴隶牲口以及美女腐蚀等办法,结成一个小团伙,以他马首是瞻,随时听从他的调遣安排。

俗话说,没有不透风的墙。他的这些活动也有人报告到刘罗辰那里。不过,因为没有确实的证据,刘罗辰不敢贸然报告父亲刘眷。他太了解刘眷,刘眷与刘库仁一样,把亲情看得极重,性情又耿直,自己不会搞太多阴谋,便以为天下人与他一样,都是重情义的人,特别是亲人,他更没有一点防范之心。刘罗辰几次在父亲面前碰钉子,遭训斥,让他学乖了。在没有确凿的证据的时候,他不能在父亲面前说刘显的坏话。他一定要等到有了确实证据,再向父亲禀报。

刘罗辰一路上冷眼观察着刘显。

刘显这次果真是怀着狼子野心,刘眷大破几个反叛的部族,河东局势已经稳固地控制住,代地不再需要刘眷父子。而且,刘显清楚地意识到,这一年多,刘眷父子的威望已经大为提升,如果再拖下去,时间拖得越久,刘眷的威望越高,地位越来越巩固,他的机会也就越来越少,甚至会成为渺茫。现在不动手,以后怕是更没有机会了。这次到牛川,正是他动手的好机会。刘显把自己的私党全都带在身边。

到了牛川,刘眷忙碌着指挥兵丁把牛羊驱赶进牧苑。刘显召集他的私党商量动手时机,有人来把这件事报告刘罗辰。

刘罗辰急忙去找父亲刘眷。刘眷正津津有味地观看牧人骑马驱赶牛羊马群入牧苑。阴山牛川是代地最大的牧场,刘库仁按照什翼犍代国的规矩在这里设立了大型的野马苑和牧苑,专门派军士作牧人在这里放养马匹和牛羊。远处,千万马匹在牧人士兵的吆喝驱赶下,扬鬃奋蹄,奔腾而来,把草原和阴山都踏得微微震动,情景蔚为壮观。

"阿爷,我有要事报告。"刘罗辰下马,来到父亲身边,小声说。

"甚事啊?"刘眷不经心地回头看了儿子一眼,又扭过头继续观看飞腾奔驰的马群。这景象太壮观了。千万马匹腾空奔驰着,铺天盖地,草原群山都好像飞腾起来。他舍不得眼前这景象。"看拓跋珪,多漂亮的姿势!"刘眷指着远处一个高高站在马背上飞驰的少年喊。

刘罗辰勉强看了一眼,急忙低声喊父亲:"阿爷!你听我说!有人要谋反呢!"他提高些声音喊了起来。

这话果然发生了作用。刘眷猛然从奔腾的马群那里收回自己的目光,惊诧地看着儿子刘罗辰。"甚?谋反?谁?"

"从兄刘显啊。刚才六眷偷偷跑来报告,说刘显正要召集他们商量大事呢。"

"甚大事?"

"还不知道呢,六眷还没有来报告。我听说,这些日子刘显可是一直在暗地里拉拢人,鬼鬼祟祟的!阿爷你不可不防。这是个残忍的家伙,为乱不过是旦夕之间的事!他对我们早就心怀不满了!"

"不会的!"刘眷一摆手:"我知道你们兄弟有些合不来,刘显呢,虽说为人气量狭窄一些,可是,要说他为乱,恐怕还有些危言耸听!自家亲兄弟亲侄子,怎么会呢? 你过虑了!"

"阿爷,你不要掉以轻心! 近来行兵,所向无敌,我们已经成了他的心腹之患。他已经下决心要对付我们了! 我看,他就要在最近采取行动!"

父子正在说话间,草原上突然出现一队人马,向刘眷父子飞奔而来。马蹄踏地的声音,惊动了刘罗辰的注意,他放眼望了过去。十几个骑马人飞奔了过来,各个手上都挥舞着亮堂堂的弯刀。

"阿爷!"刘罗辰惊呼起来:"你看,是不是刘显来了?"

"不会吧?"刘眷犹疑地说着,抬眼望了过去。刘罗辰为防不测,急忙退到坐骑旁,拉住马缰绳,一脚上了马镫。"阿爷,上马吧!"他把刘眷的马缰绳扔了过去。刘眷还在张望着。

"上马吧! 要不来不及了!"刘罗辰翻身上马,喊着催促着刘眷。

"是刘显。"刘眷还是很轻松地说。"他来也许有事呢。"他又张望了几眼,犹豫了一会,还是听从儿子的建议,弯腰从草地里捡起马缰绳,他又向来人方向张望。

"阿爷! 上马啊! 他们扑过来了!"刘罗辰惊慌地喊叫着,打马跳了出去。刘显带着人已经旋风般扑到刘眷面前,飞舞的弯刀带着冷飕飕的风声向刘眷砍劈过来。

"畜生! 你要干甚!"刘眷厉声喊着,正要上马,刘显挥舞的弯刀已经劈头盖脸朝刘眷面庞砍了过来。刘眷颜面一热,鲜红的热乎乎的黏稠液体立时盖住他的双眼,他没来得及喊,也没有完全明白是怎么回事,扑通一声,倒在绿色的草地上。绿色草地上立刻流淌起一条冒着泡沫和热气的红色溪流,淹没了一片绿色的草。

"阿爷!"刘罗辰呼喊着,打马过来,想抢救刘眷。刘显却又疯狂般挥舞着弯刀呼喊着,招呼着他的私党,一起向刘罗辰包抄过来。"不要让他跑了!"刘显呼喊着,打马向刘罗辰砍了过来。

刘罗辰知道,自己已经无法搭救父亲,在这里耽搁下去,只能白白被刘显砍死。他不敢耽搁,掉头打马向西方固阳方向奔去。

刘显指挥着部下追了一程,见刘罗辰越来越远,只好勒马停了下来。

"我们去找拓跋珪!"刘显喊:"不能再让这犊子跑了! 我讨厌他。"刘眷讨厌拓跋珪,因为盛乐刘眷队伍里,还有不少当年什翼犍的老部下老随从,他们虽然嘴上不说,但心里还老是纪念着什翼犍,听说大可敦和拓跋珪回到代地,他们都流露出或多或少的兴奋,心里有了或多或少的希望,他们把马兰和拓跋珪看作复兴代国的希望。当年的代人,像穆崇、车洛头、长孙建、拓跋虔、拓跋尊、拓跋他等人私下串联,不断找机会去拜访大可敦和拓跋珪。这已经引起了刘显的注意和不满,不趁此机会除去拓跋珪,更待何时?

刘显挥舞着手中弯刀,呼啸着去寻找拓跋珪。

十三岁的拓跋珪此时正在驱赶马群的牧人队伍里,他正情趣盎然地随士兵牧人一起驱赶马匹入野马苑。拓跋珪站在飞腾的马背上,稳当的如履平地。他兴奋得满脸通红,学着牧人士兵的样子,大声呵呵着,甩着响亮的炸鞭,驱赶着马群。他从没有看见过这么壮观的景象,他的心已经随着飞腾的马群飞了起来。他的骑术已经十分精通,马上功夫十分了得。马背上或站或躺,马镫里藏身,从这匹飞驰的马上跃到另一匹飞驰的马背上,对他来说,都是儿戏一般。幸亏自己缠磨着来到牛川,要不怎么能看到这么壮观的景象?拓跋珪庆幸地想。他是死缠活缠,让母亲马兰同意他跟着未来的岳父刘眷来牛川。

马兰原本不大同意。她还有些舍不得让拓跋珪单独出去。不过她转念一想:鲜卑男儿在十三岁的时候已经行过割发礼,原本应该是成年人了。当年在长安没有按照鲜卑习惯给他行割发礼,才使自己老把儿子当孩子看。他不是孩子了。刘眷已经把自己的女儿许配给他,只等着冬天闲暇下来给他们完婚。再说,拓跋珪不去磨炼,如何能够练就一身武功? 没有过人的膂力过人的马背骑技和过人的射箭摔跤功夫,如何可以服众? 没有降伏众人的本事,如何可以成就一番大事业?

刘库仁死了以后,马兰协助儿子复兴代国的愿望是一天比一天更强烈。虽然她刚刚添生的婴儿才过周岁,还忙于抚养和哺乳,抚养与十年前死于动乱的那个婴孩同名的这娃,占用了她许多精力和时间,她暂时无法去联络、说服、集合旧部,可她还是从没有放弃过这想法,这念头像生根发芽似的一天比一天茂盛。

鲜卑国母：献明皇后

刘眷同意带拓跋珪到牛川去，他很喜欢这英武的少年。拓跋珪已经长成大人模样，虎背熊腰，魁梧得像年轻的什翼犍，脸庞上的棱角已经分明，高鼻深目大眼，白皙，十分英俊。当马兰一提出让刘眷把自己的女儿许配给拓跋珪时，他就痛快地答应了。现在，他把他当作自己的儿子一样看待。刘罗辰也很喜欢拓跋珪，虽然两人年龄差十来岁，却也十分相投。

拓跋珪回到代地这一年多，跟着木兰，跟着刘罗辰，跟着刘缨，学会了骑马、射箭、摔跤，结交了许多代地的老臣将领，他们暗地里把他当作首领一样拥戴。母亲马兰经常给他灌输复兴代国的想法，使他现在野心勃勃："总有一天，我要像祖父一样，重新号召鲜卑和草原各部，复兴代国！"母亲马兰的话已经完全转化为他的理想和抱负。不过，他知道，自己这想法目前还只能埋藏在心底，不能向任何人透露。母亲千叮咛万嘱咐，要他学会控制自己的舌头："不要乱说！否则会给自己招惹杀身大祸！"

他听从母亲的嘱咐，把母亲灌输给他的抱负和嘱咐都记在心上。他每日苦练马技，苦练武艺，他要把自己练成一个武艺高强、能够降伏众人的人。在母亲的督促下，他还要不时温习从长安带回的书本，温习着四书五经，也练习写字。作为一个国主，还是需要读书识字。马兰淳淳教导拓跋珪。

此时，牛川草原上，拓跋珪在马背上兴奋地喊着，驱赶着飞腾的马群。牧人士兵与飞奔的马群，像飓风一样卷过牛川草原，驱赶着马匹进入阴山脚下的野马苑。

刘显带着一个叫六眷的部下在草原狂奔了一阵，还是没有发现拓跋珪。

六眷，是代国旧人梁盖盆之子，梁盖盆在什翼犍时代做代国大人，对什翼犍很是忠心，什翼犍把一个女儿许配给他。六眷正是什翼犍的外孙，代国灭后，他留在盛乐，一直跟从刘显。虽然刘显很重用他，但是，他的心里还是很怀念什翼犍，怀念代国。他见刘显要杀害拓跋珪，心里很是着急，不知道如何才能救拓跋珪。忽然，他有了主意。

六眷打马上前，与刘显并驾齐驱，他大声喊："刘将军，要是不赶快返回盛乐，让刘罗辰抢了先，你就无法控制盛乐了。依我之见，眼下当务之急是赶回盛乐，占领盛乐！"

刘显"嘘"了一声，勒住马嚼，他的坐骑哕哕叫着，前蹄腾空，在空中扑腾了几下，原地站了下来，扑扑地喷着热气。

鲜卑国母：献明皇后

"你说得有理!"刘显擦着额头的汗水,阴郁的眼睛看着草原。"我们回盛乐!"他朝自己的部下大声喊。

"那拓跋珪咋办?"六眷小心地问。

"回去再说。他跑不了! 以后再收拾他!"刘显恶狠狠地说,双脚一夹马肚,抖抖缰绳,掉转马头,向正南方向的盛乐奔去。

2.马兰歌舞醉刘显　母亲纵子归贺兰

"大可敦,不好了。又出变故了!"木兰急匆匆从外面走进来,对马兰说。马兰正在给拓跋觚喂奶,一边逗着他玩。拓跋觚一双黑亮黑亮的大眼睛像马兰又像慕容垂。头发略微发黄,带有很明显的慕容鲜卑的血统。对这个婴儿,马兰有说不出的喜爱。也许,这孩子才是她真正所爱的男人的骨肉。回到盛乐,人们对她突起的肚子带着明显的惊讶和好奇,但是没有人敢打问什么。生了以后,她给他起名拓跋觚,说他是什翼犍的遗腹子,人们也都接受了她的说法,没有人追究这孩子的来历。这叫她欣慰许多。她不怕别人说三道四,只是怕这孩子有个三长两短。她把这最小的孩子当作自己的心肝宝贝。

听见木兰慌张的说话声,马兰抬起美丽的大眼睛,看了看木兰,漫不经心地问:"出了甚事,把你惊慌成这样?"

"刘显把刘眷将军杀害了,他掌管了将军府全部事务!"

"怎么会呢? 这刘显死犊子!"马兰骂了一声,从婴孩嘴里拔出奶头,又笑着对婴儿说:"吃饱了,吃饱了。不吃了。"婴儿在她怀里咿咿呀呀唱着,踢腾着小脚小手。木兰从马兰怀里接过拓跋觚,让他趴在自己的肩头,轻轻拍着他的后背,把他刚刚吃下的奶顺进肚里,帮助他好好消化奶食。

马兰一边掩怀,一边陷入沉思。这刘显不是个良善之辈,他远没有刘库仁和刘眷的善良,如今他杀刘眷取而代之,能不能一如既往地像刘库仁和刘眷那样礼遇自己和自己的儿子们呢? 他有没有其他图谋不轨的想法? 他会不会觉出我和拓跋珪的真实想法?

马兰想不出个明确答案。

还是先出去打探打探消息,看看事态的发展再想办法。马兰立时拿定

鲜卑国母:献明皇后

267

主意。她挪到炕沿前,穿靴子下地。

"来,把孩子交给我。"马兰对木兰说:"你找出点帛,带上,我们去拜访刘亢泥,他的姑姑和姑父。"马兰捏了捏拓跋珪的小脸蛋,亲昵地说。刘亢泥娶了什翼犍的女儿,所以,马兰说刘亢泥是拓跋珪的姑姑姑父。刘亢泥的妻子实实在在是拓跋珪的亲姑姑,她与拓跋珪的父亲太子寔既是同父又是同母。马兰回来以后,她和刘亢泥来看过马兰一次,夫妻俩对马兰母子很不错。

"拓跋珪回来了没有?"马兰抱着婴儿拓跋珪迈出门槛的时候,又回头问木兰。木兰摇头。马兰看了看天色:"也该回来了。外面情形不知道咋样,等他回来,告诉他不要出门,先在家里待着,等我回来再说。"

马兰抱着婴儿出门,来到代宫的另一个院落。这个院落住着刘显、刘亢泥弟兄。刘库仁死了以后,刘显搬进刘库仁的院子,这院里就只剩了刘亢泥一家。

马兰抱着孩子,走进院子,院子里栽种着几株榆树柳树,黄泥土屋围成四合,刘亢泥住在正房。

"他姑,在家吗?"马兰提高声音在院子中间清亮地喊了一声。

刘亢泥妻子趿拉着鞋走了出来。"大可敦,你来了。进来吧。"对于马兰,她一直不知道该如何称呼才好。过去可以叫嫂子,可是后来做了什翼犍的妻子,她只好随着别人一起叫她大可敦。她接过马兰臂弯里的拓跋珪,摸着他的脸蛋:"瞅瞅,几天不见,他又大了许多。该会说话了吧?"

"能咿呀喊个阿娘。"马兰一边应着一边随着进屋。刘亢泥妻子把拓跋珪放到炕上,让他站在炕上的窗前。"上炕说话吧。"她甩掉脚上的鞋子,上了炕,盘起腿。马兰不脱靴子,斜着身子坐到炕沿上。

"大可敦找我有事吗?"

"我刚才听说刘眷被刘显杀了,来问问,这可是真的?"

刘亢泥妻子脸色阴沉下来。"是真的。这刘显已经宣布执掌刘眷全部事务了。现在正召集大将开会商量大事呢。"

马兰摇头。"这侄子杀叔父,也够狠的。可怜刘库仁他们弟兄,一世英名,全死于非命。"说到这里,想起什翼犍,更是有些伤感:"这人心咋就这么狠呢!"

刘亢泥妻子小心护着站在窗前玩耍的拓跋珪,一边说:"这刘显,可不是个善茬，心眼黑着呢，经常欺负我家亢泥，我对亢泥说，要防着他点。好在亢泥软弱，不与他争个甚，要不，怕是他连亢泥也不容忍呢。"

马兰点头。"我也是担心，以后我们娘几个的日子不好过，才过来打探打探情况。等亢泥回来，要是有甚事，麻烦看在珪儿是你亲侄子的情分上，悄悄过来说一声，也叫我们母子有个准备。"

"大可敦，你放心，我和你的心思一样，保护我们拓跋家族的血脉，我也有责任。将来拓跋家族复兴，还要靠你和珪儿。我会留心的。"

"刘眷家咋样啊？他的女儿还好吗？"马兰关心她那没过门成亲的儿媳妇刘缨。

"刘显虽然狠毒，可是还不会害妇孺老小。他让小缨子去伺候她阿娘呢。她阿娘哭得死去活来，病得卧炕不起。不过，他已经把小缨子母女关了起来，不让她们随便出门。"

"她们母女没事就好。"马兰说着把一段锦帛放在炕上："这是我的一点心意，你收下。我就先回去了。我还惦着拓跋珪，他现在还没有从牛川回来，不知是不是出事了。"

马兰下了地，招呼着拓跋觚："觚儿，过来，我们走吧。"婴儿笑着歪斜着爬了过来，马兰抱着他急忙告辞。

拓跋珪赶回盛乐。他随牧人士兵把马群赶进野马苑以后去找刘眷，却得到消息说刘眷被刘显杀了，刘罗辰逃跑了。拓跋珪惊慌失措，与其他士兵一起赶回翻过阴山，从蜈蚣坝山路跑回盛乐。

"你可回来了！"马兰看见拓跋珪，跳下炕，一把拉住拓跋珪，高兴地喊。"有人看见你回来了没有？"马兰帮拓跋珪挂好马鞭马鞍问。

拓跋珪摇头："不知道。我和一些士兵一起回来的。"

拓跋仪和拓跋烈也过来，七嘴八舌地告诉他刘眷被杀，刘显执掌了盛乐等各种消息。拓跋珪接过母亲端来的大黑釉陶碗，仰起脖子，灌了一大碗喷香的鲜奶子，抹了抹嘴，倒在炕上，不一会就呼呼地睡着了。马兰拉过皮袍，给他盖在身上。"你们别吵，在炕上老实待着，让你阿干睡一觉。"马兰抱着拓跋觚，对拓跋仪弟兄说。

"那我们出去跑马。"拓跋仪拉着拓跋烈要往外走。

鲜卑国母：献明皇后

"回来!"马兰低声喊着。拓跋仪从母亲威严的喊声里知道事情的严重性,他和拓跋烈只好又回到炕前。"现在外面乱糟糟的,不能出去!"马兰补充了一句。

拓跋仪只好待在屋里,拿起从长安带回的书本,看了起来。

刘亢泥从外面匆匆进来。马兰急忙起身相迎。

"不好了!"刘亢泥顾不得寒暄,一进门就说:"我刚从刘显那里出来。我听见他和他的几个心腹在商量着夜里动手除掉拓跋珪他们弟兄几个呢。你快想办法!我还要回到刘显身边,要不他会起疑心的!"刘亢泥说完,又匆匆离开。

马兰抱着拓跋觚,让拓跋觚安静下来,自己看着熟睡的拓跋珪发愣。

"刘显果然容不下我们母子!这死犊子!"马兰不出声地骂着,头脑里紧张地想着对策。"咋办呢?咋才能保护拓跋珪弟兄,让他们平安无事?留在盛乐,恐怕难以保证无事,只有三十六计了!可是跑到哪里去呢?茫茫草原,何处才是我们母子安身的地方?"马兰在心里呼喊着,急得真想大声呼喊大声哭叫。可是,她不能哭,也不能喊。拓跋珪弟兄几个的性命都要依靠她!她必须镇定自若,来应付眼下这紧急局面!马兰轻轻咬住嘴唇,抱着孩子在屋子里走来走去,尽量不发出一点响声,她还要拓跋珪多睡一会!

这时,一个年轻的鲜卑士兵匆匆从外面跑了进来,他一见马兰,就单腿跪了下去:"大可敦,梁六眷大人派我前来,让我告诉大可敦。刘显已经策划定计,于明日前来捕获暗害太子等人,请大可敦早做准备!"

拓跋珪突然从炕上一跃而起:"出了甚事?谁要杀我?"他惊恐地问。睡梦中,他朦胧听到说话声,猛然惊醒过来。

马兰急忙过来安抚他;"没甚,别惊慌。梁六眷派人送信来,说刘显想暗害你们弟兄几个。"

"穆崇,是你来报信啊。"拓跋珪惊喜地拉住穆崇的手,对马兰说:"阿娘,这是我的好阿干。他可机灵着呢,盗马真有一手。"穆崇不好意思地笑着。

马兰敬佩地看着穆崇:"你敢前来报信?不怕刘显怀疑你通风报信惩罚你?"

穆崇憨厚地笑着,压低声音说:"我不怕,梁六眷已经替我想好了办法,即使刘显怀疑追查,我也有办法应付的。大可敦,快想办法救拓跋珪弟兄吧。"

拓跋珪穿好靴子，从墙上拿下马鞍马鞭，对马兰说："我这就逃出盛乐，草原上有许多部落，我一定可以找到一个收留我的地方。"

穆崇连连摇头摆手："不行的！不行的！刘显已经部署了兵力封锁了盛乐，谁也不许出城了！你跑不了的！"

马兰把拓跋觚放到炕上，拉住拓跋珪："不行，你不能这么莽撞！先不要慌张，让我们从容地想个好办法。"

拓跋珪看着母亲这么镇静，自己也平静下来。穆崇想了一会，说："我知道今天有人可以出城，你可以混到他们队里出去的。"

"谁出城？"马兰急忙问。

穆崇说："有一个汉人商人叫王霸，他赶着驼队往五原去，路过盛乐，在盛乐停留了几天，今天要动身赶路。他得到刘显批准，可以出城的。"

"好，我这就去找王霸。你知道他住在哪里？"马兰把拓跋觚放在炕上，问穆崇。

"在驿馆里。"

"走，我们这就去见王霸。来，你们都换换衣服。"马兰叫来拓跋珪弟兄，从炕上的箱柜里翻出了些汉人衣服，一边扔给他们，一边说："快点换！换好衣服，一个一个往外走，不要聚在一起，到驿馆前等我！"

拓跋珪弟兄三人急忙动手脱下鲜卑衣服，换上汉人装束。

"你先走！"马兰对拓跋珪说。拓跋珪向母亲行了个礼，匆匆走出院落。

"你们弟兄俩一起走，互相照应点，别走丢了。"马兰对拓跋仪拓跋烈弟兄说。拓跋仪急忙拉着拓跋烈走了出去。"放机灵点，有人看见绕着走！"马兰又叮嘱一声。

"谢谢你，穆崇！"马兰拔下自己头发上的一根金钗，递给穆崇："将来若有机会，一定重重答谢你的恩德！回去替我感谢梁六眷，将来我一定要重重答谢他！要是有人追问拓跋珪下落，还请你保守秘密！"

穆崇行礼告辞，说："大可敦不要说这些！我们都是代人，都指望着大可敦和太子重会众部，重新复兴代国。为了这，我们都会拼死保护太子和大可敦的！我已经向梁六眷大人保证过，万一被刘显发现，追问起来，我是至死不会说的！请大可敦放心！"

鲜卑国母：献明皇后

271

穆崇告辞以后,马兰从箱柜里掏出几件赤金首饰揣进怀里,这是她回到盛乐以后,什翼犍的亲人部下宗室送她的。她整了整衣冠,让自己稍微平静了一下,抱起拓跋觚,向外面喊:"木兰,跟我出门去!"木兰急忙从厢房里跑了出来,抱起拓跋觚,紧紧跟随着马兰走出自己的住处。

马兰微笑着,与几个熟人打着招呼,一脸若无其事的样子,逗引着儿子,快步向城西的驿馆走去。

商人王霸是个家住平城的皮货商,经常来往于平城、盛乐和五原之间,与盛乐的各方官员管事十分相熟,每次过往盛乐,当然少不了向各方管事递交一些买路礼品,这样他在盛乐办事就很容易。所以,尽管他赶上盛乐事变,刘显发出全城戒严不得任何人出城的命令,可他还是弄到了刘显亲自发的出城关文。

"小心点!动作麻利点!"王霸大声指示着,他站在驿馆的车马大院里看着随从搬运货物,整理驼架,往骆驼背上放驼架。作为商人,一天也不能白白耽误,耽误一天,也许就耽误了许多商机,损失许多钱财。他要立刻出发离开盛乐向五原赶去。

几个汉人孩子在大门外站着,他并没有留意。

抱孩子的马兰领着那几个孩子进到院子里来,她一见王霸,就扑通一声跪到他的面前:"王大人,你可怜可怜我。我这几个死了阿爷的孩子,想出城去看望他们病重的阿奶,可是出不了城。听说王大人要出城,望大人可怜可怜这几个孩子和他们年迈的阿奶,带着他们出城!"说着,连连磕头。

王霸看着眼前这明显是鲜卑胡人的女人,听着她虽然僵硬但很流利的汉话,便认为这是个嫁了汉人的鲜卑女人,心里立刻对她产生几分好感和怜悯。确实也难为她,男人死了,一个女人有多少难处啊。

王霸扶起马兰,稍微有些为难地说:"可盛乐城的将军刘显不让人出城啊!"

马兰急忙掏出怀里的赤金首饰,塞给王霸:"大人就可怜可怜这几个孩子吧,他们可也是你们汉人呢。阿奶病得很重,怕是拖不过这两天,要是今天不能出城,老人怕是再也见不到他们了!她会死不瞑目的!"

王霸一手接过赤金首饰,掂量了一下分量,微笑了。心里也在赞叹:这鲜卑女人很贤惠呢。帮助他们母子尽孝,这是符合圣人教导的天经地义的善事。就帮帮他们吧。

王霸又看了看三个汉装男孩,虽然长相很明显的胡人模样,不过只是三个孩子,不会引人主意的。"好吧,就让他们跟在骆驼队里一起出城。出城以后,我可是不管了。"

"是的,是的。只要出城就行。出城以后,他们自己认识道路,大人就不必费心了!"马兰生怕王霸变卦,急忙附和着说。

这时,王霸手下管事前来请示,说驼队已经准备就绪,是不是这就动身?王霸看了看马兰,说:"我们这就要动身了。他们走不走?"

"走!"马兰坚决地说。她拉过几个儿子,嘱咐着:"你们出去要互相照顾着,到阿奶家的路你们也认识的,小心不要迷了方向。"马兰微笑着叮嘱着儿子,心里却难过得在颤抖。这一走,可真是前途未卜,他们出了城,投奔哪里,哪里收容他们,她都不知道,以后会发生什么事情,她也不知道。眼前这一别,什么时候能够再相见,她更不知道! 马兰的声音禁不住轻微地抖了起来。

拓跋珪看出母亲的难过,他的眼睛里已经噙满了泪水。要与朝夕相处相依为命的母亲分离,他根本不知道什么时候才能够再回到母亲身边与母亲见面。他感到自己马上要哭出声来。

而拓跋仪和拓跋烈却不懂事地上前拉住母亲的手,哭泣着说:"阿娘,我们不走,我们舍不得离开你!"

马兰生怕王霸看出破绽,急忙收敛自己的心情,挤出一脸勉强的笑容,尽量控制住内心情感的翻腾,让声音平稳下来,好似很寻常的样子叮嘱着儿子:"你们快去快回,两三天就回来,不要耽搁太久。"说完,她推着拓跋珪,低声却非常严厉地呵斥着:"快领弟弟跟王大人去! 快走吧!"

拓跋珪看了母亲一眼,拉着拓跋仪和拓跋烈:"我们走吧。"

木兰看在眼里,心里很是难过。她突然灵机一动,小声对马兰说:"大可敦,我跟他们一起走!"说完,也不管马兰是不是同意,便转向商人王猛说:"王大人,让我跟他们一起出城吧。我一个使女,守城士兵不大管的。"

王猛看了看木兰,这女子挺俊俏的,有这么个俊俏女子陪着走路,路上也不寂寞。他想了想,便点头答应了。

鲜卑国母:献明皇后

木兰对马兰说："我跟着他们去，保证把他们送到阿奶家，阿姐，你就放心吧。"

马兰感激地看着木兰："这可难为你了，你要吃苦了。"

木兰急忙摆手："这有甚呢，快别多说了，我们走了。"

"你们来拉骆驼。"商人王猛对拓跋珪弟兄说，让他们每人拉着一匹骆驼。"你和我一起走。"王猛笑嘻嘻地看着木兰。

商人的驼队出发了。骆驼迈着沉稳的步伐，高昂着头，走出土城的城门，脖子上的铜铃铛在风中摇晃着，发出清脆的叮铃声，一路响着，久久回荡在马兰的心头。她目送着驼队顺利走出城门，才抱着拓跋觚返回自己家。拓跋珪兄弟三人平安离开盛乐，她的心头轻松了许多。

3.刘显鸿门设大宴暗害　马兰酒席醉主人脱身

回到家，马兰一边给拓跋觚喂奶，一边想着："万一刘显发现拓跋珪逃出土城，他派人去追赶可如何是好？驼队走得很慢很慢，很快就会被骑马的人追赶上。"马兰不安起来，"也许现在刘显就发现了拓跋珪逃跑的事情？"

马兰从敞开的门里看到院门外有一个人探头探脑向里张望的人。马兰抱着孩子走出家门说："你是谁啊？探头探脑的，张望个甚呢？"

这个人走进院门，向马兰施礼说："大可敦，刘显将军差遣小人前来请大可敦一家到刘将军府上，他要宴请大可敦全家呢。"

马兰转动眼睛思谋着：去还是不去？去，就正中了刘显的阴谋诡计，自己可能无法脱身。不去，一定引起刘显怀疑，要是他派人来搜查，不是恰好暴露拓跋珪弟兄逃走的事吗？去！一定要去！即使被刘显杀害，自己也要前去，以免引起刘显的疑心。

马兰笑着："感谢刘将军的盛情厚意。让我和孩子收拾收拾，一会就去。"

来人皮笑肉不笑地说："刘将军命令小人立即接大可敦前去。外面有人等着护送呢。"

"好吧，我这就去。只是三个孩子去骑马，还没有回来，我看还是先等等他们，一起去的好。"

来人阴阳怪气地说:"大可敦先行一步,小的会守在这里专门等候他们,大可敦不必多虑。请吧!"门外又进来两个士兵。来人厉声命令着:"你们在这里守着,等拓跋珪弟兄三个回来,立刻送他们进刘将军府,不得有误!"

马兰抱紧拓跋觚,走出自己的院落。来人紧紧跟随其后,一步不离。

经过刘亢泥的院门,马兰突然把怀中的拓跋觚狠狠掐了一把,拓跋觚哇哇大声哭喊起来。马兰急忙对来人说:"娃娃饿了,我的奶水不够,你看你走得匆忙,我没有顾上给娃喂奶,这里是娃的姑姑家,你让我进去把娃先放到他姑家,让他姑帮我照顾照顾,我再跟你去刘将军家赴宴。你看行不行?"

来人听得娃娃哇哇哭喊,早就感到心烦,见马兰提出这么个办法,正中下怀,他不耐烦地一摆头:"去吧。"马兰正要走,他又大声喊:"等等!我跟你一起进去!"

马兰进入刘亢泥的院门,就大声喊着:"他姑!他姑!"

刘亢泥的妻子听见马兰喊声,急忙跑出房门。马兰抱着拓跋觚走上去,大声对她说:"刘显将军宴请我们母子,可小娃却哭闹不休,我想麻烦你,把他放在你这一会,请你帮我照顾照顾,等我赴宴回来再接他回去。他姑,你看行不行?"

说着,直使眼色给刘亢泥妻子。刘亢泥妻子已经知道刘显要加害马兰母子的企图,见这情形,心中已经明白大半。她急忙问马兰:"珪儿弟兄呢?"

马兰一边对她使眼色一边大声说:"珪儿骑马去了,刘将军派人在家等着他们呢。"说着,她把孩子往她怀里塞,又压低声音说:"他们出城了!"

刘亢泥妻子一边接孩子一边大声说:"你可要早点回来!我可照顾不了他!这是个淘气包!"

来人不耐烦地催促呵责着:"快走吧,别这么啰唆了!刘将军正等着呢。"

马兰朝来人娇媚地笑了笑:"走吧。"

走了几步,马兰又回头朝刘亢泥妻子招手喊着:"照看好我儿子!"

刘显府邸的大厅里,已经摆放好他的鸿门宴。矮脚白木炕桌上摆放着烤羊腿、炒驼峰、白煮鹿肉、炖豆腐、炸油糕,就等着马兰和他的儿子来赴宴。刘显知道,在盛乐还有什翼犍的许多旧部,他们对大可敦和她的儿子心存拥戴和希望,他不敢公开谋害他们,害怕激起鲜卑人的激烈反抗。刚刚谋害了刘眷,大局还没有完全安定下来,一个小小的不慎就能够点燃起一场熊熊大火。他准备以请客为名,把马兰母子诱来,然后把他们一下子全部干掉。他不想留什翼犍的儿子在代地,来威胁他的地位。

刘显让部下侍从端来满满一坛子锅烧穄子白酒。穄子,就是黄米,也叫秫米,是代地从中山迁移过来的汉民带来种植穄子的方法,也带来用穄子烧酒的方法。穄子磨面可以做成很软很黏的米糕,也可以酿造很烈的白酒黄酒。

刘显盘腿坐在炕上,等待着马兰母子。

马兰笑吟吟地走了进来:"哎呀呀,我说大侄子啊。你咋这么客气啊,请的甚客啊,都是自家人,还这么客气做甚啊?"马兰连笑带说,走到炕前,侧身坐到炕沿上。

刘显正要开口询问拓跋珪弟兄的下落,马兰却又连笑带说起来:"哎呀呀,我说大侄子啊。准备这么多菜啊!大侄子真是太客气了!来,让婶子敬大侄子一碗酒!"说着,端起酒坛子倒了满满两碗,酒香立刻洋溢在全屋子里。

"来!大侄子!我们饮一碗!婶娘从长安回来,得到你们父子的热情款待,还没有表示我的谢意呢。现在,我就借花献佛,来,敬大侄子一碗,感谢大侄子对我们母子的关照!"说着,双手端起酒碗,敬到刘显脸前。刘显只好接过酒碗。

"饮了它!饮了它!婶娘知道大侄子英雄盖世,好酒量!大侄子要是不嫌弃,就饮了它!"马兰不住嘴地说,不给刘显回话的机会。

刘显只好仰起脖子,把一碗酒灌进肚子里。

马兰急忙拿起短刀,从烤得焦黄焦黄流油的羊腿上割了一大块下来,用筷子夹到刘显面前:"大侄子,先吃块肉。空腹饮酒伤身子骨!吃几口,吃几口!看这烤羊腿,多香啊!来,再吃块鹿肉!鹿肉好啊,大补呢!对大侄子这样的英雄才有用呢。听说,吃了鹿肉,可以一夜御几个女人呢!"说着,故意脆声大笑起来,笑声颇为淫荡。

听到马兰这么说,看着马兰显得很年轻的漂亮脸庞,刘显也禁不住哈哈笑了起来。他一边笑一边用不怀好意的乜斜眼光看着马兰:"是吗?婶娘说的可是真的？那侄子今天可是要多吃几块鹿肉了。只是不知道可有几个女人来陪我睡觉啊？"

马兰还是浪笑着替刘显倒酒："大侄子你说，你想叫哪个女人来陪大侄子睡觉？婶娘去给你物色。不过，你要再饮一碗。这一碗是婶娘敬你父亲的！来，你替你父亲饮了他！可惜你父亲一世英名，被一个小人暗算了！来，饮了它！"马兰又双手端起酒碗，恭敬地送到刘显面前。

刘显的酒量不行，一碗下肚，就有些招架不住，感到有些头晕，肚里发热。可是，他不觉得自己酒量不行，看着凑到他脸前的马兰在媚笑，他急忙接了过来："谢谢婶娘，侄子饮了这杯酒。婶娘不要忘了给我物色女人啊！"刘显乜斜着眼睛，接过酒碗，顺便捏了捏马兰的手："就找一个像婶娘一样好看的女人！"

马兰笑着，从刘显手里缩回自己的手，娇媚地斜了他一眼："看你说的！让婶娘到哪里去找一个像我一样的女人！大侄子可真会说笑话！"

俗话说，女人眼一斜，男人丢了魂。马兰这一眼，让刘显浑身燥热，心里痒痒得不知道如何是好。他早已忘掉请马兰来的真实用意，只是想着如何把马兰弄到手。虽然马兰已经三十多岁，可是，她还是那么漂亮迷人，比他那些年轻的妻妾还妩媚风骚。刘显往前凑了凑，脸几乎要挨着马兰的脸，一脸淫亵的笑："那婶娘就来陪侄子吧。侄子看见婶娘骨头都酥了！"说着，就想去亲马兰。

马兰咯咯地笑着，用手挡住他的脸："大侄了，你看你，才饮了一碗酒就醉了？满嘴胡话！你看，我敬的酒你还没饮呢，快饮了它。我也要吃点鹿肉啊。"

"对，对，我饮酒，你吃鹿肉。女人吃了鹿肉，也一定像男人一样有劲，是不是啊？婶娘？"

"我不知道，等我吃饱了看。你快饮吧，饮完我再代拓跋珪弟兄敬你一碗！他们弟兄可佩服你呢！"

"好，好，婶娘敬的酒我都饮！可是婶娘一定要答应我，今晚就在这里陪我！"

"答应你！婶娘答应你！快饮吧。"马兰托着碗底往刘显嘴里灌酒。刘显就势握住马兰柔软的手，咕嘟咕嘟又饮了一大碗。

"婶娘,上炕来,炕上坐得舒服。"刘显把酒碗放在炕桌上,拉着马兰的手,一边抚摩一边说。

"好,你放手,让我脱了靴子上炕。"马兰继续用迷人的眼神看着刘显,娇滴滴地说。

刘显依依不舍地放开手,自己夹着盘里的炒驼峰吃。

马兰脱了靴子,上炕,盘腿坐到刘显对面。刘显急忙挪到马兰身边,紧紧靠住马兰。"婶子,你也饮一碗。来,让小侄敬婶娘一碗。"

马兰急忙推辞:"那可不行!婶娘受不起。婶娘还要代替那几个娃敬你一碗哩。来,你再吃点肉。看着炖豆腐,多水灵,大侄子,吃吧。"马兰把豆腐夹到刘显面前的碗里,催促着他吃。

两大碗烧酒下肚,刘显已经有些迷糊。他朦胧着眼睛,吃了几块炖豆腐,又吃了马兰给他夹到碗里的烤羊腿煮鹿肉。"婶娘,过来。"刘显眼睛蒙眬,说话舌头发僵。"让侄子靠一靠!"

马兰朝刘显身边挪了挪。刘显一把抱住马兰,把自己的脸凑到马兰的怀里,拱着蹭着,他舒服得哼哼起来。马兰任他折腾了一会,又倒了满满一碗酒:"起来,起来,闹够了吧?来,这是我那几个儿子敬你的酒,来饮了吧。"说着,她扶起刘显,刘显的骨头已经软瘫了,刚把他扶了起来,他又一头歪倒在马兰的怀里。马兰只好用臂膀搂住他,端着酒碗灌他:"来,再饮一碗,饮了这碗,婶娘就陪你睡觉!"

刘显哼哼着:"婶娘说的当真?不诓小侄?"

马兰低下头,亲了亲刘显的嘴唇:"婶娘怎么会诓你呢?来,饮了,饮了。一会婶娘就陪你睡觉!"

马兰把酒碗推到刘显嘴边,刘显噙住酒碗:"那好,我饮,我饮。"刘显喃喃地说,让马兰又灌了一大碗烧酒。这一大碗烧酒下肚,叫刘显彻底失去了意识,他迷糊起来,不知道自己是谁,自己在哪里,在干什么。一阵天旋地转,刘显头一歪,倒在炕几上。

马兰推了推刘显:"大侄子,来,吃鹿肉吧。"

刘显趴在炕几上,嘴角流着涎水,哼唧几声,不知道说了些什么。

马兰笑了:"大侄子,你不吃,婶娘我可是要吃了。"马兰夹着肥美的鹿肉,自己慢慢地品尝着。鹿肉味道鲜美,她要慢慢地吃,美美地吃。马兰微笑着,一边欣赏着像摊烂泥一样的刘显,一边自得其乐地给自己倒了一点酒,稍稍抿了一口,又撕了一块鹿肉,放进嘴里,津津有味地细嚼慢咽。现在她还有甚好担心的呢?烂醉如泥的刘显不能纠缠她,也无法派人去追赶儿子,她可以放心大胆地守在刘显身边。

这时,刘显的部下推门进来,他要来向刘显禀报马兰儿子的情形。留在马兰家的士兵一直等到天黑,也没有见到拓跋珪弟兄回来,他们只好回来报告。

"刘将军,刘将军!"他走到炕前,轻声喊着。

马兰冷眼看了看他,料到他是来禀报刘显关于自己儿子情形的。不能让他来报告!马兰想着,便威严地呵斥道:"你喊个甚?你没看见刘将军困倦正在歇息吗?出去!等刘将军传唤你再进来!"

部下看着还趴在炕几上的刘显动也不动,只好连连摇头叹气走了出去。

马兰下炕,就势栓起了门,再回到炕上,慢慢地吃着,想着对策:"是趁他烂醉如泥溜了呢?还是继续留在这里与他周旋?"马兰一时拿不定主意:"趁势溜走,可以避免他醒来以后的纠缠,但是,万一他得知拓跋珪逃跑的消息派人追赶,恐怕还会追上商队,把拓跋珪弟兄抓了回来。"

不行,只能留在这里与他继续周旋!马兰下定决心。决心已下,马兰平静下来,她拣着炕几上的各样佳肴,慢慢品尝着。

又过了几个时辰,等在外面的那个部下又得到报告,说拓跋珪弟兄还是没有回来。他知道出了意外,看来非得去报告刘显不可。他拼命地敲着门板,大声喊着:"刘将军!刘将军!"

马兰已经歪在炕上,也迷迷糊糊地睡了一觉。刘显的酒意也消失了许多,他听到外面的喧哗,坐了起来,揉着酒意朦胧的眼睛,嘟囔着:"谁呀这是?喊个甚呢?"他慢慢爬下炕,趿拉着靴子,走到门口打开门。

"刘将军,大事不好了。拓跋珪弟兄不见了!"

"甚?"刘显一下子惊醒过来,他回头看看炕上的马兰,又回过头看着他的部下:"他哪里去了?"

"不知道,一直等到现在都没回家,一定是逃跑了!"

"奶奶的!"刘显低声咒骂着。他转过身,看着已经醒过来的马兰,问:"你儿子呢?你把你儿子藏到哪里去了?"

马兰笑着："我一直跟你在一起，我能把我儿子藏到哪里？"马兰眼睛转了几转，接着问："不是你的部下在我家等我儿子吗？我儿子没回家？为甚突然问起我儿子哪里去了？我儿子他们怎么啦？出甚事了？"马兰越来越慌张，声音越来越响，调门越来越高，语速越来越快："你们把他弄到哪里了？你们是不是把我儿子害了？说啊！是不是啊？"

马兰突然双手捶打着炕，大声哭喊起来："我的儿啊！你们咋的了？你们被他弄到哪里了？"

刘显原本想悄悄处理马兰母子事情，不想把事情闹大，现在看马兰突然大声哭喊，这哭声喊声在寂静的黑夜中是那么响亮，那么刺耳，他吓得急忙关上门，凑到马兰身边低声说："婶娘，你先别哭喊嘛。我们只是先问问你嘛。我是要请他们来这里吃饭，可是部下说一直等到现在都没有见他们回家。婶娘，你看，他们能到哪里去？你看，都半夜了，不去把他们找回来，万一被狼叼了，可怎么好啊？婶娘，你不要哭喊嘛，还是先好好想想，看他们能到哪里去？"

马兰这才收敛了哭喊，擦着眼泪，擤着鼻涕，一把泪一把鼻涕的，好一会折腾。

刘显着急站在一旁，连连搓手催促着："你可是说话啊？他们到哪里去了？"

马兰看了看刘显，慢吞吞地说："他们能到哪里去呢？左不过就在盛乐这土城里，也许在哪个鲜卑人家里玩，玩得晚了，就不回家了。过去，这种事常有的。"

"在哪家啊？你可是说明白点啊！说明白，才好去找啊！"

马兰又迟疑了许久："也许在亢泥家？不！不会在他家，我来的时候，把拓跋珪放到他家的，没有见他们弟兄啊。不，不在他家！也许在穆崇家？"马兰眼睛看着屋顶，装作努力回想的样子："不，不会在穆崇家。那在谁家呢？"

刘显来回踱步，一脸焦躁。"你倒是说个准确地方啊！"刘显站在马兰面前，喊着。他心里急得如火燎似的，马兰这里却慢吞吞、拖泥带水拖延时间。"看来她是故意在拖延！"刘显生气地想。可是，不从马兰这里得到拓跋珪的去向，他又到哪里去寻找呢？

马兰紧皱眉头，又哭了起来："我实在说不出他们在哪里啊！大侄子，你派人四处去寻一寻,看他能在哪里啊?快去找到他们,让我放心啊!我的儿啊!你们到哪里去了?是不是被人暗害了啊?"说到这里,马兰突然跳下炕,扑到刘显面前,抓住刘显的衣襟,哭喊起来:"是不是你把他们暗害了啊?你说!你说啊!他们可都是在你的城里住着的啊!"马兰一边哭喊一边撕扯着刘显,"你还我的儿子!你还我的儿子啊!要是我的儿子有个三长两短,我就跟你拼了!"马兰哭着喊着,又一头撞到刘显的胸脯上。

刘显被马兰搞得十分狼狈,他后退到炕沿上,扑通跌坐下去:"我说婶娘,你别闹了好不好?我咋会暗害你的儿子呢?我不是和你一样关心着急他们的下落吗?我这不是在找他们吗?"

马兰不再哭喊,她坐回到炕沿上,拢着头发,不好意思地对刘显笑了笑:"大侄子,你可别恼婶娘!婶娘这不也是急的吗?"

刘显垂头丧气地坐在炕沿上,皱着眉头思谋这眼下的情景:看情形,马兰一定事先知道风声,把儿子藏了起来。可是藏在哪里呢?只在在城里来个大搜捕了。是谁走漏的风声呢?知道这事情的不过三两个人,除了他,还有刘亢泥,可是刘亢泥一直在自己身边啊,只是晚上才离开自己回家。他不可能的。还有谁呢?马兰刚才提到个穆崇,穆崇?会不会是他?可是,他不过是梁六眷手下一个低级军官,并不知道自己的密谋。梁六眷?会不会是梁六眷把消息告诉他,他再去通知马兰和她儿子的?有这个可能!可是,梁六眷为甚要出卖我呢?我与他是多年至交,所以才把他引为心腹,找他来商量大事!他为甚要出卖自己呢?刘显又问自己。突然,一道亮光照亮他懵懂的脑海!算起来,梁六眷原来是拓跋家族的亲戚呢。梁六眷是什翼犍父亲郁律的外孙,不就是什翼犍的外甥吗。梁六眷的一个老婆还是什翼犍的女儿呢。他当然要救什翼犍的儿孙了!他可是什翼犍儿孙的舅舅啊。

刘显懊恼地捶着自己的大腿:怎么把梁六眷与什翼犍的这层关系给忘记了呢?糊涂!真是糊涂!他噌地站了起来准备去叫穆崇来问清楚!

刘显走出屋子,马兰急忙在后面大声喊:"大侄子,你到哪里去?我要跟你一起走!"马兰跑到门口。

刘显冷冷地说:"半夜三更的,你到哪里去?先在这里睡觉,等天亮以后再回家去!"说完,咣唧一声关上了门。"好好看着她,别让她也跑了!我要用她换回她的儿子!"刘显严厉地命令他的部下。

鲜卑国母:献明皇后

部下打着火把，领着刘显，找到梁六眷的部下穆崇的驻地。穆崇睡梦中被人叫了起来，带到刘显面前。

"甚事啊？半夜三更的！不让人睡个囫囵觉！"穆崇故意装作很生气的样子嘟囔着来见刘显，心里紧张地温习着梁六眷教给他的应付办法。

"大胆穆崇！"刘显大声喊着，一把揪住穆崇的衣襟，把穆崇提得跟跄了几步。刘显身材高大魁梧健壮，咆哮着："你说，是不是你给拓跋珪送信，让他跑了？"

"谁跑了？"穆崇揉着没有睡醒的眼睛，含糊不清地问。

"你别给我装蒜了！我问你，是不是你给拓跋珪送信？"刘显愤怒地喊，摇撼着穆崇。

"送甚信？给谁送信？"穆崇还是一副没有睡醒的样子，嘟囔着。

"你少跟我来这一套！"刘显愤怒地放开穆崇，坐回座位。他的头有些疼，烧酒的酒劲还没有完全过去。"你说，你是不是替梁六眷送信给大可敦？"

"没有啊，没有啊！"穆崇一脸无辜，好像受了天大的冤屈似的。

"有人看见你去了大可敦的家，你还狡辩？"刘显决定诈他一诈。

穆崇心里发笑：想诈老子啊？老子才不吃你这一套呢！老子已经向梁六眷作了保证，即使刀剑架在脖子上，老子也不会向你泄密的！梁六眷嘱咐，丈夫当死节，虽刀剑别割，勿泄也。君子一言，驷马难追！他既然承诺了，就一定要信守诺言。何况梁六眷以自己的宠妻坐骑见赠，他怎么能出卖梁六眷？

穆崇嬉皮笑脸地说："谁看见了？让他站出来！"

这时，刘显的部下进来，附耳对刘显说了几句。刘显冷笑起来："好一个刁顽的穆崇！你还嘴硬！我们找到了证据！带上来！"

一个女人被推搡着进来。

"她是谁？哪来的？你说！"刘显又站了起来，走到穆崇前，用凶恶的目光死死盯着穆崇看。

穆崇回头看了看被推进来的女人，微微一笑："我当你找到甚证据了呢？她啊，不就是个女人嘛，我刚弄到手的一个女人！这又咋的了？"

"我来问你，她是谁的女人？"

"梁六眷的宠妾。"

"咋就给了你？还不是梁六眷奖赏你的？他为甚奖赏你？还不是因为你为他办事了？"刘显冷冷地说着。

"哈～哈～哈～"穆崇突然仰天大笑起来："他奖赏我？笑死我了！他会奖赏我？告诉你吧，这是我抢来的！我讨厌他，他一天到晚跟着你，好像个跟屁虫似的！你干甚坏事，都有他一份！他待我们这些属下，促狭小气，克扣我们饷银。为一点小事，就鞭打我们，把我们当牲口一样！我恨他！我早就恨死了他，发誓要报复他！我刚才才从他府上抢出这女人和他的坐骑，正想着明天想办法逃出城呢，没想到就被你给捉住了！算我倒霉！"穆崇丧气地蹲到地上，抱住头。

这时，外面又传来一阵呐喊声，火把在外面闪动，有人喊着："别让他跑了！"

"甚事啊？"刘显问。

一个士兵进来报告："梁六眷府上出来追捕盗贼，说是府上被强人抢劫，梁大人丢失了一个宠妾和坐骑！"

刘显失望地摆手："算了，把这盗贼交给梁大人，说我们替他逮住了盗贼。我们回去吧。"

穆崇冷笑着：你刘显以为能从我穆崇这里套出些甚，你可是看错了人！不管代国在不在，我穆崇永远都是代人！

4.茅房爬墙脱离虎穴　神车藏身躲避搜查

刘显走了以后，马兰在屋里苦苦思索着脱身办法。这屋子没有后窗户，根本无法脱身。马兰先安静地睡了一觉，天已经开始麻麻亮，马兰醒了。她下了炕，推着门，门被锁着。"开门！开门！"马兰大声喊着敲着门板。

"干甚呢？你喊个甚？"外面的看守气冲冲地喊，顺便踢着门板。他抱着枪正睡得香，被这喊声和敲门声吵醒了，很是气愤。

"我要到茅房！我憋得不行了！我要到茅房！"马兰急促地喊。

看守掏出钥匙，开了门。

"茅房在哪？"马兰问。

鲜卑国母：献明皇后

"那不是？快去快回！"看守指着墙角的一个用麦秸藁阡围成的茅房说，自己背转了身坐到台阶上。

马兰四下看看。院子里有个很大的马厩，马厩里养了几十匹战马，马在悠闲地咀嚼着草料，有的喷着鼻息，有的轻轻甩动着尾巴，扑打着落在身上的牛虻、蚊子。马兰眼睛一转，要是把刘显的马匹放跑，他即使想去追赶拓跋珪，也怕是不可能了。

马兰蹑手蹑脚走到马厩里，找到一根棍子，朝一匹正在啃草的马打去，马被打痛，他昂首咴咴地鸣叫起来，挣断缰绳，在马厩里横冲直撞起来。马厩里立刻乱了起来，马匹你冲我我撞你，炝着橛子，互相撕咬着。一些马冲出马厩，向大院后面跑去。有些马已经越过低矮的土墙，向外面四面散去。

"马惊了！"看守尖声喊着，自己并不去追赶，依然坐在台阶上等候解手的马兰。

守卫听到喊声，都向大院后面跑去追赶。

马兰跑进茅房，蹲在茅坑上。她看看不高的院墙，笑了，墙外面就是刘亢泥的院落，她算有救了。她急忙解了手，从藁阡缝里看看守还是背转身坐着，她迅速站了起来，系好裤子，双手攀着墙头，用力爬了上去。墙那边果然是刘亢泥宅院，她不敢耽误，闭着眼睛跳了过去。

久等不见马兰回来的看守站了起来，来茅房这边寻找，茅房只留下一股臭味，早就没有了人影！"娘的！跑了！"看守嘟囔着，四下看看，院子里只有他一个人，与其等刘显回来责罚自己，不如也赶快脚底抹油，跑求算了！看守也飞快地跑走了。

马兰摸进刘亢泥的内宅，轻轻拍着刘亢泥的睡房。"他姑，他姑！"马兰在窗户下轻轻喊。

"听，有人！"屋里炕上的刘亢泥推了推妻子，他坐了起来。

刘亢泥的妻子也坐了起来，她看了看身旁睡着的拓跋觚，娃儿嘴角流着涎水，胳膊伸在夹被外面，呼呼地睡得正香。昨晚哭闹着找他娘，很晚很晚才睡着。刘亢泥的妻子把他的胳膊轻轻放进被窝。

"他姑，他姑。"窗户上响起轻轻的敲击声和喊声。

"是他娘，大可敦。"刘亢泥小声说。

"我去开门。"刘亢泥妻子急忙下地,开了门。

"你咋才回来啊?"刘亢泥妻子抱怨地说:"娃儿哭闹着要你,怎么都哄不住。"

马兰爬上炕,看着熟睡的拓跋觚,不禁流下眼泪。

"你这是咋的了? 谁欺负你了?"刘亢泥和妻子一起问。

马兰擦了擦眼泪,把她一晚的经历简单地说了一遍。

"你这是偷跑出来的?"刘亢泥吃惊地说:"那一会刘显发现你偷跑,非要到处搜捕你不可。你不能在我家久呆,刘显一定先来搜我家!"

"那可咋办啊? 城出不去,她能藏在谁家? 谁家也不保险! 再说,现在天都亮了,她出去就会被人发现。"刘亢泥妻子看着刘亢泥说:"我看,还是让她留在我家。刘显是你的亲兄弟,他总不能把你也杀了吧?"

"难说。这家伙翻脸不认人。他不是杀了他的亲叔父吗? 要是发现我藏了他想要的人,说不定连我也一起杀了!"刘亢泥嘟囔着。

"那我还是走吧。"马兰急忙下地,她看了看熟睡的拓跋觚,为难地说:"我自己怎么着都行,可这娃儿咋办呢? 我带着他没法躲藏,也怕伤了他。"

刘亢泥看着妻子,犹豫地说:"要不就把娃儿先留在我家,让他姑再照看他几天?"

刘亢泥妻子不满意地瞪了他一眼:"你还算个男人吗? 这么大点事,都把你吓成这样? 她可是我的嫂子,我不能把她推出门。你听我的,就躲在我家。好在你来的时候没人看见。不怕! 刘显来,让我对付他! 我就不信他这么六亲不认!"

外面院子大门响起猛烈的敲门声。刘显带着部下来搜捕马兰。他回到关马兰的院子一看,马兰跑了,看守也跑了,刘显看了看院子周围,发现茅房里的墙上有人爬过的痕迹。就急忙来隔壁刘显的院子里搜捕。刘显认为马兰一定跑到刘亢泥的院子里来。

"坏了,说来就来了!"刘亢泥惊慌地说。"这可咋办? 这可咋办?"刘亢泥急得只搓手。

妻子瞪了一眼:"上炕躺着去,睡你的觉好了。我来应付!"说着把刘亢泥推上炕。她看看屋里,寻找可以躲藏的地方。三大间房子里,除去一盘大

鲜卑国母:献明皇后

285

炕,占了差不多一间,正中摆放着翁衮神车,那是祭祀天地事的神器,也是家祭的神位,里面供奉着翁衮神,北方游牧民族信奉的天神。她眼睛转了几转:"来,跟我来。"她拉着马兰。

"钻进去。"她掀开神车的黄绸帘子:"这地方没人敢乱翻乱动。你就藏在里面不要动。不管外面发生甚事都不要出来!听见没有?"她嘱咐着马兰。"快钻进去!藏在翁衮神位后面的空当里。千万不要乱动!"

刘亢泥的妻子放下帘子,仔细看了看。外面的擂门声更加激烈,夹杂着开门的喊叫声。

刘亢泥的妻子趿拉着靴子走到院子,一边扣衣服纽扣,一边大声问:"甚人在外面喊叫啊?大清早晨的,报丧呢!"她骂骂咧咧地打开门,刘显带着人就要涌进院子来。刘亢泥的妻子把身子横在大门上,伸出胳膊和腿挡住了刘显。她立起眉毛大声说:"我说大哥啊,你大清早的就闯小婶子的院子,这是为甚啊?你不怕别人笑话,我还臊呢。我这当家的还在,你还不能收继我!我可不能让你进屋去!"

刘显十分尴尬,这弟媳妇嘴尖牙利,也是出名的泼辣货,加上过去尊贵的代王公主的身份,他们刘家的人都有些怵她。刘显只好退后一步赔着笑脸说:"她婶子,你不要误会。我那里走失了一个重要人,我估摸她是爬过墙头跑到你院子来,这才带着人来寻找。请你让我进去,找一找,要是找不到,我立马就走,决不打扰你们!"

"是吗?走失了甚人?是不是大可敦啊?昨天傍晚,你的一个部下带着她过来,说是要请她赴宴。她怕带着娃儿麻烦,就把娃儿放到我这里,让我替她照看照看。谁知,到现在也没有见到她,她那娃儿还放在我这里。那娃儿哭闹个没完,把我都烦死了。你说,大可敦在哪里?咋还没见她回来?是不是你把她给下毒毒死了?"说着,刘亢泥妻子索性指着他的鼻子责问起来。

"看弟媳妇说哪里去了?我哪里能下毒呢?她自己跑掉了,我这就是来找她!我想,她一定跑到你院子里了。你就让我进去找找吧。"刘显不想和她继续纠缠,就扒拉开她,径直走了进去。"给我到处找,仔细找找!我就不信找不到她!"

刘亢泥妻子在刘显身后跳着,拍着大腿,大声叫骂着:"你这天杀的!地砍的!你这屙血的!敢跑到我家来闹事!你刘家祖宗一定要诅咒你!让你不得好死!"

刘显冲进上房,看了看炕上。

刘芫泥睁开了眼睛,看见刘显,懒洋洋又很惊奇地问:"阿干,你跑进我的屋,你要闹求个甚?"

刘显不答话,在屋里走了一圈,眼睛到处巡睃。房里没有可以藏人的地方。刘显正要往外走,他突然看到神车。他的目光停留在神车上。这里面能不能藏人呢? 他走了过去,正想动手揭帘子,刘芫泥的妻子冲了过来,大声喊了:"你要干甚? 你这天杀的! 你动了我家神车,我家家神要生气的! 我不准你动神车! 你要敢动神车,我和你拼命!"刘芫泥的妻子双臂伸展,拦住刘显。

刘芫泥也从炕上跳了下来,冲了过来,喊叫着:"阿干,你不能这么坑害我们啊!"

刘显知道,铁弗匈奴家家供奉着家神,小心谨慎伺候着家神,乞求着家神保佑全家大小的平安。外人不能随便动家神神位,要是谁不遵守这规矩,这家人会跟他拼命! 刘显把伸出去的手又缩了回来,一声不吭地走了出去。

"找到没有?"刘显问他的部下。

"没有!""这里没有!""这里也没有!"他的部下回来报告。

刘显失望地看着这院落。"你们留在门口监视着他们家!"刘显对那个带马兰去赴宴的部下说:"我就不信她能插翅飞了! 她一定还躲在他们家! 走,我们走!"刘显带着其他部下出院门。

"你要早点找到大可敦啊! 我这里还等着她来接她娃儿呢!"刘芫泥妻子在后面尖利地喊着。

"都走了。"刘芫泥高兴地说,擦了擦他渗出大滴汗珠的额头,嘘了口长气。他刚才确实十分惊慌,看到刘显伸手去掀神车帘子,他的心紧张得差点从胸膛里跳了出来。幸亏他及时阻止了刘显,要不真不知道会发生甚后果。

"可以让大可敦出来了吧?"刘芫泥指了指神车对妻子说。

"不行。"他妻子断然拒绝:"你没有看见门外还留有监视的人?"她指了指院子门口。刘芫泥从敞开的窗户里看到两个人影在院子门口晃来晃去,时不时地探头探脑向院子里张望一下。

"这可咋办呢?"刘亢泥叹气。

"问问大可敦。"刘亢泥妻子走到神车前,对里面藏着的马兰说:"刘显还在监视着这里,你还是不能出来。我来问你,你说这事该咋办?"

马兰蜷缩在神位后面的空间里,想了想:"我想跑出城去找拓跋珪他们弟兄。我是不能留在盛乐了。回到草原,回到贺兰部,能够号召起鲜卑各部落。"

"是的。只有这一个出路了。可是眼下你出不去,刘显已经封锁了全城。你先藏在这里等等看。"

"拓跋觚醒了没有?"马兰心疼地问。

"还没有呢。"

"他醒了能不能给我让我喂他奶?"马兰有气无力地问。

"不行! 你糊涂了你? 让娃儿看见你,你还能藏得住啊?"刘亢泥妻子断然说。

"你看我,真是糊涂了,糊涂了。不能让他见到我!"马兰顿了顿,小声对她的小姑子说:"你要出去走走,发动那些拓跋鲜卑和老代人,让他们想办法来救我才行。告诉他们,拓跋珪跑了,代国复兴就在眼前,我估计他们会有所行动。"

刘亢泥妻子看了看炕上的刘亢泥,也尽量压低声音,不让他听见:"你说,看找哪些人可靠? 我去给你传话。"

"我知道穆崇、长孙建、拓跋他、梁六眷这几个人,都是可以信赖之人,姑不妨先去联络联络他们,让他们想想办法来救我!"

"好,我这就去。你好好待在里面。我先给你弄点吃的,再给你个瓦盆,拉屎拉尿都在里面解决吧。"

"这可是要亵渎你的家神了。"马兰很歉意地说。

"也顾不得许多了。我这是救人一命的好事,想家神不但不怪罪我,还要表彰嘉奖我呢! 他一定能够更尽心尽力地保佑我们全家!"

梁六眷在家里与穆崇说话。穆崇来向他报告刘显去盘问他的经过。家人来报告,说刘亢泥的妻子求见。

梁六眷急忙召见这外祖家的姑娘,他的表外甥女。

"表舅父,近来可好啊?"刘亢泥的妻子走了进来,给梁六眷行礼。梁六眷让人给她搬来绳床坐。

"这是……?"她看着穆崇,问梁六眷。

"他叫穆崇,我的心腹。"梁六眷笑着说。

"嗷,这就是穆崇阿干啊!"刘亢泥妻子高兴地说:"大可敦正要我找你呢。"

"大可敦? 她在哪里?"梁六眷和穆崇异口同声地问,他们正在担心她的下落。

"她在安全的地方。"刘亢泥妻子微笑着说:"不过,刘显正在到处搜寻她。她派我来找你们,请你们想办法解救她。"

梁六眷和穆崇互相看了一眼,又异口同声地说:"我们遵旨!"梁六眷看着刘亢泥的妻子说:"公主,单靠我的力量有些薄弱。大可敦还有没有可靠的人?"

刘亢泥妻子点头:"我知道。我已经遵照大可敦的意思,找了长孙建、拓跋他,他们各有兵士百人,你们加在一起,就足可以把大可敦救出来。"

"我们怎么做呢?"梁六眷问。

"后天是祭拜天神和敖包的日子。城里人都要出城去祭敖包。我全家也出城祭敖包,他刘显也不敢阻拦。你们出去以后,我们在昭君墓那里集合起来,你们立刻带大可敦离开盛乐,到草原去。之后大可敦有她的安排。"

"好! 就这么办。"梁六眷拍着大腿说:"我早就想回草原了。跟着大可敦回草原,以后复兴代国,再不在铁弗匈奴这里受气! 那你们家呢?"

"我们可能还得回去。刘亢泥不会离开他阿干的!"

5.血染草原公主殒命　集合旧部可敦出走

拓跋珪和弟弟拓跋仪拓跋烈跟着骆驼队出了盛乐城,沿着通向五原的秦直道向五原慢慢走去。骆驼迈着坚实的不紧不慢的大步踢踏踢踏地走着。木兰心里急得直冒烟,一方面她担心刘显派人追赶过来,另一方面,她担心商人王猛对她心怀不轨。一路上,王猛对她动手动脚,叫她厌恶到极点。她想摆脱他,可是一时又没有办法摆脱。没有马匹他们只能跟着驼队

鲜卑国母：献明皇后

慢慢行进。

过了黑河以后，驼队行进在纽坯川草原上，放牧的牧人多了起来。碧绿的草原已经变了黄色，金黄色的草原上洒着雪白的羊群，各色的牛群，也有马群在草原上悠闲地吃草。

木兰对紧紧追着他的商人王猛说："掌柜的，我要去那边解手，请王掌柜行个方便。"王猛嬉皮笑脸："我同你一起去！"

木兰把脸一沉："王掌柜这叫甚话哩？哪有这般道理？你快去前边！"

王猛只好快步向驼队前面走去。

木兰见王猛走开，自己向驼队后面走去。拓跋珪弟兄三人各拉了一峰骆驼，走了过来。"过来。"木兰对他们使了个眼色，拓跋珪和拓跋仪拓跋烈都慢慢故意拉到后面，慢慢凑到木兰身边。

"看见那些吃草的马群了吗？你们敢不敢骑生马？"木兰指着草原上不远处的马群说。

拓跋珪看了看马群，心中已经明白了木兰的意思。他点点头："敢！"

"你们呢？"木兰不放心地问拓跋仪和拓跋烈。

"敢！"他们异口同声地回答。回到盛乐这一年多，他们弟兄几个几乎天天在马背上翻上翻下，各种马都骑过，驯过的，没驯过的，绵善的，暴烈的，他们都能对付，虽然被摔得头破血流，也没有抵挡他们征服各种马匹的愿望。

"好！我们一起跑过去，抓住马就跑！"木兰命令着。

拓跋珪弟兄三人扔了骆驼绳，撒丫子向马群跑去。木兰也跟着狂奔起来。他们跑到马群里，各自抓住一匹马，翻身骑了上去，紧紧抱着马脖子，用脚踢着马肚，命令马跑。这些放牧在这里的马，也都是经过训练的马，听到熟悉的口令，都听话地奔跑起来。

"往西方跑！"木兰大声喊："互相照应着，不要跑散了！"

王猛听到喊声，回头来看，只见三匹马已经跑出很远的路程。他叹了口气，不无留恋地看着木兰远去快要消失在草原中的背影。多好的一个鲜卑女人啊，他还没来得及消受，就叫她给跑了！真是可惜啊！这一路又要孤单单与骆驼和他雇来的那几个拉骆驼的人做伴了！

王猛有些遗憾，不过，当他手触到木兰送的赤金钗时，又高兴起来。他噘起嘴唇，啸着鲜卑草原上经常听到的《阿干之歌》，继续他的行程。

刘亢泥带着妻子来见刘显。每个要求出城祭拜敖包的人家都要来刘显处领取出城号牌。刘显看着刘亢泥,不大信任地问:"你也要出城祭敖包?"

刘亢泥用怪异的眼神看着他这个异母哥哥:"我为甚不要去祭敖包?不祭敖包,不怕天神奖罪下来?阿干不怕,小弟可是怕得要命。每年都要按时出城去祭敖包的。难道阿干不去?"

刘显盯着刘亢泥的眼睛专注地看了半晌。他派的部下日夜不离开地盯了他家两天,都没有发现任何异常现象,既没有人来他家,也没有人出去,只有刘亢泥的妻子去收奶酪出去了两趟。部下时时报告,盯得很紧,总是没有发现马兰的踪影。看来,马兰确实没有躲在他家,马兰的那个婴儿在他家哭得惊天动地,可见没有见到他的阿娘。同不同意他们出去祭敖包呢?不同意可是太说不过去了。他已经批准许多人家出城,唯独不批自己的弟弟出去,别人不说他存心不良想整死自己的弟弟吗?祖宗那里也饶不了他!

刘亢泥妻子见刘显久久沉默着,知道他拿不定主意。她挺起胸膛,走到刘显面前,定定地看着刘显:"要是阿干不放心你弟弟,怕你弟弟逃跑,那你就扣留下我,用我当人质好了。要是你弟弟跑了,你拿我是问,让我来抵偿他的罪过!"

这一番话,叫刘显脸上一阵白一阵红,很是挂不住。"看弟妹说的个甚?我怎么就会怕弟弟跑了呢?他能跑到哪里去呢?他的家全在盛乐里!"

"阿干说得极是!那阿干还有甚犹豫呢?为甚不想让我和我家出城去祭敖包呢?要是阿干忙得顾不上祭祀,小弟我还愿意代替阿干一家一起祭祀呢。"

刘亢泥不知哪里来的灵感,突然伶牙俐齿起来,叫他妻子吃惊地看着他,频频微笑着,向他赞许地点头。

"好,同意你们全家出城祭敖包,不过,要早些回来。"刘显终于同意了。

八月十五,是纽垤川各部落祭祀敖包的日子。纽垤川草原上,一大早就热闹起来。深秋的纽垤川草原,碧绿的牧草已经着了黄色,只有少数特别肥美的地方还是碧绿一片,这些地方被牧人看作是神圣的地方,传说下面埋着夜明珠或者碧玉,牧人轻易不让牛羊过来吃草。远看北方的阴山山脉上,一片一片的松树碧绿,一片一片的杨树林白桦林却已经金黄,而那些枫

鲜卑国母：献明皇后

291

树林却是一片火红，而金黄、火红中也间杂着一些深绿、浅绿、嫩绿，互相搭配着，像一幅五彩图画，煞是好看。

盛乐城里的人纷纷赶车、骑马，带着全家老小出城，全家人都穿着最好的衣服，五颜六色，像一条五颜六色的河流，缓缓地流向纽垤川草原的中心——昭君墓附近。虽然草原已经发黄，但是昭君墓却依然青翠，远远看去，像一顶绿色的华盖，立在黄色的草原上。旁边流过的蓝色的大黑河，像一条蓝色的飘带，在黄色的草原上流过，静静地穿过纽垤川，与远方那条滚滚的黄色巨龙汇合，一起流向南方。纽垤川，天苍苍，野茫茫，风吹草低见牛羊。这首鲜卑的民歌，唱响在纽垤川上。

刘亢泥骑着马，走在他妻子和孩子乘坐的骆驼高车旁边，一个使女怀里抱着马兰的孩子拓跋觚。拓跋觚显然已经习惯了没有阿娘的日子，他乖乖地坐在使女怀抱里，饶有兴趣地转动着黑黑的大眼睛，看着川流不息的人群。

刘亢泥小心照顾着自家神车。像所有去祭拜天地的家庭一样，他们也是率领着全家大小成员，前呼后拥跟随着家庭奴隶兵丁和牧人，把自家的神车装扮得十分漂亮神圣。刘亢泥家的神车紧随在妻儿车后，被装饰的五颜六色。拉神车的骆驼最为风光，头顶上顶着大红花，长脖子上挂着黄色绸带，一串金黄色的铜铃铛在风中震荡，发出清脆的响声。

神车里，马兰蜷缩在神位后面，被摇晃的车颠簸得昏昏欲睡。不过，她心里很是兴奋。不久以后，她就可以逃离盛乐，回到贺兰部与儿子们团聚了！

梁六眷、穆崇、拓跋元、拓跋他等人，也都率领着自己的家人、兵丁出了城，向昭君墓奔去。

刘亢泥的车队来到昭君墓下，大家都下车。

"出来吧，大可敦。"刘亢泥的妻子来到神车前，轻声地喊。她掀开神车车帘，搀扶着马兰钻出神车，马兰双腿蜷缩得太久，已经麻木得像木头一样失去了知觉。她刚一落地，就扑通倒在地上。刘亢泥妻子急忙把她搀扶起来，帮着她揉搓着，让麻木的双腿恢复知觉。

拓跋觚看到了自己的阿娘，便兴奋地拍手踢腿咿呀哇哇叫着，在使女怀里拼命挣扎。

马兰伸出双手："我的娃儿！想死阿娘了！"使女把拓跋觚交给马兰，马兰抱着他，在他的脸上手上腿上屁股上连连亲着，吧唧吧唧的，响亮得很。

"瞧瞧，才三天没见，就想成这样！真是没出息！"刘亢泥妻子在旁边撇着嘴数落着："还说要成大事呢！以后要是他出了事，你还有心做事啊？真是的！"

马兰不好意思地笑着辩解："哪个女人不是这样？还说我哩，你不也是一样？要是娃儿出了事，我们这些当阿娘的一定活不成，想也给想死了！"

"好了，好了。你看，他们都陆续来了。等会合齐全，你们就动身吧。不要耽误太久了，以防节外生枝。"刘亢泥妻子催促着，挥手喊："亢泥，把马给大可敦牵过来，让她熟悉熟悉。"

刘亢泥牵过一匹高头健壮的白色儿马。儿马喷着鼻息，用前蹄刨着地面，美丽的眼睛看着面前的人。这是一匹驯过的马，它安静地等待着他的主人。

"你先骑一圈，试试。"刘亢泥妻子对马兰说。

马兰让刘亢泥的妻子把拓跋觚用绸带绑在自己的背上，接过马缰绳，一脚上了马镫。白马还是安静地等待着，没有任何暴躁的反映。

"怎么样？还行吧？"刘亢泥妻子关切地问。

"行。他接纳我。"马兰轻轻拍了拍白马的脸颊，翻身骑了上去。白马仰起头，喷着鼻息。马兰又亲热地拍了拍他，说："伙伴，多多关照了！"她轻轻抖了抖缰绳，白马便高抬前腿，又慢慢落下，开始平稳缓缓地走了起来。

"好马！好伙伴！"马兰高兴地赞扬着。熟知人性人声的白马似乎听懂了马兰的赞扬，他心旷神怡地昂起头，更快地交替着移动步伐。

"好伙伴！跑起来吧！"马兰又抖了抖缰绳，白马听话地跑了起来。马兰拍了拍后背的拓跋觚，安慰着："别怕，娃儿。我们要飞了！"白马四蹄腾空，开始在柔软的草地上奔腾起来。

马兰绕着昭君墓奔了一圈，回到原地。"太好了，真是一匹好马！"马兰矫健地翻身下马，拍着白马的脸颊，赞不绝口。白马仰起脖子，自豪而兴奋地朝天嘶鸣起来，像是回应主人的夸奖。

"多通人性啊！"马兰把自己的脸颊贴在白马的脸颊上，亲热地说："以后，我们就是生死相依的伙伴了！"

"嘿嘿！我就知道你们在搞鬼！"马兰身后响起冷峻尖利的笑声。

马兰回过头，差点碰到刘显的鼻子尖上。谁也没有注意到他是怎么来到他们身边的。马兰想翻身上马，却被刘显一把拉住："你还想跑？没门！

鲜卑国母：献明皇后

来人！给我把她请回盛乐！"刘显大声命令自己的部下。他的一伙亲兵立刻围拢过来，跳下马，动手拉马兰，想把她抱上马。

刘亢泥和他的妻子束手无策，只是在原地跺脚咒骂。

马兰在亲兵手里挣扎着，拼命大声呼叫着："来人啊！救人啊！有人绑架啦！"

马兰的呼叫启发了刘亢泥的妻子，她把手围拢在嘴上，向四面八方大声喊叫起来："来人啊！来人啊！快来救大可敦啊！大可敦被人绑架了！"这喊声乘着秋风传向草原四面八方，许多人听到这喊声，打马向这里奔来。

刘显看着惊动了草原上祭敖包的人，十分恼怒，他抽出腰刀，挥手向刘亢泥的妻子砍了过去："我叫你喊！叫你喊！"

刘亢泥妻子扑通一声倒在草地上，一股鲜红鲜红的血流从她被劈开的头颅里呱呱奔涌而出！

"他娘！"刘亢泥喊叫着，扑到妻子身旁，一把抱住妻子，用手捂住她的伤口，嘶哑着哭喊："快给我找马勃来止血啊！快去啊！"他的儿女们哭喊着："刘显杀了我娘！我们跟他拼了！"几个家人兵丁抽出腰刀，向刘显围拢过去。刘显挥舞着腰刀抵挡着刘亢泥家人的进攻，一边呼喊着自己的部下来抵挡。正在拉马兰的部下放开马兰，去帮助刘显。

马兰扑到刘亢泥妻子身边，喊着："他姑！他姑！你醒醒啊！"

刘亢泥妻子勉强睁开眼睛，看了看马兰，她艰难地吐出几个字："复兴……代国！"说完，头一歪，倒在刘亢泥的怀里，永远闭上眼睛。

刘亢泥和他的儿女呼喊着，马兰也哭喊着，她却再也听不到这些亲人的呼唤，她的香魂正袅袅飘向这广袤草原的上空，飘向蓝天白云，然后消散在无边的空气里。

刘亢泥慢慢放下妻子，突然站了起来，从一个随从手里夺过一把腰刀，挥舞着狂叫着向刘显扑了过去："还我的妻子！还我的妻子！"

"那边怎么啦？发生甚事了？"梁六眷在马上问穆崇。穆崇站在马镫上张望了一会，说："好像是刘显在和人格斗。"

"我们去看看！"梁六眷双脚一夹马肚，坐骑便得得跑了起来。穆崇对身后的随从挥手喊："跟上大人！"

梁六眷和穆崇率领着自己的部下人马赶了过来。"发生甚事了？"梁六眷在马上大声喊着问。

一个兵丁回答："刘显杀了他的弟妹！"

梁六眷跳下马，奔到血滩前。"大可敦！"梁六眷喊。大可敦马兰正抱着尸体，哀哀地痛哭，这公主全是为了她才失去自己的生命啊！马兰背上的拓跋觚也在哇哇大哭着，眼前的混乱惊吓了他。

穆崇也跳下马，来到马兰身边。马兰泪眼朦胧地看了看他们，指着刘显："都是那狗日的刘显要害我！去杀了那狗日的！"

穆崇大声一喊："对！杀了那狗日的！"他跳了起来，挥舞着大刀，指挥着自己带来的人马，朝刘显扑了过去。刘显看见一大群人向他扑来，心里有些惊慌，急忙跳上坐骑，打马向盛乐跑去。

穆崇也跳上马，紧紧追赶过去，追了一程，刘显越跑越远，看着追不上，穆崇只好返了回来。这时，约好的拓跋他、长孙建等人也都集中到马兰身边。

马兰放下刘亢泥的妻子，擦干眼泪，对刘亢泥说："都是我害了她！我对她发誓，一定要给她报仇！我要回贺兰部，你们谁愿意跟我走？"

梁六眷、穆崇急忙喊："我们跟大可敦走！"

长孙建、拓跋他也喊："我们也跟大可敦走！"

马兰目光扫过每一个人的脸，很缓慢很沉重地说："你们跟我走，就意味着从今以后，你们要和我，和我的儿子一起，去征战，去打仗，去复兴代国！从今以后，你们不会再过盛乐那样安定的日子！你们要想好，做好准备！你们准备好了吗？"

"准备好了！"几个人异口同声地说。

"既然如此，我们就上马吧！"马兰挥手，自己翻身跳上马，大声喊着："走！我们走！"人们都纷纷上马，带着自己的家人紧紧跟随着马兰，这代国国主的大可敦，朝西边奔去！

马兰的这一去，又掀起草原历史的新页。

草原上，一个称雄的霸主国家即将诞生。

2002 年 4 月 15 日终稿于广州飞鹅岭三闲宅

2008 年 7 月 15 日第三次修改于飞鹅岭三闲宅

2015 年 10 月修订于广州独孤宅

鲜卑国母：献明皇后